The black hair Princess

검은 머리 황녀님

엘리아냥 장편소설

The black hair Princess

검은 머리 황녀님 1

엘리아냥 장편소설

초판 1쇄 찍은 날 | 2019년 3월 22일
초판 4쇄 펴낸 날 | 2021년 11월 22일

지은이 | 엘리아냥
펴낸이 | 권태완 우천제

편집책임 | 박은정
편집 | 박가연 김효주 천희진 유안진 손혜진

펴낸곳 | (주)케이더블유북스
등록번호 | 제25100-2015-43호
등록일자 | 2015. 5. 4
WFN | 제3-039호

주소 | 서울특별시 구로구 디지털로31길 38-9 에이스테크노타워 1차 401호
전화 | 02-867-4626 팩스 | 02-866-4627
E-mail | cl_production@naver.com

ISBN 979-11-293-2780-2 04810
979-11-293-2779-6 (set)

1

The black hair Princess

검은 머리 황녀님

엘리아냥 장편소설

위치북

Contents

프롤로그

나의 사랑스런 그대여, 부디 나를 위해 그 입을 닥쳐줘요.
나의 사랑스런 그대여, 부디 나를 위해 그 면상을 치워줘요.
나의 사랑스런 그대여, 부디 나를 위해 그 눈알을 깔아줘요.
나의 사랑스런 그대여, 부디 나를 위해…….

"꺼져줘요. 이 짜증 나는 사람."

허공을 수놓는 목소리가 맑았다. 정체를 알 수 없는 해괴한 시를 읊은 소녀의 얼굴은 그 어느 때보다도 상쾌해 보였다.

난간에 위태롭게 걸터앉은 채로 소녀가 활짝 웃었다. 늘어놓은 비속어들과는 어울리지 않는 깨끗하고 청순한 미소였다. 반면, 맞은편에 앉은 청자의 표정은 떨떠름했다.

"유리엔, 그거……."

"응?"

"음유시인 뮤지그의 시 〈사랑스런 그대에게〉를 수정한 거야?"

"맞아."

"뮤지그가 무덤에서 울면서 일어나겠다."

"감동해서?"

"……."

청자는 대답 대신 눈앞에 놓인 차를 들어 한 모금 삼켰다. 하아, 찻잔 위의 김처럼 한숨이 흘러나왔다.

그런 상대의 반응에도 아랑곳하지 않은 소녀가 싱글거리며 허공에다 발장구를 쳤다. 그러더니 이내 난간에서 폴짝 뛰어내렸다. 펄럭이는 드레스 밑단과 함께 비단 같은 검은 머리가 공중에 나부꼈다. 귀족 영애의 일반적인 덕목으로 여겨지는 조신함, 정숙함 등은 바자회에라도 내다 판 듯한 행동거지였다.

그러나 그녀에겐 몹시 익숙한 몸가짐이기도 했다. 의자를 끌어 그 위에 털썩 주저앉은 소녀가 턱을 괴었다.

"카린, 알잖아. 그놈은 사랑스럽긴커녕 사망스럽다는 거. 얼굴을 주먹으로 갈기는 대신 이렇게 아름다운 시를 준비했다는 게 내 착한 마음씨를 증명해 주는 거 아닐까?"

"그놈?"

"스도우거."

스도우거 실버링. 백작가의 차남을 그놈이라 칭하는 것에 소녀는 거리낌이 없었다. 이는 성격도 성격이지만 그녀의 신분이 대상을 훌쩍 웃돌기 때문이기도 했다.

소녀의 이름은 유리시엔 드 카르나. 제국의 유일한 황녀였다.

"아, 걔…… 가 아니라 그 영식."

소꿉친구인 카린-카레니아 하르셈-이 말을 받았다. 스도우거의 행각은 그녀도 익히 들어 알고 있었다. 스토커 짓이 취미라더니 이번에는 감히 황녀를 목표물로 삼은 모양이었다. 어이쿠, 하필……. 카린은 저도 모르게 혀를 찼다.

'아멘.'

그녀는 미리 상대의 명복을 빌었다. 스도우거는 곧 스토킹도 상대를 봐가며 해야 한다는 좋은 교훈의 본보기가 될 것이다. 최소한 반 이상 죽은 채로.

"참, 카린. 그나저나 왜 보자고 한 거야?"

"……아, 그건."

커다란 검은색 눈동자를 깜박이며 유리엔이 물었다. 사실 오늘의 티타임은 카린이 먼저 제안했다. 허구한 날 유리엔이 벌이는 온갖 행사에 수동적으로 끌려다니기만 했던 그녀의 전력을 생각하면 꽤 이례적인 일이었다.

"그러니까……."

카린이 찻잔을 만지작거렸다. 실은 전해줄 말이 있어 불렀다. 물론 제가 원해서 하는 일은 아니었다. 아버지로부터 명령에 가까운 부탁을 받았기 때문이다. 그리고 그 명령을 아버지께 하달한 사람은 다름 아닌 황제 폐하였다. 임무가 건너 건너 그녀에게까지 떨어진 것이다.

"네가……."

주저하던 카린이 어렵사리 서두를 떼었다. 마음속에선 아버지와 황제 폐하에 대한 원망이 폭풍처럼 휘몰아쳤다. 이걸 전한 후의 뒷감당을 대체 저더러 어찌하라고.

에라, 모르겠다. 카린은 눈을 질끈 감았다.

"뭐?!"

같은 시각, 수건으로 제 얼굴을 닦다 말고 기함하는 한 소년이 있었다.

"결혼? 돌았어? 난 이제 겨우 열여섯이야!"

막 운동을 끝낸 듯 땀에 젖은 머리카락이 마치 불꽃을 떠오르게 했다. 나이답지 않게 큰 키에 균형 잡힌 체격의 소년은 생김새마저 굉장히 미형이었다. 그리고 보석을 연상시키는 붉은색 눈동자 아래로 쭉 뻗은 코와 깔끔하게 선을 그리는 턱은 마치 그림에나 나올 것 같았다.

미려한 얼굴을 한껏 찌푸리며 소년이 말을 뱉었다. 그에 대답한 것은 호위 기사로 추정되는 장신의 사내였다.

"상대방도 열여섯입니다. 사실 그렇게 조혼도 아니지 않습니까? 옆 동네 다니엑 왕자는 작년에 신부를 맞았습니다."

"젠장! 얼굴도 모르는 여자 따위랑 어떻게 결혼을 해? 싫어!"

"얼굴이야 보면 됩니다."

"여자가 싫다고!"

"남자가 좋으신 겁니까? 하지만 국법이……."

"미쳤냐?"

이게 장난하나. 수건을 내던진 소년이 제 호위 기사인 제론을 사납게 쏘아보았다. 연륜으로 다져진 제론은 그 눈빛을 자연스럽게 받아넘겼다.

"어쩔 수 없습니다. 황족 간의 혼인에 자유의사가 개입되지 않는다는 건 진작 알고 계시지 않으셨습니까, 황태자 전하."

소년의 이름은 카류엘 드 뮤리엔. 다름 아닌 제국의 황태자였다.

꽤 어릴 적에 황태자로 봉해진 카엘-친한 이들이 부르는 애칭-은 여러모로 알려진 유명 인사였다. 그의 유명세는 비단 자국 내에만 국한되지 않았는데, 인근 국가는 물론 바다를 건너야 하는 먼 나라에도 소문이 전해질 정도였다.

카엘은 고작 열여섯의 나이에 검의 끝이라는 소드 마스터를 목전에 둘 만큼 천재였으며, 또한 미의 화신 같은 외모를 지니고 있었다. 더불어 강대국의 황위 계승 서열 1위라는 신분마저 겸비하고 있었으니 유명해지지 않으려야 않을 수가 없었다. 카엘은 철이 들 무렵부터 자연스럽게 화제를 몰고 다녔다.

"결혼, 결혼이라."

대륙적인 화제의 인물 카엘이 미간을 잔뜩 찡그렸다. 카엘은 종종 입버릇처럼 '결혼을 하느니 평생 독신으로 살겠다'며 중얼거리고는 했는데, 황가의 대를 이어야 하는 중대한 숙명 따위는 개나 줘버린 바람직한 자세였다. 그는 스스로를 여성 혐오증이라며 사방에 공언하고 다닌 전적도 있었다.

"그래, 좋아."

생각에 골몰하는가 싶던 카엘이 이내 입가를 당겨 웃었다. 흰 치아가 눈부시게 드러난다. 누가 본다면 상큼하기 이를 데 없다며 엄지손가락을 추켜올릴 만한 웃음이었지만 오랜 기간 옆에서 황태자를 모신 제론은 단번에 알 수 있었다.

"하면 되지, 결혼. 까짓것 별거야?"

'일 치겠네.'

무언가를 획책하는 말썽꾸러기의 미소였다. 확신한 제론이 절레절레 고개를 저었다.

듣기로는 정략혼의 대상인 카르나 제국의 황녀 또한 범상한 성격이 아니라 했다. '결혼 꺼져, 여자 꺼져'를 외치는 황태자와 서로 맞붙는다면 아주 볼만할 것이다.

'불똥이 튀는 일만 없길.'

제론은 관전자의 위치를 고수하기로 마음먹었다.

Chapter 1

개와 디저트의 이상동몽

홍차가 날아다녔다. 과자, 접시, 찻잔…… 나열하기도 힘든 온갖 것이 공중을 비행했다.

카린은 광분해서 날뛰는 제 친구를 구석에서 할 말을 잃고 바라보다가, 결국 몬스터에게서 도망치는 심정으로 도피를 감행해야만 했다.

'폭주를 보았다.'

카린은 그날 유리엔의 종족을 이동시켰다. '인간'에서 '인간이 아닌 무언가'로.

"정신이 나갔었나 봐~"

"그게 무엇이냐?"

"아버지 주제가요."

카르나의 황제를 대면한 유리엔이 뻔뻔하게 말했다. 기가 찬 황제가 제 이마를 짚었다.

"이 패륜!"

"하루, 이틀이에요? 그보다 결혼이라니? 갑자기 그게 무슨 소리예요!"

유리엔이 발까지 쿵 구르며 항의했다. 참으로 조신한 몸가짐이었다. 요조숙녀 뺨치는 제 딸의 언행에 황제가 한숨을 삼켰다. 어휴, 어쩌다 저런 걸 낳아서.

황제는 침묵을 유지하며 잠시 딸에 대해 생각했다. 유리엔은 제국은 물론 근방의 이웃국들에까지 이름이 알려질 만큼 미모가 빼어났다. 그래, 예쁘다. 그냥 예쁜 것도 아니고 목격한 사람이 눈을 비빌 정도로 예쁘다. 얼굴 하나는 황제도 인정하는 부분이었다. 유리엔은 어딜 가서 '내가 세상에서 제일 예뻐' 하고 선언해도 돌 대신 환호가 날아올 만한 경국지색이었다. 심지어 날카로운 외양도 아니고 청순하다.

그런데 성격이 더러웠다. 그냥도 아니고 매우 더러웠다. 하는 행동만 보고 있으면 황성이 아니라 어디 뒷골목에서 자란 것 같았다. 자기한테 느끼하게 들이댔다는 이유로 영식과 몸싸움을 하질 않나, 산책이라며 나가더니 정원을 쑥대밭으로 만들어놓질 않나, 무도회장에 동물을 잔뜩 풀어놓아 사교계 데뷔장을 동물의 왕국으로 만들고, 징계 삼아 외출 금지 처분을 내렸더니 하녀로 분장해서 그날로 가출을…….

'아, 혈압.'

딸의 성장기를 회상하던 황제가 손을 뒷목으로 옮겼다. 상상만으로도 돌아가실 지경이다. 정녕 답이 없었다.

"딸아."

"왜요?"

"그냥 얌전히 시집가라."

"아버지."

"왜?"

"치매는 중병입니다."

"이것이!"

황제가 유리엔의 정략혼을 계획한 것은 어제오늘 일이 아니었다. 다만 발표가 갑작스러웠을 뿐이다.

그는 딸에게 설득이 통하지 않으리란 것을 잘 알고 있었고, 성사를 위해서는 모든 걸 끝낸 상태에서 직전에 통보를 하는 편이 좋다는 것도 알았다. 사실 이제 와 유리엔이 반항해 봐야 하등 소용없는 일이었다. 황제는 곧 득의양양한 미소를 지었다.

"후, 마음껏 떠들거라. 이미 준비는 끝났으니까."

"네?"

"마차는 내일 당장 뮤리엔 제국으로 떠난다. 물론 너를 싣고 말이지!"

"헐."

유리엔이 할 말을 잃었다. 그러고 보니 얼마 전부터 성의 전속 하녀들이 유독 분주하게 움직이던 것이 기억난다. 큼지막한 짐 덩어리를 열심히 나르는 것에 '다 같이 야반도주라도 하나 보다' 하고 대수롭지 않게 여겼더니 웬걸, 이런 뒤통수가 마련되어 있었다. 기가 찬 유리엔이 표정을 요상하게 일그러뜨렸다.

"더럽고 치사한……."

"그래그래, 더럽고 치사하니 그만 받아들이렴."

황제는 그렇게 말하면서도 유리엔이 출발 1분 전까지 난리를 칠 거라 확신했다. 아무리 어쩔 수 없는 상황이래도 얌전히 수긍하면 그건 유리엔이 아니다. 황제는 이미 딸과 밤새도록 푸닥거리를 할 각오를 다진 뒤였다. 그러나 웬일로 유리엔이 조용했다. 그녀는 잠시 동안 아무런 말이 없더니, 이윽고 황제의 다짐이 무색하게도 순순히 고개를 끄덕였다. 입가엔 미소까지 달고 있었다.

"알았어요. 할게요."

"……뭐라?"

"결혼, 딱히 어려운 것도 아닌데요, 뭐. 결혼이 별건가?"

"어디 아픈 거냐?"

딸의 정신 및 몸 상태를 걱정하는 황제의 표정이 심각했다. 유리엔은 그저 웃고만 있었다.

"아바마마, 소녀 이만 물러가겠사옵니다. 혼인을 목전에 두었으니 신체를 정갈히 해야 하지 않겠습니까? 돌아가 준비하겠습니다."

"그…… 그러려무나."

걔가 왜 저러지. 황제는 약간 공포에 질렸다.

물론 뒤돌아선 유리엔은 속으로 말과는 완전히 다른 생각을 하고 있었다.

'결혼하라고 했지, 이혼하지 말라고는 안 했다. 대륙의 최단 시간 이혼 기록을 깨주겠어!'

그녀는 굳게 결심했다. 결혼? 할 수도 있지. 대신 하자마자 이혼하면 그만이었다. 식을 올리기 무섭게 빛의 속도로 갈라서면 아버지도 한동안은 제게 결혼을 강요하지 않으실 것이다. 마치 백기를 들듯 상대측에서 '이혼하자'는 말이 나오도록 해주겠다.

'황태자고 나발이고, 넌 끝났어.'

결의를 다진 유리엔의 웃음이 스산했다. 하지만 그녀는 미처 모르고 있었다. 그녀의 정혼자인 황태자가 조금 전 그와 몹시 똑같은 생각을 했다는 것을.

"알고 있어?"

"음…… 아마도 거의 다 알걸? 모르는 게 특이할 정도로."

카린은 인간으로 돌아온 제 친구와 시간을 보내고 있었다. 몇 시간 후면 떠날 테니 얼굴을 많이 봐두는 편이 좋았다.

그녀는 항상 들고 다니는 자줏빛의 작은 빗으로 유리엔의 흑단 같은 머리카락을 곱게 빗어주었다. 엉키는 것도 없이 부드럽게 빗겼다. 머리를 맡긴 채로 유리엔이 재차 말했다.

"걔가 그렇게 유명 인사야?"

"카류엘 황태자를 둘러싼 소문은 무성해. 검술은 인 외의 경지이고, 얼굴은 살아 움직이는 조각이며, 여자에 관심이 없어서 사교 파티에는 일부러 나가지 않는대. 물론 실제로 어떨지는 나도 잘 모르지만."

"남의 나라 황태자야 이렇든 저렇든."

"원래 사람들은 남의 이야길 가장 좋아하잖아."

긴 흑발을 가지런히 정돈한 카린이 이번에는 하나로 땋기 시작했다. 한두 번 해본 것이 아닌 듯 익숙한 솜씨였다. 어릴 때는 틈만 나면 이렇게 인형 놀이를 하듯 유리엔의 머리를 만져주곤 했었는데, 철이 든 후로는 오랜만이었다. 곧 땋은 머리를 완성한 카린이 다 됐다며 손을 털었다.

"모르긴 몰라도, 지금쯤 너를 많이들 부러워하고 있을 거야."

"부러워하다니?"

"정혼자가 바로 '그' 카류엘 황태자니까."

"별걸 다 부러워하네."

"네가 몰라서 그래. 인기가 얼마나 많은데."

카린은 기억을 더듬었다. 우연한 기회로 보게 되었던 황태자의 초상화는 유리엔 탓에 하늘까지 높아진 그녀의 심미안으로도 깜짝 놀랄 만큼 아름다웠다. 사람이 아닌 조각이 걸어 다닌다는 소문이 이해가 될 정도였다.

"넌 지금 만인의 질투를 사고 있어, 유리엔."

"걱정 마! 금방 사라질 질투니까."

카린은 이해하지 못했지만, 유리엔은 자신만만했다. 부러움? 시기? 오래갈 리가 없다. 왜냐면 자신은 언제 떠났었냐는 듯 빠르게 돌아올 테니까!

그리고 그날 오후, 유리엔을 태운 마차가 순조롭게 성문을 벗어났다.

가는 길은 내내 평화로웠다. 왕래가 잦았는지 카르나 제국과 뮤리엔 제국은 가까운 거리가 아니었음에도 길이 잘 포장되어 있었다. 덕분에 험난한 산세를 가로지르지도 않았고, 몬스터나 산적과 마주치지도 않았다. 유리엔은 종종 창밖을 구경하다 심심하면 잠을 청하고는 했다. 돈을 쏟아부은 마차는 빠른 속도로 이동하는 와중에도 흔들림이 거의 없이 아늑했다.

며칠이 걸려 도착한 뮤리엔 제국에서는 유리엔을 무척 반갑게 맞아 주었다. 그야 그러지 않을 이유가 없었다. 제국의 입장에서 유리엔은 귀한 손님이나 다름없었다. 결혼을 하는 순간 여자가 시댁의 소유물로 전락하는 것은 계급이 두 단계 이상 차이 나는 가문끼리의 결합에서나 통용되는 얘기였다. 대등한 입장에서, 그것도 황족 간의 정혼이었으니 유리엔이 환대받는 건 당연한 일이었다.

"뵙게 되어 영광입니다, 황녀 전하. 이쪽으로."

기사의 에스코트를 받아 마차에서 내린 유리엔은 곧 시녀장의 안내를 통해 거처로 이동했다. 낯선 환경에 놓였음에도 유리엔에게선 동요를 찾아볼 수 없었다. 안내자의 뒤를 따라 걷는 그녀의 얼굴 위로 떠오른 감정은 한 가지뿐이었다.

'귀찮아.'

마차를 이용한 장거리 이동은 유리엔의 모든 의욕을 사라지게 만들었다. 곧 만나게 될 남편에 대한 설렘, 걱정, 뭐 그런 거야 원래부터 없었다지만 불꽃처럼 타오르던 '타도 결혼'의 의지마저 힘없이 식고 말았다. 물론 이혼을 포기할 생각은 없으니 머잖아 도로 살아나겠지만 당장은 이거고 저거고 죄 귀찮은 게 사실이었다.

힘이 빠진 채로 유리엔이 거처에 도착했다. 범인이 본다면 놀라 나자빠질 만큼 넓고 화려한 방이었다.

"저녁 식사?"

드레스를 갈아입은 뒤 침대에 나무늘보처럼 늘어져 있던 유리엔이 말했다. 말을 전한 시녀는 저도 모르게 유리엔의 얼굴을 넋 놓고 바라보다 그 목소리에 퍼뜩 정신을 차렸다.

"네, 네."

말을 더듬은 시녀가 급히 대답했다.

"황제 폐하와 황후마마, 그리고 황태자 전하께서 참석하시는 만찬이 오늘 저녁에 예정되어 있습니다."

"불참하면 안 되지?"

"예?"

"가기 싫다. 귀찮아. 얼굴에 뭘 또 잔뜩 찍어 바르고 몸에는 무거운 걸 주렁주렁 매달고 드레스를 질질 끌면서 식사 장소까지 가서, 거기선 또 깨작거리며 우아하게 새 모이만큼 먹어야 하잖아. 뭐야, 그게. 생각만 해도 끔찍하네. 게다가 오늘은 그럴 체력 없는데……."

불평불만이 속사포로 쏟아져 나왔다. 시녀가 순간 화들짝 놀라 제 귀를 의심했다. 아름다운 선녀의 외형과는 지나칠 정도로 어울리지 않는 말이었다.

"오랜 마차 탑승의 후유증으로 걷는 법을 까먹어서 못 가겠다고 할까?"

연타를 당한 시녀가 곱게 제 넋을 가출시켰다. 그러거나 말거나 유리엔은 진지한 고민을 시작했다. 솔직한 심정으로는 아프다는 핑계를 대서라도 자리에 불참하고 싶었지만, 그랬다간 (예비)남편과의 첫 대면을 피하는 꼴이 된다. 상대에게 어떻게 비칠까를 떠나 그건 왠지 첫 승부에 부전패를 당하는 느낌이었다.

'좋아. 가긴 가되, 꾸미는 걸 최소한으로 줄이자.'

가능한 소박하게 치장하는 걸로 스스로와 타협한 유리엔이 만족스럽게 웃었다. 이제 이걸 시녀에게 전달하면 된다. 그녀가 막 입을 열려던 순간이었다.

"잠시 실례하겠습니다, 황녀 전하."

급습이었다. 대뜸 문이 열리더니 시녀 열댓 명이 우르르 쏟아져 들어왔다. 흠칫, 낯설지 않은 광경에 유리엔이 굳었다.

“모시게 되어 반갑습니다, 전하. 저희는 황태자 전하께서 직! 접! 명하신 대로 황녀 전하를 아름답게 꾸며 드리기 위해 이곳으로 왔습니다.”

개중 가장 연륜이 있어 보이는 시녀가 앞으로 나와 본인들을 소개했다. 가만 보니 그녀들은 하나같이 빈손이 아니었다. 저마다 드레스며 장신구 따위를 한 아름 들고 있었다.

‘망할.’

유리엔의 머릿속에서 저절로 욕이 울려 퍼졌다. 황태자, 이 썩을.

“어머나, 소문은 들었지만 정말 아름다우세요!”

“어쩜 이리 아름다우실까.”

“이 비단 같은 머릿결이라니…….”

“감히 제가 꾸며 드릴 수 있다는 것에 무한한 영광이 느껴지네요!”

시녀 군단이 유리엔을 둘러싸는 것은 그야말로 순식간이었다. 그녀들은 하나같이 감탄을 아끼지 않으며 분주하게 손을 놀렸다. 분이 팡팡, 보석이 주렁주렁. 싫어 마지않는 상황에 놓인 유리엔의 얼굴이 점차 파랗게 질려갔다. 점차 몸의 통제권을 빼앗기며 유리엔이 이를 갈았다.

‘기선 제압이냐? 망할 황태자!’

유리엔 제국의 통치자는 다소 흔한 짙은 갈색의 머리카락과 눈동자를 지닌 중년의 남성이었다. 그러나 강인한 이목구비에 형형한 눈빛은 그가 결코 평범한 사람이 아님을 알려주기라도 하듯 상대를 휘어잡는 위압감이 있었다. 황제는 대체로 과묵하고, 또 진중했다.

"아버지, 제 결혼이 그렇게나 마음에 드십니까?"

그런 황제가 오늘은 어쩐 일인지 싱글벙글 팔불출처럼 웃고 있었다. 워낙 무표정해 신하들 사이에서는 '철의 가면'이라고까지 불리는 사람이 저런 함박웃음이라니. 카엘의 목소리는 저절로 삐딱하게 흘러나왔다.

"마음에 들다마다."

아들의 불편한 심기는 아랑곳하지 않은 황제가 기쁨을 담아 말했다. 그는 여러모로 이번 정혼을 통해 얻는 것이 많았다.

우선 카엘의 비혼주의를 들먹이며 황태자의 자질을 논하는 몇몇 귀족의 입을 완전히 닥치게 할 수 있는 데다, 결혼은 절대 하지 않겠다며 건방지게 떠들고 다니는 아들놈을 얌전히 정착시킬 수 있었다. 게다가 비등한 국력의 강대국과 사돈을 맺게 되었으니 생각하면 생각할수록 장점만이 가득한 결혼인 것이다.

'하하, 고 녀석. 너도 어차피 곧 이 아비에게 고마워하게 될 것이다.'

카엘은 표현 그대로 똥 씹은 표정을 하고 앉아 있었지만 황제는 얼마 안 가 아들이 제 부인에게 빠져들 것이라 확신했다. 남자라면 그럴 수밖에 없었다. 초상화를 받아 본 카르나 제국의 황녀는 혈기 왕성한 이성이라면 반할 수밖에 없을 만큼 아름다웠다.

"슬슬 시간이 되었구나."

약속한 식사 시간이 다가오고 있었다. 황제와 황후, 황태자는 이미 도착해서 오늘의 손님을 기다리고 있었다. 곧 있으면 주인공인 황녀가 등장할 것이다. 카엘은 비뚜름하게 입술을 올렸다.

'그래, 어디 얼굴이나 봐주지. 어떤 여자인지.'

기대는 없었다. 아니, 애초에 기대를 가질 대상이 아니었다. 카엘이 원하는 것은 쉽고 빠른 이혼이었고, 그에 걸맞은 상대이기만 하면 충분했다.

'생긴 거야 어떻든 머리가 빈 여자였으면 좋겠는데.'

카엘은 속으로 조건을 더했다. 멍청하고, 사치가 심하고, 허영이 가득한 여자. 그런 데다 지금껏 숱하게 겪어온 이들처럼 제 매끈한 생김새만을 보고 빠져들어 준다면 더욱 완벽하다. 그런 여자라면 상처주기도 쉬울뿐더러 아버지의 눈에 들 리도 없으니 내쫓는 것이 훨씬 간편할 테니까.

끼익.

길지 않은 기다림이 끝났다. 호화로운 문이 열리고, 동상이몽의 공간으로 한 인영이 사뿐사뿐 걸어 들어왔다.

'허어.'

조명 아래 유리엔의 얼굴이 드러나자마자 황제는 감탄을 금치 못했다. 밤하늘 같은 머리카락을 길게 늘어뜨린 채 드레스는 어깨가 살짝 파인 흰색을 입었다. 백옥 같은 피부에 새하얀 드레스가 어우러지니 유리엔은 마치 눈에서 갓 태어난 천사처럼 보였다.

'초상화가 미모를 전부 담지 못했군.'

눈을 떼기 힘든 아름다움이었다. 고작 초상화로는 전부 표현할 수 없는 게 어쩌면 당연하리라. 감탄을 거듭하다 황제는 문득 아들의 반응이 궁금해져 슬쩍 눈길을 돌렸다. 그러곤 흡족하게 미소 지었다. 카엘 또한 유리엔에게서 시선을 거두지 못하고 있었다.

'후후후, 녀석. 역시 너도 어쩔 수 없군.'

황제는 제 아들놈이 며느리에게 한눈에 반했다고 단정 지었다. 뿌

듯했다. 일부러 황태자의 이름을 빌려 시녀들을 보낸 보람이 있었다.

"와서 앉거라."

유리엔이 공손하게 읍한 뒤 자리에 가 착석했다. 마련된 위치는 황태자의 바로 맞은편이었다. 의자에 앉은 유리엔이 정면으로 고개를 들었다.

'……오호라?'

황태자와 눈이 마주쳤다. 즉시 유리엔의 얼굴 위로 흥미가 짧게 스쳐 지나갔다. 그녀의 시력은 의외로 정상이라 인물의 미추를 판단하는 것에는 주관이 크게 들어가지 않는 편이었다. 황태자는 단연 지금까지 봐온 사람 중 가장 돋보이는 외모를 지니고 있었다.

'잘생겼네.'

유리엔이 짤막하게 평가했다. 제 결혼을 부러워하는 여자들이 있다더니 납득이 아주 안 가는 것은 아니었다. 물론 그것이 유리엔의 결심에 영향을 주지는 않았다. 남편이 꼴뚜기든 조각이든 이혼은 반드시 해야만 한다.

'이혼이다.'

'이혼이야.'

4인 4색의 자리. 이 순간 단 두 명만큼은 동상동몽이었다.

"서로 인사들 하거라. 곧 부부가 될 사이가 아니냐."

근엄한 척하지만 기쁨을 감추지 못하는 목소리로 황제가 말했다. 그러면서 카엘을 향해 은근히 눈짓을 하여 모종의 압력을 넣었다. 먼저 인사하라는 뜻이었다. 짜증을 삼킨 카엘이 마지못해 입을 열었다.

"카류엘입니다."

담백했다. 그리고 말은 더 이어지지 않았다. 침묵이 길어지자 황제가 설마 하며 물었다.

"……그게 끝이냐?"

"뭐가 더 필요합니까?"

"……크흠……."

황제의 표정이 슬그머니 굳었다. 뭔가 이상하다. 틀림없이 홀딱 반했을 거라 생각했는데 그렇다기엔 태도가 영 뜨뜻미지근했다. 이게 아닌데. 이게 아니라 좀 더 열정적으로, 그러니까 잘 보이기 위해 몸부림치는 남자의 혈기 왕성한 에너지가…….

"전 유리시엔입니다."

"그렇군요."

"그렇지요."

"……."

대화는 없었다. 테이블 위에 놓인 것은 시종이 막 내오기 시작한 음식과 침묵뿐이었다. 카엘과 유리엔은 각자 제 몫의 식사가 나온 후에는 더 이상 서로를 쳐다보지도 않았다. 만찬이 끝나갈 무렵 가장 울상이 된 것은 황제였다.

처소로 돌아온 카엘은 생각에 잠겼다. 뇌리에 떠오른 것은 조금 전까지 같은 공간에 있었던 황녀였다. 그는 목격했던 상대의 외양을 차분히 되짚었다.

흰 피부, 가는 체형, 섬세한 이목구비. 이리 보고 저리 봐도 '연약함', '가녀림' 따위의 단어가 꼭 맞춘 듯 어울리는 인물이었다. 바람이라도 불었다간 날아가거나 쓰러질 것 같았다.

'별거 아니잖아?'

카엘은 회심의 미소를 지었다. 사치나 허영의 여부는 아직 모르겠지만 심약해 보인다는 점이 매우 마음에 들었다. 약간만 차갑게 대해도 알아서 상처를 받고 도망가 줄 것 같았다. 정말 그래준다면 대단히 고마울 것이다.

'내일부터 시작해야겠어.'

내일은 저녁부터 연회가 열린다. 제국에서 유리엔을 위해 준비한 환영 파티였다. 카엘은 그곳에서 유리엔을 전혀 모르는 사람처럼 무시해 창피를 줄 심산이었다. 부디 얌전히 도망가기를! 타도 결혼을 목표하는 붉은색 눈동자가 반짝였다.

유리엔은 거처에 도착하자마자 아까처럼 침대 위로 엎어졌다. 그러곤 그 상태로 손만 뻗어 줄을 당겼다. 그러자 이내 방 안으로 하녀 한 명이 쪼르르 달려왔다.

"부르셨어요?"

"린."

분홍색 머리카락이 솜사탕처럼 몽글거렸다. 앳된 생김새의 하녀는 유리엔과 같은 나이로, 제국까지 동행한 사용인 중에서는 가장 어렸다. 반바퀴 굴러 얼굴을 드러낸 유리엔이 말했다.

"밥 좀 줘."

"네?"

"배고파."

"네에? 방금 식사를 하고 오신 거 아니에요?"

린은 재작년 유리엔에게 일생일대의 도움을 받으면서 그녀를 처음 만났다. 웬 로리콤 귀족의 눈에 띄어 으슥한 곳에서 몹쓸 짓을 당할 뻔했던 것을 마침 숨바꼭질 중이던 유리엔이 우연히 발견해 구해준 것이다. 그 일이 있고 난 후로 린은 유리엔의 신봉자가 되어 지금까지 그녀의 충성스런 손과 발로 활약하고 있었다.

"그건 식사가 아니었어."

"그럼요?"

"전투였어. 전투에서 한가롭게 밥을 처먹는 것은 곧 패배자가 되겠다는 뜻이지. 첫 전투에서의 패배는 필시 죽음으로 이어지는 법……."

"이해는 잘 안 되지만, 어쨌든 식사를 가져올게요."

고개를 갸웃한 린이 이어 종종걸음으로 방을 나섰다. 유리엔은 린을 보낸 뒤 천장으로 눈을 돌렸다. 화려한 장식들이 눈에 들어오고, 다음으로 웬 얼굴이 하나 그려졌다.

'카류엘 드 뮤리엔.'

소리 나지 않게 입안에서 이름을 한 번 굴려봤다. 그러곤 유리엔은 인상을 썼다. 왠지 모르게 마음에 들지 않는 상대였다. 재수 없달까? 응, 재수 없다. 어디가 어떻게 재수 없는지는 콕 집어 말하기 어려웠지만 재수가 존재하지 않는다는 것 하나는 확실했다.

'지나가는 개미 다리털만큼도 없어.'

재수 소멸. 신랄한 첫인상이었다. 본인이 내린 평가에 납득한 유리엔이 누운 채로 고개를 끄덕거렸다. 그러다 점점 무거워지는 눈꺼풀을 느끼고 손을 들어 제 눈을 꾹꾹 지압했다.

자면 안 된다. 린이 곧 음식을 들고 올 텐데, 잘 땐 자더라도 최소한 그건 먹고 자야 한다. 먹고 나서…… 자야…….

까무룩. 수마를 이기지 못한 유리엔은 그대로 잠에 빠졌다.

아침부터 이곳저곳을 주물러 대는 손길이 있었다. 단잠에 빠져 있던 유리엔은 낯설지만 낯설지 않은 감각에 비몽사몽 눈을 떴다. 잠기운이 들러붙어 반밖에 떠지지 않는다. 목소리는 자연히 잔뜩 잠겨서 나왔다.

"……뭐 해?"

"일어나셨군요, 황녀 전하."

"기침하셨습니까?"

한 명이 아니었다. 여러 명이 달라붙어 열성적으로 손을 놀리고 있었다. 동이 트자마자 자행된 스페셜 전신 마사지였다. 상황을 파악한 유리엔이 미간에 주름을 잡았다. 아놔.

"이거 왜 하는 거야?"

"오늘 저녁에 연회가 준비되어 있사옵니다."

"황녀 전하께서 주인공이신 환영회이지요."

"네, 주인공이셔요!"

유리엔의 왼팔을 마사지하던 시녀는 콧김까지 뿜으며 대답했다. 가만히 있어도 빛나는 유리엔을 곱게 단장해 연회장에 내놓는다는 것에 어떠한 희열을 느끼는 것 같았다.

유리엔은 떨떠름한 표정으로 그것을 지켜보다 다시 눈을 감았다.

저녁에 있을 파티인데 벌써부터 이 난리라니.

"마사지가 끝나면 다음은?"

"장미수로 목욕을 하시게 됩니다."

"그래. 그럼 아침은?"

"아침이라니요?"

"밥."

"아아, 아침 식사는 물이옵니다."

유리엔은 잠깐 제 귀를 의심했다. 뭔가 이상한 소리를 들은 것 같았다. 그것도 아주 이상한.

"아침이…… 물이라고?"

"예, 전하."

"점심은?"

"점심 식사도 물이옵니다."

"……!"

유리엔이 눈을 번쩍 떴다. 잘못 들은 게 아니다. 틀림없이 물이라고 했다. 아침, 점심이 모조리 물이라고! 유리엔의 얼굴이 하얗게 질렸다.

"착각한 모양인데, 난 이슬만 먹고도 살 수 있는 요정이 아니야."

"호호, 그러신가요?"

"물론 헷갈릴 만해. 내가 봐도 난 요정처럼 생겼잖아. 근데 아니라니까? 나 사람이야. 밥을 안 먹으면 죽어!"

"몇 시간만 참으셔요, 황녀 전하. 전부 전하의 아름다움을 위한 일이랍니다."

밤의 파티를 위해 귀족 영애가 아침부터 식사를 거르는 것은 흔한 일이었다. 위장을 최대한 비워서 홀쭉해진 허리를 코르셋으로 한계까지 조인다. 그러고는 그 위에 딱 붙는 드레스를 입히는 것이다. 한 팔에 감기는 개미허리를 여성의 대표적인 미로 여기는 사회였으니 그에 따라 생겨난 자연스러운 과정이었다. 유리엔은 열심히 고개를 저었다. 이 순간만큼은 사회의 반항아가 되고 싶었다.

"정정할게. 사실 난 인간이 아닌 요정이라 밥을 아무리 먹어도 배가 나오지 않아. 그러니까 밥 좀 줄래?"

"아니 됩니다. 시냐, 넌 가서 욕조에 물을 받으렴."

"그리고 내 밥도 떠오렴."

"전하, 참으시어요. 그 누구보다도 아름답게 빛날 오늘 밤 전하의 모습을 상상해 보세요."

"난 자연인 상태로 가도 빛나."

"꾸미면 한층 더 빛이 나시겠죠."

시녀들의 대선배로 보이는 여인의 태도는 꼿꼿했다. 철의 여인이 따로 없었다. 시간이 더 흐르자 유리엔의 낯엔 결국 체념이 어렸다. 여기가 제 안방 같은 조국이었다면 깽판이라도 치겠는데 남의 제국이라 그럴 수가 없다.

'죽어라, 황태자!'

검은색 눈동자가 이글거렸다. 허기가 강해질수록 애꿎은 황태자에 대한 분노만 비례해 타올랐다.

시녀 인생 어언 십오 년. 그중에서도 십 년은 '화장'에만 몰두하며 달려왔다. 이쯤이면 스스로를 장인이라 칭해도 될 것이다.

최고의 화장술을 선보일 수 있다 자신하는 그녀의 이름은 비안시느. 그 어떤 박색이더라도 그녀의 손을 통한다면 아리따운 미녀로 변신하곤 했다. 비안시느에겐 절친한 친구이자 최고의 동료로서 함께하는 또 다른 장인들이 있었다. 드레스 고르기 하면 드레수아, 피부 마사지 하면 박피, 장신구 고르기 하면 주얼리, 코르셋 조이기 하면 노가르비 등 그들은 서로 뭉쳐 최강의 팀을 결성해 움직였다. 그녀들에게 결코 실패란 있을 수 없었다.

자신들의 손을 거치면 누구나 파티장의 여신이 된다. 그런 날들이 지속되다 보니 이젠 어지간한 미녀를 만들어놔도 별 감흥이 일지 않았다. 완성! 예쁘네. 그래서? 그녀들은 점차 무감해져 갔다.

조금씩 보람을 잃어가던 나날. 그런 그녀들의 오감이 이 순간 그 어느 때보다도 활짝 깨어났다.

"맙소사……!"

"내 눈을 믿을 수가 없어요!"

"우리가 인형을 만들다니!"

"아아!"

눈부신 존재를 앞에 두고 시녀들이 비틀거렸다. 일부는 벌써 바닥에 주저앉아 있었다. 익숙한 반응들에 유리엔이 심드렁히 거울로 제 모습을 확인했다.

'예쁘네.'

엄청 예뻤다.

'배고파.'

그리고 배가 고팠다.

유리엔은 창백해진 얼굴로 주린 배를 움켜쥐었다. 고행을 견뎌낸 허리는 감탄이 절로 나올 만큼 유려한 곡선을 그려내고 있었지만 유리엔의 눈에는 그저 못 먹어서 홀쭉해진 신체 부위일 뿐이었다.

'불쌍한 내 장기…….'

유리엔이 무슨 생각을 하고 있는지 알 길이 없는 시녀들은 표정마저 우아하고 청초하다며 더욱 좋아했다. 몇몇은 뜨거운 눈물마저 흘리고 있었다. '내 생애 최고의 걸작을 봤어. 난 이만 은퇴하겠어', '안 돼! 네가 사라지면 우리 팀은!' 이런 대화가 서로 간에 오가기도 했다.

"황녀 전하, 모시러 왔습니다."

에스코트를 맡은 것은 고국에서부터 동행한 호위 기사 찰스였다. 고개를 살짝 끄덕인 유리엔이 문밖으로 나섰다.

파티는 이미 시작되어 있었다. 모름지기 주인공은 늦게 등장해야 한다며 시녀들이 시간을 끌었기 때문이다. 그래도 너무 지체하면 그것도 모양새가 좋지 않으니 슬슬 출발하는 것이 적당했다.

"가시죠."

찰스는 모셔야 하는 대상이 바깥으로 나오자마자 시선을 아래로 내리깔았다. 오늘의 유리엔은 머리를 높게 틀어 올리고 있었다. 드러난 흰 목덜미에 눈을 빼앗기는 것은 불경죄다. 그는 스스로의 인내심을 시험하며 최대한 시야를 고정시켰다.

연회장은 소란스러웠다. 삼삼오오 모여 떠드는 소리에 악단의 연주가 묻힐 정도였다. 넓은 실내를 부족함 없이 채운 귀족들은 저마다 동일한 주제로 열을 올리고 있었다.

"기대되는군요. 과연 얼마나 아름다울지."

"소문이란 무릇 부풀려지게 마련이 아닙니까?"

"카르나 제국이 체면을 신경 써 일부러 과장한 것일 수도 있겠지요."

"우습습니다. 과연 황태자비가 될 자격이나 있는 여자일지……."

호의와는 거리가 멀었다. 대화에 담긴 것은 적대에 가까웠다. 유리엔을 화제로 한 이야기들은 사람만 바뀌어 여러 형태로 회장 안을 떠돌고 있었다.

"가만 안 둘 거야!"

"진정해, 패니야."

"자기가 뭔데 황태자 전하를…… 흑흑!"

"별 볼 일 없는 여자일 거야."

"맞아, 신분만 믿고 날뛰는 허영덩어리 여자일걸?"

아직 어린 십 대 소녀들은 감정을 감출 줄을 몰랐다. 그녀들은 보다 노골적이었다. 질투에서 비롯된 악의를 날것 그대로 고스란히 드러냈다. 눈물을 쏟는 소녀는 숫제 유리엔에게 제 애인이라도 빼앗긴 듯한 태도였다.

"이거 위험하게 되었습니다."

"전조도 없이 일을 벌이다니요? 능구렁이에게 당한 꼴이군요."

"아직은 괜찮을 겁니다. 황태자가 어디 순순히 아내를 인정할 인물입니까? 여성 혐오증이라 공언하고 다니는 그보다는 2황자 저하께서 먼저 후사를……."

"쉿. 누가 듣겠습니다."

늙은 귀족들의 속닥거림이 은근했다. 현 황제의 집권 아래 기를 펴지 못하고 지내온 그들은 황태자가 옥좌에 앉아 아비의 권력을 이어가기를 바라지 않았다. 유약한 성정에 기가 약한 2황자에게 황관을 씌워 허수아비처럼 조종하는 것이 그들이 원하는 목표였다. 비록 아직까지는 아무런 진전을 보지 못하고 있었지만.

파티장의 인원은 점점 늘어갔다. 가능한 많은 인원이 참석하기를 바란다는 황제의 당부도 있었지만 황태자비라며 뜬금없이 나타난 인물 자체에 대한 호기심이 불러온 효과가 더 컸다. 카르나 제국의 유일한 황녀. 소문이야 화려하다지만 실제는 어떨까?

각자의, 그러나 비슷한 생각이 회장을 가득 메웠을 무렵이었다.

"유리시엔 드 카르나 황녀 전하께서 드십니다!"

우렁찬 시종의 목소리가 실내를 갈랐다. 그러자 물이라도 끼얹은 듯 순식간에 좌중이 조용해졌다. 시끄러움이 가시고 고요가 찾아오자 악단의 연주가 뒤늦게 빛을 발했다. 은은한 선율이 감도는 연회장 안으로 기다리던 인물이 마침내 모습을 드러냈다.

"……맙소사."

누군가가 믿을 수 없다는 얼굴로 제 입을 가렸다.

미의 여신이 걸어 들어왔다. 한 발짝, 가볍게 내디딜 때마다 사위로 꽃이 피어났다. 진주 가루를 뿌려 장식한 검은색 드레스가 마치 밤하늘을 옮겨다 놓은 듯 반짝거렸다. 별이 가득한 한밤의 하늘을 안은 채로 소녀는 강렬한 존재감을 흩뿌렸다.

"저분이……."

"……유리시엔 황녀님?"

풍성한 속눈썹 아래로 흑요석 같은 눈동자가 드러나 주위를 담았다. 눈이 마주친 어느 귀족은 급격하게 빨라지는 제 심장박동에 가슴께를 움켜쥐었다. 유리엔이 눈가를 접어 웃자 동시에 여러 명이 호흡

곤란을 호소했다. 파티장의 모두가 약속이나 한 듯 유리엔에게서 눈을 떼지 못했다.

"마, 말도 안 돼."

"패니야, 정신 차려! 패니야!"

"……상황이 좋지 않군요."

"확실히 저 정도라면, 제아무리 황태자라지만 흔들릴 가능성이……."

곳곳에서 술렁거림이 터졌다. 침묵을 깬 갖가지 감상평은 빠르게 홀 전체를 뒤덮었다. 그들은 가까이 있는 사람과 말을 나누면서도 여전히 유리엔에게 시선을 고정하고 있었다. 홀린 듯 날아드는 이목을 유리엔은 당연한 듯 태연한 낯으로 받아냈다.

'하아…… 위장 쓰라려.'

유리엔은 변함없이 한 가지만 생각했다. 그녀에게 중요한 것은 숨 쉬는 것처럼 익숙한 타인의 주목이 아니라 제 소화기관의 안위였다. 어서 텅 빈 위장을 달래줘야 하는데. 불쌍한 내 위장은 대체 언제쯤 위로받을 수 있는 건지.

'망할 황태자! 빨리 안 오냐?'

드레스 자락에 가려진 유리엔의 발이 드러나지 않게 바닥을 쿵쿵 찍었다.

황태자를 비롯한 황가의 식구들이 연회에 도착해 인사를 해야 유리엔은 자유롭게 움직일 수 있었다. 그 전에 자리를 비우는 것은 큰 결례에 해당한다. 몇 분 기다리지도 않았거늘 성미 급한 유리엔의 미간에 내 천자로 주름이 잡혔다.

"황제 폐하와 황후마마께서 드십니다!"

'개미와 레이스를 해도 패배할 황태자'라며 재차 상대를 욕했을 즈음 시종이 개최자의 등장을 알려왔다. 언제 표정을 찡그렸었냐는 듯 유리엔이 단박에 웃음꽃을 피웠다. 지켜보던 영식 A가 그대로 바닥에 무릎을 꿇었을 만큼 환한 미소였다.

황제와 황후를 필두로 그 뒤를 자식들이 따랐다. 황태자와 함께 걸어 들어온 황자들은 둘 다 열셋 전후인 듯 앳된 용모였다. 연미복을 차려입은 채 홀로 우뚝 솟은 황태자는 자연히 눈에 띌 수밖에 없었다. 높게 자리한 옥좌에 앉아 황제가 좌중을 내려다보았다.

"다들 이리 참석해 주어 고맙소. 오늘 그대들을 불러 모은 까닭은 이미 알고 있을 거라 생각하오."

힘 있는 목소리가 장내를 휘어잡았다. 만인을 장악하는 위엄은 유리엔에겐 낯설지 않은 것이었다.

'아버지를 보는 기분이네.'

딸과의 독대에선 평범한 팔불출 아버지가 되더라도 대중의 앞에서는 또 달랐다. 유리엔은 픽 새어 나온 웃음을 흘렸다. 저와 있을 땐 푼수처럼 굴면서 신하들을 대할 땐 괜히 있는 척 무게를 잡는다며 놀려댔던 기억이 새록새록 솟았다. 지금쯤 골칫덩어리 딸을 드디어 시집보냈다며 기뻐하고 있을 것이 뻔하다. 얼른 돌아가서 다시 놀려주어야지. 그렇게 생각하던 와중 황제가 유리엔을 언급했다.

"소개하겠소. 카르나 제국의 황녀이자 카류엘의 배필이 될 아이오."

"……유리시엔 드 카르나입니다. 반가워요."

딴생각을 도로 집어넣은 유리엔이 우아하게 상체를 살짝 숙여 인사했다. 한 손으로 드레스 자락을 잡아 올리고 나머지 손은 가슴 언저리를 가렸다. 예법에 따라 인사를 마친 유리엔이 살포시 청초한 미소를 지었다. 대외용이었다.

"커헉! 내 심장."

무릎을 꿇었던 영식 A는 이제 바닥을 굴렀다.

"그럼 모쪼록 즐겁게 연회를 즐겨주길 바라오. 카류엘?"

"……예."

"어서 가보질 않고 무엇하느냐?"

카엘이 못마땅하게 고개를 들었다. 이럴까 봐 대답하기 싫었다. 반항심 가득한 아들의 눈빛에도 황제는 꿋꿋이 지시를 내렸다.

"당장 움직이거라. 부인이 널 기다리다 쓰러지기라도 하면 어쩌려고."

그럼 땡큐지요. 솔직한 대답을 목 안으로 삼킨 카엘이 마지못해 몸을 움직였다. 그래. 간다, 가. 일부러 찾아가서 무시하는 모양새가 우습긴 하겠지만 얼굴을 대면한 채로도 싸늘하게 대하는 방법은 얼마든지 있었다. 카엘이 느릿한 걸음으로 유리엔을 향해 다가갔다.

'음?'

거리가 충분히 좁혀졌을 때 카엘의 얼굴 위로 이채가 스쳤다. 가까이서 본 유리엔의 안색이 눈에 띌 만큼 창백했던 것이다. 분을 칠해 가린 상태였지만 카엘의 안목을 피할 수는 없었다. 말마따나 곧 쓰러지기라도 할 것 같은 모양새라 그는 자기도 모르게 말을 뱉었다.

"설마 정말로 날 기다리느라 그리됐소?"

"네?"

그리고 카엘은 곧바로 경솔한 제 발언을 후회했다. 말을 들은 유리엔이 돌았냐는 표정을 지었기 때문이다. 누가 봐도 잘못 짚은 언사였다.

"……실언이오."

"전하, 혹 입은 괜찮으신가요?"

"무슨 소리요?"

"입이 근질거리실 것 같아서요. 원치 않는 정략결혼이라 짜증은 나고, 상대에게 독설이라도 쏟아주자니 보는 눈이 많고. 열 많이 오르시죠?"

"……."

"근데 그 열은 저도 오른답니다. 피차 반가울 것 없는 사인데 서로 얼굴 보이지 말고 사이좋게 꺼져주는 건 어떨까요? 오늘은 유감이게도 제가 파티의 주인공이라 꺼져 드리기 어려우니, 전하께서 먼저 꺼져준다면 누이 좋고 매부도 좋겠습니다."

아셨죠? 그럼 이만. 마무리로 곱게 눈웃음을 날린 유리엔이 몸을 돌렸다. 그녀가 총총걸음으로 완전히 사라질 때까지도 카엘은 돌처럼 굳어 있었다.

'……하.'

뒤늦게 정신을 차린 카엘의 표정에 파사삭 금이 갔다. 어린 나이에도 그는 필요할 때면 늘 포커페이스를 유지하는 편이었지만 지금은 그럴 수가 없었다.

'이렇게 나온다 이거지?'

선빵을 먹었다. 강아지처럼 연약해 보이는 외모에 방심을 했다가 그만 공격을 허용하고 말았다. 기가 차 한숨을 내뱉은 카엘이 이내 이를 갈았다. 생김새로 판단해 만만히 본 것이 실책이었다. 전투 의지가 속에서 횃불처럼 타올랐다.

"린!"

체통을 잊은 유리엔이 양팔을 번쩍 들며 기뻐했다. 잠시 쉴 요량으로 찾은 테라스에는 어떻게 알았는지 린이 바구니를 하나 든 채로 기다리고 있었다. 유리엔의 얼굴에 화색이 돌았다.

"미리 와 있었어?"

"황녀님께서 특명을 내리셨잖아요."

"음, 그랬지."

비치되어 있는 의자에 앉으며 유리엔이 몇 시간 전을 회상했다. 이대로 계속 굶다가는 정말 골로 가겠다 싶어 린을 불러다 몰래 음식을 가져오도록 시켰었다. 그러나 받은 명령을 충실히 이행하던 린이 도중에 시녀장에게 붙들리면서 배드 엔딩으로 끝나나 싶었는데…….

"늦었지만 흠 없는 완수야. 잘했어."

"헤헤, 샌드위치랑 비스킷 종류들을 담아왔어요."

"내가 늘 사랑하는 거 알지?"

린의 색구름 같은 머리카락을 쓰다듬어 준 유리엔이 감격에 겨워 바구니를 열었다. 모습을 드러낸 음식을 보자마자 위장이 재촉하듯 속에서 난리를 쳤다. 그래그래, 알았으니까 조금만 기다려, 애기야. 싱글벙글 웃으며 유리엔이 샌드위치를 집었다.

"그런데요, 황녀님."

"응? 와구."

"카류엘 황태자 전하 말예요, 직접 만나보신 거죠? 어떠셨어요? 이곳 하녀들 사이에서도 소문이 엄청나서…… 저와 비슷한 또래 중에서는 연모하지 않는 아이가 없는 것 같았어요."

"그래? 와구와구."

"어떤 분이세요?"

눈 깜짝할 새에 샌드위치 한 개를 실종시킨 유리엔이 입가의 부스러기를 닦았다. 흐음, 한 바퀴 눈을 굴린 뒤 그녀가 린의 질문에 대답했다.

"잘생겼더라."

"정말요? 얼마나요?"

"로맨스 소설에서나 나올 것 같은 왕자 느낌?"

"우와! 그럼 마음에 드셨겠네요?"

"아니."

말로는 모자라 유리엔이 고개까지 저었다. 언행을 다 동원한 부정에 린이 눈을 동그랗게 떴다.

"왜요?"

"별로야. 여러모로."

"하지만 마음에 드셔야 하잖아요? 남편인데."

"아직 아니거든?"

"왜 싫으신 거예요? 설마, 황녀님께 심한 말이라도 한 건……."

"심한 말을 들은 건 이쪽이지."

낯선 목소리가 난데없이 튀어나와 말끝을 잘랐다. 남자의 것이 분명한 낮은 미성에 린이 화들짝 놀라 고개를 돌렸다. 붉은 머리의 조각 같은 미남자가 삐딱하게 서서 이편을 바라보고 있었다. 린의 사고가 잠깐 애먼 곳으로 튀었다.

"황녀님, 조각이 말을 해요."

"정신 차려. 조각이 아니라 네가 궁금해하던 황태자니까."

"……네?!"

자리에서 벌떡 일어날 정도로 놀라는 린을 뒤로하고 유리엔이 카엘과 시선을 마주했다. 막 집었던 비스킷을 도로 내려놓은 유리엔이 표정을 심각하게 굳혔다.

“스토커니?”

“제정신이오? 본래 내가 자주 찾는 장소를 그쪽이 재수 없게 선점하고 있었을 뿐이오.”

“그래? 그럼 말고.”

“말이 꽤 짧구려, 황녀.”

“불만이면 너도 짧게 하세요, 황태자야.”

“……그래, 막 나가자 이거지?”

“넌 정중하게 나와도 되고.”

흉흉한 기류가 흘렀다. 갑작스레 변화한 공기에 린이 관전자의 위치에서 그저 눈만 깜박였다. 대체 이게 무슨 일인지.

“예의는 집에 두고 왔냐?”

“너야말로 재수 좀 다시 찾아와라, 판 곳에서.”

“하! 정말 완전히 내숭이었군.”

“왜? 한눈에 반했었는데 말 터보니 아니라서 마음이 찢어져?”

“이젠 도끼병까지!”

“정곡을 찔렀니?”

“미쳤냐?”

험악한 공기가 소용돌이를 만들었다. 상대를 죽어라 노려보는 유리엔과 카엘은 한 치의 양보도 있을 수 없다는 듯 눈에 힘을 주고 있었다. 흉흉한 폭풍이 불었다. 지켜보던 린이 딸꾹질을 했다.

딸꾹.

“야, 카라멜! 너 때문에 린이 놀랐잖아!”

“……카라멜? 설마 그거 나냐?”

"들어놓고 뭘 물어. 귀 파줘?"

"이게 남의 멀쩡한 이름을!"

"네가 생각해도 카라멜이 훨씬 잘 어울리는 것 같지? 역시 내 작명 센스, 소름."

"작명 센스 좋아하시네, 검둥이!"

"검…… 뭐? 검둥이? 이게 지금 내 아름다운 흑발을 모욕했어?"

"아름다운 흑발 같은 소리 하네, 칙칙함의 끝을 달리는 개털 같은 게!"

"돼질래?!"

"으앙! 그만하세요!"

공중에서 튀기는 스파크에 결국 린이 눈을 질끈 감고 팔을 펼쳤다. 감히 하녀의 신분으로 황족 사이를 막아서는 배짱 같은 건 본래 가지고 있지 않았지만, 가만히 두었다간 유리엔이 육탄전이라도 불사할 기세라 어쩔 수 없었다. 차마 모시는 사람이 타국의 황태자와 몸싸움을 벌이는 꼴은 보고 싶지 않았다.

"린!"

"화, 황녀님……."

"알았어, 그만할게. 많이 놀랐지? 미안해."

자기 사람한테는 한없이 관대한 유리엔이 금세 투지를 꺼뜨리고 린을 토닥거렸다. 내 사람이다 싶으면 일단 잘해주는 성정도 있었지만, 특히 유리엔은 귀여운 것에 약했다. 린은 귀여운 편이었다.

"허."

한순간에 병풍이 된 카엘만 기가 찰 뿐이었다. 바락바락 싸워댈 땐 언제고 갑자기 저 혼자 훈훈하다. 어이를 잃은 카엘이 뭐라고 해줘야 하나 잠깐 고민했을 때였다.

"황태자 전하! 여기 계십니까?"

공교로운 타이밍이었다. 테라스로 들어온 새 인물을 향해 나머지의 시선이 쏠렸다. 이십 대 전후로 보이는 젊은 귀족은 유리엔을 보곤 흠칫 놀랐다가, 이내 카엘을 발견하고는 반색하며 다가갔다.

"황녀 전하, 결례했습니다. 황태자 전하! 이곳에 계셨군요."

"무슨 일이지?"

좀 전까지의 언사가 거짓말인 것처럼 카엘의 목소리는 차분하고 진중했다. 린이 불경도 잊고 충격받은 표정으로 카엘의 얼굴을 빤히 쳐다봤을 정도였다. 귀족은 곧바로 한쪽 무릎을 꿇어 존경의 예를 표했다.

"폐하께서 찾으십니다."

자세만 그런 것이 아니라 목소리에서도 존경심이 철철 흘러넘쳤다. 싫어도 느껴지는 진심 어린 공경에 유리엔이 사각지대에서 한껏 괴상한 표정을 지었다. 그러더니 눈을 비비고 귀도 툭툭 쳤다.

'카라멜에게 존경이라니!'

본인의 시각과 청각을 의심 중인 유리엔은 몰랐지만, 카엘의 인망은 제법 두터운 편이었다. 특히 무를 숭상하는 기사들 사이에서 그랬다. 검술에 있어 남다른 재능을 타고난 카엘은 제국 내에서 그 누구보다도 빠른 성취를 보이고 있었고, 자연스레 검의 길을 걷는 기사들에게 우상과 같은 존재가 되었다. 더구나 여성을 기피하여 사교계에 나가지 않고 수련에만 몰두한다는 점이 그런 인기를 더욱 끌어 올렸다. 이성에겐 외모로, 동성에겐 실력으로 숭배를 받는 것이다.

이런 점에선 유리엔과 비슷하다고 볼 수 있었다. 유리엔 또한 고국에서 인기가 드높은 편이었는데 남자들은 미모에, 여자들은 그녀의 활약에 빠져들었다. 유리엔이 그간 무자비하게 응징한 성범죄자의 수만 해도 열이 넘었으니 영애들의 지지를 받는 것도 당연한 일이었다.

서로가 알면 질색할 일이었으나 두 사람은 이런 식으로 은근히 닮아 있었다.

"아버지께서? 당장 오라시던가?"

"예."

무표정을 가장한 카엘의 낯 위로 불안감이 옅게 스쳤다. 부르는 이유는 알 수 없었지만 느낌이 좋지 않은 걸 보니 그리 반가운 용건은 아닐 것이다. 티 나지 않게 불만을 삼킨 카엘이 고개를 끄덕였다.

"그럼 다녀오겠소."

귀족의 눈을 신경 써 카엘은 유리엔에게 멀쩡히 인사했다. 린은 여전히 충격에 빠진 상태로 머물러 있었다. 유리엔이 화답하듯 수줍게 웃었다.

"다녀오세요."

오는 데 적당히 백 년 정도만 걸리면 좋겠구나. 내심을 숨긴 유리엔의 미소가 꽃처럼 예뻤다.

'다신 오지 마라.'

'갈 것 같냐?'

속내를 모르는 귀족만이 그저 예비부부끼리 사이가 참 좋다며 기뻐할 뿐이었다.

"왜요."

테라스에 다녀온 아들의 기분이 왠지 떠꺼워 보였다. 바람을 좀 쐬겠다더니 구린 표정으로 돌아온 장남을 물끄러미 바라보다 황제가 입을 열었다.

"아들아."

"말씀하시죠."

"회장을 한번 둘러보려무나."

"……?"

카엘이 시킨 대로 홀 전체를 한 바퀴 눈에 담았다. 그러고는 바로 낯을 굳혔다.

"아버지."

"꼭 말로 해야 알 정도로 네가 아둔하다고는 생각지 않는다."

파티의 분위기는 그새 무르익어 있었다. 주인공이 자리에 없어도 알아서 자기들끼리 즐길 건 다 즐긴다. 증거로 연회장엔 현재 춤판이 한창이었다. 감미로운 왈츠의 선율에 맞춰 짝은 지은 남녀들이 서로를 붙잡고 춤을 췄다. 황제가 원하는 바를 깨달은 카엘이 차마 욕은 하지 못하고 입을 다물었다. 심지어 귀족들은 서로 약속이나 한 듯 홀의 정중앙만큼은 피해서 움직이고 있었다.

"보니까 며늘아기도 한 춤 하게 생겼던데……."

"싫습니다."

"허허, 건방지구나. 황명을 받고 싶으냐?"

"……."

젠장. 한숨을 삼킨 카엘이 결국 다시 떠밀렸다.

저녁 바람이 시원했다. 테라스의 난간에 몸을 기댄 유리엔이 풍경을 감상하듯 사위를 눈에 담았다. 실내의 음악은 문 하나를 사이에 두고 시끄럽지 않게 은은히 전해지고 있었다. 눈을 감은 채로 숨을 한 번 크게 들이쉰 유리엔이 기분 좋은 미소를 지었다. 역시 연회장에선 이곳이 가장 마음에 들었다.

"야, 검둥이."

"……죽으러 왔냐?"

평화가 깨졌다. 입구를 향해 몸을 돌린 유리엔이 양껏 못마땅한 표정을 지었다. 린을 방금 돌려보낸 터라 이 자리에는 막 난입한 카라멜과 자신 둘뿐이었다. 눈썹 사이를 좁히는 유리엔을 보며 카엘이 말없이 테라스와 파티장을 잇는 문을 활짝 열어젖혔다. 음악 소리가 커졌다. 유리엔은 의문스럽게 상대가 하는 양을 주시했다.

"뭐 하니?"

"춤 잘 추냐?"

"댄스 배틀이라도 하자고?"

"글쎄."

알 수 없는 표정을 지은 카엘이 유리엔을 향해 성큼성큼 다가왔다. 그러더니 불쑥 손을 내밀었다.

"한 곡 추시겠습니까, 레이디?"

그리고 유리엔은 배를 잡았다.

"푸하하! 야, 너 개그 잘한다."

"농담 아니거든?"

"진짜로 춤추자고?"

"정 싫으면 파티장 안으로 들어와서 싫다고 크게 외쳐주면 되고."

유리엔이 고개를 들어 가까워진 카엘을 올려다보았다. 잠깐 사이에 이놈이 미치고 만 건가 고민하던 유리엔은 곧 감을 잡고 손가락을 튕겼다. 어떻게 된 상황인지 대충 알 것 같았다. 황제가 찾는다더니!

"효자로구먼."

"출 거야, 말 거야?"

"가자! 내 친히 너에게 최고의 솜씨를 보여주겠노라."

개구쟁이처럼 웃은 유리엔이 앞장서 테라스를 벗어났다. 그 뒤를 따라 걸으며 카엘이 절레절레 고개를 저었다. 춤이란 본디 사람과 추는 것이 아니었던가. 처지가 슬펐다.

"어머! 저기 좀 봐요."

"어머나……."

나란히 등장하자마자 주변의 시선을 주워 삼킨 둘이 천천히 춤을 추기 시작했다. 음악에 맞춰 한 발, 두 발 정석적으로 움직이는 남녀 한 쌍은 한순간에 모두의 주목을 끌어다 그 중심에 섰다. 손이 맞닿은 채로 유리엔이 몸을 회전시키자 곳곳에서 탄성이 터져 나왔다.

"하아, 아름다워……."

"눈이 멀 것 같아."

혼자 있어도 빛을 뿜는 남녀를 서로 붙여놓으니 눈부심이 배가 되었다. 관중의 일부는 그대로 넋을 잃었다. 그런 와중 밀착하는 동작을 틈타 유리엔이 속닥거렸다.

"카라멜, 그거 아니?"

"또 뭐."

"난 지금까지 싫어하는 녀석의 춤 신청을 거절해 본 역사가 없어."

왜 그랬을까~ 요? 유리엔이 퀴즈를 내듯 끝을 높이며 속삭였다. 카엘은 일부러 대답하지 않았다. 유리엔도 딱히 대꾸를 바란 건 아닌 듯 기다리지 않고 곧바로 답을 알려주었다.

콱!

몸으로.

"어라, 빗나갔네?"

목표물을 맞히지 못한 구두 굽이 허망하게 바닥을 찍었다. 둔탁한 소리가 카엘의 귀에까지 전해졌다. 카엘이 황당한 표정으로 솔직하게 감상을 뱉었다.

"미친."

"실패했다고 바로 포기하면 정 없지?"

풍성한 드레스 자락 안에서 벌어진 행각은 겉으로 드러나지 않았다. 온화한 낯빛과 우아한 몸짓을 유지하며 유리엔이 틈만 나면 상대의 발등을 찍으려 덤볐다. 시도가 반복되자 카엘이 질린 표정을 했다. 피하는 거야 어렵지 않았지만 상황 자체가 어처구니없었다.

"암살이냐?"

"레이디의 귀여운 실수에 모르는 척 한 번쯤 당해주는 매너는 없는 거니?"

말이 오가기 무섭게 유리엔의 발이 다섯 번째 도전을 했다. 그리고 그건 곧 마지막 시도가 되었다. 곡이 끝나가기도 했거니와 거듭 혹사를 당한 구두 굽이 결국 부러지고 말았기 때문이다.

뚝, 소리와 함께 균형을 잃은 유리엔이 비틀거렸다. 카엘이 자기도 모르게 비웃었다.

"이거 바보 아냐?"

"닥쳐."

유리엔의 비틀거림이 연약한 레이디의 현기증 정도로 비친 모양인지 주변에서 안타까운 탄식이 흘러나왔다. 그 탓에 그런 유리엔을 보기만 하고 붙잡아주지 않은 카엘에게로 힐난의 시선이 잔뜩 날아들었다. 죄 없이 비난을 받게 된 카엘은 억울함에 입을 떡 벌렸다. 본인이 할 말은 아니지만 외모가 깡패였다.

"쯧쯧. 그러게 매너가 그 모양이면 쓰나, 황태자님아."

"뭐 이런 게 다 있지?"

"너야말로."

입으로는 욕을 속삭여도 얼굴은 웃는다. 주고받는 말의 내용만 빼놓는다면 꽤 화기애애한 광경이었다.

"나도 저렇게 사이좋은 인연을 만났으면……."

겉모습만 본 한 영애는 엄한 소리를 하기도 했다.

한 곡이 완전히 끝나자 춤도 마무리되었다. 유리엔은 굽이 부러진 채로도 마지막 동작까지 흔들림 없이 선보였다. 어깨의 높이가 일정한 것이 까치발이라도 들고 있는 모양새라, 사정을 아는 카엘이 혀를 내둘렀다. 근성 하나는 진짜 끝내준다. 어쨌든 하달된 미션은 완수했다. 카엘은 후련하게 유리엔과 갈라섰다.

유리엔은 파티장 한편에 마련된 의자에 앉아 시간을 보냈다. 내색은 않았지만 부러진 굽 탓에 서 있는 것이 영 수월하지 못했다. 춤추느라 힘도 뺐으니 한동안은 이대로 앉아 있을 생각이었다. 그런 유리엔에게 누군가가 말을 걸었다.

"저…… 유리시엔 황녀 전하?"

조심스러운 음성이었다. 치근대는 놈팡이었다면 들은 척도 않고 무시했겠지만, 목소리의 주인은 자그마한 소녀였다. 많아봐야 열다섯이나 되었을까? 시선을 준 유리엔이 부드럽게 말을 받았다.

"내게 볼일이 있나요?"

"아, 저, 저기."

불러놓고 소녀는 안절부절못했다. 수줍음을 잘 타는 성격인지 양 볼이 빨갛게 물들어 있었다.

'다람쥐 같다.'

소녀의 머리카락은 갈색이었다. 귀엽다고 다섯 번쯤 생각하며 유리엔이 얌전히 상대의 말을 기다렸다. 인내심을 가지고 따뜻하게 바라봐 주자 마침내 소녀가 입을 열었다.

"저, 정말 아름다우세요."

"고마워요."

"어떻게 하면 그렇게나 아름다워질 수 있나요?"

말이 끝나기 무섭게 소녀는 고개를 푹 숙였다. 제 발언에 부끄러워진 모양이었다. 유리엔은 부드러운 눈길을 고수했다. 어린 소녀의 이 같은 반응은 딱히 낯설지 않았다. 아름다움이 불러오는 것은 질투뿐만이 아니다. 소녀의 말 속에 가득 담긴 것은 동경이었다.

"미를 관장하는 여신을 찾아가서."

"……네?"

"멱살을 잡고 두드려 패요."

"네?"

"이때 중요한 건 절대 대충 패면 안 된다는 거예요. 최대한 열과 성을 다해 두드려야 해요."

"……."

"그렇게 때리다 보면 결국 여신이 먼저 물어볼 거예요. 원하는 게 뭐냐? 그럼 그때 대답하는 거죠. 님보다 예뻐지게 해주세요."

"……."

"그러면 짜잔! 이렇게 미의 여신보다 예쁜 얼굴이 된답니다. 어때요, 쉽죠?"

정성 들여 개소리를 한 유리엔이 활짝 웃었다. 그 만개하는 미소에 소녀는 엉겁결에 그냥 고개를 끄덕였다. 말도 안 되는 헛소리였는데 이상하게 저 얼굴로 말하니까 신뢰가 넘쳤다.

"그리고 이건 비밀인데요."

"네?"

"사실 그때 황태자도 옆에서 같이 팼어요."

"네, 네?"

"그래서 걔가 지금 그만큼 잘생긴 거랍니다."

말을 마친 유리엔이 찡긋 윙크를 날렸다. 어안이 벙벙해져 멀거니 서 있기만 하던 소녀는 이내 들은 것을 곱씹고는 풋 웃음을 터뜨렸다. 유리엔이 해준 이야기가 재미있는 농담처럼 느껴진 것이다. 한참을 웃은 소녀가 긴장이 풀렸는지 보다 평온한 목소리를 냈다.

"알려주셔서 감사합니다."

"이름이 뭐예요?"

유리엔이 눈에 흥미를 담고 소녀를 바라보았다. 과거 린에게 이야기를 해주었을 때 그녀가 보였던 반응과 똑같았다. 대뜸 이름을 묻자 잠깐 당황한 기색을 보인 소녀는 이어 황급히 대답했다.

"죄, 죄송해요. 제 소개를 먼저 했어야 하는데. 제 이름은 루네 드 아이스예요."

"드아이스?"

"네, 그, 남작 가문이고 영지는 지방에 있지만, 그래도 아버지께서 무척 다정하시고 영주민들도 서로 사이가 좋고, 범죄율도 낮고 그래서 인망도…… 내가 무슨 소리를 하고 있는 거람."

허둥지둥 설명을 늘어놓다 새빨개진 얼굴로 입을 다물었다. 혹 힘없는 남작 가문이라는 말에 괄시를 당하지는 않을까 자기도 모르게 변호부터 꺼낸 모양이었다. 유리엔이 맑게 소리를 내서 웃었다. 귀여웠다.

"루네, 몇 살이죠?"

"저…… 열다섯이요."

"어리구나. 내 동생 할래?"

"네?"

뜬금없는 제안에 루네가 눈을 큼지막하게 떴다. 놀라거나 말거나 유리엔은 진심이었다. 느낌이 좋고 귀여우면 일단 제 사람으로 삼는다. 너 내 동생이 돼라!

"그, 그게……."

"언니라고 불러보련?"

"네?!"

"따라 해봐, 언니."

"제가 어떻게 감히……."

"얼른."

루네가 당혹스러워 어쩔 줄을 몰라 했다. 그러나 유리엔은 끈덕졌다. 쓸데없는 곳에서 발휘하는 근성은 카엘도 인정한 바가 있었다. 거듭된 재촉에 루네가 결국 입술을 달싹였다.

"어, 언…… 니님."

"다시."

"언니님."

"세상에."

유리엔이 입을 막았다.

"언니님이라니…… 세상에서 제일 귀여워."

충동이 시키는 대로 루네를 와락 껴안으려다, 장소를 인식하고 유리엔이 입맛만 다셨다. 애정을 아낌없이 표현하기엔 이곳에 구경꾼이 너무 많았다. 게다가 하나같이 이쪽만 쳐다보느라 바쁘다. 시선을 분산시켜 줄 황태자는 어딜 갔는지 지금은 보이지 않았다.

"루네, 어디서 타는 냄새 안 나니?"

"타는 냄새요?"

"내 뒤통수가 불타고 있잖아. 우리 밖으로 나가자."

유리엔은 루네를 붙잡고 이끌었다. 지금쯤이면 달이 떴을 것이다. 정원으로 달구경을 나가는 것도 나쁘지 않았다. 결정을 내린 유리엔의 움직임은 거침이 없었다.

속수무책으로 끌려 나온 루네는 막상 환하게 뜬 달을 보자 어린아이처럼 좋아했다. 정원의 초입에서 방방 뛰어다니는 루네를 흐뭇하게 바라보다 유리엔이 상체를 숙였다.

"잠깐만."

"……?"

드레스 자락을 주섬주섬 걷은 유리엔이 신고 있던 구두 한 짝을 훌렁 벗었다. 그러더니 고개를 돌려가며 사방을 훑었다. 뭘 하는 건지 알 수 없어 루네가 고개만 갸웃거렸다. 잠시 후 원하는 것을 발견한 유리엔이 눈을 반짝였다.

"찾았다."

시선이 닿은 곳에는 웬 바위가 있었다. 그리로 가까이 다가간 유리엔은 곧 들고 있던 구두를 사정없이 돌덩이에 내리찍었다. 퍽! 울리는 소리가 강렬했다. 누가 보면 이유 없이 바위를 패는 모습이었다.

"황녀…… 아니, 언니님. 왜 바위를?"

"오해하지 마. 바위가 아니라 신발을 패는 거니까."

"이유가 궁금하다는 점에선 비슷한 것 같아요."

"아, 힘 조절 잘못했다."

몇 차례 두들긴 유리엔이 낭패라는 표정을 지었다. 잘 안 되기에 힘을 더 줬더니 과했나 보다. 몸빵을 마친 구두는 제구실을 할 수 없는 모양으로 처참히 찌그러져 있었다.

"구, 구두가 무슨 죄를……."

"이것 때문에."

아쉬운 얼굴로 구두를 내팽개친 유리엔이 제 다른 쪽 발을 들어 보였다. 나머지 신발은 모양은 멀쩡하되 굽이 어디로 갔는지 실종된 상태였다.

아하. 납득한 루네가 고개를 끄덕거렸다. 균형을 맞추려고 그랬구나.

"굽만 부러뜨리려고 했는데 이렇게 됐네."

별수 없다는 듯 유리엔이 신고 있던 구두를 마저 벗었다. 손에 들고 고민하는가 싶더니 이내 먼 곳으로 훌랑 던져 버렸다. 구두는 포물선을 그리며 멀리도 날았다.

"맨발의 청춘으로 다닐 수밖에!"

"언니님."
"응?"
"방금 비명이 들린 것 같아요."
"어디서?"
루네가 손가락을 들었다. 구두가 날아간 방향이었다. 확인한 유리엔이 해사하게 웃었다.
"기분 탓이겠지."

"공격을 당했습니다."
기사 에먼의 표정이 심각했다. 그는 두 손으로 웬 구두를 하나 내밀었다. 카엘은 그것을 황당하게 내려다보았다.
"자랑인가?"
명색이 기사가 되어서 구두 하나 못 피해? 질책이 담긴 어투에 에먼이 어깨를 움츠렸다. 뒤에서 날아온 데다 방심하고 있었던 터라 그만 피하지 못했다. 상당한 빠르기로 날아온 구두는 그대로 에먼의 뒤통수를 강타한 뒤 바닥으로 떨어졌다. 에먼은 억울했다. 각도로 보건대 꽤 멀리서 던진 것 같았다. 그런데 왜 하필이면 자신이란 말인가? 맹세컨대 전에 본 기억이 없는 구두였다. 주인도 알 수 없는 구두에게 얻어맞은 에먼의 심정은 이루 말할 수 없었다.
"방심했었다는 변명은 필요하지 않다. 암기였으면 어쩔 뻔했나?"
카엘은 기사를 나무라며 구두를 집어 들었다. 이번에 에먼의 애먼 머리통을 가격한 것은 비록 평범한 구두였지만, 그것이 다음번에 암기가 되지 말라는 법은 없다. 목숨이 소중하다면 언제 어느 때든 최소한의 긴장은 반드시 필요한 일이었다.

"네게 충분한 교훈이 됐으리라 생각한다. 한데……."

웬 구두지?

카엘의 고개가 의문을 담아 기울어졌다. 어두운 탓에 구두의 색을 분별하는 것도 쉽지 않았다. 달빛에 비춰 모양을 살피던 카엘의 눈에 순간 이채가 스쳤다. 여성용으로 추정되는 구두는 굽이 부러져 있었다.

'맞을 때 부러진 건가? 아니면…….'

떠오르는 것이 있었다. 설마. 추정에서 시작해 점차 확신으로 기울어지는 생각에 카엘이 입가를 비틀었다. 큭, 웃음부터 새어 나왔다.

"검둥이."

"예?"

알아듣지 못한 에먼이 의아하게 고개를 들었다. 검둥이? 무슨 검둥이? 전하께서 애완견을 키우셨었나? 꽃피우는 의문에 카엘은 대답해 주지 않았다. 대신 소리를 내 웃었다.

"하하하!"

"……?"

에먼의 머리 위로 물음표가 커다랗게 떴다.

'뭐지? 왜 웃는 거지?'

이유가 궁금했지만 물어봤자 답을 들을 수 있을 것 같진 않았다. 문득 서글퍼진 에먼의 표정이 한밤처럼 어두워졌다. 단둘뿐인데 왕따를 당하는 듯한 이 느낌은 대체 뭘까……?

"하하, 에먼."

"……예."

"황당한 게 지나치면 원래 웃음이 나오나?"
"예?"
"어이가 너무 없으면 웃길 수도 있냐는 말이지."
"……그럴 수도 있지 않을까요?"
뜻은 모르겠지만 에먼은 일단 소심하게 대답했다. 혼자 중얼거리고 혼자 웃더니 이젠 별걸 다 묻는다. 그는 오늘 상관이 조금 이상하다고 남몰래 생각했다.
"산책은 이만 따로 한다."
"어? 어디 가십니까?"
오늘따라 이상한 상관이 구두를 든 채로 척척 멀어져 갔다. 에먼의 물음에 카엘이 걷는 것을 멈추지 않으며 대답했다.
"신데렐라 찾으러."
이번에도 역시 에먼은 알아들을 수 없었다.

동경하면 보통 따르게 된다. 루네는 유리엔을 좇아 자기도 신고 있던 구두를 전부 벗었다. 물론 아끼는 구두였던지라 유리엔처럼 바위를 공격한다거나 멀리 내던진다거나 하지는 않았다.
"기분이 이상해요, 언니님."
루네는 그새 호칭이 입에 붙은 모양인지 주저도 없이 자연스럽게 사용하고 있었다. 유리엔이 그런 루네를 바라보며 선 자리에서 한 바퀴 빙글 돌았다. 치마가 펄럭이며 새하얀 발과 발목이 고스란히 드러났다.
"맨발의 청춘이란 그런 거야."

"돌을 밟으면 어쩌죠?"

"이쪽으로 와."

거침없는 유리엔과 다르게 루네의 걸음걸이는 아직 조심스러웠다. 루네는 그리 살금살금 다가가더니 유리엔의 곁에서 눈을 동그랗게 떴다.

"푹신해요."

"이 풀이 특히 그래."

"헤헤, 신기해라."

구두를 벗은 루네는 키가 전보다 더욱 작아져, 유리엔이 품에 가두기에 한층 수월한 사이즈가 되었다. 고작 한 살 차이인데도 어째 한참은 어리게 느껴지는 루네의 머리카락을 유리엔이 흡족하게 웃으며 슥슥 쓰다듬었다.

"훗, 아담함이 장난이 아닌데?"

"어머나, 구두 하나 벗었을 뿐인데."

주거니 받거니. 운치 있는 정원에서 둘이 그렇게 맨발로 시간을 보내고 있을 때였다. 새로운 환경에 놓인 아이처럼 이곳저곳을 옮겨 다니던 루네의 시선이 어느 순간 한곳에서 딱 멎었다.

"아!"

탄성이 터졌다. 그 모습에 유리엔이 의아하게 루네의 눈길을 좇았다. 그리고 즉시 표정을 구겼다. 달빛을 제 조명처럼 소화하며 한 인영이 걸어오고 있었다. 보름달 아래 본래의 색을 가늠하기 힘든 머리카락이 묘하게 신비로운 느낌을 줬다. 가까워질수록 선명히 드러나는 얼굴은 혼신의 힘을 다해 남신 조각상을 깎던 조각가가 스스로의 실력을 한탄하며 조각을 부술 정도로 수려했다. 어스름한 주변과 어우러져 그는 어딘지 사람이 아니라 환상 같았다.

'사람이 아니라 디저트지.'

카라멜! 상대의 호칭을 입안에서 굴린 유리엔이 눈가에 힘을 줬다. 좋은 분위기 다 깨졌다.

"검둥…… 으음…… 황녀, 여기에 있었군."

루네가 있는 것을 발견한 카엘이 중간에 언사를 수정했다. 본래는 '검둥아, 여기 있었냐?' 이럴 생각이었는데. 카엘이 루네를 신경 쓴다는 걸 눈치챈 유리엔이 코웃음을 쳤다.

"내숭 안 떨어도 되옵니다, 카라멜 전하."

"……그래? 잘됐네."

"너 오늘 삼관왕이야. 수상 축하한다."

"삼관왕?"

"재수 없음상, 비매너상, 불청객상!"

"……."

"왜 나타났는지는 모르겠지만 다시 사라져 줄래?"

훠이훠이. 유리엔이 적극적으로 팔까지 휘저었다. 파리라도 쫓는 모양새에 카엘의 이마에 힘줄이 섰다. 저게 진짜.

"무단 투기범치곤 꽤 당당하군."

"뭐?"

"이거."

카엘은 들고 있던 구두를 들어 올렸다. 무슨 소리냐며 쏘아주려다 유리엔이 익숙한 물건의 등장에 입을 다물었다. 어디서 많이 본 신발이었다.

"쓰레기 무단 투기범을 잡으러 왔거든, 내가."

카엘이 의기양양하게 웃었다. 한 짓이 있어 반박하지 못하는 유리엔이 상대의 반반한 미소에 데미지를 입었다. 얄미웠다.

"……잠깐. 그럼 혹시, 내 구두에 얻어맞고 비명을 지른 얼간이가 바로 너?"

한 가능성을 떠올린 유리엔의 표정이 급격히 밝아졌다. 기대감을 담아 눈동자가 반짝거렸다. 꽃처럼 피어난 그 기대를 카엘이 성심성의껏 비웃었다.

"나겠냐?"

"젠장."

"내가 자고 있었어도 이런 거엔 안 맞아, 검둥아."

"그거 너 줄게."

"뭐?"

"구두 말이야. 투기가 아니라 선물이니까 너 가지렴! 집안의 가보로 보관해도 좋아."

"내가 살면서 들은 헛소리 중 수위를 다투네."

루네는 넋을 놓고 벌어지는 광경을 구경했다. 오가는 말도 충격적이었지만 평소 흠모하던 대상을 눈앞에서 보고 있다는 사실이 더 신기하고 놀라웠다. 사위가 보다 밝았다면 좋았을 텐데. 루네는 지금이 한낮이 아니라는 점이 아쉬웠다.

멍 때리는 루네를 발견한 유리엔이 미간에 주름을 잡았다. 자신의(?) 루네가 카라멜 따위에게 넋을 잃은 것이 마음에 들지 않았다. 도로 카엘을 눈에 담는 유리엔의 표정이 흉흉했다. 네 이놈!

"네 죄를 네가 알렸다!"

"또 뭐야?"

"너 때문에 루네의 넋이 사라졌잖아! 되찾아놓고 꺼져!"

"루네?"

이름을 들은 카엘이 잠깐 멈칫했다. 낯설지 않았다. 바로 떠오르지는 않았지만 확실히 처음 듣는 명칭은 아니었다.

"어디서 들어본 것 같은데."

중얼거림에 루네가 깜짝 놀랐다.

"저, 저를 아시나요?"

"혹시 전에 날 본 적이 있지 않나?"

"카라멜아, 작업 멘트 구리다."

"시끄러워. ……아!"

뭔가를 기억해 낸 카엘이 환하게 웃었다. 애매하던 것이 완전히 생각나 후련해지면서 나온 미소였다. 정면에서 목도한 루네가 얼굴을 새빨갛게 붉혔다. 유리엔이 기함했다.

"위로 남자 형제가 있을 텐데."

"오라버니를 아세요?"

"루젠 드아이스의 동생이었군."

루젠은 최근 황궁 기사단으로 새롭게 배치된 신입 기사였다. 가문은 한미해도 실력이 나이에 비해 빼어났다. 노력 하나로 황궁까지 들어온 것이 가상해 카엘의 눈에 들었던 인물이었다.

카엘은 고개를 끄덕였다. 이렇게 보니 외모가 제법 닮았다. 이름이 낯익었던 이유는 루젠이 기회만 되면 제 여동생들 자랑을 늘어놓았기 때문이었다. 루네라는 이름은 그때 들었다.

"괜찮은 기사지. 좋은 오빠를 두었군."

"가, 감사합니다."

부끄러워하며 루네가 고개를 숙였다. 결국 지켜보던 유리엔이 폭발했다.

"루네!"

"네, 네?"

"당장 결정해. 나야, 저 녀석이야?"

"……네?"

"뭐 하냐?"

"넌 꺼져. 루네, 비록 오늘 처음 만났지만 마음 깊이 교감하고 자매의 연을 나눈 내가 더 좋니, 아니면 저 느끼하고 네모나고 열에 잘 녹아 흐늘거리는 카라멜이 더 좋니? 이성적으로 생각해 보렴."

"누가 흐늘거리는 카라멜이야?"

"루네야, 어느 쪽이라고?"

"저, 저기……."

"질문이 틀렸잖아. 어두운 곳에 있으면 잘 보이지도 않는 칙칙한 검둥이와, 언제 어디에서도 눈에 띄는 눈부신 황태자 중 고르는 거겠지."

"저건 무시해, 루네."

눈을 동그랗게 뜬 루네가 당황했다. 왜 갑자기 이런 상황이 되었는지 모를 일이다. 카엘과 유리엔을 번갈아 보며 루네가 진땀을 한 바가지 뺐다. 이번에도 유리엔은 끈덕지게 늘어졌지만, 결국 루네는 대답을 하지 못했다. '엄마가 좋아, 아빠가 좋아?' 이후로 가장 고르기 난감한 질문이었다.

"……사실 난 방금 루네의 마음속을 읽었어. 카라멜보단 내가 백배쯤 좋다고 하네!"

"애쓴다."

"죽을래?"

다시 시작된 투닥거림에 루네가 뒤로 한 발자국 물러섰다. 역시 구경꾼이 가장 속 편했다.

시간이 늦었다. 돌아온 파티장에는 이미 황제와 식솔들의 모습은 보이지 않았다. 지금부터는 자유로운 귀가가 가능하다는 뜻이기도 했다.

"힘 빠진다, 힘 빠져."

유리엔이 제 허리께를 짚었다. 고문 도구로 유용할 것 같은 코르셋을 차고도 참 열심히 돌아다녔다. 혹사당한 몸이 비명을 지르는 기분이었다. 빠른 해방을 위해 유리엔이 바삐 문으로 다가갈 때였다. 대뜸 유리엔의 드레스 소매를 잡아채는 손길이 있었다.

"……?"

덕분에 강제로 걸음을 멈추게 된 유리엔이 의아하게 몸을 돌렸다. 어린아이나 주로 할 것 같은 이 행동은 썩 예법에 걸맞은 행위는 아니었다. 상대를 존중한다면 이런 식으로 움직임을 제약하는 짓은 가능한 삼가는 편이 좋다. 특히 신분상의 차이가 난다면 큰 결례로 취급받을 수도 있었다. 유리엔은 실례를 저지른 주인공을 덤덤히 바라보았다.

"만나게 되어 영광입니다, 유리시엔 황녀 전하."

"뭔가요?"

"네?"

"영광인 건 알았으니 이제 용건이 궁금하군요."

예상하지 못한 반응이었는지 상대가 흠칫 놀라는 기색을 비쳤다. 유리엔을 붙잡은 사람은 또래로 보이는 여성이었는데, 성정을 알려주듯 화려한 드레스에 온갖 보석을 주렁주렁 매달고 있었다. 왠지 걸을 때마다 소리가 날 것 같았다. 거기에 훅 끼쳐 오는 향수 냄새는 화룡점정이었다. 유리엔이 미약하게 얼굴을 찡그렸다. 치장은 그러려니 하는데 냄새가 테러 수준이다. 여인은 잠깐 당황하는가 싶더니 금방 도로 자신만만한 표정을 지었다.

"전 '에델리아 폰 마그나가'라고 해요."

유리엔이 제 신분을 알고 나면 태도가 바뀔 거라고 믿는 낌새였다. 그러나 물론 그런 일은 일어나지 않았다. 유리엔은 심드렁히 대꾸했다.

"그래서요?"

"……네?"

"그게 용건인가요? 이름 소개?"

성과 이름 사이에 '폰'이 붙는다는 건 속한 가문이 공작가라는 의미였다. 그 정도면 어딜 가든 어지간해선 떠받들어질 만한 배경이 맞다.

그러나 유리엔에겐 통하지 않는 지위이기도 했다. 애초에 황족의 앞에서 공녀임을 내세우며 굴종을 바라는 것 자체가 어불성설이었다.

"바쁜 사람 붙잡았으면 본론부터 빨리 꺼내야죠. 아니면 다음 기회를 기약하고 놓든가."

"……!"

"따로 용무는 없나요?"

스스로를 에델리아라 소개한 영애는 말을 잇지 못했다. 충격을 제법 받은 것 같았다. 고개를 저은 유리엔이 막 몸을 돌리려 할 때였다.

"지, 지금."

손에 쥔 부채와 함께 가는 목소리가 떨렸다. 에델리아가 믿을 수 없다는 듯 말했다.

"날 무시한 건가요? 감히 나 에델리아를?"

돌아서려던 유리엔이 움직임을 멈추고 고개를 갸웃했다. 무시? 몇 마디 나누지도 않은 대화를 더듬어봤지만 딱히 그런 걸 한 기억은 없었다. 무시의 여부를 판단하는 상대의 기준점이 어마어마하게 낮은 모양이었다.

"그다지 무시를 한 건……."

"감히 주제도 모르고!"

"엥?"

"내게 이따위로 굴고도 무사할 것 같아?"

"저게 미쳤나."

유리엔이 황당하게 중얼거렸다. 그럴 의도는 없었지만 무시를 당했다 느낀다니 달래주려 했거늘, 그런 제 말도 씹고 에델리아가 혼자 갑자기 날뛰고 있었다. 유리엔은 좀 전에 맡았던 향수 냄새가 실은 술 냄새였나 잠깐 고민했다.

"그 기고만장한 태도가 어디까지 갈 수 있을 것 같으냐!"

"저기요? 어디 아파요?"

"머잖아 황태자 전하께 버림받고 내 앞에 벼룩처럼 엎드리게 될 주제에!"

"황태자는 또 왜 나와?"

만취 혹은 정신이상이 의심되는 에델리아에게로 유리엔이 한 발짝 다가섰다. 그냥 내버려 두고 갈 길을 가도 되겠지만 왠지 한 마디는 해주고 싶었다. 가까이 붙은 유리엔이 남에겐 들리지 않을 크기로 속삭였다.

“에델리아인지 뭔지, 아무튼 야.”

“처, 천박한……!”

“너 많이 멍청하지? 내가 설령 황태자한테 버림받는다고 쳐도 네 앞에 왜 엎드리냐? 황제 폐하가 황후마마랑 부부 싸움하고 나면 네 앞에 와서 넙죽 엎드리디? 얘 사상 이상하네.”

“무, 무슨!”

“내가 황태자랑 깨를 볶아 아이를 낳든 실패해서 이혼 서류를 날리든 내 핏줄이 황가라는 사실은 변하지가 않아요. 너보다 배분이 높다고. 알아듣니? 그러니까 하극상 그만하고 집에 가서 일찍 잠이나 자라, 피부가 엉망이네.”

말을 마친 유리엔이 미련 없이 몸을 돌렸다. 얼른 코르셋을 벗고 린이 가져다주는 야참이나 먹고 싶었다.

몇 발자국 걷기도 전에 뒤에서 미친 여자가 광분해 날뛰는 소리가 들려왔다. 유리엔은 어깨를 으쓱하곤 그대로 문을 열었다. 피곤한 퇴장이었다.

Chapter 2

당신의 추종자와 함께 춤을

파티는 며칠간 더 이어졌다. 유리엔은 첫날을 제외하고는 그 후로 일절 참석하지 않았다. 듣기로는 황태자 또한 쭉 모습을 드러내지 않았다고 하니 불참에 거리낄 것이 없었다. 환영 파티가 완전히 끝날 때까지 유리엔은 그저 편안히 뒹굴었다.

휴식하면서 유리엔은 새로운 것에 흥미를 붙였다. 얼마 전부터 루네와 편지를 주고받기 시작한 것이다. 편지라고는 산더미 같은 연서를 받기만 했지 이쪽에서 먼저 발신해 본 역사가 없었지만, 막상 써서 보내기 시작하니 생각보다 재미가 쏠쏠했다.

"오늘은 어디, 아량을 좀 베풀어볼까?"

펜을 까딱거리며 유리엔이 고민에 들어갔다. 지금부터 써 내려갈 편지를 받을 사람은 다름 아닌 황태자였다. 루네에게 보낼 것을 쓰다 충동적으로 결정 내린 일이었다.

"뭐라고 쓴담."

첫머리부터 쉽지 않았다. 친애하는 카라멜에게? 써놓고 황당해진 유리엔이 잉크를 찍어 서두를 수정했다. 너무 거짓된 문장은 좀 그렇다.

"……다 썼다."

고민한 시간이 무색하게도 완성은 금방이었다. 유리엔은 금세 펜을 놓고 전문을 이리저리 훑었다. 이내 고개를 끄덕인 유리엔이 서간을 돌돌 만 다음 린을 불렀다. 만능 하녀 린이 재빠르게 달려와 그것을 받아다 부쳤다.

"편지가 도착했습니다."

"편지?"

읽던 서류를 내려놓고 카엘이 고개를 들었다. 시종이 다가와 손에 든 서간을 공손하게 내려놓은 뒤 도로 물러났다. 카엘은 의아하게 그것을 집어 들었다.

신분과 외모를 겸비한 카엘의 인기는 제국 전역 미치지 않는 곳이 없었다. 특히 어린 소녀들이 그리도 가슴앓이를 많이 했다. 그간 카엘이 받은 연서를 죄 모으면 몇 년은 땔감 없이도 겨울을 보낼 수 있을 것이다. 그만큼 그가 각지에서 심심찮게 받는 게 편지였다.

그러나 그 수많은 편지 중 막상 카엘의 앞까지 전해지는 것은 몇 없었다. 대다수는 중간에 걸러졌다. 신분으로 거르고, 내용으로 거른다. 카엘의 위치가 위치다 보니 어쩔 수 없는 노릇이었다.

그렇게 몇 번의 여과를 거쳐 정말 중요한 것들만 직접 수신되곤 했는데, 그 덕에 카엘이 편지를 받아보는 것은 꽤 간만의 일이었다.

시종을 내보낸 카엘은 서간의 발신인을 확인하자마자 눈을 비볐다.

유리시엔 드 카르나.

"……뭐야."

편지가 대번에 수상해졌다. 이거 이상한데? 미심쩍은 손길로 카엘이 종이를 묶고 있는 끈을 풀었다. 그가 기억하고 있는 상대는 이런 섬세한 행각과는 대단히 어울리지 않았다.

'안에 칼이라도 든 거 아냐?'

다분히 합리적인 의심과 함께 카엘이 서신을 완전히 펼쳤다. 다행히 흉기는 없었다.

친애하지 않는 카라멜에게.

편지를 발명한 사람은 상을 받아야 합니다. 할 말은 있는데 얼굴 보기 귀찮을 때 유용하니 말이에요.

왜 존댓말을 쓰는지 궁금하지 않나요? 그건 말이죠, 편지지가 예뻐서 기분을 좀 내보았답니다. 덕분에 편지가 굉장히 공손해졌네요. 카라멜에게 공손이라니! 엄청 어울리지 않는군요. 네가 생각해도 그렇죠? 안 그러냐?

아무튼 본론으로 들어갑니다. 저번 파티 때 내가 얼마나 개고생을 했는지 너는 모를 거예요. 아침에 눈뜨자마자 온갖 마사지에 화장에 치장에 아침, 점심 밥도 안 주고 아오, 야. 네가 당해볼래요? 어? 아침에 이슬, 점심에 이슬만 먹고 살아볼래?

느끼는 바가 있으면 앞으로 파티는 결코 열지 말길 바랍니다. 네가 주최하지 않더라도 낌새가 보이면 무조건 막으세요. 몸은 그럴 때 던지라고 있는 거예요. 알았나요?

알아들었을 거라 생각하고 이만 줄입니다. 그럼 안녕.

P.S 파티를 열지 말랬다고 무도회를 열었다간 넌 진짜로 죽는다.

"풋…… 큭큭큭."

편지를 내려놓은 카엘이 어깨를 떨었다. 종이에서 목소리가 들리는 것 같았다. 편지를 이렇게 자기답게 쓰는 것도 재능이라면 재능이었다.

"아, 진짜 미치겠네. 정말 뭐 이런 게 다 있지."

중얼거린 카엘이 서간을 도로 말아 한편에 꽂았다. 황당하고 어처구니가 없는데 웃음이 나왔다. 덕분에 일에 치여 피곤하던 와중 기분 전환이 되었다.

'답신을 보내야 하나?'

잠깐 고민하던 카엘이 이내 그것을 나중으로 미뤘다. 당장은 어떤 내용을 써야 할지도 떠오르지 않았다. 그는 다시 놓았던 서류로 눈을 돌렸다.

날씨가 좋았다. 오후의 햇살은 사람을 풀어지게 하는 마력이 있었다. 얼음을 띄운 레몬티를 한 모금 들이켠 유리엔이 활짝 미소를 지었다.

"린."

"네? 와작와작."

"네게 새로운 특명을 내릴게."

"뭔데요? 우물우물."

"카라멜한테 편지가 오면 불쏘시개로 써버려."

편지를 보낸 지 하루가 지났다. 그 말인즉 답장을 기다린 지가 하루'씩이나' 되었다는 소리였다. 제삼자가 들으면 고작 하루지 않냐고 물을 수 있겠으나 전에 소개했다시피 유리엔의 성미는 급했다. 특히 뭔가를 기다리는 데에 소질이 없었다.

"네!"

충성스러운 유리엔의 손발, 린은 그저 해맑고 씩씩하게 대답했다. 쿠키와 티가 맛있었다.

마그나가 공작가의 후원은 넓었다. 관리인의 솜씨가 좋은 모양인지 깔끔하게 정돈된 공간에선 현재 티타임이 한창이었다. 햇빛이 테이블 위를 수놓았다.

"향기가 굉장히 그윽하네요, 공녀님."

"훙, 당연하죠. 이 허브 잎이 어디 일반 찻잎인 줄 아나요? 자그마치 서역에서 직접 들여온 거라구요. 내가 아니었다면 구경도 못 해봤을 명품이죠."

에델리아가 한껏 콧대를 높이며 찻잔을 내려놓았다. 그녀는 오늘 제 추종자들을 불러 모아 다과회를 열었다. 목적은 간단했다. 험담이었다. 에델리아는 얼마 전 파티장에서 제가 겪은 일을 믿을 수가 없었다. 공작가의 무남독녀로 태어나 평생 떠받들어지며 살아왔다. 나는 새도 떨어뜨리는 권세는 못 되었으나 그래도 공작 가문이었다. 대부분이 그녀의 앞에서 고개를 들지 못했다.

'그런데 감히…… 으득!'

오만으로 똘똘 뭉친 에델리아는 타인이 제 앞에서 어깨를 펴는 것을 용납하지 않았다. 모두 몸을 움츠리고 고개를 조아려야 했다. 눈을 마주치길 어려워하고 말을 조심해야 한다. 그게 옳았다. 마땅한 일이었다. 그 당연하던 공식이 유리엔에 의해 무참히 구겨지고 말았다.

"최근 있었던 유리시엔 황녀의 환영 파티를 기억하나요?"

분노를 삭이며 에델리아가 입을 열었다. 추종자들은 조용히 서로 눈치만 보았다. 그녀들도 이미 이렇게 모인 이유를 알고 있었다. 그날 있었던 일은 이미 퍼질 대로 퍼진 상태였다.

"예의상 참석해 주었더니 우습게도 기가 살아 주제를 잊고 날뛰더군요. 그 망아지 같던 몰골을 직접 보았어야 해요."

에델리아는 유리엔의 험담을 하고 있었지만 실상 날뛰었던 것은 자기 자신이었다. 이곳에 있는 사람 중 그걸 모르는 이는 아무도 없었다. 그러나 다들 말을 하지 않고 입을 닥쳤다. 그저 자기 얘기를 3인칭으로 하는 재주가 뛰어나다고 속으로만 생각했을 뿐이다. 가문만 보고 들러붙은 추종자 A가 슬그머니 맞장구를 쳤다.

"맞아요. 저도 들었습니다. 알량한 권력을 믿고 천방지축으로 날뛴다지요?"

"그, 그래요. 이미 소문이 무성하더군요."

"거만하고, 건방지고……."

"그리고 사리 분별을 못 한다죠."

영애 A를 필두로 너도나도 구체적인 험담을 꺼내기 시작했다. 뭐라고 헐뜯어야 하나 굳이 오래 고민할 필요는 없었다. 지금 쏟아지는 내용들은 주어만 바뀌었을 뿐 전부 에델리아에 대한 이야기였다. 사정을 모르는 에델리아는 그저 원하던 욕의 홍수에 흡족해하기 바빴다.

"천박하고 교양 없고."

"말하는 싸가지는 또 어떻고요?"

"생각이 없는 수준이죠. 머릿속에 뭐가 들었나 궁금해요."

"교만하고 어리석지요."

"할 줄 아는 건 잘난 체뿐인데 머리는 멍청하고요."

"낮은 콧대를 높은 척 세우고 다니느라 바쁘죠."

마지막은 좀 위험했다. 유리엔의 콧대는 전혀 낮지 않았다. 영애 F는 자기도 모르게 진심을 내뱉곤 흠칫했지만 다행히 에델리아는 눈치채지 못한 표정이었다.

이후로도 욕의 향연은 한참이나 계속됐다. 추종자들이 더 이상 할 말이 없어 유리엔의 사돈의 팔촌까지 깎아내렸을 때서야 에델리아는 만족스러운 얼굴로 험담을 멈췄다. 더 이어졌으면 황녀의 집 앞을 기어가는 개미까지 욕했을 뻔했다. 추종자들은 각자 남몰래 혀를 찼다.

"다들 유리시엔 황녀에 대해 놀랄 만큼 잘 알고 있군요."

에델리아가 상쾌한 낯으로 다 식은 차를 한 모금 마셨다. 그러고는 이제야 본론을 꺼내는 기색으로 목소리를 낮췄다.

"저는 사실 걱정이 된답니다. 지금도 저리 세상이 제 것인 양 함부로 나대는데, 황태자 전하와 정식으로 식을 올리기라도 하면 어떻게 되겠나요? 제국이 벌써 자기 손에 들어온 듯 행동하지 않겠어요?"

"황궁의 안주인이라도 된 마냥 유세를 떨겠군요."

"맞아요. 최악이죠. 과연 그 꼴을 우리가 지켜볼 수 있을까요?"

헐뜯는 것도 목적이었지만 사실 더 큰 취지는 이쪽이었다. 에델리아는 유리엔에게 물리적으로 해를 가하고 싶었다. 모여서 욕이나 하는 것 따윈 당장 속은 후련해도 아무런 실질적 이득이 없다. 에델리아는 눈에 보이는 결과를 원했다.

"어떻게 하면 고것의 기를 꺾어놓을 수 있을지……."

"저요."

그때 구석에서 가만히 차향만 음미하고 있던 소녀가 손을 들었다. 있는 듯 없는 듯 조용히 있던 인영이 처음으로 존재감을 드러낸 순간이었다. 온갖 욕이 난무할 때도 저 혼자 과자나 주워 먹었던 소녀가 이번에는 가장 먼저 나섰다. 에델리아가 흥미로운 눈빛으로 소녀에게 발언권을 주었다.

"좋은 의견이라도 있나요? 말해봐요."

"납치를 하는 건 어떨까요?"

"……납치?"

소녀는 생긴 것과 다르게 꽤 극단적인 방법을 꺼냈다. 주변의 다른 추종자들이 화들짝 놀라 소녀를 힐끔거렸다.

이 자리에 있는 영애들은 귀족가에서 태어나 대체로 곱게 자랐다. 하녀를 매질해 본 적은 있어도 사람을 납치하는 상상은 해보지 못했다. 그건 어딘지 다른 세계의 영역 같았다. 추종자들이 놀라는 반면 에델리아는 관심을 보였다.

"하지만 어떻게 성공시킬 생각이죠? 남의 눈에 띄면 곤란할 텐데요."

"편지로 몰래 불러내는 거예요."

소녀에겐 이미 짜놓은 계획이 있는 것 같았다. 에델리아가 좀 더 자세히 말해보라며 채근하자 소녀는 차분히 제 계책을 설명했다.

"지금쯤 유리시엔 황녀는 제 외모를 과신하며 기고만장해 있을 거예요. 연회장에서 황태자 전하와 춤까지 췄으니 더하겠죠. 황태자 전하께서 자기한테 홀딱 빠졌다고 생각하고 있을지도 몰라요."

"어처구니없군요. 전하에 관한 소문을 모르지는 않을 텐데?"

"자만하는 거죠. 아니면 자긴 남들과 달리 특별하다는 착각에 빠져 있거나."

"호오."

에델리아가 고개를 끄덕였다. 더 이상 소녀는 엑스트라가 아니었다. 대사가 이미 일정치를 넘었다. 평범한 갈색 눈동자를 반짝 빛낸 소녀가 말을 이었다.

"이 점을 이용한다면 유리시엔 황녀를 납치하는 게 가능해요. 일단 황태자 전하의 이름을 빌려 편지를 보내는 거죠. 연서인 척 꾸며서요."

"내용은?"

"단둘이 하고 싶은 중요한 이야기가 있으니 지정된 장소로 혼자 와 달라는 내용이면 될 거예요. 남의 눈을 피하고 싶으니 주변에 알리지 말라는 당부도 함께요."

"괜찮군요. 물색해 둔 장소라도 있나요?"

"그건 아직……."

"제가 가지고 있는 저택이 하나 있어요. 명의는 다르지만 실질적으론 제 소유나 다름없죠. 그곳으로 불러내는 건 어때요?"

"좋아요. 그럼 제가 납치에 동원할 건달을 몇 명 매수할게요. 혹시라도 발설이 걱정되면 사후 따로 처리하면 그만이니 문제가 없을 거예요."

"마음에 드네요!"

에델리아가 활짝 웃었다. 진심으로 흡족한지 박수라도 칠 기세였다. 그런 에델리아와 소녀를 제외한 나머지는 조금 전부터 한 마디도 할 수 없었다. 일이 진행되는 방향이 점점 이상했다. 일국의 황녀를 납치한다니? 제정신이라면 실행으로 옮길 수 없는 계획이었다. 솔직히 둘 다 미친 게 아닌가 싶었다. 하나 누구도 그러한 속내를 내비치지는 않았다.

"납치 후엔 어떻게 할 심산이죠?"

"우선은 팔다리를 부러뜨려 놓을까 해요."

"그다음은요?"

"거기까지는 경고지요. 황태자 전하를 포기하고 얌전히 귀국하라는 뜻을 전달할 거예요. 하지만 버티겠다는 식으로 나오면……."

상황을 상상했는지 소녀가 입술을 짓씹었다. 표정이 한순간에 싸늘해졌다. 평범하다고 생각했던 눈동자에 광기가 어렸다.

"불구로 만들어놓으면 알아서 내쳐지지 않겠어요?"

딸꾹. 누군가가 한쪽에서 딸꾹질을 했다. 소녀는 여러모로 건강한 정신 상태로는 보이지 않았다.

'그런데…… 원래 저런 성격인가?'

소녀가 보이는 증오는 거짓이 아니었다. 직접 부딪혔던 에델리아보다 외려 유리엔에게 지닌 적의가 더 큰 것 같았다. 에델리아는 약간의 의혹을 담아 소녀를 응시했다. 최근에 자리를 함께하기 시작한 소녀는 오래 보지는 않았지만 모임 때마다 늘 얌전한 모습만을 고수해 왔다. 이토록 강렬한 인상을 받은 건 오늘이 처음이었다.

'혹시 모르니까.'

당장은 유용하여 쓸데가 많았지만 나중 일은 알 수 없었다. 만에 하나 황태자를 노리고 저리 반응하는 거라면 소녀도 결국 치워야 할 대상에 불과할 뿐이었다. 에델리아는 만일을 대비해 뒷조사를 좀 해두어야겠다고 생각하며 티타임을 파했다.

"호홍~ 오늘도 이렇게나 많은 땔감이!"

유리엔에게 전달되는 편지는 전부 일차적으로 린의 손을 거쳤다. 유리엔의 입김으로 얻게 된 나름의 중책이었다. 본국에 머무른 지 며칠이나 되었다고 편지는 온갖 사람으로부터 날아들었는데, 유리엔은 아는 사람이 보낸 것이 아니면 잘 읽지 않았으므로 중간 심사는 필수였다. 하나하나 발신인을 확인하며 골라내던 린이 고개를 갸웃거렸다.

"이름이 안 적혀 있네?"

본래는 발신자를 적어 넣어야 하는 부분이 비어 있었다. 의문의 편지를 집어 든 린이 고민하다 밀봉을 조심스레 뜯었다.

이건 절대 호기심 때문이 아니다. 혹 협박장 같은 거면 큰일이니 사전에 거른다는 의무를 다하는 것뿐이다! 합리화를 마친 린이 두근거리는 심정으로 편지를 슬쩍 펼쳤다.

정말로 협박 편지? 아니면 차마 모습을 드러내지 못하는 순정파 기사 A의 연서? 이내 주황색 눈동자가 동그래졌다.

"황태자 전하?"

전문은 읽지 않고 보낸 이의 이름만 먼저 확인했다. '카류엘 드 뮤리엔'. 정갈한 글씨체로 적혀 있는 서명은 린이 익히 아는 사람의 것이었다. 응? 잘못 봤나 싶어서 다시 살펴도 똑같았다.

"뭐람?"

린은 편지의 정체에 대해 잠시 고민했다. 발신자를 알고 나니 차마 내용까지는 읽을 엄두가 나지 않았다. 혹시 며칠 전의 편지에 대한 답장이 이제야 도착한 건가?

"에이, 모르겠다."

이내 편지를 도로 접은 린은 그것을 앞치마의 주머니에 대충 집어넣었다. 어차피 특명을 받은 몸, 이렇든 저렇든 수행해야만 한다. 황녀님께서 불쏘시개로 쓰라고 하셨으니까!

그리고 그날 유리엔이 머무는 궁은 다른 때보다 유독 따끈따끈했다.

"에취!"

약속 장소에서 밤새 오지 않는 유리엔을 기다린 소녀는 감기에 걸렸다. 건달은 소녀보단 튼튼했던지 멀쩡한 안색으로 그저 짜증만 내고 돌아갔다. 하루를 그렇게 허비하고 집으로 돌아온 소녀는 제 방에서 머리를 쥐어뜯었다.

"젠장! 뭐지?"

설마 편지에서 수상함을 느끼고 몸을 사린 걸까? 가정을 세운 소녀는 그러나 곧 고개를 저었다. 그럴 리는 없다. 편지의 내용은 가장 공을 들인 부분이었다. 전문 카사노바까지 섭외해서 누가 봐도 핑크빛 연서로 보이도록 완벽하게 작성했다. 문제가 될 만한 요소는 없었다. 그렇다면?

'전달. 전달이 잘못됐구나.'

소녀의 얼굴이 굳어졌다. 기껏 계획을 짜놓고 초보적인 실수를 저질렀다. 유리시엔 황녀가 제 앞으로 오는 편지를 전부 읽지 않을 수도 있다는 걸 간과하고 말았다.

"돈이 필요하겠네."

이를 갈며 흘러나오는 목소리가 바닥으로 흩어졌다. 궁에서 일하는 하녀를 매수해 전달하도록 한다면 실패가 없을 것이다. 계획을 보완하는 소녀의 낯빛이 음산했다.

"유리시엔 황녀, 감히 카류엘 황태자 전하를 넘봐? 후후, 죽여 버릴 거야…… 죽여 버릴 거라고……."

집착으로 얼룩진 소녀가 몇 번이고 그렇게 중얼거렸다. 스스로에게 다짐하듯 몇 번이고.

식이 다가오자 유리엔은 태평한 와중에 점차 불안해져 갔다. 기실 이혼보단 파혼이 쉬운 게 당연지사, 아무래도 면사포를 쓰고 레드 카펫을 걷기 전에 결단을 내야 하는 것이 아닌가 싶었다.

'어쩐다. 찾아가서 시비라도 걸까?'

유리엔은 카엘을 떠올렸다. 처음에는 생긴 것처럼 자존심이 드높아 조금만 긁으면 알아서 이 결혼을 엎네 마네 난리를 쳐줄 줄 알았다. 저런 여자랑은 죽어도 못 살겠다며 결별을 선언하면 얼씨구나 피해자 코스프레를 하려했더니 웬걸, 이쪽에서 하는 대로 똑같이 나올 줄이야!

'유치한 자식.'

본인이 한 짓은 생각 못 하고 유리엔이 상대를 헐뜯을 때였다. 그녀의 거처로 웬 하녀가 한 명 찾아왔다.

"응? 꼭 좀 읽어 달라고?"

"네."

하녀는 작은 머리통을 열심히 끄덕였다. 린과 동년배이거나 혹은 그보다 더 어려 보였다. 하녀가 내민 편지를 받아 든 유리엔이 부드럽게 웃으며 물었다.

"얼마 주던?"

"20실버요."

"짜네. 맛있는 거 사 먹어."

혹시나 싶어 확인했더니 역시나. 하녀를 돌려보낸 유리엔이 편안한 자세로 앉아 편지를 뜯었다. 이 정도 공작은 새삼스럽지도 않았다. 고국에서 제 연서가 유리엔에게 닿길 소원하던 이는 발에 치일 정도로 많았다.

"그래, 무슨 내용일까?"

조국에는 차고 넘치지만 이곳에서는 처음으로 유료 결제를 사용한 사람이었다. 이것도 기념이라면 기념이었으니 유리엔은 특별히 선심을 써 편지를 읽어주기로 했다. 서간을 완전히 펼치자 깔끔한 글씨체가 가장 먼저 눈에 띄었다. 유리엔은 고개를 들어 서두부터 살폈다. 그리고 즉시 고민에 휩싸였다.

한 떨기 꽃보다 사랑스러운 유리시엔 황녀에게.

……계속 읽어야 하나? 시작부터 이 모양이었으니 나머지는 보지 않아도 어련히 알 수 있을 것 같았다. 이대로 접어서 버려야 하나 아님 마저 읽어야 하나 깊이 갈등하던 유리엔이 결국 다음 문장으로 시선을 옮겼다. 파격적인 마음 씀씀이였다. 그놈의 기념이 뭐라고. 편지는 유리엔의 예상과 한 치도 다를 것 없이 이어졌다.

처음 연회장에서 그대를 보았을 때 난 스스로의 눈을 믿을 수가 없었다오. 여신이 현세에 강림하던 순간을 나는 평생 잊지 못할 것이오. 그대가 말을 하고 걸을 때마다 그 주위로 온통 천상의 바람이 불어오는 것 같았소.

"요즘은 검은색 버터도 나오나 보네."

유리엔이 중얼거렸다. 아무리 봐도 잉크로 만들어진 문장은 아니었다. 정신력을 단련하는 기분으로 그녀가 나머지를 읽어나갔다.

그대의 아름다움은 미의 화신이라는 엘프조차 부끄러워 고개를 숙이고, 만개한 장미꽃도 알아서 시들어 버릴 정도요. 내가 그대에게 다가가기 위해 얼마나 큰 용기를 냈었는지 그대는 알지 못할 것이오.

"언제 다가왔다는 소리야? 설마 이 편지?"

이토록 아름답고 눈부신 그대가 나의 아내가 된다는 것이 나는 아직도 실감이 나지가 않소.

"……엥?"

나는 아무래도 그대에게 한눈에 반해 버린 모양이오. 결혼식을 올리기 전 이 마음을 전할 수 있도록 부디 도와주겠소? 그대를 눈을 마주 보며 직접 속삭이고 싶소. 의향이 있다면 아래의 장소로 반드시 혼자 와주길 바라오. 기다리겠소.

카류엘 드 뮤리엔.

"……."

편지의 맨 아래쪽에는 구체적인 일시와 주소가 적혀 있었다. 한참 동안 서간을 뚫어져라 바라보던 유리엔이 이내 천천히 눈을 감았다 떴다. 시야는 여전했다. 환각이 아니었다.

"뭐야, 미친."

에비! 징그럽다는 듯 편지를 멀리 날려 버린 유리엔이 소름이 돋은 팔을 벅벅 문질렀다. 머리털이 다 서는 것 같았다. 그 어떤 미사여구보다도 마지막에 적혀 있는 이름이 가장 충격적이었다. 심적 타격을 거하게 받은 유리엔이 잠시 회복을 위해 숨을 골랐다.

"시력 낮아졌잖아! 카라멜 이 자식이, 이딴 식으로 복수를 해?"

분노를 담아 유리엔이 바닥에 놓인 편지를 퍽퍽 짓밟았다. 공격을 허용해서 데미지를 입었다는 사실이 못내 용납되지 않았다. 마음을 담은 발길질은 갈수록 거세졌다. 이 자식! 카라멜 이 교활한 자식!

"오냐, 너 어디 똑같이 당해봐라. 아주 처음부터 '옵빵, 띠드케익 사쥬떼여'로 시작해 줄 테니까…… 잠깐."

설욕의 의지로 불타오르던 유리엔이 순간 멈칫했다. 생각이 문득 어딘가로 미치면서 이상함이 느껴진 탓이다.

"……시간, 장소?"

날뛰던 것을 그만둔 유리엔이 이성을 되찾았다. 그러고 보니 편지에는 구체적인 시간과 장소가 적혀 있었다. 시각 테러를 목적으로 했다면 기실 불필요한 부분이다. 한데 굳이 첨부했다는 건…….

"오호라."

감을 잡은 유리엔이 언제 열을 냈었냐는 듯 입꼬리를 당겨 웃었다. 카라멜이 아니었다. 전혀 다른 제삼자의 소행이었다.

"이거 귀엽네."

이유는 몰라도 저를 혼자만 몰래 불러내고 싶었던 모양이다. 깜찍한 행동이었다. 마음이 차분해진 유리엔은 아까와는 완전히 다른 고민을 시작했다. 저를 상대로 누군가가 수작을 부린다는 것까진 알았는데, 그래서 거기에 넘어가 줄 것이냐 말 것이냐 그것이 문제로다.

남들에겐 갈등할 가치도 없는 일이겠지만 유리엔은 달랐다. 그녀는 한가로울 때 터지는 자극을 제법 좋아했다.

“좋아. 이 펜을 넘어뜨려서 왼쪽으로 넘어지면 속아주러 나가고, 오른쪽으로 넘어지면 안 간다.”

운에게 선택을 맡긴 유리엔이 펜을 집어서 세웠다. 펜에는 커다란 오색의 깃털이 장식 삼아 매달려 있었다. 이걸로 카엘과 루네에게 보내는 편지를 썼었지. 필감이 괜찮았다. 그런 생각을 하며 유리엔이 펜을 잡고 있던 손을 거뒀다. 펜이 기우뚱 균형을 잃으며 쓰러졌다.

“음…….”

펜은 장난이라도 친 것처럼 정확히 정 가운데로 누웠다. 정오를 가리키는 시침인 양 치우침을 용납하지 않고 반듯했다. 유리엔은 펜을 뚫어져라 바라보았다.

“……가자!”

갈팡질팡 다른 길로 빠지지 말고 일직선으로 약속 장소까지 향하라는 뜻이 아닐까? 그녀는 저 좋을 대로 해석을 끝냈다. 말릴 사람은 아무도 없었다. 무료하던 황녀님은 그렇게 외출을 결정했다.

제론은 올해 스물여덟이다. 그래서 열두 살이나 차이 나는 카엘이 마냥 어리게만 보였다. 물론 당사자가 알면 길길이 날뛸 내용이었으니 결코 속내를 드러내지는 않았다.

‘역시 어려.’

그래도 이럴 때면 저절로 그런 생각이 들곤 한다. 그의 주인이자 상관은 비록 어른인 척해도 아직은 아이였다. 어엿한 성인이라고 하기에는 아무래도 열여섯은 한참 모자란 감이 있었다. 따지자면 카엘은 사춘기가 아닌가? 사춘기 때의 가장 큰 특징은 솔직하지 못하다는 점이었다.

"걱정되십니까?"

"누가?"

카엘이 별 해괴한 소리를 다 듣는다는 듯 반응했다. 그러나 이 나이 먹고도 저게 진심인지 아닌지를 알아차리지 못한다면 그간 먹은 밥을 도로 토해내야 한다. 제론은 세월을 담아 미소를 지었다.

"티 납니다."

"아니야!"

"하긴, 아직은 괜찮겠군요. 늙은이들이 진짜 위기의식을 느끼는 건 결혼식 이후일 테니 말입니다. 똥줄이 탄 영감님들이 무슨 짓을 저지를지 저도 궁금하네요."

"……호위가 붙어 있잖아."

카엘의 목소리가 작았다. 걱정이고 나발이고 안 한다 주장할 땐 언제고 그는 호위의 여부를 들먹였다. 제론은 어깨를 으쓱했다.

"괴롭히는 방법에는 꼭 물리적인 수단만 있는 건 아닙니다."

직접적으로 이름을 언급하지는 않았지만 대화의 주제는 유리엔이었다. 그녀와 관련한 악의적인 소문과 불손한 움직임을 감지한 카엘이 아닌 척하면서도 좀처럼 일에 집중하지 못하자 보다 못한 제론이 말을 건 것이다. 물론 카엘은 처음에도 지금도 부정으로 일관했다.

"잘됐네. 이혼 사유로 딱 적당하지 않아?"

"방관하실 생각이십니까?"

"방관이고 뭐고 아직 일어난 일도 없어."

카엘은 그렇게 말한 뒤 눈을 완전히 서류로 내리깔았다. 더 이상 이에 관련된 얘기를 꺼내지 않겠다는 의사였다. 카엘이 그렇게 나오자 제론도 어쩔 수 없이 말을 아꼈다.

제론이 보기에 카엘과 유리엔은 제법 잘 어울리는 한 쌍이었다. 그만 포기하고 결혼을 받아들여 주면 꽤 나쁘지 않은 커플이 될 것 같았다. 물론 장본인이 저렇게 나와서야 아직 요원한 일이기는 했다.

'하긴, 그건 상대방도 마찬가진가.'

예비부부끼리 똑같았다. 그는 새삼 더 자라길 기다리지 않고 지금 결혼을 추진한 황제의 의중이 궁금해졌다. 이 년만 지나서 붙여놓았다면 둘은 최소한 이것보다는 사이가 좋았을 것이다. 뭐, 다 뜻이 있었겠지. 제론은 답 모를 의문을 미련 없이 머리에서 지워 버렸다.

"황녀님, 어디 가세요?"

유리엔이 외출하는 모습을 보는 건 오랜만이었다. 린은 빨래거리를 정리하다 말고 의아하게 제 주인을 응시했다. 나갈 채비가 막바지에 달한 유리엔은 마지막으로 외투를 찾으며 린의 물음에 답해주었다.

"응. 약속."

"정말요? 누구와요?"

"모르는 사람."

"네?"

"그보다 린, 이리 와서 끈 좀 묶어줄래? 내가 하긴 했는데 풀릴 것 같아서."

"맡겨주세요!"

일감을 내려놓은 린이 쪼르르 달려가 충성스런 손놀림을 선보였다. 외출용 드레스의 어깨 부근에 달린 끈을 꼼꼼하게 묶으며 린이 조잘거렸다.

"그런데요 황녀님, 어디로 가시는 거예요?"

"이름은 모르겠는데 지도가 있더라. 광장에서 가까웠어."

"광장이요? 마차를 타셔야겠네요."

"알아서 갈 테니 따로 준비하지는 마."

"그럴게요. 몇 시까지 가셔야 되는데요?"

"일곱 시."

"일곱…… 네?"

매듭을 묶던 린의 손이 잠깐 멈칫했다. 린이 동그랗게 뜬 눈을 껌벅거렸다.

"일곱 시는 이미 지났잖아요?"

"일찍 나가려고 했는데 저녁 식사 이후의 디저트가 얼마나 맛있던지."

그걸 내오는 대로 받아먹느라 늦었다는 소리였다. 지각이 확정된 상황에서도 유리엔의 낯엔 한 점 다급한 기색이 없었다. 오히려 상관없는 린만 바빠졌다.

"어머! 그럼 빨리 출발하셔야죠! 매듭 다 됐어요!"

"괜찮아. 늦어도 상관없어."

"네에?"

"이번 약속은 그래. 참, 린. 나 외출하는 거 찰스한텐 비밀이다?"

찰스는 유리엔의 호위 기사였다. 비밀로 한다는 말은 곧 그를 따돌리겠단 의미다. 뜻을 파악한 린이 고개를 붕붕 저었다.

"안 돼요! 위험한 일이라도 생기면……."

"특명이야."

"헉! 특명은 수행해야만 하는데!"

"그럼 갈게. 린, 나중에 봐!"

샐쭉 웃은 유리엔이 딜레마에 빠진 린을 내버려 두고 총총 멀어져 갔다. 발랄한 걸음걸이로 순식간에 사라졌다. 거처에 남은 것은 린과 빨래와 갈등뿐이었다.

"황녀님! 으앙…… 어?"

뒤늦게 유리엔을 부르던 린이 시선을 내렸다. 발에 뭔가가 걸렸다. 린과 빨래뿐이던 장소에 다른 것도 있었다.

"편지잖아?"

몰골은 처참했지만 익숙한 규격의 종이에 글자가 빼곡히 적혀 있으니 편지가 맞을 것이다. 뭘 한 건지 너덜너덜해진 종잇장을 린이 주워다 버릴 요량으로 집어 들었다.

"어라?"

낯익은 글자가 찰나 린의 시선을 잡아끌었다. 편지의 하단에 적혀 있는 것은 다름 아닌 황태자의 이름이었다. 카류엘 드 뮤리엔. 린이 고개를 갸웃했다. 이거 내가 저번에 태웠는데?

"다시 보냈나 보다."

린은 대수롭지 않게 생각했다. 하단에는 이름뿐 아니라 장소와 시간도 적혀 있었다. 만나러 간다는 게 바로 황태자인 모양이었다. 약속 상대가 모르는 사람이라던 유리엔의 답변이 떠올랐지만 린은 그것도 그러려니 넘겼다. 호위도 없이 맨몸으로 쫄랑쫄랑 나간 황녀님에 대한 걱정은 금방 자취를 감췄다. 예비 남편을 만나는 건데 별일이야 있으려고! 게다가 유리엔의 이 같은 행각은 이미 하루 이틀 일이 아니었다. 린이 지금껏 모셔오면서 본 유리엔은 대체로 어디서든 제 한 몸 정도는 간수할 줄 알았다.

"괜찮겠지!"

주인이 사라진 거처에 방문객이 찾아온 것은 그로부터 잠시 후였다.

"여기 맞나?"

마차에서 내린 유리엔이 머릿속의 지도와 눈앞의 길을 대조했다. 딱히 다른 부분은 없었다. 얼추 맞는 것 같다고 결론 내린 유리엔은 척척 걸음을 옮겼다.

그녀는 현재 후드를 뒤집어쓰고 있었다. 가게에서 싸게 구입한 칙칙한 후드로 얼굴의 절반 이상을 가려놓으니 평소와 다르게 어딜 돌아다녀도 눈에 잘 띄지 않았다. 그 상태로 약속 장소인 저택을 발견한 유리엔이 씨익 웃었다. 후드 밑으로 드러난 입이 호선을 그렸다.

"집 좋네."

다층으로 구성된 저택은 마당까지 있었다. 지키는 사람이 없는 대문을 통과하자마자 풀 냄새가 손님을 반겨줬다. 걷는 속도를 늦춘 유리엔이 여유롭게 풀과 나무를 구경했다.

사람이 거주하는 낌새는 느껴지지 않지만 아예 버려진 저택도 아닌 듯 식물은 손질이 되어 있었다. 깔끔한 것이 전문가의 작품 같았다. 돈깨나 있는 집안에서 굴리는 별택인가? 그렇다면 입구의 경비인은 원래 없는 것이 아니라 일부러 물렸을 가능성이 높았다. 대충 추리를 마친 유리엔이 입을 열었다.

"나올래, 아니면 나 그냥 갈까?"

그러자 기다렸다는 듯 호응이 돌아왔다.

"아가씨! 목소리 좋은데?"

"얼굴도 목소리만큼 예뻐? 응?"

건달이라면 이놈처럼! 머리부터 발끝까지 착실하게 건들거리며 덩치 큰 사내 둘이 모습을 드러냈다. 인공적인 빛이 없는 저택의 마당은 해가 떨어지면서 제법 어스름했다. 그런 어둑한 사방을 배경으로 어슬렁어슬렁 나타난 험상궂은 건달 둘. 누군가를 겁박하기에 모자람이 없었다. 그러나 유리엔은 겁을 먹는 대신 혀를 끌끌 찼다.

"왜 이렇게 정석적이야? 참신함이 없어요, 참신함이."

상황은 예상한 것과 별반 다르지 않았다. 유리엔이 이곳으로 나와주자고 마음먹은 건 심심해서기도 했지만 자신이 있었기 때문이다.

늦은 시간에 남을 사칭해서까지 불러내는 상대가 제게 호의가 있을 리 만무하니 당연히 해코지를 하려 들 것이라 생각했다.

하나 동원할 수 있는 무력의 숫자와 종류는 한정되어 있었다. 수가 많으면 눈에 띄고, 용병을 고용하면 기록이 남는다. 여차할 때 처리하기 용이한 뒷골목 건달 두셋! 짐작했던 부분과 완전히 똑같았다.

유리엔은 팔을 걷어붙였다. 본인을 제외한 이 자리의 누구도 알지 못했지만 사실 그녀는 몸싸움에도 일가견이 있었다.

"팔은 왜 걷어? 그러지 말고 후드나 좀 벗어봐."

"옷도 같이 벗어주면 더 좋고! 케헤헤!"

상대의 신분을 꿈에도 모르는 건달의 대사가 용감하기 짝이 없었다. 유리엔은 분노하는 대신 그저 활짝 웃었다. 그리고 바라는 대로 후드를 뒤로 확 젖혔다.

"어? 잘은 안 보이지만 엄청 예쁜 것 같…… 컥!"

"달건!"

달건이라 불린 상대가 앞으로 고꾸라졌다. 입에는 게거품을 물고 있었다. 커다란 덩치가 바닥으로 처박히며 육중한 소리를 냈다.

쿵!

"……다, 달건."

다른 사내는 방금 목격한 것을 믿을 수가 없었다. 후드가 젖혀지고 드러난 얼굴에 달건이 잠깐 관심을 보였다. 그 찰나였다. 작은 몸이 번개같이 움직였다. 눈을 깜박이는 사이 치맛자락이 팔락이고, 머리카락이 나부끼고……. 다음 순간 달건은 소중한 걸 잃었다.

"달건!"

이미 정신을 잃어 소리를 내지 못하는 달건 대신 사내가 울부짖었다. 달건은 사실 그의 형이었다. 의형제였지만 친형이나 다름없었다. 늘 믿고 의지하고 둘만 있을 땐 매번 형님이라 불렀다. 그런데 그런 그가 누나가 되고 말았다! 한 건달에게서 멋대로 성별을 빼앗아 간 유리엔이 상쾌하게 웃었다.

"야, 너도 이리 와."

"가, 감히 달건 형님을! 용서 못 해! 죽여 버리겠다!"

당장에라도 피의 복수를 자행할 기세로 사내가 흉흉하게 외쳤다. 그러나 말과는 다르게 그의 몸은 조금씩 뒤로 이동하고 있었다. 유리엔과의 거리가 점점 멀어졌다. 본능이었다.

"어디 가니?"

"가, 가는 게 아니다! 이건!"

사내가 이를 악물었다. 수치심으로 얼굴이 벌겋게 달아올랐다. 지금껏 타고난 덩치와 더러운 성격으로 많은 이를 핍박해 왔다. 대부분 여자, 노인, 어린아이였다. 여자는 개중에서도 가장 선호하는 먹잇감일 뿐이었다. 그랬는데! 사내는 주먹을 꽉 쥐었다. 그래, 여자다. 단순히 힘없는 여자일 뿐이다. 달건이 당한 이유는 방심했기 때문이다. 정신을 똑바로 차리고 달려든다면 얼마든지 이길 수 있다! 마음을 먹은 사내가 뒷걸음질을 멈추고 눈을 빛냈다.

"이건 단지 준비를 한 거다! 이제부터 너를 짓뭉개 줄…… 악!"

사내의 자세가 허물어졌다. 괜히 허세를 부리며 말을 뱉는 사이 쏜살같이 다가온 유리엔이 사내의 새끼발가락을 콱 밟은 것이다. 갑작스런 고통에 신경이 쏠리자마자 뾰족한 굽이 이어서 그의 머리통을 찍었다.

빠악!

"끄억!"

사내는 그렇게 쓰러졌다.

"네가 끝이야?"

쓰러진 몸뚱이 곁으로 다가간 유리엔이 고개를 숙였다. 말을 걸었지만 완전히 기절한 듯 돌아오는 대답은 없었다. 가만히 지켜보다 유리엔이 다시 말했다.

"너도 알 깨질래?"

"저, 저희가 전부입니다."

언제 늘어졌었냐는 듯 사내가 빠릿하게 일어나 무릎을 꿇고 앉았다. 자세가 공손했다. 사내는 이미 다른 영역으로 가버린 달건과 자매가 되고 싶지 않았다. 치맛자락과 후드의 먼지를 털어낸 유리엔이 사내에게 물었다.

"고용주는?"

"네?"

"너희한테 돈 준 애. 어디 있어?"

"아! 그건 말입니다, 저깁니다."

사내가 즉시 나무 하나를 가리켰다. 공손하게 두 손이었다. 지목을 당한 나무 뒤에서 누군가가 몸을 움찔했다. 어두웠으나 그새 밤눈이 익숙해진 유리엔이 그 움직임을 똑똑히 시야에 담았다. 아하, 가까이에 있었군.

"고마워. 그럼 잘 가렴."

"네?"

퍼억!

돌덩이로 얻어맞은 사내가 이번에는 진짜로 의식을 잃었다. 풀과 나무를 구경하는 척하며 주워두었던 것을 지금 사용했다.

눈동자를 까뒤집어 사내가 기절했음을 확인한 유리엔이 손을 털었다. 나무 뒤에서 작은 목소리가 새어 나왔다.

"잔인한……."

"일이 잘못되면 죽일 생각까지 했으면서 말은 잘하네. 야, 너 나와."

"……."

"안 나와? 내가 거기까지 가게 만들면 한 대 맞을 거 세 대 맞는다?"

유리엔의 협박에서 진심이 느껴졌는지 누군가가 나무 뒤에서 슬금슬금 몸을 드러냈다. 한눈에 자세한 생김새까지는 알기 어려웠지만 대략적인 특징은 눈에 잡혔다.

키는 유리엔보다 반 뼘쯤 아래였고, 원피스로 가려지지 않은 팔목이나 발목 등이 가늘었다. 전체적으로 아담한 인상을 주는 소녀는 나이를 가늠한다면 열다섯 전후로 보였다. 묘한 기시감을 느낀 유리엔이 눈을 찡그렸다. 어디서 본 것 같은데?

"너 좀 더 가까이……."

손짓하며 부르던 유리엔이 말을 멈췄다. 검은색 눈동자가 커다랗게 크기를 키웠다. 이목구비가 구별될 정도로 가까워지자 소녀는 더 이상 모르는 사람이 아니었다. 충격으로 닫혔던 입이 겨우 다시 한 마디를 꺼냈다.

"루네?"

"내가 언제부터 이렇게 예의를 차렸다고."

젠장. 스스로를 향해 중얼거린 카엘이 거칠게 제 머리를 헤집었다. 포기를 모르는 제론에게 굴복한 그는 현재 반쯤 떠밀려 유리엔의 거처로 향하는 중이었다.

기왕 온 것 한 마디 정도만 해주고 돌아갈 생각이었다. 조심하라는 딱 한 마디만. 곧 이혼할 테지만 아직은 예비부부의 관계였으니 약간은 책임감을 보여야 할 것이다. 그렇게 자신을 납득시키며 방문한 카엘은 유리엔이 아닌 그녀의 하녀와 마주했다.

"어? 황태자 전하? 왜 여기에 계세요?"

하녀는 카엘을 발견하자마자 인사도 전에 저것부터 물었다.

'왜 여기에 있느냐고?'

카엘은 질문에서 약간 이상한 느낌을 받았다. 마치 '넌 지금 여기가 아니라 다른 곳에 있어야 하는데'를 전제로 깔고 있는 듯했다. 하지만 왜? 자신은 오늘 따로 정해진 일정이 없었다.

"무슨 뜻이지?"

"황녀님이랑 만나기로 하셨잖아요? 약속 장소에…… 있으셔야……."

말을 하다 뭔가를 깨달았는지 하녀, 린의 얼굴이 사색이 되었다. 그녀는 허겁지겁 제 품에서 뭔가를 꺼냈다.

"이 편지, 이거 전하께서 보내신 게 아니에요?"

"뭐? 편지라니?"

린이 내미는 것을 카엘이 받아 들었다. 편지는 구김이 심했지만 적혀 있는 내용을 유추하지 못할 정도는 아니었다. 이름과 장소까지 확인한 카엘이 종이를 와락 구겼다.

"내가 보낸 게 아니야."

"그, 그럼……."

"출발했나?"

"조금 전에 나가셨어요."

"호위는?"

"따돌리시고……."

"미치겠군."

카엘이 이마를 짚었다. 대체 무슨 생각인지 유리엔은 이 가짜 편지에 적힌 대로 순순히 약속 장소까지 나간 모양이었다. 대체 왜? 그가 파악한 바로는 그녀는 고작 이런 것에 속을 만한 여자로는 보이지 않았다. 결국 카엘은 급히 몸을 돌렸다.

"마차를 준비해라."

쨍그랑!

접시가 깨졌다. 괜찮으냐며 유모가 호들갑을 떨었지만 정작 접시를 떨어뜨린 소녀는 다른 생각에 빠져 그것을 인지하지도 못하는 것 같았다. 꼼짝없이 동상처럼 굳어 있던 소녀가 간신히 입을 열었다.

"누가…… 왔다고요?"

"많이 놀라셨죠? 루제 아가씨께서 그렇게 기별도 없이 갑자기 올라오실 줄이야. 쇤네도 깜짝 놀랐답니다."

"언니가……."

루제 드아이스. 루네와 같은 날 고작 잠깐의 차이를 두고 먼저 태어난 쌍둥이 언니였다. 들은 것을 머릿속에서 되풀이한 루네가 급히 물었다.

"언제 들어왔죠?"

"열흘쯤 되었을 겁니다."

"열흘씩이나!"

루네는 기억을 더듬었다. 열흘이라면 황제가 황태자의 정혼 사실을 막 공표했을 때였다. 아직 널리 알리지 않아 당시 수도에 머물렀어야만 알 수 있는 소식이었다. 얼굴에서 핏기가 사라진 루네가 다시 물었다.

"언니는 지금 어디에 있나요? 제게 일부러 알리지 않은 건가요?"

"아가씨께서 독단적으로 올라온 모양입니다. 남작님께서도 모르셨구요. 지금쯤이면, 약속이 있다고 하셨던 것 같은데……."

"하아."

한숨이 흘러나왔다. 루네가 눈을 감았다. 어두운 시야로 자연히 쌍둥이 언니 루제에 대한 것들이 떠올랐다.

오래 본 사람도 구분하기 어려울 정도로 똑같은 외모, 똑같은 체형.

그러나 성격만큼은 남보다도 더 달랐다. 기본적으로 소심하고 나서기를 좋아하지 않는 루네에 반해 루제는 언제 어디서 무슨 짓을 저지를지 알 수 없는 타입이었다. 누구한테 물려받았는지 궁금한 행동력은 가끔 잘못된 방향에서 일을 터뜨리곤 했다. 루제는 마치 시한폭탄 같았다. 특히 지금 이 시기라면 심지에 불을 붙여놓았다고 봐도 좋았다.

'어쩌지? 제발 얌전히 있어줘, 언니!'

루제는 카류엘 황태자에게 비이상적일 정도의 집착 증세를 보였다. 그것을 상기한 루네가 불안함에 연신 찻잔만 매만졌다.

"……가 아니네?"

충격은 잠깐이었다. 유리엔은 담백하게 부름을 정정했다.

"루네 아니잖아. 너 누구야?"

"……왜 아니라고 생각하는데?"

루제는 내심 당황했다. 모르는 사람들이 저와 루네를 헷갈리는 것은 한두 번 겪는 일이 아니었다. 이번에도 상대가 저를 루네로 착각하기에 마침 잘됐다 싶어 장단을 맞춰줄 심산이었다. 한데 뭐라 대답을 하기도 전에 유리엔이 먼저 아니라고 단정 지어버린 것이다. 루제가 알기로 유리엔은 루네와 친분이 있었다. 그 관계를 이용하려면 루네로 생각되는 편이 좋았다. 루제는 일부러 말을 골랐다.

"기억력이 나쁜 거야? 내가 그 잠깐 사이에 생긴 게 달라지지는 않았을 텐데."

"그래서 누구냐니까?"

"난 루네야! 루네 드아이스!"

"자기소개 똑바로 못 해? 세 대 맞을 거 다섯 대 맞을래?"

매와 관련된 이야기가 나오자 루제가 움찔했다. 상대방이라면 충분히 언급한 만큼 저를 때릴 수 있을 것 같았다. 하지만 그렇다고 여기서 물러설 수도 없는 노릇이라 루제는 이를 악물고 꿋꿋이 주장했다.

"루네 맞아! 내가 루네가 아니면 대체 누구란 거야?"

"글쎄."

"그냥 인정하지 싫은 거겠지! 믿었던 상대가 내숭을 떨고 네 뒤통수를 쳤다는걸!"

"루네 쪽이 언닌가?"

"내가 언니야!"

헉. 내뱉고 나서 루제가 제 입을 가렸다. 자기도 모르게 말이 튀어나갔다. 유도신문에 성공한 유리엔이 얄미운 미소를 지었다.

"쌍둥이 언니구나?"

"이익!"

"조그마한 게 성격은 되게 더럽네. 너 뭘 먹고 컸니?"

"닥쳐! 주제도 모르는 게!"

유리엔은 잠깐 뇌리를 더듬었다. 뜬금없는 저 말을 어딘가에서 들은 기억이 났다. 아! 이내 손가락을 튕겼다.

"너 에델 뭐시기 따까리냐? 그 후각 테러 만취녀?"

"무슨 소리를 하는 거야?"

"그럼 이 저택은 걔 소유겠네? 거참, 돌아가면 걔도 조져야 하나."

"계속 헛소리를……."

"어쨌든 일단 넌 좀 맞고 시작하자."

소매를 걷은 유리엔이 어깨를 휘휘 돌렸다. 그러더니 고개도 좌우로 꺾는 것이 누가 봐도 곧 매타작을 시작할 낌새였다. 루제가 파랗게 질려 주춤 물러났다. 건장한 사내 둘을 유리엔이 무자비하게 구타하던 장면이 자동으로 떠올랐다. 준비를 마친 유리엔이 앞으로 한 발 내디뎠다. 루제가 비명처럼 외쳤다.

"자, 잠깐!"

"잠깐이고 나발이고."

"나, 나, 나는 루네의 언니야! 서로 끔찍이 여기는 사이라고! 내가 조금이라도 다치면 루네가 엄청 슬퍼할걸?!"

필사적으로 외쳤지만 거짓말이었다. 현재 루네와 루제는 사이가 썩 좋지 않았다. 정확히는 일방적으로 루제 쪽에서 루네를 핍박했다. 과거에는 어땠을지 몰라도 지금은 루제가 자업자득으로 다친다고 루네가 눈물을 흘릴 일은 없을 것이다. 하나 유리엔이 그런 것까지 알리는 없었다. 루제는 한껏 진실처럼 주장했다.

"걔가 날 얼마나 좋아하는데! 울다가 실신할지도 몰라!"

"그래? 정말?"

"그래!"

"하기야 안 그래도 가족이래서 많이 봐주려던 참이었어. 미우나 고우나 자매잖아."

"그럼……."

"그러니까 일단 맞자."

"왜?! 봐준다며?!"

안 맞고 풀려날 줄 알았던 루제가 배신감에 빽 소리쳤다. 유리엔이 곱게 주먹을 쥐며 말했다.

"엄청 봐주는 거지. 정석대로 하면 너 황족 모독죄, 살해 모의죄로 참형이야."

"뭐, 뭐?"

"그런데 하필 그게 연좌제거든? 너만 잘못했는데 애꿎은 루네랑 남작이랑 그 외 온갖 식솔까지 죄다 처형장에서 목이 잘려야 해요. 그건 좀 그렇잖아."

"……!"

"그래서 그냥 좀 패고 말아주겠다는데 고마운 줄 알아야지 이게 바락바락 루네를 팔아? 야, 이리 와라. 다져놓게."

"시, 싫어."

겁에 질린 루제가 반복해서 뒤로 물러났다. 그녀는 지금 정신을 차릴 수가 없었다. 황족 모독죄니 처형이니, 전부 생각해 보지 못한 것들이었다. 잔악한 계획을 세웠지만 루제는 결국 성장기도 끝나지 않은 어린아이였다. 현실적인 부분들은 생각도 않고 그저 감정만 앞서 일을 저질렀다.

주춤주춤 뒷걸음질을 치던 루제의 등에 곧 딱딱한 것이 닿았다. 아까 그녀가 숨어 있었던 나무였다. 순식간에 성큼성큼 다가온 유리엔이 거칠게 벽 치기, 아니, 나무 치기로 루제를 가뒀다.

"얼굴은 빼고 때려줄 테니 감사한 줄 알아."

"아, 안 돼!"

"돼!"

"이, 이 야만인…… 너 같은 여자를 아내로 맞이해야 하는 카엘 전하가 불쌍해!"

야무지게 말아 쥔 주먹을 내리꽂으려던 유리엔이 멈칫했다. 응? 방금 누가 불쌍해?

"누구?"

"카엘 황태자 전하! 최악의 불행이야! 전하께서 어떻게 너 같은 것과…… 흐흑……."

"카엘?"

"전하의 애칭을 함부로 부르지 마!"

헐. 황당해져서 유리엔이 잠시 말을 아꼈다. 이름이 카류엘인 건 알았는데 애칭은 여기서 처음 들었다. 궁금하지 않은 새로운 지식을 알게 된 유리엔이 루네를 물끄러미 내려다보았다.

"카엘 좋아하니?"

"애칭 부르지 말라니까!"

"카엘. 카엘. 카엘."

"꺄악! 하지 마! 그만해! 감히!"

"부르면 안 돼? 근데 넌 불러도 되고?"

"하, 당연하지!"

나무 치기에 갇힌 채로 루제가 표독스레 눈을 치떴다. 그러더니 이내 몽롱하게 표정을 바꾼다. 방금 언급했던 카엘을 떠올리는 모양이었다.

"전하와 난 특별한 사이야. 난 전하의 것이고, 전하도 나의 것이지. 우리 사이는 아무도 갈라놓을 수 없어……."

"허어?"

"나는 전하를 위해선 뭐든 할 수 있어. 전하께서 정략결혼 따위에 희생되도록 얌전히 놔둘 것 같아? 절대 그렇게 못 해!"

"호오?"

"네가 전하의 앞길을 막도록 놔두지 않을 거야. 엉망진창으로 버림받기 전에 알아서 전하의 곁에서 꺼지란 말이야! 전하에겐 나뿐이야!"

"이야."

스토커 점수 100점. 등급 1등급. 평가를 내린 유리엔이 고개를 절레절레 흔들었다. 이런 애들이 왕창 붙어 다닌다고 가정하면 카라멜도 나름 불쌍한 인생이었다. 쯧쯧, 안쓰러운 놈. 이 자리에 없는 황태자를 향해 유리엔이 동정의 시선을 보내고 있을 때였다.

"으윽…… 윽…… 가만 안 둬……."

쓰러진 줄 알았던 덩치가 꿈틀거렸다. 제일 처음 유리엔에게 응징을 당한 달건이었다. 정신이 돌아온 달건은 직감적으로 자신이 분신을 잃었음을 알아차렸다. 분신. 내 소중한 소중이. 상실감이 전신을 뒤덮고 눈앞이 분노로 뿌옇게 흐려졌다. 내 자랑스러운 소중이. 내 우람한 소중이. 통증은 여전했지만 격분은 고통마저도 잊게 만들었다.

"제국에 스토커 자격증이 있었으면 전문가 여럿 나왔겠다."

"날 스토커 따위에 갖다 대지 마!"

"그래도 자기 얘긴 줄은 아는…… 왜 그래?"

루제가 눈을 휘둥그레 뜨고 뻣뻣이 굳었다. 갑작스런 표정 변화라 유리엔이 뭔가 싶어 상대를 살폈다. 시선이 이쪽이 아닌 다른 곳을 향하고 있었다.

"뭘 보는……."

"죽어!"

괴성을 지르며 달건이 덤벼들었다. 유리엔이 루제의 시선을 따라 눈길을 돌렸을 때는 이미 달건이 지척까지 다가온 후였다. 짐승처럼 포효한 달건이 솥뚜껑 같은 손을 휘둘렀다.

아. 검은색 동공 가득 상대의 모습이 채워졌다. 늦었다. 눈을 깜박이기에도 모자랄 시간 동안 여러 가지 생각이 유리엔의 머릿속을 스쳐갔다. 피하긴 늦었으니 맞겠구나. 맞으면 아프겠지? 얼마나 아플까? 얼굴을 다치는 건 모양새가 좋지 않으니 팔을 들어 막아야 하나? 그럼 오른팔보단 왼팔이 부러지는 편이 낫겠지? 생각이 막바지에 다다르는 순간 비명이 터졌다.

푸욱!

"커헉!"

유리엔의 비명은 아니었다. 그보단 훨씬 거칠고 낮았다. 금방이라도 유리엔을 후려칠 것 같았던 달건이 연료가 나간 기계처럼 멈춰 서 있었다. 유리엔도 루제도 움직이지 않았다. 마치 시간이 멈춘 것 같았다.

"끄윽……."

털썩. 달건이 자세 그대로 고꾸라졌다. 정지된 것 같았던 시간이 다시 흘렀다. 엎어진 달건의 주변으로 선혈이 넓게 퍼져 나갔다. 등에는 잘 벼려진 검이 꽂혀 있었다. 루제가 적막을 깼다.

"꺄, 꺄아아악!"

"아, 내 귀."

이 와중에 고막을 걱정하며 유리엔이 귀를 틀어막았다. 시끄러웠지만 덕분에 정신은 번쩍 들었다. 상황을 파악하기 위해 유리엔이 쓰러진 달건을 살폈다. 그는 이미 숨을 다한 것 같았다.

"야!"

유리엔은 사체를 오래 쳐다볼 수 없었다. 어둠을 가르는 익숙한 목소리를 따라 그녀의 시선이 전방을 향했다. 한 인영이 말 그대로 머리카락을 휘날리며 달려오고 있었다.

"검둥이! 살아 있냐?"

"카라멜?"

"안 죽었지? 어?"

쏜살같이 가까워진 카엘이 유리엔을 덥석 붙잡았다. 유리엔은 어안이 벙벙해져 그런 카엘을 멍하니 올려다보았다. 얘가 왜? 여긴 어떻게 알고?

"멀쩡하냐? 맞았어?"

"너……."

"뭐?"

"되게 백마 탄 왕자처럼 나타난 거 알아? 왕년에 동화책 좀 봤니?"

"헛소리를 하는 걸 보니 멀쩡하네."

붙잡았던 손을 놓고 카엘이 한숨을 내쉬었다. 땅이 꺼질 것처럼 깊은 한숨이었다. 또한 안도가 그득그득 묻어 있기도 했다. 내색하진 않았지만 카엘의 심장은 평소보다 배는 빠르게 뛰고 있었다.

마차에서 내린 카엘은 그야말로 전력을 다해 뛰어다녔다. 편지는 하필이면 구체적인 장소가 그려진 부분이 해져 있어 정확한 위치를 파악할 수가 없었다. 광장 근처라는 대략적인 사실만 알아낸 카엘은 주변의 저택이란 저택은 다 돌았다. 유리엔에게 일이 벌어지기 전에 이곳을 찾아낸 것은 그야말로 천만다행이었다. 천운이라고밖에 설명할 길이 없었다. 조금만 더 헤맸다면 유리엔은 이미 흉수에게 맞아 나자빠진 뒤였을 것이다. 고생한 것이 떠오르자 카엘은 울컥했다.

"야! 넌 뭘 믿고 이런 데를 쫄래쫄래 기어 나와?"

"뭐?"

"멍청하게 그런 편지에나 속고!"

"속아준 거거든! 이게 왜 갑자기 큰소리야?"

"큰소리 안 나게 생겼냐? 어? 너 방금 죽을 뻔한 거 알긴 하냐?"

"그렇게 쉽게 안 죽어! 그리고 이 상황이 전부 내 탓인 줄 알아?"

"네 탓이 아니면 뭐, 저기 나무 탓이냐?"

"너도 원흉이야!"

"무슨 소리야? 떠넘길 사람이 없어서 은인한테 책임을 전가해?"

"지금 이걸 누가 벌인 줄 알아? 널 정략결혼이라는 지옥의 불구덩이에서 구해주기 위해 네가 자기 거고 자기도 네 거라고 주장하는 눈 돌아간 네 추종자가 사랑의 힘으로 저지른 짓이야! 네 팬 관리 제대로 못 해?"

"……뭐?"

얼마나 겪었다고 말싸움은 벌써 새삼스러울 것이 없었다. 카엘은 유리엔의 말에 반사적으로 맞받아치려다 멈칫했다.

"누가 그랬다고?"

"화, 황태자 전하."

루제가 기다렸다는 듯 끼어들었다. 그녀의 눈은 카엘이 나타난 이후부터 쭉 그에게 고정되어 있었다. 달건이 쓰러지는 걸 보고 놀랐던 심정은 이미 자취를 감췄다. 그저 어떻게 하면 오매불망하던 임의 시선을 제게로 끌어올 수 있을까 그것에만 신경을 쏟던 중이었다. 루제가 황홀하게 웃었다. 드디어 저를 봐주신다. 드디어.

눈을 마주친 카엘이 놀란 기색을 했다.

"루네?"

"……."

루제의 표정이 급격히 굳었다. 피가 싸늘하게 식는 기분이었다. 붕

떴던 기분이 한순간에 바닥으로 곤두박질쳤다. 이렇게 중요한 순간에 보잘것없는 동생 따위가 언급되었다는 것이 용납할 수 없이 불쾌했다.

"전하, 제 이름은…… 루네가 아니에요."

"아니라고? 내 기억으로는……."

"너 눈 나쁘지?"

말을 자른 유리엔이 카엘을 타박했다. 갑자기 무슨 소리냐는 듯 이쪽을 쳐다보는 카엘을 붙잡고 유리엔이 루제를 가리켰다. 그러더니 진실을 밝히는 탐정처럼 목소리를 높여 소개한다.

"잘 들어! 쟤의 정체는, 루네와 가족이지만 정신이 많이 아픈 네 열혈 스토커 스도오거 양이야!"

"그런 이상한 이름이 아니라 루제거든?!"

루제가 얼굴까지 붉히며 정정했다. 물론 유리엔은 신경 쓰지 않았다. 이 중 가장 충격을 받은 건 카엘이었다.

"그리고 스토커도 아니야! 난 그의 유일한 사랑이라고!"

"들었지? 네 사랑이래."

"……이게 무슨……."

"전하, 저예요. 전하의 하나뿐인 사랑."

전하의 피앙세라구요. 루제가 지치지도 않고 주장했다. 혼자만 다른 세상에 있는 것 같은 그 발언에 카엘이 아파오는 머리를 한 번 지압한 뒤 말했다.

"루제?"

"네, 전하."

"사실인가?"

"무엇이요?"

"정말로 네가 이 모든 일을 꾸몄나?"

"맞아요."

사랑하는 사람의 앞에서 거짓을 고할 수는 없었다. 루제는 신을 만난 신자처럼 솔직해졌다.

"유리시엔 황녀에게 내 이름을 빌려 편지를 보내고."

"네."

"무력시위를 위해 사람을 고용했군."

"건달을 샀어요. 두 명."

"정확히 무슨 짓을 하려고 했지?"

"납치를 할 계획이었어요. 으슥한 곳에 가두고 뼈를 몇 개 부러뜨리려고 했죠. 그리고 협박을 하려고 했어요."

"어떤?"

"전하에게서 떨어져 나가라고."

"……그랬군. 전부 네 계획이고, 네 행각이었단 말이지."

"전부 전하를 위한 거였어요! 전하는 알아주시겠죠? 비록 실패했지만, 성공했다면……."

전하께서 행복해지셨을 텐데. 말을 내뱉으려던 루제가 멈칫했다. 문득 생각이 어딘가로 미쳤다. 계획은 초반에 실패처럼 흘러갔지만 중간에 판도가 바뀌어 잘 하면 성공할 수도 있었다.

기절한 줄 알았던 건달이 일어나 황녀를 공격했을 때, 그때 그대로만 놔두었다면 유리시엔 황녀는 원하던 대로 크게 다쳤을 것이다. 그럼 목적대로 결혼은 무산되고, 황태자는 정략결혼이라는 끔찍한 족쇄에서 해방된다. 황녀를 처리하면 틀림없이 기뻐해 줄 거라고 생각했다. 그런데 왜 전하께선 저 여자를 구하셨지?

루제가 카엘의 얼굴을 응시했다. 그녀는 눈썰미가 빼어난 편이 아니었지만 이상하게도 지금만큼은 상대의 표정을 읽을 수 있을 것 같다는 생각이 들었다. 카엘은 분명 화가 난 것 같았다. 그러나 왜 화가 났는지 그 이유는 알지 못하는 사람처럼 보였다.

"전하."

"……."

기이한 불안감이 손끝부터 타고 올라왔다. 루제가 애타게 카엘을 불렀다. 카엘은 대답 대신 유리엔에게로 눈을 돌렸다. 굳게 다물린 카엘의 턱엔 힘이 잔뜩 들어가 있었다.

한참 만에 그의 입이 열렸다. 유리엔은 기다려 준 스스로의 인내심을 칭찬했다.

"내가 어떻게 하면 되지?"

"뭐?"

"어떻게 하면 좋을까?"

"네가 어떻게 하긴 뭘 어떻게 해, 내가 어떻게 해야지."

코웃음을 친 유리엔이 박력 있게 카엘을 뒤로 물렸다. '넌 꺼져! 거기서 구경이나 해!' 하고 외치는 듯한 행동이었다. 화가 난 것도 잊고 카엘은 잠깐 당황했다.

"연약한 카라멜은 얌전히 계셔."

"누가 연약하다는 거야?"

"그리고 내 일인데 당연히 내가 끝을 봐야지."

"하지만……."

카엘이 주저했다. 그는 루제의 실토로 인해 머릿속이 복잡한 상태였다. 왜 치밀어 오르는지 알 수 없는 분노, 일차적으로 자신 때문에 일이 벌어졌다는 죄책감, 그에 따른 책임감 등이 복잡하게 얽혀 그를 지배하고 있었다.

"내 탓이잖아. 애초에 내가 제대로 처리를 했더라면……."

"얘 좀 봐? 야, 네가 언제부터 그렇게 섬세했다고 자책이야? 아깐 네가 하도 뭐라고 하니까 나도 홧김에 그렇게 얘기한 거지, 따지고 들면 이건 그냥 내 일이고 내 탓이야. 몰라서 속은 것도 아니고 속아준 거라고 했잖아."

"……."

"그러니까 거기서 구경이나 해. 환상적으로 조져놓을 테니까."

"왜!"

마지막 말은 루제에게서 터져 나왔다. 상황을 지켜보던 루제가 발작하듯 소리쳤다.

"왜지? 왜? 대체 이게 지금 무슨 상황이야?"

"서로 너 때리겠다고 하는 상황."

"전하! 거짓말이죠? 지금, 지금 장난치시는 거죠? 네? 저 여자를 싫어하시잖아요? 저 여자가 끔찍하시잖아요? 왜냐면, 왜냐면 당신을 나를 사랑하니까!"

"이야, 너 논법 끝내준다."

논리가 전혀 없는 논법! 유리엔이 감탄해서 박수를 쳤다. 그러거나 말거나 루제가 연이어 발악을 했다.

"저는 다 알고 있어요! 당신은 저만 사랑하잖아요! 우린 연인이니까요. 우린, 우리는 서로가 없으면 안 되는 죽고 못 사는 연인이니까! 나는 당신만 있으면 돼요. 다 필요 없어. 당신도 그렇죠? 다 알아요. 우린 운명으로 이어진 인연이라구요. 나는 당신만, 당신은 나만 있으면 돼…….”

미친 사람처럼 소리치던 것이 종내에는 중얼거림으로 바뀌었다. 루제는 사랑이라 주장했지만 이곳의 누구도-심지어 기절한 사내와 황천으로 간 달건도-그것을 사랑이라고 생각하지 않았다. 카엘이 질린 표정으로 화답했다.

“미쳤군.”

“그래, 너 어디 가서 그러지 마. 내가 안 죽여도 전국 사랑꾼 협회한테 걸려서 매장당해.”

“왜, 왜, 왜! 내 순수한 사랑이 어디가 어때서? 뭐가 문젠데? 내 사랑이 어디가!”

루제가 온몸을 부들부들 떨었다. 잔뜩 찡그린 얼굴에선 금방이라도 눈물이 흘러내릴 것 같았다. 유리엔이 그런 루제에게로 한 발 다가가며 응수했다.

“순수한 사랑? 글쎄, 일단 순수함은 일개미의 입술에 묻은 여왕개미의 립스틱만큼도 없는 것 같고, 네 행동은 사랑이라기보다는…….”

집착이지. 그것도 일그러진. 이어질 말을 예상한 카엘이 대신 대사를 뱉으려 했다. 그러나 유리엔이 좀 더 빨랐다.

“병신 짓이지!”

“……단어가 예쁘다?”

“내 사랑을 저급한 표현으로 매도하지 마!”

거센 항의에도 유리엔은 당당했다. 뭐, 맞잖아. 표정으로 주장한 유리엔이 말을 이었다.

“그거 알아? 예로부터 병신 짓은 쭉 이어져 왔어. 고대에도, 그 이전에도 병신 보존의 법칙에 따라 병신 짓은 늘 있었다는 소리야. 이게 무슨 뜻이게?"

"헛소리라는 뜻."

"카라멜, 닥쳐. 아무튼 병신 짓은 유래가 깊다는 거고, 그 말인즉!"

말을 멈춘 유리엔이 시원하게 웃었다. 가지런한 이가 하얗게 드러났다. 루제는 문득 저 웃음을 어디선가 본 것 같다고 생각했다.

"치료법이 있다는 얘기지!"

"뭐라고?"

"내가 한 성자의 격언을 알려줄게. 그는 병신 짓의 치료에 대해 이렇게 말했어. 주위의 누군가가 병신 짓을 하거든……."

루제와 유리엔의 거리가 더욱 가까워졌다. 넘어지면 코가 닿을 것 같은 간격이었다. 그리고 루제는 한층 짙어지는 미소를 보며 깨달았다. 저건 건달 둘을 자비 없이 두들겨 팰 때 유리엔이 지었던 웃음이었다.

"일단 패고 보라. 운이 좋다면 제정신으로 돌아올지도 모른다."

"시, 싫어. 안 돼, 꺄악! 사람 살려! 꺄아아악!"

유리엔을 말려줄 사람은 당연하지만 없었다. 곧이어 루제의 비명이 늦은 저녁 하늘을 가득 수놓았다.

카엘은 사람을 때리는 것도 예술의 영역에 들어가야 하는 게 아닐까 잠깐 생각했다. 그 정도로 유리엔은 루제를 예술적으로 팼다. 환상적으로 조져놓겠다더니 그게 빈말이 아니었다.

한참이나 이어진 매타작 후에 유리엔이 손을 탁탁 털었다. 루제는 너덜너덜해진 채 바닥에 붙어 있었다. 걷었던 소매를 도로 내린 유리엔이 담담히 말했다.

"일어나."

"네."

엎어져 있던 루제가 비틀거리며 일어났다. 흡사 좀비의 부활 같았다. 유리엔이 이어 명령했다.

"꿇어."

"네."

루제는 공손한 자세로 무릎을 꿇었다. 다소곳한 복종의 자세에 유리엔이 만족스런 표정으로 고개를 끄덕거렸다. 다음으로 마지막 명을 하달했다.

"이제 꺼져."

"네."

루제가 비틀거리면서도 빠른 속도로 후다닥 사라졌다. 유리엔은 멀어지는 그 뒷모습에다 대고 손까지 흔들어주었다. 모조리 지켜본 카엘이 혀를 내둘렀다.

"장인이네."

"고마워!"

유리엔이 뿌듯한 미소와 함께 머리카락을 쓸어 넘겼다. 본인의 기술에 대한 드높은 자부심이 느껴졌다. 인정할 만했기에 카엘이 딴지 없이 박수만 쳐주었다.

유리엔은 루제를 그냥 패기만 하지 않았다. 두들기면서 중간중간 적재적소에 암시를 밀어 넣었다. 너는 나의 종이다. 너는 나의 노예. 기가 막히게 적절한 간격으로 꾸준히 세뇌가 이루어졌다. 맞고 또 맞고 끊임없이 맞고 계속해서 맞으면서 이 세상과 저 세상을 오락가락 하는 사이 루제는 어느새 유리엔의 충실한 종으로 탈바꿈해 있었다.

"정말 이대로 봐줄 거야?"

"이젠 내 신자가 됐잖아."

"……그건 그렇지."

"너 근데 정말로 여긴 어떻게 알고 왔어?"

슬슬 저택을 빠져나가면서 둘은 대화를 나눴다. 카엘은 유리엔의 질문에 바로 대꾸하지 못하고 잠시 입을 다물었다. 네가 걱정돼서-인정하기는 싫지만-거처까지 찾아갔었다고는 고문을 당한대도 곧이곧대로 실토할 수 없었다. 고민하던 카엘이 대충 둘러댔다.

"근처에 따로 볼일이 있었는데, 마침 시끄러운 소리가 들려서."

"그래?"

"넌 진짜 하늘이 도왔다고 생각……."

"그럼 내가 가짜 편지를 받은 건 어떻게 알았대?"

"……!"

카엘이 멈칫했다. 젠장. 일그러지는 수려한 낯을 보며 유리엔이 입가에 음흉한 미소를 피웠다.

"야, 수줍냐?"

"조용히 해."

"거처까지 왔었구먼. 와서 린 만났지? 그렇지?"

"시끄럽다니까?"

"이야~ 수줍은 카라멜! 수줍어서 빨개진 카라멜!"

"안 빨개졌어!"

카엘이 버럭 외쳤으나 그런 것에 굴한다면 유리엔이 아니었다. 그녀는 곧 배를 잡고 깔깔거리며 웃었다. 카엘의 얼굴이 결국 진짜로 새빨개졌다. 열 받아서.

"괜히 구해줬어."

"은인, 삐졌어?"

"꺼져."

"큭, 풉. 알았어, 그만 웃을게. 그나저나 너 타고 온 마차는 어딨냐?"

"1인승이야."

"웃기네."

둘은 투닥거리며 마차까지 이동했다. 마부는 착실하게 딴짓도 않고 기다리고 있었다. 유리엔을 먼저 마차로 올려 태우며 카엘이 물었다.

"그런데."

"응?"

"너 걔가 루네가 아니라는 건 어떻게 알았냐?"

이목구비는 물론이거니와 머리색과 길이도, 심지어 옷차림마저 똑같았다. 아무리 눈썰미가 뛰어나다고 해도 그 어두운 데서 어떻게 구분을 했는지가 의문이었다. 카엘의 궁금증에 유리엔이 대수롭지 않게 대답했다.

"나 원래 그런 거 잘해."

"어떤 거?"

"사람 파악하는 거. 이 사람이 어떤 사람인지, 나한테 가진 감정이 호의인지 적의인지. 눈동자를 보면 어느 정도 감이 와."

"여자의 감이라는 건가?"

"내 감이지. 그리고 너도 보자마자 알았어."

"뭘?"

"카라멜이라는 거."

"……내릴래?"

둘은 마차를 타고 이동하는 와중에도 투닥거리는 걸 그치지 않았다. 어쩔 때는 유리엔이 어깨를 떨며 웃고 카엘이 그걸 황당하게 바라보다가 결국 마주 웃기도 했다.

마부는 그런 둘을 태운 채 알쏭달쏭한 기분으로 마차를 몰았다. 사이가 엄청 좋은 것 같으면서도 이걸 전달해 주면 서로 길길이 화를 낼 것 같은 느낌이었다.

마차가 관도를 달렸다. 하늘에 뜬 별이 화려했다.

유리엔은 저택의 뜰에 기절한 사내와 사체를 그대로 내버려 두고 왔다. 사내는 깨어나면 알아서 도망칠 것이고 사체는 저택의 주인이 깔끔히 치워줄 것이다.

거처에 도착한 유리엔은 손가락으로 머리카락을 꼬며 에델리아의 처분에 대해 고민했다.

루제를 세뇌시키면서 동시에 자행했던 심문의 결과 저택은 에델리아의 소유가 맞았다. 다만 타인의 명의로 되어 있으며 문제가 되면 언제든지 버릴 수 있는 그런 건물이라고 했다. 물증으로 삼기엔 부족한 감이 있었다. 어차피 루제를 봐주기로 한 마당에 사건을 공론화할 생각도 없었지만.

어쩐다? 유리엔의 고심은 잠자리에서도 이어졌다. 그냥 넘어가자니 솔직히 괘씸한 것이 사실이었다. 일은 루제가 꾸몄다지만 장소를 제공했으니 에델리아 또한 공범이 맞았다. 중죄를 물어 모가지를 딸 의향까진 없지만 달콤한 엿 정도는 먹이고 싶었다.

뒤척뒤척거리다 유리엔은 결국 잠이 들었다. 그리고 다음 날, 날이 밝자마자 린이 부산스럽게 제 주인을 깨웠다.

"황녀님! 황녀님 일어나셔요!"

"린……."

"얼른요!"

"내가 최근에 너한테 뭐 잘못했니? 왜 새벽부터……."

"손님이 오셨어요."

"엥?"

방문객이 있다는 소리에 유리엔이 마지못해 수마를 쫓았다. 아침잠이 많은 편이라 한참은 더 자고 싶었는데 하필이면 이 시간에! 린이 떠온 세숫물로 얼굴을 닦아내며 유리엔이 끈질기게 남아 있는 잠을 털어냈다. 그 속도가 흡사 좀비나 나무늘보 같았지만 린은 굳이 이야기하지 않았다.

유리엔은 느릿느릿-그러나 제 딴에는 부지런히-준비했다. 모르는 사람이 찾아왔다면 쫓아내라고 한 뒤 도로 단잠을 청했을 것이다. 그건 린도 잘 알고 있었다. 알면서도 린이 유리엔을 깨웠다는 건 낯선 손님이 아니란 뜻이었다. 실내복을 갈아입으며 유리엔은 저를 찾아올 만한 사람을 대충 짐작했다. 짐작은 들어맞았다.

"황녀 전하!"

"호칭이 또 왜 그래? 하던 대로 불러."

"어, 언니님."

루네가 안절부절못하며 응접실에서 기다리고 있었다. 귀여운 애들한테만 날려주는 윙크를 찡긋 선사한 유리엔이 의자를 끌어다 편안하게 앉았다. 이어 상대에게도 앉으라며 테이블을 탁탁 쳤다.

"앉아. 차 마실래?"

"언니님……."

"얼굴이 엉망이네. 어제 잠 못 잤어?"

유리엔의 목소리에 걱정이 담겼다. 맞은편에 앉은 루네는 그 다정함에 눈물이 핑 돌았다. 결국 그렁그렁해진 눈으로 루네가 찾아온 연유를 꺼냈다.

"불안했어요. 말씀은 미리 못 드렸지만 루제가, 그러니까 제 언니인데, 언니가 무슨 짓을 저지르진 않았을까 걱정이 돼서…… 무사하신 걸 보니 다행……."

"저질렀는데?"

"네?"

루네가 화들짝 놀랐다. 놀란 다람쥐 같다고 생각하며 유리엔이 어제 있었던 일을 차근차근 설명해 주었다. 이야기를 듣는 루네의 표정이 시시각각 변했다.

"맙소사……."

설명이 끝날 때까지 루네의 입은 다물어질 줄을 몰랐다. 루제의 행각은 그녀의 상상을 훨씬 웃돌았다. 혈육이었지만 진행되는 얘기를 들으면 들을수록 미쳤다는 말 외엔 표현할 도리가 없었다. 유리엔이 만류했으나 루네는 몇 번이고 대신 사과하며 부끄러워했다.

"정말 죄송해요, 정말."

"한 번만 더하면 열한 번째야. 그리고 정말 괜찮아. 난 결과론자거든."

"그게 무슨……?"

"결과적으로 내가 생채기 하나 없이 멀쩡하잖아. 그럼 됐어. 사과도 그만해."

"언니님……."

눈물이 다시 고였다. 이번에는 참지 못하고 루네가 눈에서 물줄기를 주룩주룩 흘렸다. 덕분에 유리엔만 깜짝 놀랐다. 유리엔은 귀여운 것에도 약하고 귀여운 것의 눈물에도 약했다.

"울지 마! 왜 울어?"

"고마워서요, 흐끅."

"뭐, 뭐가."

"루제도 살려주셨고, 흑, 일가족이 전부 죽어도 할 말 없는 짓을 저질렀는데 괜찮다고 해주시고…… 히끅."

"아니, 음…… 진짜 괜찮으니까 그렇지."

"흐엉엉."

"헉!"

유리엔은 진땀을 뺐다. 루네는 한참 후에야 진정했다. 눈이 퉁퉁 붓고 코끝이 빨개진 루네는 그냥 다람쥐에서 먹이를 빼앗긴 다람쥐 같은 모습이 되었다. 정면에서 바라보는 유리엔이 심장을 부여잡았다. 윽, 더 귀여워.

"다 울었어?"

"……죄송."

"하다고 하면 혼난다."

"……고맙."

"다고 해도 혼낼 거야."

"……."

"다른 얘기를 해봐. 그래, 내가 건달을 한 방에 날려 버렸다고 했지? 몇 점 만점에 몇 점?"

"십 점 만점에 백 점이요."

"잘했어."

유리엔이 씨익 웃었다. 그에 루네도 따라 웃었다. 유리엔은 겪은 것을 시간의 흐름대로 꼼꼼하게 설명했지만 단 한 가지, 카엘의 도움을 받은 것만은 쏙 빼놓고 이야기했다.

일부러 그런 것은 아니었다. 그냥 말을 하다 보니 자연스럽게 그렇게 됐다. 이상하게 카엘이 나타났던 그 순간을 말로 서술하려니 알 수 없이 부끄러운 기분이 들어 언급하기가 어려웠다. 유리엔은 화제를 바꿨다.

"그런데 루제와는 원래부터 사이가 안 좋았어?"

"언니랑요? 아, 그건……."

질문을 받은 루네가 회상을 시작했다. 대답을 하려면 시간을 조금 거슬러 올라가야 했다.

당시 루네와 루제는 열네 살이었다. 오라비인 루젠의 기사 서임을 기념해 온 가족이 영지를 비우고 잠깐 수도에 올라와 있었다. 어린 자매는 수도 구경에 신이 나 지치지도 않고 각 곳을 돌아다녔다. 마침 공교롭게도 볼거리가 많은 시즌이었다.

황궁에서는 매년 정기적으로 주최하는 사냥 대회가 열렸다. 참가율은 드높은 편이었는데 대회에서 월등한 성적을 내면 황제가 직접 치하의 말과 상을 내렸기 때문이었다. 황제의 눈에 띄어 출세하기에 그보다 좋은 기회는 없었다. 사냥 대회는 매번 권력욕에 불타는 사람과 단순한 사냥광들이 한데 모여 뜨거운 열기를 뿜었다.

루제와 루네는 황궁의 행사라는 것만으로도 종류에 관계없이 관심을 가질 나이였지만, 굳이 그게 아니더라도 올해의 사냥 대회는 구경을 가지 않을 수가 없었다. 루젠이 출사표를 던졌기 때문이었다. 젊은 혈기로 똘똘 뭉친 루젠은 대회에서 가장 거대한 짐승을 잡겠다며 큰소리를 뻥뻥 쳤다. 여동생들은 고개를 절레절레 흔들면서도 오빠를 응원하기 위해 기꺼이 걸음을 옮겨주었다.

대회장에는 여성들을 위한 장소가 따로 마련되어 있었다. 물론 사냥터와는 멀찍이 떨어진 안전하고 고즈넉한 공간이었다. 도시락을 남김없이 까먹은 루제가 보다 먼저 한숨을 쉬었다.

"이건 구경이 아니라, 그냥 사냥 나간 낭군님 기다리기잖아?"

"그건 그래."

지루함을 이기지 못한 소녀는 심통을 냈다. 루네 또한 루제처럼 드러내 놓고 불만을 표출하지는 않았지만 심심하다는 것에는 동감이었다. 결국 삼십 분을 채 버티지 못하고 루제가 벌떡 몸을 일으켰다.

"가자."

"어딜?"

"집에. 솔직히 여기 계속 있어봐야 뭐 해? 루젠 오빠가 뭐가 예쁘다고 우리가 시간까지 죽여가며 기다려 줘야 하냔 말이야."

"그치만……."

루네가 우물쭈물했다. 그녀는 루제보다는 오빠를 많이 위하는 착한 동생이었다. 부모님도 바쁘셔서 오지 못하셨는데 자기들마저 가버리면 루젠이 많이 상심할 것 같았다. 그런 루네의 갈등을 눈치채고 루제가 다른 제안을 했다.

"아니면 '진짜' 구경을 하든가."

"진짜 구경이라니?"

"사냥터로 들어가는 거야!"

"뭐어?"

루네가 화들짝 놀랐다. 대관절 이게 무슨 소린가 싶었다. 그러나 루제는 진심이었다.

"가서 직접 구경하자. 어때?"

"농담이지?"

"진담인데? 재미있을 것 같지 않아?"

"재미는 있겠…… 이게 아니라, 대체 어떻게 들어가겠단 얘기야? 거긴 기사들만 들어갈 수 있는데?"

"아냐. 하인도 가능해."

"어쨌든 남자잖아!"

"우리가 남장을 하면 돼."

루네는 말문이 막혔다. 그야말로 터무니없는 주장이라는 생각이 들었다. 하지만 이미 말하면서 결심을 굳힌 루제는 정 안 되면 자기 혼자라도 냅다 뛰어들 낌새였다. 루네는 어쩔 수 없이 언니를 따랐다.

어디서 구해왔는지 루제는 정말 하인들이나 입을 법한 옷을 두 벌 가지고 나타났다. 옷을 갈아입고 머리는 하나로 묶어 상의 안으로 숨긴 다음, 얼굴을 알아보지 못하도록 까만 숯을 군데군데 발랐다. 쌍둥이 자매는 그렇게 가장을 마치고 몰래 사냥터 안으로 숨어들었다.

"……신기하다."

"그치?"

막상 살아 움직이는 동물들을 보자 어린 소녀들은 걱정도 잊고 금방 구경에 빠져들었다. 그래도 깊게 들어가면 위험하다는 것 정도는 인지하고 있었기에 루제와 루네는 입구와 가까운 부근만 돌아다니기로 서로 손가락을 걸고 약속했다. 약속은 잘 지켜지는 것 같았다. 처음에만.

크르릉!

"어, 어떡하지?"

"너무 깊게 들어왔나 봐."

짐승의 울음소리를 듣고 나서야 둘은 정신을 차렸다. 지각하지 못하는 사이 쌍둥이는 어느새 사냥터의 깊숙한 곳까지 들어와 있었다. 종류는 모르겠지만 맹수의 것이 분명한 포효가 멀리서도 위협적으로 들려왔다. 루네가 몸을 움츠렸다.

"나 무서워, 언니."

"나가자."

루제가 재빨리 루네의 손을 잡고 이끌었다. 무슨 일이라도 생기기 전에 얼른 이곳을 벗어나야 했다. 그러나 운은 둘을 도와주지 않았다.

"꺄악!"

루네가 비명을 질렀다. 멧돼지가 달려들고 있었다. 땅을 울리는 소리를 내며 커다란 짐승이 빠른 속도로 가까워졌다. 다리에 힘이 풀려 주저앉은 루네를 루제가 꼭 껴안은 채 눈을 감았다. 아무 생각도 들지 않았다. 그저 반사적으로 끌어안은 손에 잔뜩 힘을 주었을 뿐이었다.

퍼억!

꾸에엑!

비명이 들렸다. 사람이 지른 것은 아니었다. 몇 초가 지났는데도 아픔이 느껴지지 않아 루제가 슬그머니 눈을 떴다. 금방이라도 덮칠 듯

하던 멧돼지가 화살이 꽂힌 채로 나뒹굴고 있었다. 이어 몇 대의 화살을 더 맞은 멧돼지가 몸부림을 멈추고 그대로 늘어졌다. 루제와 루네는 눈만 뜬 채로 여전히 굳어 있었다. 상황 파악이 잘 되지 않았다. 사람의 목소리가 들린 것은 그때였다.

히히힝!

"괜찮나?"

쌍둥이는 나란히 고개를 들었다. 한참을 들어야 했다. 그녀들을 구해준 사람은 너무 높이 있었다. 말에 올라탄 채로 은인이 눈부신 빛을 발했다.

그리고 루제와 루네는 보이는 것을 믿을 수가 없었다. 무려 황태자였다! 녹음 사이로 비친 햇살이 황태자의 타오르는 듯한 붉은 머리를 찬란하게 비췄다. 강렬한 적발, 조각처럼 수려한 외모. 그는 소문과 조금도 다르지 않은 사람이었다.

"전하! 무슨 일이십니까?"

곧 기사들이 몰려들었다. 둘은 황태자에게서 도저히 떨어지지 않는 눈을 억지로 돌려 자리를 벗어났다. 자칫하면 정체를 들킬지도 몰랐으니 어쩔 수 없이 도망쳐야만 했다. 쌍둥이는 그렇게 천만다행으로 다치지 않고 무사히 사냥터에서 탈출했다.

"설마 황태자 전하를 뵙게 될 줄이야!"

"정말 멋있으시더라."

"언니, 난 처음에 헛것을 보는 줄 알았지 뭐야?"

집으로 돌아가는 마차 안에서 자매는 한창 이야기꽃을 피웠다. 화제는 단연 사냥터에서 마주쳤던 황태자였다. 아직 어린 소녀들은 하마터면 죽을 뻔했다는 것보다 황태자가 구해주었다는 사실에 더 집중했다. 루네가 눈을 반짝였다.

"우리 집에 가서 자랑할까? 아, 그렇지만 사냥터에 들어갔던 걸 들키면 혼날 텐데……."

"루네."

"응?"

"내 생각에 이건 운명인 것 같아."

"무슨 소리야?"

"전하와 나는 운명인 것 같다고."

"뭐어?"

루네는 처음에는 웃어넘겼다. 누가 들어도 그럴 수밖에 없는 허무맹랑한 소리였다. 그러나 그것이 진심이었음을 알아차리기까지는 그리 오래 걸리지 않았다.

루제는 그때부터 완전히 다른 사람처럼 행동했다. 황태자에 대한 소식에 매달리고, 무서울 정도로 집착 증세를 보였다. 매일같이 망상을 일삼으며 황태자를 자기 것이라 주장하기 시작했다.

증세가 점점 깊어져 나중에는 연적이다 싶은 상대를 뒤에서 몰래 음해하는 지경까지 이르렀으니 남작 부부의 걱정이 자연히 태산 같을 수밖에 없었다. 루네와의 관계도 점차 벌어졌다. 루네가 말리면 말릴수록 루제는 공격적으로 나왔다.

"언니는 저를 사랑의 방해물이라고 생각했어요. 마주칠 때마다 욕을 하고 심하면 때리려고까지 했죠. 결국 언니는 요양이라는 명목으로 집에서 계속 지내기로 하고, 저만 혼자 수도로 올라왔어요."

"세상에……."

"왜 그렇게까지 되었을까요? 전에는 좋은 언니였는데."

"어떻게 그런……."

"많이 놀라셨죠? 저도 다시 생각해도 이해하기 어렵……."

"사냥 대회라니! 그렇게 멋진 걸 한단 말이야?"

"……."

루네는 당황했다. 자신이 한 얘기를 되짚어봤지만 요지는 분명 저게 아니었다. 듣고 싶은 부분만 열심히 들은 유리엔이 활짝 웃었다.

"그래서 사냥 대회는 언제 열리는데?"

"언니님!"

"앗, 미안. 하지만 루제는 이제 걱정하지 마. 분명 괜찮을 거니까."

유리엔의 목소리에는 확신이 있었다. 루네는 그 자신감이 어디에서 나오는지 몰라 고개를 갸웃거렸다. 확실히 어제 저택에서 만난 루제는 평소와는 조금 달라 보이긴 했다. 말처럼 정말 예전으로 돌아와 준다면 굉장히 기쁠 것이다.

"그나저나 따지고 보면 카라멜이 제일 잘못했네."

"네? 무슨."

"너무나 많이 잘생긴 죄."

"……."

루네는 말을 잃었다. 왜 저런 결론이 나오는지 유리엔의 머릿속을 들여다보기 전까진 알 수 없을 것 같았다. 동의를 구하는 유리엔의 표정에 루네가 그저 어색하게 웃었다.

"사냥 대회의 레이디! 모르셨어요?"

"그게 뭐야?"

루네를 배웅하고 거처로 되돌아온 유리엔은 린을 보자마자 사냥 대회에 대한 이야길 꺼냈다. 같이 놀라줄 거라 예상했으나 린은 의외로 그것도 모르고 있었냐는 반응을 보였다. 유리엔이 의아하게 머리 위로 물음표를 띄웠다.

"사냥 대회면 사냥 대회지 뭔 레이디?"

"아이참! 그러니까요……."

린이 조잘거리며 설명을 했다. 손으론 부지런히 일감을 처리하면서도 린의 입은 쉬질 않았다. 훌륭한 멀티플레이를 선보여 준 린 덕분에 유리엔은 사냥 대회의 레이디에 대해 상세하게 전해 들을 수 있었다.

"그런 게 있었어?"

"낭만적이죠?"

"별……."

"황녀님!"

"잠깐, 근데 이거 생각보다 쓸모가 있겠는데?"

유리엔이 눈을 빛냈다. 에델리아에게 엿을 선물해 줄 방안이 떠오르는 것 같았다.

Chapter 3

사냥 대회의 레이디

즐거운 사냥 대회와 만나기 전에 먼저 해결해야 할 과제가 있었다. 그걸 깨달은 유리엔은 아침나절부터 골머리를 앓았다.

"린, 진지하게 묻는 건데."

"말씀하세요."

"인사를 해야 하는데 도저히 말로는 못 하겠을 땐 어떻게 해야 할까?"

"무슨 인사요?"

"그런 게 있어."

"음…… 편지가 적격이지 않을까요?"

결론은 역시 편지였다. 유리엔은 다시 펜대를 잡았다.

유리엔은 카엘에게 도움을 받았다. 그건 자명한 사실이었다. 유리엔은 당시 건달이 달려들었을 때 스스로의 실책을 인정했다. 함정에 빠져줄 생각이었으면 여차할 때 도망칠 수단 정도는 가지고 나갔어야 했다. 고국에서야 맨몸으로 어떻게 날뛰어도 무사할 자신이 있었지만 이곳은 환경이 달랐다. 똑같이 행동해선 안 되는 게 당연했다.

카엘이 없었어도 죽지는 않았을 것이다. 근거 없는 낙관이 아니라 타고난 유리엔의 체질 때문이었다. 물론 그렇다고 다치지도 않는 건 아니었으니 빚을 졌다는 사실은 어디 가지 않았다.

유리엔은 한숨을 쉬며 애꿎은 종이 한 장을 또 구겨서 던졌다.

"돌겠네."

언제는 편지 쓰는 게 세상에서 제일 쉬웠는데. 갑자기 난이도가 엄청나게 올라서 머리가 다 아팠다. 끙끙거리며 유리엔이 재차 펜을 움직였다.

"……간단한 게 최고지."

심플 이즈 베스트. 유리엔은 한참 만에 간결한 전문을 완성했다.

훈련을 마친 카엘이 땀에 젖은 머리카락을 쓸어 올렸다. 카엘은 소년이었으나 이럴 때면 간혹 다 자란 남자처럼 보였다. 연무장에 있던 몇몇 젊은 기사가 그런 카엘을 향해 뜨거운 선망의 눈길을 보냈다. 나이는 어렸어도 황태자는 그들의 마음속 형님이었다. 원래 잘생기면 다 형님이고 오빠랬다.

뒤통수가 따가운 채로 카엘이 연무장을 벗어나 거처로 돌아왔다. 먼지로 뒤덮인 몸을 대충 씻고 나오니 그에게 편지가 전해졌다.

"……또?"

카엘은 두 번째 전달을 익숙하게 받아 들었다. 이번에도 같은 형태로 돌돌 말려 있는 서간은 아니나 다를까 유리엔의 작품이었다. 그는 저번 편지를 언제쯤 받았었나 기억을 더듬어 떠올려 봤다. 며칠 되지 않았다. 호기심 반, 불안함 반으로 카엘이 편지를 펼쳤다. 내용은 종이의 면적이 무색하게도 달랑 한 줄이었다.

전혀 고맙지 않은 건 아니야.

"허?"

카엘이 저도 모르게 소리를 냈다가 입을 가렸다. 사람을 물린 터라 다행히 주변엔 아무도 없었다. 가렸던 손을 도로 내린 카엘은 재차 편지를 살폈다. 저것 외엔 따로 적힌 글자가 없었다.

"……큭."

고작 한 줄로 끝나는 전문을 연달아 세 번을 읽고 카엘이 고개를 숙였다. 탁자를 짚은 채로 어깨를 떨었다. 사용인을 미리 거처에서 내보낸 스스로의 현명함을 칭찬한 카엘이 이어서 큰 소리로 웃음을 터뜨렸다.

"하하하하! 큭, 푸하하하!"

아, 배 아파. 배 당겨서 미치겠다. 카엘이 체통도 잊고 제 복부를 팔로 감쌌다. 한 손은 탁자에, 한 손은 배를 둘러 옆구리에. 그 상태로 카엘은 아주 원 없이 웃었다.

"……와, 웃다가 죽을 뻔했네. 이게 그때는 사람을 놀려먹더니?"

다 웃은 카엘의 기분이 즐거워졌다. 누가 보면 생일이라도 맞이한 사람처럼 콧노래를 흥얼거리며 카엘이 탁자를 더듬었다. 좀 뒤지는가 싶더니 망설임 없이 펜을 꺼내 쥐었다. 다른 손으로는 빈 종이를 반듯하게 누였다.

"빠른 답장에 너무 감동하지나 마라, 검둥아."

카엘의 오른손이 유려하게 글씨를 써 내려갔다. 그는 속기에는 자신이 있었다. 어차피 워낙 짧은 내용이라 이리 쓰든 저리 쓰든 금방 완성했겠지만 말이다.

답신을 밀봉한 카엘이 바깥에서 대기하던 시종을 불렀다. 부름을 받은 시종이 안으로 들어오자마자 카엘은 해사하게 웃으며 편지를 발송하라 내밀었다. 그 미소가 어찌나 눈이 부시던지 시종은 잠깐이지만 성 정체성의 혼란을 느껴야 했다.

유리엔은 우아한 손놀림으로 케이크를 조지고 있었다. 점심 식사와 저녁 식사 사이에 즐기는 간단한 디저트였다. 린은 유리엔의 맞은편에 앉아 비싼 과자를 마음껏 입안으로 집어넣는 호사를 누리다가 방금 막 바깥으로 나간 상태였다.

'후련하다.'

유리엔의 심정은 딱 저랬다. 속이 시원한 느낌이었다. 고작 인사 한 마디를 전하는데 뭘 그렇게 골머리 앓았나 싶을 정도로 막상 편지를 발신하고 나니 마음이 아무렇지 않게 차분해졌다. 묵혀둔 과제를 제출한 기분으로 유리엔이 홍차를 막 한 모금 넘겼을 때였다.

"황녀님! 두 번째 특명 말예요."

"응?"

나갔던 린이 돌아왔다. 그새 어딜 다녀왔는지 손에는 뭔가를 들고 있었다. 찻잔을 내려놓고 유리엔이 고개를 들었다. 린이 폴짝폴짝 뛰는 듯한 걸음으로 가까이 다가왔다.

"그거 아직 유효한 거예요?"

"두 번째 특명?"

버릴까 하다가 혹시나 싶어 가져왔다며 린이 들고 있던 것을 내밀었다. 받아 든 유리엔이 잠깐 멈칫했다. 편지. 머릿속에서 특명과 편지를 조합한 유리엔이 곧 정체를 추측했다.

"……카라멜한테서 온 거야?"

"황태자 전하요? 맞아요."

"왜 안 태웠어?"

"태울까요?"

다시 주면 금방이라도 소각장에 가져가 태우고 오겠다는 린에게 유리엔은 편지를 건네지 않았다. 대신 그것을 정면으로 들고 뚫어져라 응시했다. 마치 그렇게 보면 밀봉되어 있는 속이 보이기라도 하는 것 같았다. 시간을 들여 편지를 살핀 유리엔이 입을 열었다.

"이놈이 징그럽게 웬 편지지?"

"먼저 보내셨잖아요."

"알아. 하지만……."

유리엔은 눈가를 좁혔다. 저번엔 몰라도 이번 편지는 답장을 바란 게 아니었다. 솔직한 심정으론 그런 거 안 줬으면 했다. 낯부끄러움을 참고 겨우겨우 완성해서 보낸 고작 한 줄의 편지에 답신이라니 웬 말이냐! 유리엔이 편지를 든 채로 멀찍이 띄웠다.

"이게 보내랄 땐 안 보내더니."

"제가 읽어드릴까요?"

"뭐? 왜?"

"욕이라도 적혀 있으면 여과할 수 있잖아요."

"……그럴까 봐 이러는 건 아냐."

떨떠름하게 중얼거린 유리엔이 결국 편지를 뜯기 시작했다. 이 자식이 내가 말아서 보냈으면 저도 말아서 보낼 것이지 자긴 접어서 보내? 별 쓸데없는 것에 트집을 잡으며 유리엔이 편지를 완전히 펼쳤다. 고마워를 보냈으니 답으론 뭐가 왔을까? 보통은 괜찮아가 온다. 보통은.

쑥스러워하긴.

추신 1. 검둥이가 빨간색이면 쓰냐? 쑥스러움 얼른 가라앉혀라.

추신 2. 홍조에는 당근이 좋다더라.

"……."

"어때요? 욕 있어요?"

"린."

"네?"

"이거 가서 남김없이 태우고 와."

두 손으로 편지를 힘주어 구긴 유리엔이 그것을 린의 손에 쥐여 주었다. 충성스러운 린은 연유도 묻지 않고 알겠다며 고개를 끄덕였다. 유리엔이 덧붙였다.

"두 번 태워."

"음? 해볼게요."

린이 나갔다. 그리고 최근 카엘을 놀려먹을 때 썼던 말을 두 배로 돌려받은 유리엔은 애꿎은 베개를 힘차게 패기 시작했다. 푹신한 잠자리 파트너가 짜부라졌다. 퍽퍽!

쨍그랑!

날카로운 소리를 내며 고가의 도자기가 산산이 깨졌다. 주변은 이미 파편들로 가득했다. 월급이 터지고 박살 나는 것을 보며 하녀 A는 생각했다. 오늘 일진 사납네.

"하아, 하아."

손에 잡히는 온갖 것을 힘껏 집어 던진 에델리아가 체력이 다한 듯 앉아서 숨을 골랐다. 하녀들은 혹시라도 제게 불똥이 튈까 구석에서 얌전히 고개만 숙이고 있었다. 이럴 때 잘못 눈에 띄면 날아오는 다기를 얼굴로 받아내야 한다는 것을 그녀들은 이미 다년간의 경험으로 알고 있었다.

"젠장, 젠장!"

그렇게 날뛰고도 아직도 분이 남았는지 에델리아가 앉은 채로 주위를 더듬었다. 던질 것을 찾는 모양새였으나 이미 모조리 깨뜨려 더 이상 남아 있는 것도 없었다. 한때 방 안을 화사하게 장식했던 갖가지 공예품들은 현재 단순한 쓰레기가 되어 바닥을 나뒹구는 중이었다. 도자기도, 식기도, 깨질 수 있는 물건들은 몽땅 원형을 잃고 박살이 났다. 말도 못 하게 아름다운 풍경이었다. 곁눈질로 방 내부를 살피며 하녀가 혀를 내둘렀다.

"개 같은 년!"

던질 게 없으니 욕이라도 해야 한다. 에델리아가 이를 갈며 허공에다 소리쳤다.

그녀는 지금껏 내키는 대로 안하무인으로 살아왔다. 화가 나면 화를 내고, 짜증이 나면 짜증을 냈다. 살면서 항상 받아주는 상대만 만났으니 거칠 것이 없었다. 그랬는데 최근 인내를 배우지 못한 그녀에게 인내를 요구하는 일이 두 번이나 일어났다.

"실패했어요."

일의 추이를 물으려 소녀를 불렀다. 허리께를 넘는 갈색 머리에 작은 체구의 소녀는 조사 결과 수도로 올라온 지 얼마 되지도 않은 지방 남작가의 딸이었다. 한미한 가문의 여식이라는 사실에 코웃음을 친 에델리아는 상대를 제 몸종처럼 낮게 보았다. 제가 손이라도 치켜들면 납작 엎으려 아량을 구걸해야 하는 하잘 것 없는 아랫것으로 여겼다. 한데.

"뭐?"

"실패했다구요."

"그런 사람치곤 자세가 너무 뻣뻣하다고 생각하지 않느냐?"

실패를 입에 담는 주제에 소녀는 꼿꼿하게 허리를 펴고 있었다. 에델리아의 기준으론 건방지기 짝이 없는 태도였다. 벌벌 떨며 고개를 조아려도 모자랄 판에 저리 고개를 치켜들다니? 당장 무릎부터 꿇으라며 에델리아가 명령하려 했을 때였다.

"생각해 보니까 질투도 급이 맞는 사람끼리 하는 거더라고요."

“뭐라고?”

“저는 이만 포기할 건데 공녀님께선 어쩌실 건지? 수준에도 안 맞는 투기 계속하다가 인생 엄청 빨리 끝나도 저는 몰라요.”

“지, 지금 뭐라…….”

기가 찬 에델리아는 말도 제대로 잇지 못했다. 들은 것을 믿을 수가 없었다. 벌레나 마찬가지인 보잘것없는 아랫것이 감히 제게 주제도 모르고 기어오르고 있었다. 있을 수도, 있어서도 안 되는 일이었다.

“네년이 지금 죽고 싶은 것이냐!”

“어떻게 죽이시려구요?”

“이년을 당장…….”

“저 여기서 끌려 나가면 곧장 재판부로 찾아갈 거예요. 그리고 황녀 전하를 납치하려 했던 건 전부 공녀님이 시킨 일이라고 증언할 거구요. 아, 아예 살해하려 했다고 진술해야겠다.”

“……!”

“저 혼자는 못 죽어요. 어떻게든 물고 늘어질 거예요. 그러니까 그냥 여기서 끝내죠? 저 어차피 앞으로는 황태자 전하를 좇는 것도, 황녀 전하를 시기하는 것도 그만둘 테니까.”

“아악!”

회상하던 에델리아가 분을 참지 못하고 괴성을 내질렀다. 용케 멀쩡한 걸 찾아내 있는 힘껏 내던졌다.

와장창!

화병이 산산이 부서져 존재 가치를 잃었다. 산발이 된 채로 에델리아가 악을 썼다.

"가만두지 않겠어! 천박한 년들, 반드시 가만두지 않겠다고!"

에델리아는 한참 동안 더 난리를 쳤다. 광년이 따로 없었다. 눈이라도 마주칠라 하녀들이 최대한 어깨를 움츠리고 시선을 깔았다.

에델리아가 진정한 것은 그녀에게 결국 앉아 있을 기력조차 남지 않았을 때였다. 그녀가 침대에 드러눕자 하녀들이 소리 죽여 방 안을 청소하기 시작했다. 그 광경을 눈에 담으며 에델리아가 중얼거렸다. 머리끝까지 솟았던 화를 가라앉히고 나니 다른 생각이 들었다. 얼마나 난동을 피웠는지 다 쉬어빠진 목소리였다.

"사냥 대회의 레이디……."

축제는 코앞으로 다가와 있었다. 그런 축제의 서막을 여는 것이 사냥 대회였다. 황실에서 주관하는 사냥 대회는 기사의 영예만 보장하지는 않는다. 귀족 영애에게도 명예의 화관이 준비되어 있었다.

'내가, 기필코 내가 되어야만 해.'

화관을 차지하겠다. 그리해서 감히 제게 기어오른 년들의 콧대를 납작하게 눌러주고 말겠다.

에델리아의 어두운 금색 눈동자가 표독스럽게 빛났다. 만인이 바라마지않는 영광의 칭호를 품에 안기 위해 그녀는 무슨 수단이든 가리지 않고 동원할 의향이 있었다. 꼭대기에 오른 저를 부러움을 담아 우러러보는 두 여자를 비웃어준다. 응징은 그다음이었다.

이틀은 쏜살같이 지나갔다. 무언가를 하기에도, 가만히 누워 눈만 깜박이기에도 그리 긴 시간은 아니었다. 축제를 맞이한 궁은 아침부터 떠들썩했다.

"이게 더 어울리실까?"

"아냐, 이쪽일 것 같은데."

유리엔이 머무는 거처 또한 예외가 아니었다. 시녀들은 눈을 뜨자마자 황녀 전하를 치장하느라 정신이 없었다. 분주히 움직이며 그녀들이 최선을 고르기 위해 힘썼다.

"귀걸이는 이걸로……."

"아냐, 이거!"

물론 유리엔의 입장에선 반가운 상황이 아니었다. 반갑기는커녕 싫었다. 그래서 답지 않게 일찍 일어나 도망치려다 실패해서 붙잡혀 있는 마당이었다. 새벽같이 일어났지만 그보다 더 새벽같이 일어난 시녀들에게 붙들린 유리엔의 얼굴에 수심이 가득했다.

"어젯밤부터 도망칠걸."

"어머, 무슨 말씀이세요!"

"사냥 대회의 레이디가 되셔야 하는데!"

"저희에게 맡기세요. 그 누구보다도 아름답게 만들어 드릴 테니까!"

상기된 낯으로 시녀들이 외쳤다. 바쁘게 손을 움직이면서 입조차 쉬지 않는 것을 보니 장인은 장인인 모양이었다. 숙련된 전문가들의 손길 속에서 유리엔은 그저 다음 도주만큼은 반드시 성공하고야 말겠다는 생각을 했다.

"드레스를 고르기가 영 힘드네요."

각양각색의 옷가지를 펼쳐놓은 채로 린이 근심 어린 표정을 지었다. 본래 주인 아가씨의 몸단장은 하녀의 영역이 아니었지만 린은 예외였다. 유리엔으로부터 온갖 특권을 부여받은 그녀는 지금 시녀를 밀어내고 손수 드레스를 선정하고 있었다.

"아무거나 눈 감고 찍어."

"절대 그럴 수 없어요!"

이럴 때만 주인의 의사를 무시하는 린이 두 눈을 열정으로 불태웠다. 최고의 드레스를 고르고 말겠다! 황녀님을 빛내줄 최고의 드레스! 그러나 어느 것을 보아도 마음에 차는 것이 없었다. 살피면 살필수록 린의 얼굴이 점차 시무룩해졌다.

"눈으로만 봐서 그런가? 황녀님, 한 벌씩 다 입어보시는 건 어때요?"

"그랬다간 봐. 나 창문 깨고 뛰어내릴 거야."

"히잉…… 어려워."

린은 도로 드레스들을 신중히 눈에 담았다. 저 검은 드레스? 윤기가 흐르는 것이 고급스러웠지만 환영 파티 때 입었던 것과 색이 겹쳐 새로운 느낌을 줄 수 없었다. 탈락. 만개한 장미 같은 저 붉은 드레스는? 화려하고 강렬했지만 청순함을 강조한 오늘의 화장과 어울리지 않는다. 탈락. 그렇다면 가장 오른쪽의 비취색 드레스는? 색감은 고왔지만 프릴이 잔뜩 달려 어린애들 취향으로 보였다. 탈락!

"못 고르겠어요! 으앙!"

"안 입지, 뭐."

"황녀님이 보시기엔 뭐가 가장 나으세요?"

"제일 왼쪽."

"안 보셨잖아요!"

유리엔이 보지도 않고 대충 대답했다. 화장은 거의 끝나가고 있었다. 다음은 드레스, 장신구, 머리 순이었다. 울상을 하고 있을 것이 뻔한 린을 위해 유리엔이 결국 마지못해 눈길을 주었다. 쳐다보기가 무섭게 유리엔이 턱짓을 했다.

“저거.”

“네? 어떤 거요?”

“오른쪽 위 야한 드레스.”

“꺄악! 황녀님!”

“그거랑 밑에 진주색 드레스.”

“……네?”

“두 개 같이 입자.”

유리엔은 완전히 성질이 다른 드레스를 두 벌 지목했다. 하나는 저게 잠옷인지 천 조각인지 란제리인지 알 수 없는-심지어 속이 비치기까지 하는-노출이 심한 드레스였고, 다른 하나는 만들다 만 것처럼 평범하고 특징 없는 밋밋한 진주색 드레스였다. 유리엔은 그 둘을 차례로 가리킨 뒤 대수롭지 않게 제안했다. 합쳐! 린이 얼빠진 얼굴로 간택된 두 드레스를 번갈아 쳐다보았다. 처음 드레스를 나열했을 때부터 고민도 없이 제외시켰던 것들이었다. 둘 다 어떻게 봐도 최악이고 노답이었기 때문이었다. 그런데 노답이 만나 정답이 되었다!

“세상에! 이걸 이렇게 개조해서…… 어색하다 싶은 부분은 장신구로 가린다 치면…… 맙소사!”

린의 얼굴이 환하게 피어났다. 드레스 두벌을 가져다 겹쳐 놓고 살피니 어딜 어떻게 해야 할지 깨달음이 계시처럼 연달아 찾아왔다. 번쩍번쩍! 각성의 빛을 받은 린은 지금이라면 무엇이든 해낼 수 있을 것 같은 기분이 되었다. 자신감이 펑펑 샘솟았다. 두 주먹을 불끈 쥔 린이 결연하게 외쳤다.

"황녀님! 제가 꼭 최고의 드레스를 만들어 드릴게요! 눈부신 최고의 드레스!"

"아니, 딱히 그럴 거까진……."

"여신의 드레스!"

이미 아무도 말릴 수 없었다. 유리엔은 들리지 않을 만류를 그만두고 어깨를 으쓱했다.

축제의 시작을 알리는 사냥 대회는 남녀 모두의 관심을 끌었다. 기사들은 물론이거니와 귀족가의 영애들 또한 이목을 집중했다. 대회장에 참석하기 위해 정성 들여 분을 바르고 드레스를 고른다. 사냥과는 별과 별 사이 거리만큼이나 멀 것 같은 그녀들이 저렇게나 사냥 대회에 열을 올리는 이유는 간단했다.

사냥 대회의 레이디. 해마다 황실이 주최자가 되는 사냥 대회는 특이하게도 우승자를 뽑지 않았다. 월등한 사냥 성적을 낸 이에겐 공로를 인정해 소정의 상금을 수여했으나 그뿐이었다. 황제의 치하는 받을망정 우승이라는 칭호는 내려지지 않았다.

대신 황실은 매년 '레이디'를 선정했다. 암묵적으로 '모든 참가자가 사냥감을 바칠 만한 가치가 있는 단 한 명의 여인'을 일컬었다. 선별 기준은 고정되지 않고 매해 제멋대로였는데 어떨 땐 가장 아름다운 여인이, 혹은 사냥감이 되는 짐승들에 대해 가장 해박한 영애가, 또는 아주 가끔이었지만 직접 여성의 사냥 실력을 따지기도 했다. 이처럼 유동적인 기준에 따라 그 해의 레이디가 탄생되었다.

레이디로 뽑힌 여성은 놀라울 정도의 명예를 얻는 것이 일반적이었다. 그녀는 사냥 대회의 레이디가 되는 순간 만인의 기사에게, 황제에게, 그리고 동년배의 영애들에게 인정받은 여인으로 여겨졌다.

사냥 대회 이후에 이어지는 일주일간의 연회에서도 명실상부한 주인공으로 대우받았으니 관심에 목말라하는 수많은 영애가 레이디에 목을 매다는 것도 당연한 일이었다. 모두의 주목 속에 우뚝 설 수 있는 사교계의 샛별이 되기에 이보다 더 좋은 기회는 없었다.

"세상에! 너무 아름다워요!"

"아아! 눈이 부셔!"

레이디의 기준이 매번 외모는 아니었으나 영애들은 약속이나 한 것처럼 치장에 공을 들였다. 어쨌든 가장 기본적인 경쟁력이 미모였기 때문이다. 여성을 꽃으로 비유하는 이곳에서 그네들은 무엇이 되든 일단 아름다워야 했다. 온 힘을 불살라 천상의 꽃을 피워낸 시녀들은 저마다 감동의 눈물을 흘렸다. 린 또한 곁에서 호들갑을 아끼지 않았다.

"황녀님! 너무 예쁘세요! 최고!"

"하루 이틀이야?"

"그렇게 말씀하셔도 얄밉지 않을 정도로 아름다워요!"

유리엔은 심드렁했으나 린은 진심이었다. 단장을 마친 유리엔은 적어도 린의 눈에는 머리부터 발끝까지 완벽하지 않은 곳이 없었다. 특히 드레스가 가장 빛이 난다며 린은 속으로 자화자찬을 했다.

"참, 에스코트는요?"

"내 발이 날 에스코트할 거야."

"황태자 전하께서 오시지 않구요?"

"안 그래도 그럴까 봐 미리 오지 말라고 했어."

말마따나 유리엔은 오늘이 오기 전에 미리 기별을 넣었다. 데리러 오는 느끼한 짓을 하면 답례로 죽빵을 날려주겠다는 부드러운 경고였다. 황태자의 왕자님 같은 등장을 기대하고 있었던 린은 눈에 띄게 실망한 기색을 했다.

"놀라는 모습을 보고 싶었는데……."

"누가? 카라멜이?"

"네. 넋을 잃지 않으셨을까요?"

"그럴 거면 진작 거울이랑 사랑에 빠졌겠지. 걘 사람 생긴 거 신경 안 쓰더라."

유리엔은 짐작을 섞어 이야기했지만 실제로 카엘은 사람의 외모를 딱 두 가지 기준으로만 판단했다. 약해 보이거나, 강해 보이거나. 동물인가 싶을 정도로 단순한 구분이었다. 영애들이 알면 땅을 칠 일이지만 지금껏 그녀들은 어떻게 꾸몄어도 늘 카엘에게 '약해 보이는 인간'이었을 뿐이었다. 물론 필요할 때는 세세하게 구별하기도 했다. 덜 약해 보이고, 적당히 약해 보이고, 많이 약해 보이고. 유리엔은 많이 약해 보이는 타입이었으나 만만히 보다가 선빵을 맞았다. 그 후로 카엘은 전보다 판정에 신중을 기하고 있었다.

"그보다 늦기 전에 얼른 출발이나 하자."

"바구니 챙길까요?"

"물론!"

바구니에는 유리엔의 취향대로 선별된 여러 종류의 주전부리가 가득 담겨 있었다. 유리엔이 엄숙한 어조로 특명을 내렸다.

"무슨 일이 있어도 바구니를 보호해."

린이 결연하게 고개를 끄덕였다.

"네!"

대회장은 가깝지 않았다. 황실 소유의 숲에서 미리 포획한 짐승들을 풀어놓고 사냥했던 작년을 생각하면 의외의 이동이었다. 황제는 일부러 어느 자작령에 속한 숲을 선택해 그리로 참가자들을 불러 모았다.

"여보."

"이야기하시오."

야외에 마련된 옥좌에 앉아 부부가 소곤거렸다. 황후의 목소리가 특히 작았다. 그녀는 단둘이 있을 때만 사용하는 지극히 사적인 호칭을 입에 담았다.

"이번엔 무슨 꿍꿍이에요?"

"꿍꿍이라니?"

"굳이 이곳까지 올 필요가 없었잖아요. 꾸미는 일이 있는 거죠?"

"어허, 그런 것 없소. 단지 기사들을 더 넓은 곳에서 사냥하도록 해주고 싶었을 뿐이오."

"여기가 더 좁아요."

"크흠."

"바른 대로 실토하지 않으면 오늘부터 방문 걸어 잠글 줄 알아요."

"그, 그게 말이오."

안에서나 밖에서나 가부장적일 것처럼 생긴 황제는 실상 공처가이자 애처가였다. 사랑하는 아내에게 쩔쩔매는 그는 결국 부인의 각방 선언을 이기지 못하고 미주알고주알 획책하던 것을 털어놓았다. 설명을 다 들은 황후가 오묘한 표정을 했다.

"위험하진 않을까요?"

"어허! 난 카엘을 그리 약하게 키우지 않았다오!"

"카엘을 키운 건 저예요."

"흠흠."

다정한 남편이었지만 육아와 관련해선 공로가 전무한 황제가 슬그머니 시선을 돌렸다. 황태자가 대회장으로 도착한 것은 그때였다.

"아아……."

"전하!"

추종자 여럿에게 현기증을 선사하며 카엘이 말에 탄 채로 등장했다. 검은색 갈기가 매력적인 흑마 위로 카엘은 붉은 갑옷을 갖춰 입은 채 앉아 있었다. 타인이 입었다면 핏빛으로 불렸을 갑옷이 카엘이 착용하니 불꽃처럼 보였다. 밝고 강렬한 붉은색 머리카락, 그 아래 같은 색의 선명한 눈동자까지. 불을 관장하는 신과 같은 모습으로 카엘이 말에서 내려섰다.

"폐하, 소자 도착했습니다."

"잘 왔다."

공손히 예는 갖추었으나 카엘은 사실 오고 싶지 않았다. 억지로 끌려온 그의 내심엔 불만이 가득했다. 카엘은 사냥을 잘하긴 했으나 좋아하진 않았던 터라 황실을 대표하는 위치에서 황실의 축제에 참가하지 않는 불량한 짓을 매해 저질러 왔다. 이번엔 명령이 내려온 마당이라 어쩔 수 없었다.

'왜 갑자기 명령씩이나? 이 양반이 무슨 꿍꿍이속이지?'

카엘이 제 어머니와 똑같은 생각을 했을 무렵이었다. 대회장이 한차례 크게 술렁였다. 유리엔의 등장이었다. 황제가 곧장 아들에게 눈짓했다.

"가서 맞이하지 않고 무얼 하느냐."

"소자는 똥개가 아닙니다."

자꾸 시키지 말란 뜻이었다. 건방진 반발에 황제의 눈썹이 꿈틀거렸다. 이것이?

"일주일간 열릴 황궁 연회에 황명으로 참석하고 싶다는 소리로구나."

"……다녀오겠습니다."

욕을 삼키고 몸을 돌리는 카엘의 발걸음이 무거웠다. 한편 유리엔의 근처에는 환자가 속출하고 있었다.

"눈이 멀 것 같아!"

"난 이미 앞이 안 보여!"

"나는 심장이……."

"좋은 삶이었다."

사냥도 시작하지 않았는데 부상자가 줄을 이었다. 그 가운데서 유리엔이 꽃처럼 미소 지으며 걸음을 옮기고 있었다. 길게 늘어뜨린 검은색 머리카락이 움직임을 따라 물결칠 때마다 한쪽에서 싸움이 터졌다. 천사야! 아냐, 여신이야! 닥쳐, 요정이야! 난장판을 지켜보다 유리엔이 전방으로 눈을 돌렸다. 언제 왔는지 카엘이 떨떠름한 기색으로 이쪽을 쳐다보고 있었다. 눈이 마주치자 유리엔이 수줍은 듯 웃었다.

"뭘 봐?"

"누군 좋아서 보러 온 줄 알아?"

"봤으면 꺼져."

"표정이랑 말이랑 일치 좀 시키시지?"

"그러는 너나 느끼한 미소 절로 치우세요."

"검둥이."

"카라멜."

하하 호호. 두 사람은 서로 눈만 빼고 웃었다. 실상이야 어떻든 겉보기엔 사이가 돈독해 보일 따름이었다. 멀리 앉은 황제가 흐뭇하게 미소를 지었다.

카엘과 눈싸움을 하던 유리엔은 문득 린의 말을 떠올렸다. 저를 보고 어떤 반응을 보이는지 궁금하다고 했었나? 상기한 김에 아끼는 하녀에게 감상을 전해줄 요량으로 유리엔이 기꺼이 질문을 던졌다.

"야, 카라멜."

"뭐?"

"내 드레스 어때?"

유리엔의 물음에 카엘의 눈이 반사적으로 상대의 드레스를 훑었다. 몸매를 드러내는 진주색 드레스 위로 하늘거리는 프릴이 독특하면서도 사랑스러운 차림이었다. 위에서 아래로 한차례 살핀 카엘이 별걸 다 묻는다는 듯 대답했다.

"움직이기 안 불편하냐?"

"그럴 줄 알았어."

예상한 것과 똑같은 답변에 유리엔이 고개를 내저었을 때였다. 시간이 되었는지 황제가 일어서서 좌중을 살폈다. 모두 하던 것을 멈추고 이목을 한군데로 모았다. 한 사람, 한 사람 눈을 마주친 황제가 이윽고 입을 열었다.

"다들 잘 와주었소. 그럼 대회를 시작하기에 앞서 짐이 한 가지 조건을 안내할까 하오."

'조건'이라는 말에 영애들이 기민하게 반응했다. 분명 사냥 대회의 레이디와 관련이 있는 내용일 것 같았다. 그리고 그녀들의 추측은 사실과 닿아 있었다.

"이 숲에 골드피그가 출몰했다는 소식을 들었소."

"……!"

"골드피그?"

"골드피그라면……."

"그게 뭐지?"

아는 사람은 알고 모르는 사람은 몰랐다. 술렁거리는 군중을 잠시 묵인한 황제가 곧 말을 이었다.

"한 번씩은 들어본 적이 있을 것이오. 일반 멧돼지의 다섯 배에 달하는 크기에 꼬리가 황금색인 변종이오. 크기가 크기인 만큼 매우 흉포하고 공격성이 짙다고 알려져 있소."

"꼬리가 황금색인 집채만 한 멧돼지……."

"소문을 들었던 것 같아."

"저도요."

골드피그는 거의 전설에 가깝게 취급되는 짐승이었다. 도감에 나온 설명을 그대로 따른다면 동물보다는 몬스터로 분류하는 편이 어울렸다. 손을 들어 잡음을 가라앉힌 황제가 뒤이어 본론을 꺼냈다.

"짐은 골드피그의 황금색 꼬리를 실제로 보고자 하오. 그러니 골드피그를 사냥해 오는 기사에게는 노고에 따라 상을 수여함은 물론……."

"……."

"사냥 대회의 레이디를 선택할 수 있는 권한을 줄 것이오."

"맙소사!"

"기사가 직접?"

"그건 거의 우승자를 뽑는 거잖아!"

영애들의 눈이 화등잔만 해졌다. 매번 형식 삼아 손수건을 매주고 겉으로만 응원했던 가문의 기사에게 막중한 역할이 부여된 상황이었다. 레이디가 될 수 있느냐 없느냐가 전부 사냥터로 나가는 기사의 손에 달려 있었다.

"정리하겠소. 골드피그를 잡은 기사에게 맹세의 키스를 받은 여인이 올해의 레이디가 될 것이오. 그럼 이만! 행운을 비오."

"대회를 시작하겠습니다! 기사분들께서는 준비해 주십시오!"

"세, 세상에! 카문 경, 카문 경 어디 있나요?"

"체고앙 경, 내 경만 믿겠어요."

"에이스! 에이스는 할 수 있지?"

대회장은 순식간에 분주해졌다. 직접 수놓은 손수건을 준비한 영애들이 저마다 동행한 기사들을 닦달하느라 바빴다. 기사들 또한 덩달아 책임감과 경쟁심으로 전에 없이 투지를 불태웠다. 너른 공간이 한순간에 뜨겁게 달아올랐다. 가장 강력한 우승 후보 카엘이 가볍게 하품을 했다.

"황금 돼지는 또 뭐야."

"희귀한 동물입니다."

"굳이 내가 잡을 필요는 없겠지?"

굳이 있었다. 황제는 카엘 때문에 이 숲을 사냥터로 선정했다. 카엘을 제외한다면 대회에 출전하는 젊은 기사 중에선 전설처럼 흉포한 골드피그를 잡을 인재가 없을 것이라 계산하여 일을 벌인 것이다. 황제가 바란 것은 골드피그를 늠름하게 사냥한 카엘이 유리엔에게 낭만적인 맹세의 키스를 바치는 장면이었다. 막상 아들이 취하고 있는 태도를 안다면 땅을 칠 일이었다.

"그래도 시늉은 하셔야 합니다. 놀고 계시면 폐하께서 노하십니다."

"잡아서 너 줄까?"

"됐습니다."

카엘의 제안에 제론이 그러다 자기가 혼날 일 있냐며 고개를 저었다. 그 무렵 유리엔은 카엘과 정반대의 자세를 보이고 있었다.

"린! 들었어? 골드피그래!"

"예전에 책에서 본 기억이 있어요. 정말 집채만 할까요?"

"보고 와서 말해줄게."

"네. ……네?"

"꼬리는 바치기 전에 먼저 너한테 몰래 보여줄까?"

"화, 황녀님!"

유리엔의 흑요석 같은 눈동자에 의욕이 넘실거렸다. 문제는 잘못된 의욕이라는 점이었다. 말려봐야 듣지 않을 대상이 각오를 다지는 것을 보며 린이 입만 떡 벌렸다.

유리엔이 원하는 바를 이루기 위해서는 세 가지 방법이 있었다. 카엘을 협박해서 원하는 대로 움직이게 하거나, 아니면 직접 골드피그를 사냥하거나, 혹은 기회를 틈타 골드피그를 잡은 기사를 처리하고 전리품을 꿀꺽하거나. 그중 유리엔이 가장 선호하는 방식은 열 번을 물어도 가운데였다.

"안 됩니다!"

안 들을 걸 알아서 포기한 린 대신 호위 기사 찰스가 외쳤다. 물론 먹힐 리 없었다. 잠시 후 녹음 아래에서 한 소년이 햇살처럼 웃고 한 기사가 울상을 지었다.

"잘되어야 할 텐데……."

잘근. 죄 없는 손수건을 물어뜯으며 한 영애가 초조한 기색으로 중얼거렸다. 곱게 빗어 하나로 묶은 금발에는 눈이 번쩍 뜨이는 온갖 화려한 장신구가 가득했다. 무겁지도 않은지 그리 주렁주렁 매달고 에델리아가 사납게 입술을 비틀었다.

매수는 할 만큼 했다. 구슬리거나 휘하로 끌어들이지 못한 것은 황녀의 호위 기사와 황태자를 포함해 몇 되지 않았다. 호위 기사는 그렇다 치고 황태자를 떠올린 에델리아의 눈이 한층 매서워졌다. 지난 이틀간 그녀는 숱하게도 물을 먹었다.

"전하, 소녀가 전하를 위해 직접 준비한……."

"공녀."

"네?"

"나는 공녀가 그리 아둔한 편이 아니라고 믿고 싶소."

"무슨……."

"다신 그런 개인적인 일로 나를 찾아오지 마시오. 이를 어길 시 공녀의 지성에 문제가 있다고 판단하겠소."

"저, 전하!"

노력에 노력을 거듭했다. 동선을 파악해 우연인 척 마주치려 애쓰고 온갖 선물 공세도 마다하지 않았다. 수줍은 소녀를 가장해 에둘러 마음을 표현하기도 했다. 문제는 상대의 반응이 전에 없이 싸늘했다는 것이다. 이전까지의 황태자는 수동적이었을망정 그녀를 드러내 놓고 거부하지는 않았다. 에델리아의 신분 때문이었다. 한데 그런 에델리아의 신분이 변한 것도 아니건만 황태자의 태도는 갑자기 매몰차게 바뀌어 버렸다.

"빌어먹을! 역시 그년 때문이겠지?"

에델리아는 유리엔을 원흉으로 지목했다. 필시 그년이 무슨 천박한 수를 쓴 것이다. 그 외엔 설명할 길이 없었다. 이를 바득바득 간 에델리아가 재차 손수건이 유리엔이라도 되는 양 짓씹었다.

'사냥 대회의 레이디는 기필코……!'

그것만이 능사인 것처럼 에델리아가 지치지도 않고 매달렸다.

한편, 그런 공녀와 한참 떨어진 곳에 한 쌍둥이 자매가 앉아 있었다.

"사라지셨지?"

"응, 사라지셨어."

납치 사건 이후로 루제가 정신을 차리면서 자매의 사이는 점차 예전처럼 회복되는 중이었다. 오늘도 간만에 나란히 외출을 나왔다. 유리엔이 사냥 대회의 레이디로 뽑히는 영광스러운 장면을 직접 관람하기 위해서였다.

그런데 주인공이 자리에서 없어졌다. 그것도 슬그머니, 소리 없이, 은밀하게 바람처럼 자취를 감췄다. 뭔가를 직감한 루네와 루제가 앉은 채로 서로를 마주 보았다. 의미심장한 시선이 오갔다.

"설마……."

"……아니겠지?"

그녀들의 만행이 해를 바꿔 재현되는 순간이었다.

카엘이 느긋하게 말을 몰았다. 느긋한 걸 넘어서 아주 느렸다. 저렇게 모는 것도 재주다 싶을 정도의 속도였다. 제론이 보다 못해 입을 열었다.

"전하."

"왜?"

"혹시 타고 계신 게 말이 아니라 나무늘봅니까?"

이 세계에도 나무늘보가 있었다. 특징은 마찬가지로 느려 터졌다는 것이다. 카엘이 감히 무슨 말이냐는 듯 갈기를 쓰다듬으며 변호했다.

"어허! 지금 황가 적통의 흑마를 모욕한 것이냐?"

"모욕은 제가 아니라 전하께서 하고 계십니다만."

험한 산세를 평지처럼 질주할 수 있는 명마를 타고서 굼벵이처럼 기어가다니! 그게 말을 모욕하는 게 아니면 뭐가 모욕이냐며 제론이 타박했지만 당연히 카엘은 귓등으로도 듣지 않았다. 그는 호위 기사의 잔소리를 그대로 흘려보내며 주변 경관이나 구경했다. 버섯, 나무, 풀, 나름대로 볼 건 많았다.

"한적하고 좋구나."

"사냥 좀 하시지요."

"귀찮다."

카엘이 망설임도 없이 일축했다. 정확히는 성가셨다. 그냥 사냥을 하든 그러다 우연히 골드피그를 잡든 거기까지는 상관이 없는데 문제는 그 이후에 있을 절차였다. 사냥 대회의 레이디라니? 맹세의 키스 같은 걸 할 바엔 당장 말을 몰아 사냥터에서 도주하는 편이 나았다.

"그렇게 사냥이 좋으면 네가 하든가?"

"좋습니다. 안 그래도 잡으려던 참입니다. 저 사슴을요!"

제론이 대꾸하며 활시위를 당겼다. 멀찍이 떨어진 곳에 마침 사슴 한 마리가 뿔을 내밀고 있었으니 딱 좋은 사냥감이었다. 조준을 마친 그가 막 시위를 놓으려던 순간이었다. 그러나 그보다 다른 곳에서 날아온 화살이 한발 빨랐다.

퍽!

정확히 다리를 맞춘 다음 연이어 한 대가 더 날아와 목을 명중시켰다. 화살을 피하지 못한 사슴은 그대로 쓰러져 절명했다. 깔끔한 솜씨에 선수를 빼앗긴 제론이 뭘 어쩌지도 못하고 멀뚱히 눈만 깜박였다.

"뭐 해? 남자가 화살을 뽑았으면 다람쥐라도 잡아야지."

카엘이 기다렸다는 듯 놀렸다. 제론은 그에 응수하는 대신 화살이 날아온 방향으로 시선을 돌렸다. 집중해서 살피자 말을 탄 두 인영이 시야에 들어왔다. 가까이서 봐야 확실하겠지만 일단 익숙한 면면은 아니었다. 특히 체구가 작은 쪽은 머리카락으로 얼굴을 거의 가리고 있어 생김새를 판단하기가 한층 어려웠다.

"이쪽을 봅니다."

제론이 말했다. 말마따나 상대방도 이편을 발견한 모양이었다. 이목구비가 구별될 정도는 아니었지만 사람이 있다는 것 정도는 확인할 수 있는 거리였다. 잠시 이쪽으로 주의를 고정하는가 싶던 두 인영은 이내 말머리를 돌려 사라졌다. 그에 제론은 약간 황당해졌다.

"그냥 가네요?"

카엘은 멀리서 봐도 눈에 띈다. 특히 이번 대회에 적색 갑옷을 입고 참가한 기사는 카엘 한 명뿐이었다. 그 말인즉 좀 전의 두 사람은 황태자를 알아보았으면서도 무시하고 가버렸다는 소리였다. 꼭 안 될 건 없었지만 문제를 삼자면 삼을 수도 있었다.

심지어 그들은 잡은 사슴도 그대로 방치해 놓고 떠났다. 카엘의 눈길이 그들이 사라진 방향으로 제법 오래 머물렀다. 인사를 올리지 않아서 기분이 상한 건 아니었다. 다만 왠지 느낌이 묘했다. 콕 집어서 설명할 수 없는 애매한 감이었다.

"관심이라도 생기셨습니까?"

제론이 깐죽거렸다. 신경 안 쓰는 척했지만 놀림을 받았던 게 미약한 앙금으로 남은 스물여덟 살 총각의 소심한 복수였다. 평소라면 발끈해 받아쳤을 카엘은 웬일로 다른 말을 했다.

"저 둘, 다시 마주친다면 얼굴을 좀 봤으면 하는데."

"……진짜 관심이십니까?"

"네가 생각하는 의미는 아니지만 신경이 쓰여."

그렇게 얘기한 카엘은 시간이 좀 더 지나서야 주시하던 곳에서 눈길을 거뒀다. 이유를 알 수 없는 찜찜함이 남아 그의 신경을 계속해서 건드리고 있었다. 결국 카엘이 신경질적으로 머리를 털어냈다.

밀색 머리카락은 제국에서 드문 편이 아니었다. 아주 흔하지는 않지만 희귀하지도 않았다. 굳이 기다 아니다를 따진다면 흔한 편에 약간 더 가까울 것이다. 누군가에게 인상을 남기기엔 특색이 부족한 색깔이었다. 그런 밀빛 머리카락 아래로 조막만 한 얼굴이 자리하고 있었다. 덥수룩한 앞머리 사이로 드러난 눈이 크고 맑았다. 검은색 보석을 그대로 깎아 넣은 것 같은 눈동자가 아래로 내리깔릴 때면 길고 풍성한 속눈썹이 커튼처럼 따라붙어 그림자를 만들었다. 가발을 뒤집어쓴 유리엔이 말갛게 웃었다.

"황녀 전하……."

그 산뜻한 웃음에도 찰스는 차마 따라 웃을 수 없었다. 대체 이게 무슨 상황인지 아직도 제대로 입력되지가 않았다.

그는 고국에서는 유리엔의 호위를 맡은 적이 없었다. 유리엔이 저지르는 행동들에 면역이 없다는 뜻이다. 항원이 부족한 찰스가 울상을 했다. 유리엔은 저를 부르는 것에 일부러 과장되게 놀라는 반응을 보였다.

"여기 황녀 전하도 계셔? 맙소사! 어디 계시는데?"

"……토마스 님."

"응, 불렀어?"

유리엔은 스스로에게 가명을 붙여주었다. 바로 토마스였다. 너무 흔해서 발 갈다가도 한 명씩은 만날 것 같은 이름이라는 게 선정의 이유였다. 가발도 쓰고, 옷도 갈아입고, 부분 갑옷으로 급소까지 보호한 유리엔은 그렇게 토마스가 되었다.

찰스는 조금 전 유리엔과 함께 황태자를 마주쳤던 순간을 떠올렸다. 멀리서도 한눈에 들어오는 붉은 갑옷을 발견하자마자 심장이 떨어지는 줄 알았다. 무시무시하게 태연한 유리엔을 따라 덩달아 자리에서 멀쩡히 벗어나긴 했지만 아직도 그는 가슴이 벌렁거렸다. 다시 말하지만 찰스는 면역이 부족했다. 그가 소심하게 제안을 꺼냈다.

"사슴도 잡으셨으니 이만 돌아가시는 게……."

"무슨 소리야? 토마스가 활을 뽑았으면 골드피그라도 잡아야지! 기다려라, 골드피그!"

포기는커녕 투지만 더 불태웠다. 찰스는 눈물을 삼켰다. 기실 유리엔이 골드피그를 잡겠다며 설치는 게 아주 허무맹랑한 짓거리는 아니었다. 유리엔은 목격한 찰스가 눈을 비볐을 정도로 활을 잘 다뤘다. 명중률만 따지면 찰스보다 나은 수준이었다. 더군다나 근력까지 웬만한 남자를 웃돌았으니 찰스는 처음에 자기가 꿈을 꾸는 줄 알았다. 운이 엄청 받쳐준다면 잡을 수 있을지도 모른다. 정말로 굉장치 받쳐준다면.

그러나 그렇다 해서 걱정이 덜어지는 건 아니었다. 유리엔은 훈련하다 팔 하나 정도는 부러져도 문제없는 기사가 아니라 생채기 하나 용납되어서는 안 되는 귀한 신분의 숙녀였다. 찰스로서는 자연히 똥줄이 타들어 갔다. 똥줄이 얼마 남지 않은 상태로 찰스가 물었다. 이 와중에도 궁금한 건 있었다.

"황녀 전…… 토마스 님, 한데 골드피그를 잡으시면 말입니다."

"응?"

"정말 사냥 대회의 레이디를 선택하실 겁니까?"

"당연하지! 반은 그것 때문에 잡으려는 건데. 아, 물론 내가 나갈 순 없으니 찰스 경이 키스를 좀 대신해 줘."

"예? 대체 누굴……."

그때였다. 땅이 소리를 내며 울렸다. 마치 바위가 떨어지는 것 같은 묵직한 충격이었다. 누군가가 커다란 목소리로 사방에 들리도록 외쳤다.

"골드피그다!"

"헉! 골드피그?!"

"골드피그래!"

사위가 순식간에 어수선해졌다. 화살이나 창을 조준하던 기사들이 잡던 사냥감을 버리고 한군데로 몰려들었다. 유리엔도 당연히 말을 몰아 이동했다. 찰스가 땀을 흘리며 그 뒤를 따랐다.

"세상에! 크기 좀 봐!"

"먼저 숨통을 끊는 놈이 임자다!"

저를 사냥하겠다는 소릴 알아들었는지 골드피그가 높게 포효했다.

구워어어엉!

짐승이 아닌 몬스터의 울음소리가 울려 퍼졌다. 실물을 목도한 찰스가 사색이 되었다. 그가 급하게 유리엔을 돌아보았다.

"화, 황녀 전하! 안 됩니다!"

"내가 뭘? 아직 아무것도 안 했는데."

"앞으로 하실 거잖습니까! 안 됩니다, 저건 절대 안 돼요!"

얼마나 진심인지 찰스가 팔까지 휘저어가며 말렸다.

"절대 안 됩니다, 절대."

고개도 마구 저었다. 다 큰 남자의 앙탈 같은 만류를 지켜보다 유리엔은 눈이 아파져서 고개를 돌렸다. 보기에는 괴로웠지만 찰스의 반응을 이해하지 못하는 건 아니었다. 유리엔도 사실 적잖이 놀랐다. 골드피그는 귀여운 이름에 항의를 하고 싶을 만큼 생김새가 포악했다. 짐작보다 더 거대하고 흉악해서 구경만 해도 살이 떨렸다. 태산 같은 덩치는 물론이요, 위협적으로 튀어나온 송곳니는 잘못 찍혔다간 누가 봐도 이승과 안녕 할 것 같았다. 유리엔이 활을 쥔 손에 힘을 주었다. 가슴이 쿵쾅거렸다.

"이거 어쩐다, 잡긴 잡아야 하는데."

"어쩌긴요! 도망치셔야지요!"

"내 사전에 도망은 없어."

"황녀 전하!"

"쉿. 토마스라고 했지?"

주변은 이미 아수라장이라 찰스의 호칭에도 신경 쓰는 사람이 없었다. 마침 누군가가 골드피그에게 장렬히 달려들었다가 처맞고 누운 터라 소란은 배가 되었다. 기사가 날아가는 걸 목격한 찰스의 얼굴 위로 식은땀이 흘렀다.

"저, 저게 무슨 골드피그입니까? 사기예요! 저런 몬스터한테 꼬리 색이 조금 누렇다고 그딴 귀여운 이름을 붙여놓다니!"

"찰스 경은 물러나 있어."

"허억! 뭘 하시려고요? 안 됩니다!"

"가까이는 안 갈 거야."

유리엔이 화살을 꺼내 시위에 걸었다. 덤비기는 하겠지만 근접전을 벌일 생각은 없었다. 부상을 당하는 건 그녀도 바라는 바가 아니었다. 아픈 걸 떠나 이 신분에 다쳤다간 후폭풍을 감당할 수가 없다. 유리엔은 막장을 선호했지만 그런 대로 정도는 지켰다.

"정 가시려면 저를 밟고 가세요!"

"안 간다니까?"

"그 화살은 그럼 뭔데요!"

"활의 가장 큰 장점이 뭔 줄 알아? 얍삽하게 멀리서 때릴 수 있다는 거지!"

말이 끝나기 무섭게 유리엔이 활시위를 놓았다. 언제 조준을 마쳤는지 화살이 선을 그리며 골드피그를 향해 날아갔다. 끄아아아! 찰스가 자기가 화살에 맞는 것도 아니면서 비명을 질렀다. 이내 날아간 화살이 정확히 노린 곳에 적중했다.

"나이스샷!"

구워어어어!

골드피그가 괴성을 질렀다. 유리엔이 날린 화살은 골드피그의 왼쪽 눈에 오차도 없이 박혀 들어갔다. 곁에서 보았다면 혀를 내두를 만한 솜씨였다. 그러나 찰스는 감탄하는 대신 머리를 부여잡고 절규했다.

"그러다 달려들면 어쩌시려고요!"

"그땐 도망!"

유리엔의 사전은 유동적이었다. 정말로 여차하면 내뺄 마음을 먹고 유리엔이 화살을 재차 시위에 메웠다.

찰스의 염려처럼 골드피그가 이쪽으로 돌진할 걱정은 크게 하지 않아도 될 것 같았다. 유리엔의 화살이 명중한 걸 필두로 여기저기서 화살이며 창이 날아들고 있었다.

"우와, 쟤 피부 엄청 단단한가 봐. 화살을 막 튕겨내네?"

"감탄할 때가 아니지 않습니까?"

찰스는 포기한 듯 목소리에 힘이 없었다. 기력이 다한 것 같기도 했다. 힘 빠진 찰스의 등을 격려하듯 팡팡 두들겨 준 유리엔이 재차 유심히 골드피그를 살폈다. 나머지 눈에도 한 대 꽂아 넣고 싶었다. 거리를 가늠한 유리엔은 결국 고개를 젓고 말에서 내려섰다. 목표물이 하도 날뛰어서 말을 탄 채로는 힘들 것 같았다. 그 움직임에 찰스만 핼

쑥해졌다.

"표정만 봐도 알 것 같아서 미리 말하는데, 안 깔릴 테니 걱정 마."

"그게 말처럼 되면……."

찰스가 주섬주섬 따라서 말에서 내렸다. 최악의 경우엔 몸이라도 날려야 했다. 유리엔이 진심으로 나는 안 죽어도 너는 죽을 수 있다며 그런 역으로 말리려던 차였다. 난데없이 환호성이 터졌다.

"무슨……."

환호성이라니? 누가 선수를 쳐 오른쪽 눈이라도 맞혔나? 유리엔이 몸을 돌려 대상을 확인했다. 그리고 곧 눈을 커다랗게 키웠다. 골드피그의 양쪽 눈 사이, 미간에 검 한 자루가 깊숙이 박혀 있었다.

"됐다, 잡았다!"

"골드피그를 잡았다!"

골드피그가 제대로 서 있지 못하고 비틀거렸다. 환호성이 잇따라 커졌다. 마침내 쿠웅! 먼지를 일으키며 골드피그의 몸이 한쪽으로 쓰러졌다. 산만 한 덩치가 바닥과 충돌하자 나타났을 때보다 더 큰 진동이 땅을 울렸다. 과정을 지켜보며 유리엔이 허망하게 눈을 깜박였다. 죽였어? 이렇게 쉽게? 그것도 한 방에?

"대체 누가……."

각도로 보건대 검은 직선 방향으로 뒤에서 날아왔다. 유리엔이 휙 소리가 날 정도로 고개를 뒤로 돌렸다. 그리고 직후 그보다 두 배는 빠른 속도로 앞으로 되돌렸다.

'망할!'

하필이라면 하필이고, 역시라면 역시였다. 정체를 확인하자마자 유리엔은 고민에 빠졌다. 상대가 근처로 오기 전에 냅다 황금색 꼬리만 잘라서 튈까? 지금이라면 가능할지도 몰랐다. 갈등이 깊어지자 유리엔의 발이 바닥을 규칙적으로 탁탁 때렸다. 찰스는 퇴치된 골드피그를 보며 그저 멍하니 넋만 놓고 있었다.

천천히 말을 몰며 카엘이 한 가지 다짐했던 것이 있었다.

골드피그를 발견하면 무시하자!

초반에만 해도 진심이었다. 골드피그가 나타나도 신경 끄고 근처의 버섯이나 채집할 심산이었다. 한데 막상 실제로 마주친 골드피그는 그랬다간 양심 없는 인간이라며 꼬챙이로 쑤셔져도 할 말이 없는 상식 밖의 수준을 하고 있었다. 먼발치서 골드피그가 울부짖었다. 제론이 말했다.

"정말로 그냥 놔두실 겁니까?"

"……아니, 잡아야지."

카엘이 혀를 차며 허리춤의 검을 뽑았다. 당초 계획대로 무시했다간 사상자가 여럿 발생할 판이었다. 돼지가 흉포해 봤자 얼마나 흉포하겠냐는 생각은 제대로 된 오산이었다. 저걸 돼지라고 부르는 것 자체가 돼지에게 심각한 모독이 아닐 수 없었다.

"좀 더 가까이 다가가서 던지시죠?"

"여기서도 충분해."

"과연 검술계의 샛별다운 자신감이십니다. 어라? 누가 화살을 맞혔네요?"

제론의 말처럼 골드피그의 왼쪽 눈엔 그새 화살이 꽂혀 있었다. 빗나가지도 않고 한 번에 들어맞은 것 같았다. 그가 솔직하게 칭찬했다.

"오! 깔끔한 솜씹니다. 근데 왜 어디서 본 것 같지?"

"사슴."

"예?"

"사슴 잡던 놈이잖아."

카엘은 확신했다. 아니나 다를까 기억에 있는 밀색 머리가 얼쩡거리는 것이 시야에 잡혔다. 눈에 담자마자 잠깐 잊었나 싶었던 거슬림이 되살아났다. 카엘이 미간을 좁혔다.

"일단 이름만 돼지인 저 몬스터부터 잡은 다음 사슴 쪽의 얼굴을 확인해야겠어."

"남자 얼굴이 뭐 볼 게 있다고 집착하십니까?"

"시끄러. 골드피그 네가 잡을래?"

제론이 깐족거림을 멈췄다. 잡을 수야 있었지만 먼지를 뒤집어쓸 각오를 해야 했다. 은근히 깔끔 떠는 제론이 조용해지자 카엘이 곧바로 검을 던졌다.

푸욱!

구워억!

검은 당연하단 듯이 목표물에 명중했다. 카엘도 맞히는 게 기본이지 않냐는 듯 별달리 기뻐하는 기색 없이 손을 털었다. 제론은 재수 없다고 생각했지만 그래도 실력은 진작부터 인정하고 있던 부분인 터라 별말 않았다.

골드피그를 쓰러뜨린 카엘이 말을 움직여 사체로 가까이 이동했다. 거리가 좁혀질수록 카엘은 골드피그가 아닌 밀빛 머리의 소년을 살폈다. 소년이라 생각한 것은 뒤에서 보기에도 상대의 체구가 확연히 작았기 때문이다. 활을 날린 근력이 의외일 정도로 남자치곤 왜소한 몸집이었다.

"전하께서 골드피그를 잡으셨다!"

"와아아아!"

함성 사이로 소년이 작은 몸을 움직였다. 카엘의 시선이 목표물을 잡은 것처럼 대상에게서 떨어지지 않았다. 얼굴을 보고 나면 이 정체를 알 수 없는 미심쩍음이 사라질 것 같은데 도통 생김새를 확인할 수가 없었다. 마치 상대가 작정이나 하고 피하는 것처럼…….

'피해?'

카엘이 눈을 가늘게 떴다. 미심쩍음이 수상함으로 바뀌었다. 따져보면 이 함성 속에 누군들 한 번쯤은 뒤를 돌아볼 법했다. 기사들이 난리법석을 떨고 있는데 보통은 궁금해서라도 돌아본다. 실제로 이 자리의 모두가 한 번씩은 카엘을 쳐다봤다. 저 밀색 머리의 소년만 빼고.

생각을 굳힌 카엘이 말을 몰았다. 그냥 대놓고 다가가서 붙잡고 돌아보게 만들 의향이었다. 계획과 동시에 행동으로 옮기는 카엘이 막 손을 뻗었을 때였다.

"……!"

도망쳤다. 소년이 있던 자리에서 그대로 힘껏 달려 도망갔다. 몸이 가벼운지 순식간에 멀리까지 사라진다. 멀어지는 작은 체구를 보며 카엘이 순간 당황해서 아무것도 못 했다.

"음…… 쫓을까요?"

조금 떨어져서 지켜보고 있던 제론이 다가와 물었다. 제론도 마찬가지로 당혹스러워진 상태였다. 난데없이 도망은 왜 친단 말인가? 심지어 자기 일행도 버리고 갔다. 일행은 이쪽보다 두 배는 놀랐는지 턱이 빠지기 직전이었다. 곧 정신을 차린 카엘이 고개를 가로저었다.

"아니, 내가 한다."

카엘은 말을 몰아 사라졌다. 제론은 잠자코 그 뒷모습에다 대고 손수건이나 흔들다가 문득 뭔가를 깨닫고 표정을 굳혔다. 주인이 사라진 전리품은 현재 그와 가장 가까이 놓여 있었다.

'……골드피그 어쩌지?'

유리엔은 숨이 턱에 닿도록 달렸다. 왜 뛰는지 자기도 정확한 이유를 몰랐다. 그냥 본능적으로 달렸다. 그 자리에 가만히 있었다간 카엘에게 잡혀 모든 게 수포로 돌아갈 거라고 생각해서였을 수도 있었다.

'아니지, 이미 수포잖아!'

문득 사고가 사실에 미친 유리엔이 뛰던 것을 멈췄다. 바람에 잔뜩 휘날린 가발의 상태가 엉망이었다. 얼마나 달렸는지 골드피그를 잡았던 장소는 벌써 까마득했다.

멈춰 선 유리엔이 숨을 골랐다. 원래는 차륜전을 펼쳐 여럿이 골드피그를 죽기 직전까지 몰아갔을 때 기회를 엿보다 마지막 한 방을 날릴 심산이었다. 그렇게 해서 영광의 권한을 손에 쥘 계획이었는데, 웬걸? 카엘이 나타나 골드피그를 한순간에 잡아버리고 말았다.

"망했네. 이렇게 된 거 그냥 카라멜을 잡아다…… 끄악!"

되돌아가려다 그만 발을 잘못 디뎠다. 단말마의 비명을 토한 유리엔이 속절없이 아래로 데굴데굴 굴러 떨어졌다. 자비도 없이 가파른 급경사는 거의 절벽 수준이었다.

"……헐."

한참을 구르다 내동댕이쳐진 유리엔이 누운 채로 아연하게 눈만 깜박였다. 등신 중의 상 등신 같은 실수를 한 스스로에게 해줄 말이 아무것도 떠오르지 않았다. 자업자득의 끝판왕을 달리는 상황이었다.

"더 망했네."

유리엔은 자조를 담아 중얼거렸다. 깎아지른 듯 날카로운 경사는 도로 기어 올라갈 길이 꽤 요원해 보였다. 망했다는 표현이 퍼즐처럼 어울렸다. 싫어도 한숨이 흘러나왔다.

금방 잡을 수 있을 줄 알았다. 한데 요리조리 길을 꺾어 내달린 모양인지 예상외로 대상을 추격하는 것이 쉽지 않았다. 말에 앉은 채로 카엘이 인상을 쓰며 주변을 훑었다. 이 부근에서 흔적이 끊겼는데.

"가발?"

말에서 내린 카엘이 눈에 들어오는 물건을 집어 들었다. 흙이 묻은 채로 바닥에 나뒹굴고 있던 것은 다름 아닌 남성용 가발이었다. 더구나 어디서 많이 본 밀색이다. 카엘이 황당하게 중얼거렸다. 쫓고 있는 상대도 이런 밀색 머리카락이었다.

"가발이었어?"

어쩐지 그리 온 힘을 다해 도망가더라니 수상한 놈이 맞았다. 카엘은 기가 차서 웃었다. 대체 뭐 하는 놈이야? 정체를 숨겼으면서 사냥대회에는 참가하는 모순이 아이러니하게 느껴졌다. 숨겠다는 건지 드러내겠다는 건지.

"세작인가?"

카엘이 확신에 가까운 어조로 추측했다. 이렇게 된 거 잡아서 족쳐야 할 이유가 늘었다. 눈에 불을 켠 카엘이 반드시 붙잡겠다며 스스로에게 다짐을 했을 때였다. 경사 아래에서 인기척이 느껴졌다. 눈에 들어오는 경사는 가팔랐다. 심지어 어느 지점에서는 절벽처럼 직각으로 뚝 떨어지기까지 하는 모양새였다. 실수로라도 구른다면 무사하기를 바라는 건 힘들 듯했다.

뭐 이런 재수 없는 지형이? 잠깐 생각하다가 카엘이 이내 그곳으로 가까이 다가갔다. 갑자기 끊긴 흔적과 나동그라져 있는 가발에 대한 답을 이 경사가 내려줄 것 같았다. 카엘은 경사의 맨 아래쪽을 시야에 담았다. 그리고 눈을 의심했다.

"……검둥이?"

"어? 야, 반갑다."

엉망으로 자빠진 꼴로 유리엔이 입과 손만 살아서 인사했다. 카엘은 순간 말하는 법도 까먹고 꼼짝없이 굳어서 입만 뻐끔거렸다. 이게 무슨! 정신이 돌아온 카엘이 즉시 경사 아래로 훌쩍 뛰어내렸다. 가벼운 몸놀림이었다. 착지하자마자 카엘은 누워 있는 유리엔부터 살폈다.

"너 뭐야? 왜 여기서 이러고 있어? 대체 무슨 꼴……."

속사포처럼 쏟아지던 질문이 멈췄다. 흙먼지로 엉망이었지만 유리엔이 입고 있는 옷이 눈에 익다는 것 정도는 충분히 알아볼 수 있었다. 남자 시동에게나 어울릴 만한 옷차림, 그리고 부분 갑옷. 카엘이 기가 막혀서 유리엔을 응시했다. 기껏 돌아온 정신이 다시 날아갈 것 같았다.

"너였어?"

"음……."

유리엔은 기본적으로 철면피였지만 가끔은 그 철판에 금이 갈 때도 있었다. 지금이 딱 그랬다. 멀쩡하게 들켰으면 모를까 이 꼴을 하고 정체가 들통났다는 사실이 쪽팔림과 더불어 멋쩍은 심정을 불러일으켰다. 뻔뻔하게 받아치지 못하고 유리엔이 눈동자만 한 바퀴 굴릴 때였다.

"이게 무슨 짓이야!"

카엘이 소리쳤다. 큰소리가 나는 거야 하루 이틀이 아니었지만 이번에는 느낌이 좀 달라서 유리엔이 눈을 동그랗게 떴다. 카엘은 잔뜩 굳은 표정을 하고 있었다.

"너 미쳤냐? 제정신이야? 다쳤으면 어쩌려고…… 아니, 야, 너 자칫하면 죽었어!"

사람이 화를 내는 건 상대가 싫을 때만은 아니다. 상대를 걱정할 때도 간혹 화를 낸다. 지금의 카엘은 누가 봐도 후자였다. 유리엔은 자기도 모르게 눈을 비비려고 손을 들었다가 먼지투성이라는 것을 깨닫고 도로 내렸다. 친구나 가족에게 혼나는 기분이었다. 얼떨떨하게 유리엔이 변명했다.

"아니…… 죽지는 않았을 텐데."

"죽고 싶어서 죽는 사람이 세상에 어디 있어?"

되도 않는 변명 집어치우라며 카엘이 더 질책했다. 눈빛이 형형한 것이 가만히 놔두면 회초리라도 들 기세였다. 유리엔은 황당했지만 딱히 자기가 잘한 것도 없었으므로 묵묵히 쏟아지는 잔소리를 감내했다. 카엘의 말이 멈춘 것은 퉁퉁 부어 있는 유리엔의 발목을 발견했을 때였다.

"……너 발 왜 그래?"

"이거? 글쎄, 부러졌나?"

"미치겠네! 네가 무슨 용병이냐?"

저렇게 자기 몸 다치는 걸 아무렇지 않게 취급하는 여자는 처음이었다. 장미 가시에만 베여도 꺅꺅거리는 것이 일반적인 줄 알았더니 유리엔은 뼈가 부러졌다는 소릴 눈 하나 깜짝 않고 태연하게도 언급했다. 카엘은 지금까지 놀랐던 건 놀란 것도 아니었다는 사실을 새롭게 배웠다.

"왜? 부러진 뼈는 붙으면 전보다 튼튼해져."

"……말을 말자."

"야, 네가 선생님이냐? 좀 전엔 봐줬지만 이제부턴 안 봐줘! 어디서 건방지게 한심하다는 표정이야?"

"됐으니까 발 좀 보자."

카엘이 자리를 이동했다. 발목이 실제로 어떤 상태인지 만져봐야 알 수 있을 것 같았다. 퉁퉁 부어오른 오른쪽 발목에 손이 닿자 유리엔도 아프긴 아픈지 잠깐 입을 다물었다. 환부를 이리저리 살핀 카엘이 안도의 한숨을 쉬었다.

"뼈는 괜찮아. 접질렸거나 근육이 상했을 거야."

"의사였어?"

"기사는 부상 시에 자가 진단이 생명이야. 일어나."

카엘이 손을 내밀었다. 유리엔이 그걸 붙잡고 상체를 일으켜 앉았다. 물론 거기까지였다.

"내가 바닥을 디디고 일어설 수 있을 거라 생각하는 건 아니지?"

"……업혀."

못 걷겠다 선언하는 유리엔에게 카엘이 등을 내밀었다. 파격적인 선심이었다. 유리엔은 말똥말똥 그것을 쳐다보다 냅다 업혔다. 그녀는 편한 길을 마다하는 성격은 아니었다.

"사실 힘내면 걸을 순 있어."

"그래서. 걷겠다고?"

"아니. 낼 힘이 없네."

떨어지지 않겠다는 듯 유리엔이 찰싹 매달렸다. 그 상태로 카엘이 자리에서 가볍게 도약했다. 발에 닿는 이것저것을 디디며 순식간에 경사 위로 벗어나는 것에 유리엔이 업힌 채로 감탄사를 삼켰다. 꼭 나는 듯한 몸놀림이었다.

"너 주변에서 재수 없다고들 그러지?"

"뭐?"

"특히 무관들. 검사나 마법사들이 재수 없다고 안 해?"

"헛소리할 거면 내려놓는다."

"재수가 많으시네요."

유리엔은 다친 상태로도 여전했다. 고개를 저은 카엘이 신경 써서 걸음을 옮겼다. 등에 업힌 여성의 몸은 가볍고 작아서 조금 전까지만 해도 말을 타고 활을 쏘았었다는 사실을 도저히 믿기 힘들 정도였다. 새삼 여렸다. 정말 새삼.

"근데 이대로 쭉 업고 갈 거야?"

"말 탈 수 있겠어?"

"옆으로 앉으면."

"근처에 세워둔 말이 있어."

카엘이 타고 온 흑마는 얌전히 자리에서 주인을 기다리고 있었다. 가까이 다가간 카엘이 유리엔을 조심스럽게 안장 위로 앉혔다. 다른 사람도 아니고 하필 카엘에게 레이디 취급을 받는 것이 어색해서 유리엔은 괜히 윤기 나는 검은색 갈기만 뚫어져라 쳐다봤다. 유리엔을 앞에 앉힌 카엘이 그 뒤에 앉아 고삐를 잡았다. 유리엔은 문득 깨달았다.

"야, 이거 자세가……."

"어쩔 수 없잖아."

숙녀를 앞에 태우고 남자가 바로 뒤에 앉아 말을 몬다. 안장의 길이에 한계가 있으니 두 사람은 당연히 찰싹 붙을 수밖에 없었다. 대체로 연인끼리 말을 타고 유람할 때 선호하는 자세였다.

"좀 그렇다."

"시끄러. 환자를 운반하는 자세라고 생각해."

"으음……."

"걸을래?"

"아늑해서 좋네."

유리엔이 조용해졌다. 말소리가 사라지자 자연스럽게 숲에서 나는 소리가 그 자리를 채웠다. 적막 대신 풀벌레가 힘껏 울었고, 고요 대신 짐승들이 바스락거렸다. 땅이 물러 말발굽 소리는 크지 않았다. 잠시 동안 그런 것들에 귀를 기울이다 유리엔이 다시 입을 열었다.

"이건 아는 사람만 아는 건데, 사실 난 잘 안 다쳐."

"무슨 소리야?"

카엘이 반응했다. 발목이 시퍼렇게 부어서 말을 타고 이동하는 와중에 굉장히 설득력이 넘치는 주장이었다. 그러나 유리엔은 할 말이 많았다.

"너 경사 봤지? 나 거기 시작점부터 굴렀어. 도중에는 허공에 붕 떴다가 처박혔고. 근데 발목만 좀 접질리고 나머진 다 멀쩡해."

"……."

"난 보통 사람에 비해 잘 안 다치고, 덜 아프고, 금방 나아."

"무슨 얘기를……."

"너도 그렇잖아?"

웬 헛소리냐며 구박하려다 카엘이 입을 다물었다. 마지막 말은 정곡이었다. 유리엔의 말처럼 카엘은 범인과 비교해 거의 다치지 않았고, 고통도 덜 느꼈다. 더구나 행여 다친다 하더라도 훨씬 빠르게 회복했다. 후천적인 게 아니라 날 때부터 원래 그랬다. 카엘이 침묵하는 사이 유리엔이 말을 이었다.

"거기에 힘도 세지. 난 팔씨름으로 기사도 이겨."

"너……."

"심장에도 마나가 많아서 자연사가 아니고선 크게 죽을 위험도 없고."

유리엔이 늘어놓는 특징은 구구절절 카엘이 지닌 것과 똑같았다. 그는 태어났을 때부터 전신에 마나가 넘쳤다. 타고난 체질이었다. 카엘이 고작 열여섯의 나이에 지금의 경지에 이를 수 있었던 것 또한 그 덕분이었다. 검이나 마법의 길을 걷는다면 천재로 추앙받을 수밖에 없는 기질. 유리엔은 담담히 이야기했다. 나도 그래.

"그럼, 왜……."

"검이나 마법을 배우지 않았냐고?"

"……."

"내가 너무 잘나면 안 되거든."

카엘은 기억을 더듬었다. 싫어도 정혼자였으니 강제로 그녀의 인적사항에 대한 보고를 받았던 것이 떠올랐다. 유리엔에겐 남동생이 한 명 있었다. 아직 어렸지만 적자였다.

"앞서갈까 봐 얘기하는데, 나는 지금 이대로가 엄청 마음에 들어. 내가 원체 자유로운 걸 좋아해서."

"그래."

"여기저기 사고 치고 다니는 것도 그냥 내 성격이야."

"그건 말 안 해도 알아."

사고 친다는 걸 자각은 하는군. 카엘이 픽 웃었다. 잠깐 무거워지나 싶었던 공기가 원래대로 돌아왔다. 다치지 않은 왼쪽 발목을 까딱이며 유리엔이 다른 화제를 꺼냈다.

"할 말 있는데."

"뭔데?"

"맹세의 키스 말이야."

"……받고 싶냐?"

"미쳤어? 그게 아니라, 너 꼭 네가 우승자가 되어야 하는 건 아니지?"

사냥 대회의 레이디를 손수 뽑고 싶냐는 물음이었다. 카엘은 고개를 저었다. 당연히 아니었다. 마음 같아선 권한을 아무한테나 넘기고 튀고 싶었다. 그 의향을 읽은 유리엔이 활짝 웃었다. 잘됐다.

"너 그럼……."

이야기를 듣는 카엘의 표정이 오묘하게 변했다. 이내 그가 긍정의 답으로 고개를 끄덕였다.

햇빛 아래 드러난 남색 머리카락이 가지런했다. 온순해 보이는 부드러운 이목구비에 키는 큰 편이라 전체적으로 비율이 좋았다. 직위를 알려주듯 단단한 체격은 하루도 단련을 거르지 않는 그의 부지런한 성미를 보여주는 듯했다.

황태자의 보좌 겸 호위 기사, 제론이 드러나지 않게 표정을 찌푸렸다. 현재 그의 손엔 황금색 털로 이루어진 기다란 꼬리가 들려 있었다.

카엘은 소년을 쫓아 사라진 지 한참이 지난 후에야 돌아와서는-그때까지 제론은 묵묵히 골드피그의 곁을 지키고 있었다-냅다 사체의 꼬리를 자른 뒤 그걸 제론의 손에 쥐여 주었다. 뭐냐며 기겁하는 제론에게 카엘이 건넨 말은 간단했다.

"명령이다."

그리고 이어서 상세한 지령이 뒤따랐다. 어찌나 상세한지 대사까지 정해져 있어 제론은 제가 연극배우로 데뷔해야 하는 줄 알았다.

'젠장, 더러운 계급제.'

울분을 삼킨 제론이 황제의 앞에 무릎을 꿇었다. 속내에선 욕이 요동쳤지만 자세는 공손했다. 순응이 빠른 인간인 제론은 그 불만마저도 곧 가라앉혔다. 황제는 제론이 바친 노란색 꼬리를 흥미로운 듯 바라보았다.

"호오. 이게 바로 그 골드피그의 꼬리란 말이지?"

"그렇습니다, 폐하."

"꼬리의 크기만 보아도 몸집이 짐작이 가는군. 그래, 소문의 변종을 직접 보니 어떻던가? 듣던 대로 흉포하고 사납던가?"

"……예."

제론은 잠시 머뭇거렸다. 황제의 면전에서 거짓을 고하려니 솔직히 내키지가 않았다. 그는 스스로를 충직한 무관이라 자부하는 사람이었다. 뺑을 치려니 양심이 울었다. 하나 받은 명령을 어길 수도 없는 노릇, 제론은 결국 입을 열었다.

"전하께서 도와주신 덕분에 잡을 수 있었습니다."

"황태자가?"

"예. 영광스럽게도 제게 검을 빌려주셨습니다."

귀족들이 술렁거렸다. 특히 당시 자리에 있던 기사들은 골드피그가 검 한 방에 깔끔하게 죽는 걸 봤다. 당연히 황태자의 솜씨겠거니 했었는데 다른 사람이었다니 놀라운 일이었다. 새빨간 거짓말인 걸 모르는 기사들이 달라진 눈빛으로 제론을 주시했다. 이목이 집중되자 제론은 속에서 쓴맛이 올라오는 것 같았다. 팔자에도 없는 과대평가를 받게 생겼다. 황제는 제론의 말에 그게 사실이냐는 듯 카엘을 응시했다. 눈길을 받은 카엘이 긍정의 의미로 고개를 살짝 끄덕였다. 본인이 그렇다고 인정하니 실상이야 어떻든 믿을 수밖에 없는 노릇이었다. 황제가 곧 수긍했다.

"고생했네."

"아닙니다."

황제는 좋을 대로 생각하기로 했다. 작금 이 자리에는 유리시엔 황녀가 없었다. 몸이 좋지 않다는 사유로 도중에 먼저 자리를 뜬 것이다. 그는 카엘이 골드피그를 직접 잡을 수 있었음에도 수하에게 양보한 이유를 황녀의 부재 때문이라고 결론 내렸다. 만약 황녀가 대회장에 남아 있었다면 필시 카엘 본인이 골드피그를 잡아다 바쳤으리라. 멋대로 추측한 황제가 흐뭇하게 웃었다. 착각은 자유였다.

"트아로민 경."

"예."
"이제 레이디를 선정해도 좋네."
"영광입니다."
제론의 성은 트아로민이었다. 인사를 올린 제론이 몸을 일으켜 주위를 둘러보았다. 그러자 기다렸다는 듯 열망을 가득 담은 수십 쌍의 눈이 그를 향해 반짝이며 날아들었다. 저를 뽑아주세요, 아니, 저를! 외치지 않아도 목소리가 들리는 것 같았다.
'부담스럽다니까, 진짜.'
들리지 않게 혀를 찬 제론이 특정인을 찾아 눈을 옮겼다. 레이디로 뽑힐 영애는 이미 정해져 있었다. 물론 카엘의 지시였다.
'키는 가슴 언저리. 갈색 머리에 순해 보이는 얼굴. 쌍둥이.'
분주히 움직이던 제론의 시야가 어렵지 않게 대상을 찾아냈다. 카엘이 설명했던 특징과 완전히 일치했다. 루네와 루제는 조금 뒤쪽에서 제론을 쳐다보고 있었다.
'둘 중 머리의 리본이 노란색인 쪽, 좋아.'
위치를 알았으니 이제 대사를 쳐야 한다. 제론이 목을 가다듬었다.
"이 자리의 여성분 중."
"……."
"가장 아름답고 고귀하신 분께서 사냥 대회의 레이디가 되실 겁니다."
자리의 모든 사람이 들을 수 있을 정도의 목소리였다. 잔뜩 기대를 품은 채로 주의를 집중하고 있던 영애들이야 말할 것도 없었다. 가장 아름답고 고귀한 여성! 제론의 선언에 한 여인이 웃음을 참지 못하고 눈을 반달로 접었다.
'그래! 어서 날 선택해!'

에델리아는 확신했다. 낯이 익지만 이름은 잘 기억나지 않는 저 기사가 맹세의 키스를 바칠 여성은 바로 자신이었다. 회유에 성공한 상대는 아니었으나 말만 들어도 느낄 수 있었다. 에델리아가 생각하기에 이곳에서 가장 아름다운 영애는 본인이었고, 가장 고귀한 영애 또한 그녀였다. 그 누구보다도 빼어난 미모에 공녀라는 지위까지! 자신이 아니면 대체 누구란 말인가?

'주인공은 나야.'

에델리아의 두꺼운 화장 위로 오만한 웃음이 퍼져 나갔다. 그녀의 태도는 주변의 영애들마저 눈치챌 정도로 노골적이었다. 이미 레이디의 칭호를 거머쥔 듯 에델리아의 두 눈엔 희열이 가득했다. 누가 봐도 그녀는 지금 기뻐하고 있었다.

그때 제론이 움직이기 시작했다. 균형 잡힌 걸음걸이로 보폭을 유지하며 단정하게 걸었다. 한 발자국씩 내디딜 때마다 불어온 미풍에 제론의 머리끝이 흩날렸다. 섬세한 이목구비는 그에 걸맞은 은은한 미소를 머금고 있어 온화한 분위기를 풍겼다. 우연히 제론과 눈이 마주친 한 영애가 얼굴을 붉혔다. 빼어난 미남은 아니었는데도 이상하게 시선이 갔다. 몇몇은 계속 쳐다보지 못하고 수줍어 고개를 숙였다. 알 수 없는 오묘한 연상의 매력이 어린 영애들을 흔들었다.

에델리아의 콧대가 한층 높아졌다. 곧 제 앞에 무릎을 꿇고 맹세의 키스를 바칠 남자가 이성이 관심을 끌어 모은다는 것이 썩 나쁘지 않았다. 그래, 아무나 제 손등에 키스를 하도록 허락할 수는 없다. 저 정도 수준은 되어주는 편이 옳을 것이다.

끝을 모르는 자만이 그녀를 앞서 나가게 했다. 에델리아가 벌써부터 손을 내밀었다. 당연히 이쪽으로 올 것이라 거리를 가늠하고 알아서 받을 준비를 했다. 한껏 오만한 표정으로 눈을 내리깔며 그녀가 고개를 치켜들었다. 그러나 다음 순간, 제론이 그런 에델리아를 그대로 스쳐 지나갔다.

"……?"

없는 사람 취급을 받은 에델리아가 상황을 파악하지 못하고 눈을 깜박였다. 그녀의 자신감에 동화되어 자연히 그녀가 되겠거니 생각했던 주변의 영애들까지 덩달아 얼이 나갔다. 그러거나 말거나 제론은 에델리아를 지나치고도 걷는 것을 그만두지 않았다. 마침내 그가 멈춰 선 곳은 수수한 갈색 머리를 허리까지 늘어뜨린 어느 영애의 앞이었다.

"드아이스 영애."

제론이 한쪽 무릎을 꿇었다. 눈을 동그랗게 뜬 채로 굳어 있는 상대의 손등을 끌어다 그곳에 입을 맞췄다. 주위에서 탄성이 터졌다.

"그대가 이곳에서 가장 아름다운 여인입니다."

"……!"

"맙소사, 루네!"

맹세의 키스를 받은 것은 루네였다. 그녀가 올해의 주인공이 되었다. 얼음처럼 꼼짝없이 굳어버린 루네를 대신해 루제가 호들갑을 떨었다. 여기저기서 부러움 섞인 탄식이 흘러나왔다. 비명 같은 외침이 들린 것은 그때였다.

"말도 안 돼!"

혼란스러운 와중에서도 또렷이 들릴 만큼 큰소리였다. 크고 높았다. 경악에 가득 차 소리친 에델리아가 믿을 수 없다는 듯 부들거리며 손끝으로 삿대질을 했다.

“어떻게…… 어떻게 나를 두고 저따위 것을……!”

“…….”

“이, 이건 나를 무시하는 짓거리가 아니냐? 감히 네가, 감히 너 따위가!”

에델리아가 판단하는 무시와 모욕의 기준은 아주 낮았다. 낮다 못해 바닥을 기는 수준이었다. 그런 그녀가 판단했을 때 지금 제론이 한 행동은 일부러 저를 모욕하고, 모독하고, 망신 주고, 무시하고, 또 수치를 준 행위였다. 그녀를 제외하고 아무도 그렇게 생각하지 않았지만 저 혼자의 믿음이 강철처럼 굳건했다.

가만히 있으면 제법 예쁘장할 얼굴이 모멸감으로 잔뜩 일그러져 빨갛게 달아올랐다. 독기를 가득 담은 호박색 눈동자가 제론을 죽일 듯이 노려봤다. 죄 없는 제론은 그런 에델리아를 조용히 쳐다보기만 할 뿐 그 외엔 아무런 반응도 보이지 않았다. 원래 이럴 땐 입 닫고 있는 게 상책이라고 예전에 배웠다. 상대의 무감함에 더욱 열이 뻗쳤는지 에델리아가 애꿎은 입술을 짓씹었다. 곧 한층 언성을 높였다.

“당장 엎드려 빌지 못할까! 이 천박하고 무례한!”

“그만.”

놔두면 뺨이라도 후려칠 기세로 에델리아가 팔을 들어 올렸다. 지켜만 보던 카엘이 그때 끼어들었다. 기다리던 타이밍이었다.

“화, 황태자 전하.”

“이게 무슨 짓입니까?”

황제의 앞이고 공적인 자리라 카엘은 공대를 사용했다. 그러나 어조는 곱지 않았다. 날이 선 것을 느꼈는지 에델리아가 잠시 주춤했다.

“폐하께서 계시는 자립니다. 모르지는 않을 텐데요, 공녀.”

"하, 하지만……."

황제가 두 눈 시퍼렇게 뜨고 있는 공간에서 시끄럽게 난리를 피우는 것은 경죄에 해당한다. 때와 상황에 따라 중죄가 될 수도 있었다. 알고는 있었지만 그래도 에델리아는 억울했다. 이건 전부 자길 능멸한 버릇없고 방자한 기사 때문이었다. 자신은 정당한 분노를 표출했을 뿐이라고 그녀는 생각했다.

"이유가 있습니다. 감히 저 하찮은 것이 주제도 모르고 저를 모욕하였습니다!"

에델리아가 당당하게 주장했다. 지목당한 제론은 남몰래 어깨만 으쓱거렸다. 카엘은 그게 무슨 소리냐는 듯 표정을 바꿨으나, 실상 속으로는 웃고 있었다.

'정말 똑같이 흘러가는군.'

지금 펼쳐진 이 광경은 이미 유리엔으로부터 언질을 들었던 것과 일치했다. 제론에게 꼬리를 줘서 어떤 대사를 시키며 누구에게 맹세의 키스를 바치도록 하면, 에델리아가 알아서 씩씩대며 어떻게 나올 거라는 내용이었다. 오차도 없이 흘러가는 상황에 카엘이 혀를 내둘렀다. 무슨 수를 썼는지 유리엔은 에델리아의 성격을 거의 완벽하게 파악하고 있었다.

"모욕이라니? 그게 무슨 말입니까?"

"저것이 저를 무시하고 능멸하였습니다. 엄벌에 처해야 합니다!"

"그렇군요. 그렇다면 어떻게, 어떤 식으로 무시를 한 겁니까?"

"그건……."

에델리아가 바로 대답하지 못하고 잠깐 주저했다. 모욕을 받은 건 확실한데 막상 설명하려니 말이 잘 떠오르지 않았다. 에델리아가 우물쭈물하자 카엘이 눈을 돌려 제론에게 시선을 주었다.

"트아로민 경, 공녀의 말이 사실인가?"

"죄송합니다. 제가 숨을 쉬는 게 모욕인 줄은 미처 몰랐습니다."

"거, 건방진!"

아무것도 안 하고 숨만 쉬었는데 유난이라는 대답이었다. 그 말에 에델리아가 거품을 물었다. 카엘만 없었다면 달려들어 머리채라도 잡았을 기세였다. 제론은 그런 에델리아의 눈빛을 마주하지 않고 슬그머니 피했다. 미친 여자 같아서 솔직히 조금 무서웠다.

"아무래도 자세한 설명이 필요하겠군."

"실례합니다!"

그 순간 누군가가 손을 번쩍 들었다. 투표라도 하듯 곧게 거수한 자세였다. 대상을 확인한 카엘의 낯에 이채가 스쳤다.

"드아이스 남작가의 루제 드아이스입니다. 허락해 주신다면 목격자로서 상황 설명에 일조하고 싶습니다."

눈을 빛내며 루제가 또박또박 말했다. 한 명쯤 나서리라고는 생각했지만 그게 루제일 거라곤 예상하지 못했던 카엘이 의외라는 기색을 띠었다. 납치 사건 이후로 처음 대면하는 루제는 유리엔의 주장처럼 구타 치료(?)가 효과가 있었던 모양인지 눈빛이 전과 달리 또렷해져 있었다. 흐리멍덩하니 집착에 얼룩져 있던 저번과 비교한 카엘이 내심 놀라며 고개를 끄덕였다.

"허락합니다."

"무슨! 전하, 목격자라니요? 저 버러지 같은 것의 말은 들을 필요가 없……."

"내가 허락한다고 했습니다, 공녀."

"……!"

카엘의 굳은 표정을 마주한 에델리아가 결국 입을 다물었다. 그 틈을 타 루제가 말을 시작했다.

"그럼 말씀드리겠습니다. 우선 목격자로서 결코 거짓 없이 목격한 그대로만을 진술할 것을 맹세합니다."

"좋습니다."

"네! 가장 먼저 저기 계신 트아로민 경께서 레이디를 선출할 수 있는 권한을 부여받으셨습니다. 그 후 트아로민 경께서는 이 중에서 가장 아름답고 고귀한 여성을 레이디로 뽑겠다고 선언하셨고, 말씀하신 대로 한 명의 레이디를 선택하셨습니다. 한데 직후 갑자기 이쪽의 공녀께서 트아로민 경에게 삿대질을 하며 소리를 치셨습니다. 트아로민 경께서는 아무런 대응을 하지 않으셨으며 공녀께서는 더욱 목청을 키우셨습니다. 그다음이 지금의 상황입니다."

여기까지입니다. 말을 마친 루제가 공손히 인사를 하고 물러섰다. 카엘이 혹시 다른 증언을 할 이가 있느냐 물었지만 군중은 침묵만 지킬 뿐 아무도 나서지 않았다. 루제의 진술이 사실임을 입증해 주는 고요 속에서 카엘이 잠시 기다린 뒤 입을 열었다.

"공녀, 들었습니까?"

"드, 듣기야 들었습니다만."

"그럼 설명해 주시겠습니까? 어느 부분에서 트아로민 경이 어떻게 공녀를 무시했는지."

"그……."

에델리아의 말문이 막혔다. 그녀가 생각하기에 제론이 지은 죄는 감히 자신을 레이디로 뽑지 않은 것이었다. 그녀의 기준에서는 마땅한 중죄다. 하나 그걸 직접 입 밖으로 내려니 이상하게도 말이 잘 떨어지지 않았다. 감정과 자만에 짓눌려 구석에서 기를 펴지 못하고 있던 아주 자그마한 이성이 그래도 나 여기 있다며 힘을 낸 결과였다. 그 틈을 노려 루제가 재차 손을 들었다.

"다시 실례합니다!"

"드아이스 영애."

"도움이 될 진 모르겠으나 공녀께서 소리치셨던 내용을 토씨 하나까지 기억하고 있습니다. 재연해도 될까요?"

적재적소였다. 루제의 적극적인 협조에 카엘이 웃음을 참으며 허락했다.

"해보세요."

"감사합니다. 그럼, 감정 좀 잡고……."

배우로 데뷔해야 하는 건 제론이 아니라 루제였던 모양이다. 돌아서서 목을 좀 가다듬는가 싶더니 곧 루제가 두 눈을 서슬 퍼렇게 빛내며 악을 썼다.

"말도 안 돼! 어떻게…… 어떻게 나를 두고 저따위 것을……!"

"……."

"호응해 주세요."

"자, 잘한다!"

얼결에 눈이 마주친 영애 A가 루제의 연기에 호응했다. 만족했는지 루제가 대사를 이었다.

"이, 이건 나를 무시하는 짓거리가 아니냐? 감히 네가, 감히 너 따위가! 당장 엎드려 빌지 못할까! 이 천박하고 무례한!"

루제는 말만 재연하지 않았다. 행동까지 똑같이 따라 했다. 격양된 몸짓으로 루제가 팔을 휙 치켜올리는 순간, 제론은 저도 모르게 박수를 쳤다. 짝짝짝.

"이상입니다."

"……어떤가, 트아로민 경? 들었던 것과 일치하나?"

자세를 가다듬은 루제가 물러서고 카엘이 물었다. 박수를 보내던 제론이 대답했다.

"소름이 끼쳤습니다. 완벽합니다."

"일치한단 말이로군. 공녀!"

"저, 전하."

"정황을 따져보니 무시를 한 것은 트아로민 경이 아니라 오히려 공녀인 듯하군요. 공녀, 공녀는 자신이 이 자리에서 가장 아름답고 고귀하다는 착각에 빠져 트아로민 경의 선택을 매도하고 무시하여 그에게 폭언을 퍼부었습니다. 그에 따라 트아로민 경을 심복으로 두고 있는 나를 욕보였으며, 경에게 친히 선택의 권한을 하사한 황제 폐하까지 능멸했습니다. 인정합니까?"

"전하!"

에델리아의 낯이 완전히 새하얗게 질렸다. 핏기가 가셔 분인지 피부색인지 알아보기도 힘들 정도였다. 설마 이렇게 결론 날 줄은 몰랐던 에델리아가 환자처럼 손을 떠는 것을 뒤로하고, 카엘이 다른 방향으로 시선을 주었다. 그 끝에는 황제가 앉아 있었다.

"공녀의 무례에 대한 처분, 폐하께서 손수 내려주시길 요청드립니다."

"그래서?"

어떻게 됐는데? 유리엔이 뒷말을 주전부리와 함께 삼켰다. 생략된 질문을 알아들은 린이 마찬가지로 군음식을 주워 먹으며 기억을 더듬었다.

"그러니까…… 근신 처분을 받았대요."

에델리아의 처우는 근신으로 결정되었다. 그녀는 한동안 제집 바깥으로는 단 한 발자국도 나가지 못하는 신세가 됨으로써 지은 불경에 대한 죗값을 치렀다. 너무 가벼운 게 아니냐는 일부의 불만을 피하기 어려운, 어찌 보면 굉장히 경미한 처사였다. 유리엔이 그 부분을 꼬집었다.

"황제 폐하에, 함께 계시던 황후마마에, 더불어 황태자까지. 일부러 그러기도 힘들겠다 싶을 만큼 엮어서 욕을 먹인 것치고는 멀쩡하네?"

"아무래도 공녀니까요. 하지만 문제는 근신이 아니라 사교계에서의 취급이래요. 올해가 끝날 때까지는 쭉 찌그러져 있어야 할 거라고 했어요."

"찌그러져 있어? 너 그 말 누구한테 들었어?"

"루제 아가씨요!"

린의 호칭에서 친근함이 묻어났다. 유리엔이 오묘한 표정을 지었다.

"아가씨? 언제 그렇게 친해진 거야?"

"저한테 되게 잘해주세요."

린의 말처럼 루제는 린에게 마치 천사처럼 굴었다. 유리엔을 신경 쓴 대우이기도 했고, 둘이 애초에 잘 맞는 성격이라 루제가 린을 마음에 들어 한 결과이기도 했다. 지금 조잘거리며 전달해 주는 정보 또한 린이 루제로부터 건네 들은 것들이었다.

린은 당시 대회를 마지막까지 지켜보지 못하고 도중에 궁으로 돌아왔다. 유리엔의 기별을 받았기 때문이었다. 그리고 거처에 도착하자마자 유리엔의 몰골을 보고 뒤로 넘어갈 뻔했다. 이게 어떻게 된 일이냐며 찰스를 붙잡고 짤짤 닦달한 것에 찰스가 자기도 발목은 모르는 일이라고 억울해한 것은 덤이었다.

"잘해준다니 좋은 일이긴 한데……. 그나저나 린."

"네?"

"루네에게 맹세의 키스를 한 기사 말이야. 트아로민 경이었던가?"

"맞아요."

"그 사람 어떤 사람이래?"

"어떤 사람이라뇨?"

"외모라든가, 성격이라든가."

"아아."

린이 생각에 잠겼다. 들은 바가 없지는 않은 모양이었다. 이내 떠올랐다는 듯 린이 입을 열어 대답했다.

"치명적인 연상의 매력?"

"……그게 뭐야?"

린의 표정은 진지했다. 들은 그대로를 전달하는 것 같았다. 이번에는 유리엔이 답변을 곱씹으며 생각에 잠겼다. 표현이 좀 애매하긴 했지만 어쨌든 매력이라니 나쁜 평가는 아니었다. 아니, 되새기니 꽤 호평처럼 느껴지기도 했다.

'카라멜을 만나면 나이나 물어볼까?'

유리엔이 계획한 것은 에델리아가 자업자득으로 엿을 씹어 삼키는 부분까지였다. 그 이후의 일은 염두에 둔 것이 없었다. 한데 뒤늦게 일의 성사 과정을 전해 듣다 보니 루네가 키스를 받을 때 상당히 설레지 않았을까 하는 생각이 문득 들고 만 것이다. 어리고 순진한 루네라면 그때의 두근거림을 계기로 얼마든지 풋사랑을 시작할 가능성이 있었다.

'그래. 물어보자.'

루네가 정말로 설렘에 밤잠을 이루지 못하는 상태라면, 그 원인을 제공한 이로서 가만히 있을 수만도 없는 노릇이었다. 결심을 굳힌 유리엔이 아직 김이 나는 홍차를 들어 한 모금 삼켰다.

대회의 끝은 또 다른 시작을 의미한다. 사냥 대회가 끝나는 날을 기점으로 일주일간의 성대한 황궁 연회가 막을 올리는 것이다.

축제라는 말이 무색하지 않을 만큼 어느 때보다 크고 화려하게 열리는 연회는 그 규모만큼이나 많은 사람을 끌어 모았다. 젊은 귀족들이 하나같이 눈과 귀를 집중하고 입을 열며 바쁘게 발을 움직였다. 관심과 이목이 유별나다 싶을 정도로 집결되는 거대한 사교의 장이었다.

이런 곳에서 비처럼 쏟아지는 관심을 받게 되면 그 당사자의 반응은 대체로 두 가지로 나뉜다. 바라 마지않던 거라며 좋아하거나, 이게 무슨 상황이냐며 당황하거나.

"만나 뵈어 영광입니다, 레이디. 전 비아중 소미얼 남작입니다. 부디 저와 춤이라도 한 곡 추지 않으시겠습니까?"

"반갑습니다. 모르지아 자작가의 차남 아므도입니다. 부디 저와 춤을 한 곡……."

"이르미 머드라입니다. 부디 저와 춤을……."

"아름다운 레이디, 부디 저와……."

"저와 춤……."

"춤 좀……."

그리고 루네는 물론 후자였다. 유리엔이 다람쥐 같다 평한 전적이 있는 동그란 갈색 눈을 더 동그랗게 뜨고 루네가 몸을 움츠렸다. 지칠 줄 모르는 영식들의 춤 신청을 연이어 거절하느라 루네는 아까부터 진땀을 빼고 있었다. 아무리 거절하고 또 거절해도 신청은 마치 밀물처럼 밀려들어 왔다.

"어, 언니."

"이걸 어째. 이 정도일 줄은 나도 몰랐는데."

동생의 곤란에 루제가 볼을 긁적였다. 루네는 사냥 대회의 레이디로 선정되면서 한순간에 사교계의 스타로 이름을 올렸다. 가는 곳마다 동성의 대화 주제가 되고 눈만 마주쳤다 하면 이성이 춤을 신청해 왔다. 말 그대로 연회장의 주인공이 된 상황이 루네는 좋지도 싫지도 않았다. 그저 연신 당황스러울 뿐이었다. 생각에 골몰하던 루제가 진지하게 대책을 꺼냈다.

"너 그냥 여기서 확 넘어질래?"

"넘어져?"

"그런 다음 발목이 다친 척 연기하는 거지. 내가 붕대를 가져와서 남들 다 보이게 감아줄게."

"언니……."

극단적이었다. 그럴 바엔 저택으로 돌아가는 편이 낫다.

사실 루제가 걱정하고 있는 건 따로 있었다. 루네는 연이은 거절 자체에 난감해하고 있었지만 루제가 볼 때 그건 그다지 별게 아니었다. 거절의 말이라고 해봤자 죄송해요 한 마디면 끝난다. 그런 식으로 한 놈, 두 놈 돌려보내다 보면 당장은 끝이 없을 것 같은 이 신청 러시도 언젠간 종결될 것이다. 다만 문제는…….

"튕기는 것도 정도껏이지! 감히 백작가의 자제인 날 거부해?"

"꺅!"

이런 거였다. 조금 떨어진 곳에서 잠시 식도락에 빠져 있던 루제가 번개처럼 시선을 돌렸다. 웬 반반한 남자 하나가 루네의 손목을 붙잡은 채 뭐라 뭐라 위협적으로 떠벌리고 있었다. 들고 있던 접시를 빠르게 내려놓으며 루제가 욕을 읊조렸다. 이 시바.

"도브린 백작가를 모르진 않을 텐데? 레이디의 칭호가 아니었다면 내가 널 거들떠나 봤을 것 같아?"

"놔, 놔주세요……."

도브린 백작가의 막내아들은 모르는 사람보단 아는 사람이 더 많은 사교계의 유명 난봉꾼이었다. 가문과 얼굴을 믿고 이 여자, 저 여자 집적대기로 널리 알려져 있었는데 그 집적댐에 넘어가는 영애가 수두룩하다는 것이 또 문제라면 문제인 상대였다.

루제가 눈을 번뜩였다. 싫다는 여자를 억지로 붙들어? 저 치한 같은 새끼!

"나중에 후회하지 말고 지금……."

"야!"

"얌전히 춤이나…… '야'?"

남자가 고개를 돌렸다. 믿기 힘든 호칭으로 그를 부른 상대는 다름 아닌 자기가 붙잡고 있는 대상과 똑같이 생긴 소녀였다. 순간 이게 뭔가 싶어 남자가 눈을 깜박였다.

"……뭐야? 쌍둥이?"

"그 손 당장 못 놔? 어디서 싫다는 여자한테 강제로 들이대고 난리야! 너 변태니?"

"뭐라고?"

"이 변태! 치한! 무뢰배! 불한당!"

"뭐, 뭐가 어째?!"

삽시간에 소란이 일었다. 그 소란은 먼발치서 최대한 파티에 참여하지 않으며 구경만 하고 있던 카엘의 귀에까지 들어올 정도였다. 정혼자에게 맹세의 키스를 바치지 못했다는 죄목으로 연회에 하루 동안 참가하게 된 카엘이 샴페인을 고르며 말했다.

"제론, 출동이다!"

"……왜 접니까?"

"네가 뽑았잖아."

제론이 기가 차서 그런 황태자를 바라보았다. 자기가 시켰으면서 이유를 언급하는 표정이나 어조가 뻔뻔하기 짝이 없었다. 곧 하루 이틀이냐는 생각으로 수긍한 제론이 소란의 근원지로 발을 옮겼다.

"감히 백작가의 자제인 나한테 그딴 막말을 해?!"

"네가 백작이니? 네가 백작이야? 나도 귀족가의 자제거든?!"

도브린가의 막내아들과 루제는 그새 자기들만의 세상에 빠져 주위도 잊고 바락바락 싸우고 있었다. 가까이 다가온 제론을 가장 먼저 발견한 루네가 화들짝 놀랐다.

"트, 트아로민 자작님."

"경이라고 불러주시면 됩니다. 그나저나 무슨 일입니까?"

"그게……."

루네가 자초지종을 설명했다. 설명이랄 것도 없이 간단한 내용이었다. 전말을 들은 제론이 고개를 끄덕였다. 사교계의 어린 망나니가 감정에 휩싸여 지금 같은 소동을 일으키는 것은 드문 일이 아니었다.

"이게 하늘 높은 줄 모르고!"

"하늘은 안 보이고 웬 쥐구멍 천장이 보인다! 어쩔래?"

"거기 두 분."

제론은 주저도 없이 둘 사이로 끼어들었다. 말이 아니라 행동이었다. 한 팔씩 상대의 앞을 가로막아 두 사람을 떼어놓은 제론이 부드럽게 웃었다.

"매우 시끄럽습니다."

"……."

"입구는 저쪽이니 사이좋게 나가서 싸우세요."

웃는 얼굴인 데다 어투도 상냥했다. 강압적이지 않고 유순하다. 그러나 어딘지 반발하기 힘든 무형의 분위기에 루제와 백작가 영식이 저도 모르게 입을 꾹 다물었다. 어린애 둘이 피웠던 소란은 금방 정리되었다.

'왠지 듬직해.'

그 와중에 루네만 남몰래 얼굴을 붉혔다.

Chapter 4

춤 사교 연회 말고

황궁에서 성대한 연회가 개최되었을 때 유리엔은 스스로를 칭찬했다. 선견지명이 있었던 게 아니냐며 자화자찬을 아끼지 않았다. 발목의 부상-실수로 넘어져서 삐었다고 둘러대었다-을 핑계로 연회 내내 당당히 불참할 수 있다는 게 그 이유였다.

유리엔은 연회 둘째 날 거처에서 린을 붙들고 축하의 샴페인을 터뜨렸다. 그러나 그 기쁨은 오래가지 않았다.

"보물찾기?"

"그래."

제론에 대해 이것저것 물어볼 겸 카엘을 찾아갔다. 정확히는 찾아간 것이 아니라 이쪽에서 불렀다. 카엘은 짜증을 내면서도 유리엔의 우기기-나 못 걸어, 이 자식아-에 못 이겨 순순히 응접실까지 발걸음을 해주었다. 그다음이 지금의 상황이었다. 유리엔이 표정을 바꿨다. 제론의 나이보다 중요한 게 있었다.

"그런 것도 해?"

"오래되진 않았어."

황궁에서 여는 축제의 구성은 사냥 대회, 무도회, 연극 순으로 이루어진다. 연극은 연회장 안에서 펼쳐지는 거였으니 크게 보면 무도회의 일환이나 다를 바가 없었다. 거기에 사냥 대회를 축제의 서막 행사 정도로 취급한다면 종내에는 무도회밖에 남지 않게 된다. 그래서 '황실 축제=무도회'로 치환하는 것이 허무맹랑하지 않았다. 남들이 생각하는 황실의 축제란 딱 그 정도였다. 하지만 실은 그 사이에 비밀 이벤트가 하나 숨겨져 있었다. 바로 보물찾기였다.

"참가 자격이 뭐랬지?"

"황가의 사람일 것."

"엄청 좁네."

보물찾기의 존재는 일반인들에겐 알려지지 않았다. 애초에 황족이 아닌 다른 계급은 참가할 수 없으니 당연했다. 당장 온 궁을 털어 자격이 있는 사람들을 끌어 모은대도 열 손가락 안으로 꼽을 수 있을 것이다. 황제와 황후를 제외한다면 한 손으로도 충분했다.

"새삼 식구가 너무 적은데?"

"너도 마찬가지잖아."

"그건 그래. 아무튼 나도 참가할 수 있다는 거지?"

"일단은."

유리엔은 엄밀히 따지면 남의 황가였지만, 카엘의 정혼자였으니 남이 아니라는 명목으로 참여 자격이 주어졌다. 유리엔이 두 주먹을 불끈 쥐었다. 보물찾기라니! 그녀의 기준으론 이름만 들어도 몹시 재미있을 것 같은 행사였다. 보물을 찾아 사방을 쏘다닐 생각에 유리엔이 소리 높여 웃으려던 때였다.

"잠깐."

잊고 있던 것이 문득 떠올랐다.

"내 발목!"

유리엔이 절규했다.

보물찾기를 황가의 핏줄에게만 공개하는 이유가 있었다. 탄생 자체가 황가의 인물과 관련이 있었기 때문이다. 매년 보물찾기의 주관은 황후가 맡았다. 시행한 지는 십 년이었다.

"부탁이 있어요. 내가 죽으면……."

시작은 죽은 황비의 유언으로부터였다. 뮤리엔 제국의 황제는 십 오 년 전 당시 국교 관계에 있던 왕국의 왕녀를 1황비로 맞아들였다. 황후를 향한 황제의 사랑은 그때부터도 유명했기에 결코 황제의 감정이 섞인 결혼은 아니었다. 그것은 시작부터 성사까지 오로지 정치적 요인으로만 이루어졌다.

시집을 온 황비는 별궁에서 지내기 시작했다. 환대받지는 못했으나 그렇다고 비난하는 사람도 없는 조용한 삶이었다. 마음 한 자락 주지 않는 황제 대신 마음씨 약한 황후가 그녀를 안타깝게 여겨 자주 찾았다. 황후와 황비는 남들이야 어찌 생각하든 서로 곧잘 어울렸고 금방 친구나 다름없는 사이가 되었다.

그러나 황비는 그런 시간을 오래 유지하지 못했다. 원체 몸이 약했던 그녀는 잔병치레를 거쳐 결국 큰 병으로 병상에 눕고 말았다. 제국으로 시집온 지 오 년도 채 되지 않았을 때의 일이었다. 황후가 막 셋째를 회임했을 무렵이기도 했다.

"부디 이걸 ……에 묻어주세요. 그리고……."

황비는 죽을 때 곁에 황후 혼자만 있어주기를 원했다. 그리고 그녀에게 유언을 남겼다.

황후는 황비의 유언대로 장례식이 있던 다음 해부터 보물찾기를 주최하기 시작했다. 지령은 간단했고 보상은 비밀이었다.

[황궁 어딘가에 숨겨져 있는 황비의 보물을 찾으시오. 기한은 축제가 끝날 때까지.]

그리고 보물은 발견되지 않은 채 시간이 계속해서 흘렀다.

"망했어!"

유리엔은 망연자실해서 제 오른쪽 발목을 내려다보았다. 경이로운 유리엔의 회복력을 감안했을 때 그녀가 도로 멀쩡히 걷고 뛰기까지는 고작 일주일이면 충분했지만, 그 시점이면 이미 보물찾기는 끝나 있을 무렵이라는 게 문제였다. 언제는 축하주를 원샷했던 것도 잊고 유리엔이 분통을 터뜨렸다. 왜 하필 발목이야! 차라리 양 손목을 삘 것이지!

"황녀님……."

유리엔이 슬퍼하니 린도 함께 슬퍼졌다. 린은 유리엔의 손발로서 충성을 다해 활약했지만 손은 몰라도 진짜 발이 될 수는 없었다. 침통해진 린이 힘내시라는 말만 반복했다.

"찰스 경."

"예?"

"찰스 경이 날 업고 뛰어다니는 건 어때?"

"저, 절대 안 됩니다!"

기겁하며 찰스가 고개를 가로저었다. 붕붕 소리가 날 만큼 격렬했다. 감히 모시는 황족의 옥체에 손을 댈 수는 없었다. 그렇게 나오리란 걸 알았는지 유리엔도 별달리 실망한 기색은 보이지 않았다. 사실 이쪽도 그냥 해본 말이었다.

"어쩔 수 없지. 린?"

"네?"

"발이 보이지 않을 정도로 긴 드레스를 준비해 줘. 어지간해선 절대 발이 드러나선 안 돼. 뜀박질을 하고 바람에 날려도 괜찮을 만큼 길고 풍성한 걸로 부탁할게."

"……황녀님? 설마?"

"힘내면 걸을 수 있어. 더 힘내면 뛸 수도 있고."

"그런 의미로 힘내시란 뜻은 아니었는데요!"

린과 찰스가 한마음, 한뜻이 되어 주인을 말렸으나 유리엔이 제 결단을 꺾을 리 만무했다. 결국 유리엔은 한 팀이자 조수라며 린을 옆구리에 끼고 탐험 길에 올랐다.

"이게 다 마법사들의 고집 때문이지!"

책임을 떠넘기는 것도 잊지 않았다. 기실 마법사들이 이런 부상은 자연 치유가 좋다며 치유 마법 사용을 거절하기는 했다. 고국이었다면 멱살을 붙잡고 흔들며 쓰게 만들었겠지만 유리엔은 이번에도 남의 나라라 참았다. 슬픈 제약이었다.

린과 유리엔은 현재 황궁의 복도를 걷고 있었다. 일단 황비의 보물이라니 생전 황비가 기거했던 별궁을 먼저 탐색해 보기로 했다. 부탁했던 길고 풍성한 드레스를 갖춰 입은 유리엔은 아프지도 않은지 절뚝거리는 기미도 없이 잘 걸었다. 대신 어쩔 수 없이 속도는 느렸다. 린은 반쯤 포기해서 조잘거렸다.

"그런데 대체 어떤 걸까요? 황궁에 숨겨진 보물이라는 게."

"글쎄! 유품이니까 장신구 같은 게 아닐까?"

"고작 장신구를 십 년 동안 찾게 시켰다는 말이에요?"

"그건 찾아봐야 알겠지."

사실 말이 십 년이지 보물찾기가 십 년 내내 이루어진 건 아니었다. 처음 보물찾기가 시작되었을 때 황태자는 고작 여섯 살에 불과했다. 그렇다면 머리가 좀 커진 이후부터는 열심히 찾아다녔냐하면 그것도 아니다. 카엘은 기억에도 희미한 죽은 황비가 남긴 물건을 찾는 일에 별다른 열의가 없었다.

"찾아봤는데 별거 아니면 어쩌죠?"

"원래 찾기까지의 과정이 진짜 재미있는 거야."

반면 카엘과 달리 유리엔의 열정은 불처럼 타올랐다. '황궁 어딘가에 숨겨져 있는' 보물을 찾는다는 건 다시 말해 황궁을 탐험하라는 소리나 다를 게 없었다. 보물의 정체는 차치하고라도 유리엔의 흥미를 자극하기에 충분한 조건이었다. 막상 찾아놓은 보물이 시시하다면 김은 조금 빠지겠지만 딱히 실망스러울 것 같지도 않았다.

"신분을…… 아, 들어가셔도 됩니다."

유리엔을 알아본 경비가 막아서지 않고 비켰다. 별궁은 주인 없이 비어 있었으나 빈 궁으로 취급되지 않는 듯 사용인이 한둘씩 돌아다니고 있었다. 유리엔이 그중 한 명을 붙잡고 황비가 머물렀던 방을 살펴볼 수 있는지 물었다. 사용인은 고민하는 기색도 없이 바로 고개를 끄덕였다.

"이쪽으로 오시면 됩니다."

안내받은 거처는 깔끔하고 넓었다. 호화롭지는 않았으나 대신 단정하다는 느낌이 들었다. 황비의 생전과 배치가 동일하냐고 물으니 타계 이후로 아무것도 건드리지 않았다는 답이 돌아왔다. 시든 꽃 같은 건 치웠냐고 했더니 애초에 꽃이 없었단다. 유리엔은 방 안을 둘러보며 제 턱을 쓰다듬었다.

"황녀님, 이러고 있으니까 저희 꼭 탐정 같아요."

"그래. 하지만 탐정과 달리 아무것도 번뜩이는 게 없구나."

건질 만한 건 별로 없었다. 단지 어린 나이에 시집을 왔다던 왕녀가 사치를 딱히 좋아하지 않는 성격이었단 것 정도? 배척받지는 않았다고 했으니 왕녀가 원했다면 화려하게 꾸며주었을 것이다. 한 바퀴를 다 돈 유리엔이 이내 방을 나왔다.

황비가 죽기 전 남겼다는 물건. 무엇을 어디에, 어떻게 숨겼을까?

"내가 발만 멀쩡했어도 일단 닥치는 대로 뒤지고 보는 건데!"

"그럼 너무 막가 파 아니에요?"

"원래 보물찾기는 그렇게 시작하는 거야."

하지만 지금은 그럴 수 없지. 유리엔은 결국 움직임을 최소화하기 위해 탐문을 이용했다.

"비전하께서 자주 찾으셨던 장소요?"

살아생전의 동선을 좇다 보면 뭐가 나와도 나오게 되어 있었다. 특히 죽은 황비의 경우엔 몸이 약해 야외 출입을 거의 하지 않았다고 하니 그런 장소가 더욱 중요했다. 질문을 받은 시녀는 잠깐 생각에 골몰하는가 싶더니 곧 답을 내놓았다.

"도서관에 자주 가셨었어요."

"도서관?"

유리엔과 린이 서로를 돌아보았다. 책을 좋아했었나? 물론 바깥출입을 삼가는 몸이 약한 귀부인이 독서를 선호하는 건 드문 일이 아니었다. 하지만 시녀는 그런 것치고도 황비께서 몹시 자주, 그것도 아랫것을 시키지 않고 꼭 직접 도서관을 방문하곤 했었다고 털어놓았다. 유리엔의 촉이 쫑긋거리며 주장했다. 뭔가 있어.

"가보자!"

황궁에 도서관은 두 군데였다. 그리고 그중 별궁에서 보다 가까운 곳에 도착한 유리엔은 입구에서 뜻밖의 인물을 마주하곤 눈을 동그랗게 떴다.

"카라멜?"

"너……!"

놀라기는 카엘이 더 놀란 것 같았다. 그야 발목을 다친 상대가 빨빨거리며 쏘다니고 있는 것을 목격했으니 당연했다. 카엘이 기가 차서 잠시 말을 잇지 못하는 사이 정작 유리엔은 태연한 기색으로 거리를 좁혔다.

"여기서 뭐 해? 설마 보물 찾니?"

"내가 할 말이야! 너 지금 뭐 하냐?"

"뭐 하긴? 보물찾기하지. 뭐야, 카라멜 너 그냥 책 빌리러 온 거야?"

"그럴 리가 있겠…… 아니, 그보다 발목은? 너 발목은 다 나았냐?"

카엘이 설마 그럴 리 없겠지만 혹시 그렇냐는 표정으로 물었다. 그에 유리엔이 드레스 자락을 들어 올리며 상쾌하게 대답했다.

"아니!"

"……미쳤냐?"

"이게 어디서 미쳤대? 보물찾기 소식을 전해준 게 누군데."

"그거야 놀릴 생각으로 말해줬던 건데…… 설마 이럴 줄은."

"놀릴 생각?! 이게 죽으려고."

카엘과 유리엔이 투닥거리는 것에 그새 익숙해진 린이 멀뚱히 구경했다. 둘은 언성을 높였다가 사람이 지나간다 싶으면 목소리를 낮추고 그 사람이 사라지면 다시 높이기를 반복했다. 그러기를 세 번쯤 되었을 때 린이 끼어들었다.

"안 들어가실 거예요?"

"아니! 들어가야지."

망할 카라멜 때문에 시간만 지체했다며 유리엔이 성큼성큼 걸음을 옮겼다. 카엘은 황당해서 그걸 잡지도 못하고 멀거니 응시했다. 진짜 자기 몸 막 쓰기로는 1등이었다.

"뭐야? 카라멜 넌 왜 들어와?"

"잊었나 본데, 보물찾기를 너만 하는 건 아니거든?"

"그래봐야 늦었어. 정 활약하고 싶으면 내 조수 2나 되렴."

"네가 보물을 찾을 수 있을 것 같냐?"

"최소한 너보다는 빨리 찾겠지."

두 사람이 서로 속닥거리며 들어선 도서관은 넓었다. 넓고 정갈했다. 유리엔은 순간 황비의 거처에서 받았던 느낌을 떠올렸다. 어떤 면에선 비슷한 분위기였다. 설마 그래서 도서관을 찾았던 건가? 그냥 이런 조용하고 깔끔한 분위기를 좋아해서? 아닌데. 유리엔은 고개를 갸웃거렸다. 어쩐지 무언가가 더 있을 것 같았다.

"넌 여기 어떻게 알고 왔어?"

유리엔이 옆에 선 카엘을 찌르며 물었다. 카엘은 솔직하게 얘기했다.

"어머니께 들었지."

"뭐야! 반칙 아냐?"

"너도 찾아가서 물어봤으면 되잖아."

"그럼 너무 편법으로 점철되는 것 같지 않니?"

"어차피 참가자는 너랑 나밖에 없어."

원래는 카엘도 빠질 예정이었다. 유리엔에게 정보를 전달해 준 건 말 그대로 놀리기 위한 목적이었지 다른 뜻이 있어서는 아니었다. 한데 그 직후 방문한 황후로부터 손수 권유를 들은 것이다.

"올해에는 너도 좀 적극적으로 찾아보는 게 어떻겠니?"

효자 카엘은 결국 도서관까지 걸음을 옮겼다.

"그러는 넌 어떻게 알고 왔는데?"

"별궁 찾아가서 아무나 붙잡고 물었지. 도서관을 자주 방문했다더라."

"나도 그 정도만 들었어."

"왜 자주 왔었을까?"

여기를. 중얼거린 유리엔이 소리 나지 않게 천천히 발을 내디뎠다. 카엘의 시선이 그런 유리엔의 발목 언저리로 걱정을 담고 아주 잠깐 닿았다 떨어졌다. 본인도 인식하기 힘들 정도로 찰나였다. 그러는 사이 유리엔은 느린 걸음으로 책장 앞까지 이동했다.

"대출 기록을 볼 수 있을까? 십 년이나 지났는데."

"사서가 가지고 있을 거야."

"잘됐네! 다녀와."

"왜 내가?"

"난 못 걷잖아."

멀쩡히 선 자세를 유지한 채로 유리엔이 뻔뻔하게 말했다. 어이가 없어진 카엘이 짧은 침묵 후 받아쳤다.

"지금까진 팔로 걸었냐?"

"어허. 빨리! 숙녀 발목 부러지신다."

"……어휴."

카엘을 등 떠밀어 사서에게로 보내고 유리엔이 책장을 살폈다. 그러고 보니 책장부터 다른 장식이나 탁자, 의자까지 재질이 전부 나무로 되어 있었다. 나머지야 그렇다고 쳐도 조각상 같은 장식품들은 석고상을 들여놓을 법도 한데 눈에 들어오는 것은 하나같이 목상뿐이었다. 사방의 풍경에서 뚝심이 넘쳤다.

"이래서야 책 냄새보다 나무 냄새가 더 나겠는데……."

문득 유리엔의 시선이 한군데로 닿았다. 도서관을 찾은 사람들이 앉아서 책을 읽을 수 있도록 마련해 놓은 자리였다. 탁자, 의자, 그리고 주변을 둘러싼 목조 장식품들까지. 저곳에 앉아 있으면 정말 나무 냄새밖에 나지 않을 것 같았다.

"나무 냄새를 좋아하는 사람들은 저기에만 앉아 있겠네."

보자마자 든 감상을 유리엔이 혼잣말로 뱉었을 때였다. 카엘이 뒤에서 그녀를 툭 건드렸다.

"검둥이."

"금방 왔네?"

"빌린 책이 거의 없어."

"뭐?"

"황가 사람이라고 사서가 황비의 대출 기록만 따로 빼놨었는데, 보니까 책을 빌려간 적이 몇 번 없더라고."

"방문 기록은?"

"수두룩해."

자주 방문했는데 책은 거의 빌려가지 않았다. 유리엔의 표정이 오묘해졌다. 그럼?

"항상 여기 앉아서 읽었다는 소리야?"

"모르지. 그때 근무했던 사서가 지금은 다른 곳으로 옮겼어."

"잠깐만……."

유리엔이 말을 끌었다. 뭔가가 잡힐 듯 말 듯했다. 이내 그녀가 카엘을 붙잡고 한쪽을 가리켰다.

"저거 보여? 저 자리."

"저기가 왜?"

"장식까지 온통 나무잖아. 십 년 전에도 저랬어?"

"십오 년 전에도 저랬을걸."

"십오 년 전?"

"여기 도서관이 그쯤 생겼거든. 지금까지 딱히 내부 공사를 한 적은 없으니까 아마……."

"신축이었을 땐 나무 냄새가 더 심했겠네."

"그랬겠지."

그건 왜? 카엘이 의아하게 물었다. 유리엔이 잠시 생각하듯 입을 꾹 다물었다가 대답했다. 눈동자가 반짝 빛났다.

"나무 냄새야."

"뭐?"

"나무 냄새였어! 생전에 황비가 좋아했던 건 책이 아니라 나무 냄새였던 거야."

아마도. 덧붙였지만 유리엔은 거의 확신하는 눈치였다. 카엘이 뭐라 말하기도 전에 유리엔이 몸을 입구로 돌렸다.

"보물은 야외에 있어. 린, 따라와! 조수 2, 너도 따라와."

"누가 조수 2야?"

황당해하면서도 카엘은 착실히 유리엔의 옆자리에서 보폭을 맞췄다. 유리엔은 당장에라도 뛰쳐나갈 것 같은 기세로 천천히 걸어서 도서관을 벗어났다. 아무리 막 나가는 유리엔이라지만 차마 이 발목을 한 채로 뛸 수는 없었다. 다급한 표정과는 달리 조신한 걸음걸이에 카엘이 잘 걸렸다는 듯 놀렸다.

"굴러가는 게 더 빠르지 않겠어?"

"닥쳐."

"누우면 굴려줄게."

"너나 누워! 그 위에서 캉캉 댄스 춰줄 테니까."

"그런데 황녀님, 저희 어디로 가는 거예요?"

유리엔이 박력 넘치게 따라오라고 했을 때부터 이유가 궁금했던 린이 슬쩍 끼어들어 물었다. 린은 조금 전 도서관 안에서 로맨스 소설 목록에 정신이 팔려 있느라 둘의 대화를 듣지 못했었다. 흉악하게 카엘을 노려보던 유리엔이 린의 질문에 표정을 풀고 대답했다.

"정원으로 갈 거야."

"정원이요?"

"응. 황비가 나무 냄새를 좋아했었던 것 같거든."

"나무 냄새 때문에 도서관을 자주 찾았었다는 거예요?"

"맞아."

"하지만 그럴 거면 실내에 있는 뜰에 가면 되잖아요? 뭐 하러 도서관까지?"

린의 의문은 타당했다. 나무나 풀 냄새를 맡고 싶었으면 정원이나 뜰에 나가면 된다. 몸이 약했다고 하니 야외의 큰 정원까지는 무리더라도 궁 안에 조성되어 있는 화원이나 뜰 정도는 충분히 오갈 수 있었을 것이다. 네 말이 맞다는 듯 고개를 끄덕여 준 유리엔이 덧붙였다.

"꽃향기를 별로 좋아하지 않았던 것 같아. 궁 내부나 가까이 있는 뜰에는 꽃을 심어둔 경우가 많거든."

"그럼 나무 냄새만 딱 골라서 좋아했단 말이에요?"

"아마도."

"아! 그래서 방 안에 꽃을 놔두지 않았던 걸까요? 꽃향기가 별로라서?"

"내 생각엔 그래."

황비가 생활했던 거처에는 꽃이 원래부터 없었다고 했다. 유리엔은 그게 꽃향기를 싫어해서 그랬던 것이 아닐까 추측했다. 여기서 한 가지 의아한 점은 방에 왜 장식용 나무를 두지 않았었냐는 점이다. 꽃처럼 얼마든지 나무도 방 안에서 키울 수 있었다. 크기가 너무 크지만 않다면.

'나무 냄새를 좋아했었던 건 확실한데.'

감이었다. 따지자면 여자의 직감. 골똘히 생각에 잠겨 있던 유리엔이 발을 멈추고 카엘을 앞으로 내밀었다. 갑자기 앞장서게 된 카엘이 뒤를 돌아보았다.

"왜?"

"큰 나무가 많은 정원이 어디야?"

"큰 나무?"

"작은 것들 말고 커다란 나무가 많은 곳. 그리고 꽃도 없어야 해. 황궁 소유 중에 그런 장소 있지?"

"안내하라고?"

"잘 아네. 출발!"

"너 사람을 너무 부려먹는 거 아니냐?"

"안 갈 거야? 너도 보물은 찾아야 할 거 아냐."

안내자로 내몰린 카엘이 혀를 찼다. 몸 막 다루기만 1등인 줄 알았더니 뻔뻔한 것도 우승감이었다. 결국 고개를 내저은 그가 앞장선 채로 걷기 시작했다.

어떤 물건을 특정한 장소에 숨기는 사람들은 보통 두 가지 유형으로 나뉜다. 평생 아무도 이 물건의 존재를 몰라줬으면 하는 사람과, 부디 누군가가 후에 이 물건을 찾아내 주었으면 하는 사람. 찾아주었으면 하는 물건에는 대체로 마음이 담긴다. 물건을 찾는다는 것은 즉 숨긴 사람의 심정을 읽어낸다는 뜻이었다. 황비의 마음은 뭐였을까?

"보물찾기를 시킨다는 건 자기 마음을 알아 달라는 소린데……."

높게 솟은 나무들을 눈에 담으며 유리엔이 중얼거렸다. 황비의 마음. 유품을 숨김으로써 전달하고 싶었던 그녀의 마음. 어린 나이에 제국으로 시집온 타국의 왕녀가 품었던 그 어떤 것.

"여기서 이제 어쩌게?"

"카라멜."

"왜?"

"나 발목 아파."

"……다친 채로 걸어 다녔으니까 당연하지. 좀 앉아."

평평한 바위를 찾은 유리엔이 그 위에 걸터앉았다. 발목이 편해지니 머리가 조금이지만 더 잘 돌아가는 것 같았다. 정원이라더니 숲제 숲에 가까운 경관을 둘러보며 유리엔이 입을 열었다.

"왕녀가 제국으로 시집을 왔을 때 나이가 어렸었다고 들었어. 몇 살이었어?"

"아마…… 열일곱이었을 거야."

"엄청 어리진 않았네?"

"너랑 나보단 많았지. 객관적으론 어린 편이지만."

"정략혼이었지?"

"응."

"왜 왕녀가 황비로 오게 된 거야? 제국에서 황비를 필요로 하지는 않았을 것 같은데."

"나도 자세히는 몰라. 다만 왕국에서 요구한 국혼이었어."

"왕국에서?"

열일곱 살이던 왕녀는 조국의 뜻에 의해 제국의 황비가 되었다. 제국은 원하지 않았으나 왕녀의 왕가는 그것을 원했다. 유리엔이 다시 물었다.

"후계를 욕심냈던 걸까?"

"왕녀가 아들을 낳아주길 바랐던 게 아니냐는 거지?"

"응."

"하지만 그땐 이미 제국에 내가 있었어. 왕녀가 시집와서 바로 아들을 낳는다고 쳐도 계승 서열에서 한참 밀리게 돼."

"그럼 다른 이유라는 거네."

아들을 낳아 제국의 황위를 노리기에도 요원하다. 실제로 황후 사랑이 지극했던 황제는 혼인 이후 단 한 번도 황비 궁을 찾지 않았다. 첫날밤을 소박맞고도 덤덤했다고 하니 왕녀 또한 그럴 것을 예상하고 시집을 온 모양이었다. 그렇다면 왕국에서는 대체 왜?

"왕가의 여자를 타국에 떠넘기듯 시집보낼 때는 어떤 사유가 있을까?"

"타국에게 잘 보이고 싶을 때?"

"타국이 별로 원하지 않는다면?"

물어놓고 유리엔은 직후 답을 알았다. 카엘이 대답하기도 전에 유리엔이 먼저 선수를 쳤다.

"여자가 남아 있는 편이 왕국에 누가 될 때."

"……그래."

"정인이 있었구나."

아니면 혼자 좋아했을 수도 있다. 어쨌든 중요한 건 왕녀가 마음을 준 사람이 있었다는 사실이었다. 내쫓기듯 시집을 와야 했었다면 왕녀보다 못해도 몇 단계는 아랫사람이었을 것이다. 좋아하는 것 자체가 문제가 되는. 머릿속이 환하게 개는 것 같았다. 유리엔이 아픈 것도 잊고 몸을 벌떡 일으켰다.

"야, 너 막 일어나도 되냐?"

"황비는 정인을 그리워했어. 정인을 그리워해서 그렇게 자주 도서관에 간 거야. 정인에게서 나무 냄새가 났었을 테니까."

"발목 안 아파?"

"황후마마와 사이가 좋았던 것도 이해가 돼. 단순히 내 남편의 아내라면 미운 년이지만, 알고 보니 다른 사람을 사랑하고 있었던 거라면 불쌍한 사람이거든."

"통각을 잃었나 보네."

"누구였을까?"

"뭐?"

"황비가 좋아했었던 사람 말이야. 누구였을 것 같아?"

거의 다 왔다. 유리엔은 더 제대로 된 것이 알고 싶어서 몸이 달았다. 보물을 찾는다면 숨겨진 사정까지 알 수 있게 될 것이다. 그러기 위해선 일단 보물을 찾아야 했다.

"여기 전체를 다 뒤질 수는 없잖아. 그 정인에 대해 좀 더 구체적인 걸 유추해 내야 범위를 좁힐 수 있을 거야."

"하지만 십 년 전 죽은 황비의 정인을 무슨 수로?"

"왕녀는 몸이 약했어. 거의 실내에만 있었겠지. 그런 왕녀가 자주 마주치던 대상이 누구였을까?"

"그건……."

카엘이 멈칫했다. 저렇게 묻자 자연스럽게 떠오르는 것이 있었다. 몸이 약한 왕녀와 그런 그녀의 곁을 지키는.

"호위 기사?"

"그거야! 왕녀는 호위 기사를 좋아했어!"

흥분한 유리엔이 자기 발목 상태를 까먹고 제자리에서 뛰려고 했다. 그러다 뒤늦게 통증을 느끼고 자세가 무너지는 것을 카엘이 붙잡아 도로 바위에 앉혔다. 혀를 차며 이참에 잔소리도 빼먹지 않았다. 너 그러다 발목이 반대로 돌아가기라도 하면 아주 주옥 되는 거야. 쫑알쫑알. 야단이 끝나자 대화가 다시 본론으로 돌아왔다.

"그런데 호위 기사랑 나무랑은 무슨 상관이야?"

"그게 문제네. 보통 기사한테서 나무 냄새가 나는 경우는 없어?"

"나무 냄새라……."

카엘이 그간 쌓아온 기억을 더듬었다. 기사에게서 나무 냄새가 날 때라? 벌목꾼이 아니고서야 사람한테서 그런 냄새가…….

"아."

"뭐 생각났어?"

"입관할 때. 그러니까 기사 작위를 내려 받을 때 말이야."

"그때 나무에 온몸을 비벼?"

"말이 되냐? 아무튼 집집마다 다른데, 서임을 축하하는 의미로 집안에서 머리 장식을 손수 만들어 씌워주는 경우가 있어. 그리고 그 장식 재료가 나무야."

"……고작 그거?"

"나뭇가지를 가공 없이 엮어서 만드는 거니까 냄새는 좀 났을걸."

"그럼 그걸 쓴 채로 기사가 왕녀를 만났단 말이지?"

"좀 그런가?"

"좀 그런 게 아니라 많이 그렇지만 일단은 그것뿐이니 거기에 매달릴 수밖에. 수줍은 신입 기사가 머리 장식을 떼는 것도 잊고 왕녀를 대면했는데 그게 왕녀에게 엄청 강렬한 기억으로 남았을 수도 있으니까! 기억은 추억이 되고 추억은 사랑이 되고…… 그래서 그 머리 장식은 무슨 나무로 만든다고?"

"자작나무."

그렇군. 카엘의 대답에 유리엔이 고개를 끄덕였다. 그러곤 곧 비장한 얼굴로 입을 열었다. 이번에는 앉은 자리에서 일어나지 않았다.

"땅 파!"

"황녀님, 기운 내세요."

린이 실의에 빠진 유리엔을 위로했다. 힘내라고 했다가 주인이 잘못된 방향으로 힘을 낸 전적이 있으니 이번에는 기운 내라는 표현을 썼다. 침대에 엎드린 채로 유리엔이 우울하게 중얼거렸다.

"분명 맞는데……."

자작나무란 자작나무는 보이는 대로 다 뒤졌다. 흔들어도 보고, 근처도 수색해 보고, 밑동도 파봤다. 그러나 놀라울 만큼 아무것도 나오지 않았다. 자작나무 사이를 열심히 뛰어다닌 카엘이 얻은 것은 보물이 아니라 영광의 자작나무 냄새였다.

"아, 힘 빠져."

체력 고갈이었다. 정신과 육체가 한꺼번에 동났다. 유리엔이 푹신한 시트로 더 깊게 파고들었다. 몸 쓰는 일은 카엘에게 다 시켰지만 왠지 덩달아 노동을 한 기분이었다. 깊은 한숨을 베개가 받아냈다.

엎드린 자세를 유지하며 유리엔은 생각에 잠겼다. 그 정원이 아니었을까? 하지만 카엘의 얘기로는 큰 나무가 많으면서 꽃이 없다는 조건을 만족하는 장소는 그곳뿐이라고 했다. 나머지는 전부 화원을 조성해 놓았거나 아예 거목을 심지 않았다고. 그렇다면 분명 그 부근이 맞아야 하는데.

'자작나무가 아니었나?'

이상하다고는 생각했다. 자작나무는 높이 자체는 높았지만 유리엔이 직감으로 상상했던 이미지와는 괴리가 있었다. 그녀는 좀 더 커다랗고 웅장한 나무를 그렸었다. 잎 때문에 그림자가 길게 드리워져서 거기서 사람이 뒹굴 수 있는 그런 나무.

"날이 밝으면 다른 곳을 더 찾아보면 되죠! 아직 시간은 많잖아요."

린이 침대 맡에 붙어서 일부러 밝게 떠들었다. 유리엔이 팔을 뻗어 그런 린의 머리카락을 쓱쓱 쓰다듬었다. 힘을 북돋아주려는 게 눈에 보여 기특했다.

"그래. 기한은 일주일이니까."

하루가 지난 시점에서 시작했고 오늘 또 하루가 지났으니 이제 닷새가 남았다. 유리엔이 느끼기에 고작 한 발자국밖에 남지 않은 이 시점에서는 결코 짧은 시간이 아니었다.

'한 발자국.'

검정색 눈동자가 깊어졌다. 왕녀가 좋아했던 이는 누구였을까?

해가 뜨자마자 유리엔은 별궁부터 다시 방문했다. 황비에게 고국의 정인이 있었다는 데까지 추리했으니 혹시 알기 전에는 단서인 줄 몰랐던 것들이 남아 있지 않을까 싶어서였다. 하지만 전과 다름없이 정갈한 거처에는 아무것도 없었다. 유리엔은 온 김에 꽃에 관한 이야기나 재차 물어봤다.

“머무시는 5년 내내 꽃을 들여놓은 적이 한 번도 없으셨어요. 제가 알기로는 그래요.”

적어도 꽃을 좋아하지 않았다는 건 확실한 것 같았다. 혹 알레르기가 있었냐고 물으니 그건 아니었던 것 같다고 대답했으니까.

“이유는 모르겠지만 꽃은 불호였고, 다음은…….”

유리엔은 사서를 찾아갔다. 황비가 살아 있을 당시 그녀가 자주 가던 황궁 도서관에서 근무했었던 사서였다. 옮긴 근무지는 카엘이 알고 있었던 터라 이번에도 반강제로 카엘이 앞장섰다.

“황비 전하요? 물론 기억합니다.”

백발이 성성한 노사서는 수도 외곽의 국립도서관에서 총책임자로 근무하고 있었다. 나이가 많아 은퇴를 목전에 두고 있다는 사서는 유리엔과 카엘을 극진히도 맞이했다. 황비에 대해서는 오래전 일임에도 세세히 기억하고 있었다.

“못해도 일주일에 한 번 이상은 오셨습니다. 자주 오실 때는 하루 걸러 하루 꼴로도 방문하셨지요.”

“책을 많이 읽으셨나요?”

“항상 자리에 앉아 책을 펼쳐두고는 계셨었습니다. 하지만…….”

“읽지는 않았다는 말이군요.”

“그렇습니다. 물론 책장을 넘기실 때도 있었지만, 그보다는 장식품들을 구경하시거나 아니면 그냥 허공을 바라보시는 일이 더 많았습니다.”

"혹시 비전하께서 항상 앉아계셨던 자리가……."

유리엔이 펜과 종이를 부탁해 간단하게 그림을 그렸다. 자리의 특징을 설명하자 사서가 바로 고개를 끄덕였다.

"맞습니다. 어떻게 아셨습니까?"

"음…… 황궁 도서관이 신축일 때 말이에요."

"예."

"나무 냄새가 많이 났나요?"

"심한 편이었습니다. 특히 이 자리에 앉아 있으면 더 그랬구요."

사서의 손가락 끝이 유리엔이 그린 그림을 짚었다. 잠시 후 유리엔이 알겠다는 듯 자리에서 일어나 인사를 건넸다. 그리고 카엘과 함께 도서관을 빠져나왔다. 마차에 탄 유리엔의 표정이 진지했다.

"나무 냄새까지는 확실하다니까."

"지금까지는 그런 것 같네."

"나오면서 사서가 너한테 뭐라고 한 거야?"

자리를 벗어나기 직전 사서가 카엘을 붙잡고 몇 가지 이야기를 덧붙였다. 이미 몇 발자국 걸어 나온 뒤였던 유리엔은 거리 탓에 말소리를 제대로 듣지 못했다. 별거 아니라며 카엘이 어깨를 으쓱했다.

"이건 추측이라서 말하기 좀 그랬다고 하면서, 자기가 보기에 황비는 항상 뭔가를 그리워하고 있었던 것 같았대."

"어제 추리했던 거랑 똑같잖아."

"그렇지. 사서는 향수병이 아니었겠냐고 했지만 우리 생각은 좀 다르잖아?"

"정인이야, 정인. 최소한 짝사랑."

"그리고 한 번은 사서가 직접 물어본 적이 있었대."

"뭐라고?"

"목조품을 자주 보시던데 혹시 좋아하시냐고."

"그랬더니?"

"자기가 좋아하는 건 다른 건데 보러 가서는 안 된다고 했다더라."

"흐음."

유리엔은 들은 대답을 곱씹었다. 좋아하는 건 따로 있는데 보러 가서는 안 된다라. 정황으로 따지면 정인을 의미하는 말인 것 같지만 아주 좁게 보면 정말로 보고 싶은 어떤 물건이 있었을 수도 있었다. 고국에 남겨둔 정인이라면 가선 안 된다는 것보다 갈 수 없다는 표현이 더 어울릴 테니까. 그럼? 생각하다가 유리엔이 번쩍 고개를 들었다.

"정원 말이야."

"정원?"

"우리가 어제 뒤졌던 곳."

"정확히는 내가 뒤졌지."

"아무튼 거기! 아무리 몸이 약해도 오가기 힘든 정도는 아니었잖아? 안 그래?"

"그야 그렇지. 바람만 쐬면 드러눕는 체질이 아니고서야."

"나무 냄새를 맡고 싶거나 나무가 보고 싶었으면 조금 무리해서라도 방문할 수 있었어. 그런데 황비는 주구장창 도서관에만 앉아 있었지. 그게 정말 그녀의 뜻이었을까?"

"뭐?"

"황비가 나무와 정인을 연관 지어 떠올린다는 걸 왕국도 알고 있었다면?"

"너 설마……."

"아무래도 황비가 좋아하는데 보러 가선 안 된다고 말했던 건 특정한 나무인 것 같아. 이건 그냥 내 추측이지만 아마 엄청 클 거야. 큰 나무인데, 그걸 보러 가는 순간 아직도 정인을 잊지 못하고 있다는 걸 들키게 되고 마는 거지."

"감시가 있었을 거란 소리야?"

"그렇지 않았을까?"

왕녀는 제국으로 시집올 때 홑몸으로 들어오지 않았다. 대체로 그렇듯 시녀 및 몸종을 여럿 대동했다. 그중 한둘 정도는 황비가 된 왕녀를 곁에서 모시며 그녀를 감시하지 않았으리라는 보장도 없었다.

"너무하네."

"사실이라면."

현재까지의 가정이 전부 사실이라고 한다면 황비는 너무나 가혹한 시간을 보냈다. 보물찾기가 진행될수록 드러나는 마음의 조각은 죄다 고통과 닿아 있었다.

"어제도 그랬지만, 결국 그 나무가 어떤 나무냐가 관건이군."

"알아내야지."

유리엔이 마차 바깥으로 시선을 주었다. 풍경이 일정한 속도로 스쳐 지나갔다. 원래는 찾는 과정에나 흥미가 있었지 보물 자체에는 관심이 없었지만, 점차 생각이 바뀌었다. 이제는 보물의 정체가 가장 궁금했다. 여기까지 왔으니 반드시 확인해야 할 것 같은 기분이 들었다.

'황비의 유품. 즉 왕녀의 보물.'

그녀의 보물은 무엇이었을까. 생각에 잠긴 유리엔의 눈이 풍경 대신 허공을 담았다.

국립도서관을 왕복하는 데 시간이 꽤 걸린 터라 돌아왔을 때는 이미 해가 진 뒤였다. 유리엔은 카엘을 달고 마지막으로 황궁 도서관을 다시 들렀다. 황비가 늘 앉았었다는 자리에 앉으면 혹시라도 뭔가 보이지 않을까 싶어서였다. 기대를 품고 착석했으나 별달리 눈에 들어오는 건 없었다. 단지 나무 냄새만 짙었다. 유리엔은 아쉬움에 애꿎은 책을 뒤적거리다가 도서관을 나왔다.

거처로 돌아오자마자 그녀는 도로 침대에 드러누웠다. 어제와 달리 오늘은 동행하지 않았던 린이 곁으로 쪼르르 달려왔다.

"어떠셨어요?"

"한 발자국 남았다는 건 확인했는데, 거기서 더 나가지 못했어."

"금방 찾으실 수 있을 거예요!"

"꼭 찾아야 돼. 만약 이대로 못 찾으면 난 궁금증으로 죽을지도 몰라……."

몸에 힘을 뺀 유리엔은 시름시름 앓는 시늉을 했다. 진짜 환자처럼 실감나서 린이 울상을 지으며 죽지 말라고 매달렸다. 곧이어 이걸 드시면 힘이 날 거라며 린이 내어온 다과를 유리엔이 탁자에 앉아 흡입했다. 말마따나 단걸 먹으니 힘이 좀 났다.

"린, 있잖아."

"네?"

"사람한테서 나무 냄새가 나는 건 어떤 경우가 있을까?"

"글쎄요? 나무를 많이 먹나?"

"이야, 그거 신박하다."

창의적이었지만 도움이 되지는 않았다. 과자를 전부 작살낸 유리엔이 복잡한 심경으로 천장을 올려다보았다. 고개를 든 김에 팔도 펴고 스트레칭도 해봤다. 그렇게 상체를 쭉쭉 젖히다가 유리엔이 말했다.

"호위 기사가 틀림없는데……."

"네? 호위요?"

"응. 그러니까, 몸이 약한 왕녀와 그런 그녀의 곁을 지키던 누군가와의 애달픈 사랑 이야기거든. 신분의 벽을 넘지 못한."

"헉! 벌써 슬퍼요!"

"보통은 호위 기사겠지? 호위 기사가 맞을 거야. 그런데 왜……."

자세를 바로 한 유리엔이 미간을 좁혔다. 나무 냄새와 기사 사이의 연관성이 아무리 찾아봐도 없었다. 나무 냄새는커녕 나무와의 접점도 안 보였다.

'황비는 보물을 찾으면서 자기 마음도 알아주기를 원했어. 정인의 정체가 일반적으로 유추되는 호위가 아니라 다른 특정한 신분이었다면 그에 대한 단서라도 남겨두었을 거야.'

그러나 단서는 발견할 수 없었다. 유리엔이 검지 끝으로 제 눈 사이의 주름을 꾹꾹 눌렀다.

"기사가 목검을 차고 다니는 것도 아닌데…… 잠깐, 목검?"

유리엔이 손을 멈췄다. 순간 머릿속을 한줄기 빛이 통과했다. 눈이 번쩍 뜨였다.

"무기, 나무, 지팡이. 세상에!"

왜 이게 지금 떠올랐을까! 유리엔이 사정도 모르는 린을 붙들고 소리쳤다. 얼떨떨해하는 린과 반대로 유리엔의 목소리는 한껏 고조되어

방 안을 울렸다.

"마법사였어!"

아침도 아니었다. 새벽이었다. 이제 갓 동이 트려는 때라 사위는 그리 밝지도 않고 어스름했다. 그 무렵부터 찾아와 유리엔이 삽을 쥐여 주는 것에 카엘은 순간 얘가 보물찾기 스트레스로 미쳐 버린 건가 생각했다.

"무슨 짓이야?"

"내가 어젯밤부터 오고 싶었는데 참았어."

"우리 이런 사이 아니지 않냐?"

"개소리 말고 어서 삽질하러 가자."

유리엔은 이미 만반의 준비를 갖추고 카엘을 불렀다. 삽 또한 준비의 일환이었다. 내미니까 받아들었지만 카엘은 당연히 기가 찼다.

"무슨 삽질! 너 사람 묻을 거야?"

"어제 해봤잖아."

"……그걸 또 하라고?"

카엘이 반사적으로 질색했다. 자작나무와 흙으로 샤워를 하는 것 같았던 그 경험은 유쾌함과는 매우 대단히 심각하게 거리가 멀었다. 치를 떠는 카엘의 어깨를 유리엔이 도닥거렸다.

"괜찮아! 이번엔 확실하거든. 금방 끝날 거야."

"금방 끝나면 네가 하든가?"

"난 못 걷잖아."

"……내가 마법사 멱살을 잡아서라도 저걸 치료해 놓으라고 했었어야 하는데."

"말 나온 김에 얘기하자면 바로 그거야!"

"뭐?"

"황녀의 정인 말이야, 기사가 아니라 마법사였어. 호위가 무조건 기사일 거라는 선입견 때문에 헤맸던 거야. 호위 기사가 아니라 호위 마법사였던 거지."

조금씩 밝아지는 창가 아래에서 유리엔이 활짝 웃었다. 백 년 묵은 체증이라도 내려간 듯 시원한 미소였다. 카엘이 찰나 그 웃는 얼굴에 시선을 주었다가 정신을 차렸다.

"마법사였다고?"

"그래! 내가 별궁에 먼저 들러서 확인을 마쳤거든? 황비를 가까이서 모시지는 않았지만 왕국에서 함께 건너온 시녀인데, 그 왕국에서는 고위층의 호위를 대체로 마법사가 맡았대."

"그럼 나무 냄새는?"

"완드. 마법사들은 지팡이를 사용하잖아? 새로 만든 완드는 나무 냄새가 심하다고 들었어."

"그 완드는 무슨 나무로 만드는데?"

"오크나무!"

잠시 후, 카엘은 유리엔과 비슷한 표정이 되었다. 정원에서 가장 큰 오크나무 아래에는 정말로 보물이 묻혀 있었다. 보물찾기에 성공했으니 보상을 받으러 가야 한다. 유리엔은 흙이 묻은 상자를 들고 카엘과 함께 곧장 황후 궁으로 향했다. 화살처럼 튀어나가고 싶은 마음을 몸이 따라주지 않아 유리엔은 두 번이나 넘어질 뻔했는데, 결국 중간부터는 보다 못한 카엘에게 업혀서 이동하게 되었다. 물론 그러고도 기가 살아 상대의 옷깃을 붙잡고 '이랴!'거리는 것을 카엘이 심각하게 떨어뜨릴까 말까 고민한 것은 당연지사였다. 날은 이미 완전히 밝아 방문하기에 폐가 되는 시간은 아니었다. 황후는 반갑게 손님을 맞이했다.

"보물을 찾았군요. 두 사람 다 수고했어요."

"별거 아니었습니다."

"새아가는 어땠나요?"

새……! 호칭이 주는 낯설음에 잠깐 흠칫한 유리엔이 반박자 늦게 대답했다.

"색다른 경험이었습니다."

"그랬군요. 혹시 이 안에 무엇이 들어 있는지 확인했나요?"

카엘과 유리엔이 나란히 고개를 저었다. 밑동에 묻혀 있던 걸 파내자마자 그 상태 그대로 가져왔다. 반응을 확인한 황후가 상자를 들어 윗부분을 열었다. 상자의 재질은 금으로 되어 있었다.

"……반지?"

상자에서는 반지 한 쌍이 나왔다. 테의 크기를 보아하니 각각 남성용과 여성용인 모양이었다. 서로의 생김새가 묘하게 어우러지는 것이 마치 예물 같기도 했다. 둘 중 보석이 박힌 쪽은 십 년이라는 시간이 무색하게도 새것처럼 반짝거렸다.

"보물을 찾으면서 어디까지 알게 되었죠?"

"황비 전하께 마법사인 정인이 있었다는 것까진……."

"맞아요. 정확히는 황비의 짝사랑이었죠. 하지만 난 두 사람이 서로 좋아했다고 생각해요. 단지 마음을 전달하지 못했을 뿐."

황후는 차분히 이야기를 시작했다. 반지는 왕녀의 보물이었다. 타국에 시집을 온 뒤로도 왕녀는 매일매일 반지가 무사한지, 혹 흠집은 나지 않았는지를 살폈다. 황비가 된 이후에도, 심지어 병상에 누웠을 때까지도 그리 소중히 여겼다. 황후가 반지의 의미를 알게 된 것은 황비가 별궁에서 기거한 지 일 년쯤 지났을 무렵이었다.

"처음 그 사람에게선 나무 냄새가 났어요."

차가 다 식을 때까지도 손을 대지 않고 있던 황비는 그렇게 담담히 자기 얘기를 털어놓았다. 왕녀는 그녀가 열다섯일 때 그를 처음 만났다고 말했다. 상대의 나이는 스물하나였다.

"……내 호위라고요?"

"네! 오늘부터 왕녀님의 곁을 지키게 되었습니다! 잘 부, 부탁드립니다!"

잔뜩 굳어서는 새빨개진 얼굴로도 용케 더듬지 않고 말을 이어나간다 싶더니, 결국 마지막에 가서 삐끗하고 말았다. 왕녀는 그를 처음 대면하던 날 양껏 웃음을 터뜨렸다. 평민이었으나 타고난 재능에 스승을 잘 만나 여기까지 오게 되었다는 젊은 마법사는 어린 왕족의 앞에서 안절부절 어쩔 줄을 몰라 했다.

"로브는 새 거예요?"

"그게 로브는…… 비싸서."

"새 거 아니구나. 그럼 완드는요?"

"와, 완드는 새 겁니다."

"완드는 안 비싸요?"

"제가 직접 만들었습니다."

거짓말이 아닌지 그의 손에는 나무 냄새가 짙게 배어 있었다. 무슨 나무로 만들었냐고 물었더니 오크나무라고 했다. 왕녀는 신기해서 그의 완드를 빼어들고는 한참을 만져보았다. 투박한 모양을 보아하니 손재주가 아주 썩 좋지는 않은 모양이었다. 그날 왕녀의 손에도 나무 냄새가 뱄다. 왕녀는 몸이 약해 바깥출입을 거의 하지 않았다. 대신 로맨스 소설을 곧잘 읽었다. 낭만적인 사랑 이야기는 사춘기 소녀의 마음을 부풀게 하기에 모자람이 없었다. 하루는 책을 읽던 왕녀가 지나가는 말로 투정을 부렸다.

"이 소설 속 주인공은 좋겠다! 나도 이런 선물을 받고 싶은데."

"그게 뭔데요?"

왕녀의 열여섯 번째 생일 파티까지 얼마 남지 않았을 때였다. 관심을 보이는 마법사를 불러 왕녀는 소설의 한 구절을 콕 가리키곤 읽어주었다.

[공주님, 이건 마법의 반지예요. 공주님께서 이 반지를 끼고 계시는 한, 왕자님께선 언제든지 공주님을 찾아낼 수 있을 거예요. 반지가 공주님이 있는 곳을 항상 알려줄 테니까요. 이 반지만 있다면 두 사람은 평생 헤어지지 않을 거랍니다!]

"여기 나오는 반지가 갖고 싶으세요?"

"응! 엄청! 하지만 여기서는 요정이 반지를 주는데, 현실에는 요정이 없잖아. 하아…… 부럽다."

일 년 사이 둘은 꽤 친해져 왕녀가 말을 놓게 되었다. 더구나 마법사가 친근해진 왕녀는 종종 그에게 마음 놓고 어리광도 부리곤 했다.

왕녀의 바람을 들은 마법사는 한참 생각하더니 뭔가를 결심한 듯 입을 열었다.

"제, 제가 요정이 되어드릴게요."

"응? 뭐라고 했어?"

"아무것도 아니에요."

다른 생각에 빠져 있던 왕녀는 미처 듣지 못했지만, 마법사는 그날부터 밤잠을 아껴가며 작업에 몰두했다. 반지도 구해야 하고, 마나석도 있어야 하고, 무엇보다 마법을 거는 과정이 가장 까다로웠다.

왕녀의 생일 파티까지 남은 일주일 동안 마법사는 거의 잠을 자지 않았다. 뛰어난 재능으로도 날을 새가며 고생해야 할 만큼 마법 반지는 제작하기가 어려운 물건이었다. 어떤 날은 다과를 먹던 마법사가 갑자기 코피를 쏟아 왕녀를 화들짝 놀라게 하기도 했다.

그렇게 고된 일주일이 지나고 왕녀의 생일날이 밝았다. 왕녀는 아침부터 파티를 위해 분을 바르고 코르셋을 조이고, 몸에 꼭 맞는 드레스를 입은 채 높은 구두에 올라탔다. 즐거움보단 힘겨움이 더 큰 하루를 보내고 왕녀가 잔뜩 지쳐서 거처로 돌아왔을 때, 그녀의 침대 위에는 수줍은 마법사가 남긴 작은 쪽지와 한 쌍의 반지가 놓여 있었다.

생일 축하드려요, 왕녀님. 당신의 요정으로부터.

왕녀는 그때야 알 수 있었다. 왜 지난 며칠간 마법사가 병든 닭처럼 퀭한 낯으로 비실거리고, 어떤 날에는 코피마저 쏟았는지. 요정이 된 마법사는 그녀에게 최고의 생일 선물을 전해주었다. 그리고 그날 열여섯 소녀의 가슴속에는 작은 봉오리가 피었다. 하나 피어서는 안 되는 봉오리였다.

"오늘도 나무 냄새가 나네?"

"아, 어제 완드를 새로 다듬었거든요. 많이 심한가요?"

"아니, 좋다."

왕녀의 마음속에 핀 봉오리는 결국 오래지 않아 개화를 맞이했다. 그리고 그것을 눈치챈 것은 왕녀 혼자만이 아니었다.

"왕녀님, 국왕 전하께서 찾으십니다."

개화의 다른 말은 파국이었다.

"난 네가 왕가의 명예에 먹칠을 하리라고는 생각도 하지 않았다. 어떻게 네가, 감히 네가!"

"아, 아버지."

"긴말 않겠다. 제국으로 가거라. 너를 황비로 맞이해 줄 게다."

"시, 싫어요. 어머니!"

"딸아, 나는 네가 왕가의 오욕으로 역사에 남기를 바라지 않는단다. 제국의 황비라면 충분한 자리야. 그곳으로 가렴."

왕국은 당시 제국의 무역국으로써 나름 중요한 위치를 차지하고 있었다. 그래서 교역에 대한 이득을 쥐여 주고 왕녀를 황비의 자리에 앉히는 거래가 가능했다. 제국에서는 왕녀와의 사이에서 후사를 약속할 수 없다고 이야기했지만 왕국은 개의치 않았다. 그들이 원하는 것은 왕실의 기록에 '평민 마법사를 사랑한 왕녀'가 아니라 '제국의 황비가 된 왕녀'를 적어 넣는 것뿐이었다.

"너를 이곳에 두면 머잖아 온 사람이 네 마음을 알게 될 것이다. 너는 존재 자체로 곧 왕가에 누가 된다. 그러니 가거라."

물론 왕녀는 거부했다. 떠나고 싶지 않았다. 그러나 매정한 왕은 동시에 잔혹했다.

"아악!"

왕녀는 눈앞에서 첫사랑이 화살에 맞는 것을 지켜보았다. 마법사는 화원에서 왕녀에게 가져다줄 꽃을 꺾고 있었다. 왕녀는 부탁한 적이 없었지만 사실 왕이 몰래 명을 전했다. 왕녀가 좋아할 테니 그녀에게 꽃을 따다 바치라. 그런 뒤 왕녀가 보는 앞에서 화살을 쏘았다. 그 뒤로 왕녀는 꽃향기를 맡으면 구역질을 했다.

"현명하게 처신하거라."

열일곱의 왕녀가 먼 타국으로 시집가던 날 왕이 남긴 말은 그것뿐이었다. 왕녀는 인형처럼 고개를 끄덕인 뒤 제국으로 가는 마차에 올랐다. 왕녀는 정인이 화살에 맞던 날 깨달았다. 그녀의 행동에 따라 마법사는 살 수도, 죽을 수도 있었다.

"완드를 만드는 게 힘들긴 하지만, 어, 하다 보면 재미있거든요."

왕녀는 제국으로 향하는 마차 안에서 내내 한 사람을 생각했다. 그를 처음 만나던 날의 모든 것을 떠올렸다. 그날 나누었던 대화, 지었던 표정, 몸짓. 투박한 완드와 손에서 풍기던 나무 냄새까지. 곱씹고, 또 곱씹고. 그렇게 곱씹다가.

"이 반지만 있다면 두 사람은 평생 헤어지지 않을 거랍니다!"

"거짓말……."

결국 무너지듯 쓰러져 목 놓아 울었다.

황비가 된 왕녀는 죽기 전까지 꾸준히 도서관을 방문했다. 그리고 그곳에 앉아 마법사를 추억했다. 무뎌질 만하면 다듬고, 바래질 만하면 닦았다. 그렇게 해서 마지막 순간까지 그에 대한 모든 것을 안은 채로 눈을 감았다. 왕녀는 숨이 다하던 그날 새벽에도 마법사를 처음 만나던 장면을 떠올릴 수 있었다.

"오늘부터 왕녀님의 곁을 지키게 되었습니다! 잘 부, 부탁드립니다!"

동이 트기 전에 왕녀는 눈을 감았다. 그리고 그대로 눈을 뜨지 않았다.

"황비는 반지를 정원에서 가장 큰 오크나무 아래에 묻어달라고 했어요. 그리고 그걸 찾아내는 사람에게 전해 달라고 했죠."

"……."

"받아요."

어느 정도는 예상했던 이야기였다. 그런데도 마음이 먹먹했다. 유리엔은 잠시 주저하다 황후가 내미는 반지를 조심스럽게 받아 들었다. 보석이라고 생각했던 것은 보석이 아니라 그보다 배는 귀하다는 마나석이었다. 그래서 십 년이라는 시간에도 불구하고 빛이 났던 걸까.

"보물찾기도 내 생각이 아니었어요. 그녀의 의견이었죠. 그녀에게는 보물이었으니까…… 그랬던 것 같아요."

"……저, 황후마마."

"뭔가요?"

"한 가지 여쭤봐도 될까요?"

"얼마든지요."

"왜 보물찾기의 기한이 일주일이었나요?"

이야기를 들으면서 유리엔은 문득 그런 생각이 들었다. 왜 일주일이라는 제한을 두었을까? 물론 황궁의 축제일에 맞춰 간편히 설정한 기간일 수도 있었다. 하지만 어쩐지 다른 이유가 있었을 것 같았다. 황후가 답을 주었다.

"일주일 동안 고민했었다고 해요."

"고민이요?"

"그에게 이 반지를 줄지, 말지. 반지 한쪽을 주며 나를 찾아오라고 할지, 그러지 않을지."

"……."

"결국은 주지 못했죠. 그래서 그녀는 죽기 직전까지도 궁금해했어요. 과연 주었다면 어땠을까? 만약 그와 반지를 나눠 가졌다면, 그랬었다면 지금쯤 어떻게 되었을까."

"……."

"어차피 몸이 약해 도피 생활을 오래 견디지 못했을 거예요. 주지 않았던 게 현명한 선택이었을 수도 있죠. 지금에서야 어느 쪽이든 옛날 일이 되어버렸지만."

황후는 담담하게 말을 마쳤다. 그러나 일견 무감해 보이는 어조 안쪽으로 안타까움 같은 것이 얼핏 묻어났다. 그녀는 과거 황비를 진심으로 좋아했었다. 그래서 그런 만큼 황비의 사정을 딱하게 여겼다. 말은 저렇게 해도 막상 왕녀가 도피행을 택했다면 황후는 물심양면으로 그녀를 도와주었을 것이다.

“아무튼! 유언대로 반지는 두 사람이 맡아주었으면 해요. 한 사람에 하나씩.”

“이건…….”

“특히 마나석이 박힌 쪽은 다른 공격계 마법도 쓸 수 있으니 꽤 유용할 거예요. 호신용으로 사용해도 좋겠죠.”

거절하기 힘든 분위기였다. 유리엔과 카엘은 망설였지만 결국 반지를 쥔 채로 고개를 끄덕였다. 물건에 담긴 마음이 무거워 냉큼 받기엔 부담이 컸으나 남긴 이의 뜻이 그랬다니 어쩔 수 없는 노릇이었다. 심란한 눈길로 반지를 내려다보는 두 사람을 향해 황후가 빙긋 웃었다. 그녀가 말을 보탰다.

“그 반지가 무얼 위해 만들어졌는지 알죠?”

“네?”

“반지를 지닌 서로가 평생 헤어지지 않기를!”

“……!”

“황비의 뜻도 그거였어요. 못 이룬 제 사랑, 훗날 자기 마음을 알아준 사람이라도 마음껏 이뤄 달라고. 마침 부부가 될 사이에 나눠 가졌으니 굉장히 잘됐네요. 그렇죠?”

유리엔과 카엘의 낯빛이 사이좋게 사색이 되었다. 둘은 하얗게 질린 채로 서로를 돌아보았다. 동공이 동시에 흔들렸다.

‘반납할까?’

‘그게 될까?’

물론 될 리가 없었다. 같은 공간에 생겨난 두 명의 동몽과 한 명의 이몽이었다.

<보다 훗날, 어느 곳에서의 이야기>

"꿈을 꿨어."

"무슨 꿈이요?"

"꿈에서 네가 왕녀였고, 난 그런 왕녀를 곁에서 지키는 마법사였어."

"와! 꿈 좋은데?"

"끝까지 들어. 왕녀랑 마법사는 아마도 서로를 사랑했는데, 왕녀는 마음을 들키자마자 타국으로 억지로 시집을 가고, 마법사는…… 왕녀가 떠난 뒤 전쟁에 자원해서 그곳에서 죽어."

"꿈 나쁘네요."

"아직도 기분이 싱숭생숭해."

"도련님은 그럴 일 없어서 다행이에요! 왕족이 아니라 그냥 상인 나부랭이잖아요."

"상인 나부랭이? 죽을래?"

"자기가 저번에 그렇게 말해놓고선?"

"그랬나? 그래도 넌 왕족보다 상인 나부랭이가 좋지?"

"하는 거 봐서요."

"……월급 올려줄게."

"사랑해요!"

Chapter 5
수줍은 그녀를 쫓지 마세요

뜻하지 않게 반지를 얻었지만 유리엔은 그것을 쓸 일이 없을 거라고 생각했다. 실제로 쓰고 싶은 마음도 크게 없었다. 반지에 담긴 마음도, 반지를 전달한 의미도 아주 부담스러웠으니까. 그냥 부담도 아니고 왕부담이다. 매우 대단히 부담. 그래서 거처 한쪽에 보관만 해두고 손을 대지 않았다. 그 후 혹사시켰던 발목을 달래며 얌전히 시간을 보내다 유리엔은 문득 알아차렸다.

'잠깐, 이대로 축제가 끝나면…….'

앞으로 사흘 뒤면 막을 내리는 황실의 축제. 그리고 다음 차례는 결혼식이었다.

"안 돼!"

아직 날짜를 공표하지는 않았으나 저번 식사 자리에서 황제가 지나가듯 언급한 적이 있었다.

"황실의 축제가 얼마 남지 않았단다. 그게 끝나면 식을 준비하는 게 어

떻겠니?"

유리엔은 당시엔 별 생각 없이 알겠다며 고개를 끄덕였었다. 식을 언제 올리든 어차피 이혼할 건데 무슨 상관이냐고 생각했기 때문이다. 그러나 지금은 생각이 좀 바뀌었다.

'왠지 위험해.'

유리엔은 식은땀을 흘렸다. 아주 불길한 예감이 들었다. 이대로 식을 올렸다간 큰일이 날 것 같았다. 정식으로 부부가 되고 예물을 교환하고 황태자비라는 호칭으로 불리는 날엔…….

'빼도 박도 못하는 거 아냐?'

전에는 언제든지 갈라설 수 있을 것 같은 기분이었는데 이제는 그렇지 않았다. 인식이 달라졌다. 유리엔은 자각하지 못했지만 가장 큰 변화는 카엘과의 감정적 거리가 좁혀지고 말았다는 점이었다. 심지어 진행형으로 현재도 점점 좁아지고 있었다. 유리엔의 감은 이유도 모르면서 일단 상황이 위험하다고 판단했다. 결심을 굳힌 유리엔이 당장 실행으로 옮겼다.

"카라멜! 동맹이다!"

"기다렸다!"

그리고 카엘도 그쯤 비슷한 불안에 시달리고 있었다. 일시적 동맹은 빛처럼 빠르게 성사되었다. 둘은 만나자마자 머리를 맞대고 식을 미룰 방안을 모색했다.

"절벽 아래로 떨어질래? 황태자가 실종되면 식을 영영 미룰 수 있어."

"네 앞날이나 영영 미뤄라."

"할 수 없지. 네가 남자를 좋아한다고 공표하자."

"장난하냐?"

논의 결과 두 사람은 황후를 공략하기로 했다. 황제는 카엘을 이기지만 그런 황제를 황후가 이긴다는 것을 둘은 이미 알고 있었다.

황후마마, 살려주세요! 결혼식이 쫓아와요! 물론 속마음을 그대로 드러내지는 않고 갖은 핑계를 가져다 댔다.

"소녀가 아직 마음의 준비가 되지 않아……."

"여러모로 미숙하여……."

"준비할 것이 매우 많이……."

"정을 더 쌓고 나야 보다 평탄한 결혼 생활을……."

"옛말로 급한 길도 돌아가라는……."

"쇠뿔을 단김에 빼다간 부러짐의 위험이……."

황후가 두 남녀의 말을 끊었다. 끊고 그래서 뭘 원하느냐고 결론을 물었다. 카엘과 유리엔이 동시에 대답했다.

"약혼식부터 하는 것이 좋다고 생각합니다."

입이 척척 맞았다. 황후가 과연 환상의 콤비라고 생각하는 것도 모르고 두 사람은 마냥 진지했다. 결국 황후가 다 알면서 못 이기는 척 져주는 걸로 카엘과 유리엔은 뜻을 이뤘다.

"알겠어요. 그럼 약혼의 증표로 서로 반지만 교환하기로 해요."

만세! 둘은 여기서 환호라도 할 기세로 기뻐했다가,

"대신 반지는 그때 나눠 가졌던 보물로 정하고, 절대 빼선 안 돼요."

이 부분에서 잠깐 멈칫한 뒤,

"그리고 약혼 여행을 다녀오세요. 오붓하게."

마지막에 이르러서는 오래 멈칫했다.

"유람을 하면서 서로 친분도 쌓고 유대감도 키우고, 아무쪼록 서로에 대해 더 깊게 알 수 있는 시간이 되었으면 좋겠네요."

그리하여 두 사람은 결혼식은 미뤘으나 본의 아니게 여행 일정이 생기게 되었다. 인생은 예측 불허라더니 일이 이렇게 될 줄은 몰랐던 유리엔이 거처에서 골을 싸맸다.

여행은 좋은데 오붓한 여행은 싫었다. 정 오붓해야 한다면 나 자신과 오붓하고 싶었다. 스스로와의 즐거운 여행! 나와 친해지고 나에 대해 더 잘 알게 되는 자아성찰의 여정!

'반지 교환까지 오늘부터 나흘. 그 후 출발까지 사흘.'

유리엔은 손을 뻗어 제 발목을 꾹꾹 눌러보았다. 통증의 정도로 보건대 보물찾기의 혹사를 겪고도 다행히 앞으로 닷새면 완치가 될 것 같았다. 그 후로는 뛰어도 굴러도 된다. 좋아! 결심한 유리엔의 눈이 반짝 빛났다.

소박맞은 약혼자의 얼굴로 촛대가 날아들었다. 카엘은 간단하게 고개를 꺾어 그것을 피해냈다. 황제가 입으로 불을 뿜었다.

"이 못난 놈! 네가 얼마나 못났으면 약혼녀가 약혼식 다음 날 도망을 가!"

"이럴 땐 원래 아들 편을 들어줘야 하는 거 아닙니까?"

황제의 질타에 카엘이 항변했다. 대답은 의자였다. 카엘은 이번에도 피했다.

"장남 죽습니다!"

"쓸모없는 놈! 죽든가!"

"사자도 이보다는 덜 매정하겠네. 솔직히 제가 주워 온 자식이고 황녀 쪽이 진짜 딸이죠?"

"기어이 책상을 던지게 만드는구나."

"농담입니다. 그리고 도망간 거 아닙니다."

카엘과 유리엔의 약혼식은 짤막한 축사와 반지 교환으로 끝났다. 간략한 식이었다. 그리고 다음 날 유리엔이 도망쳤다. 황궁은 아는 사람들끼리만 발칵 뒤집혔지만 정작 소박의 주인공인 카엘은 반응도 없이 태연했다. 그는 유리엔이 이렇게 나오리란 걸 어느 정도 예상하고 있었다. 그간 벌여온 행각을 생각하면 놀라운 수준도 아니었다. 거기다 유리엔은 쪽지마저 남기고 떠났다.

이것은 도망이 아닙니다. 오붓한 놀이입니다. 나 잡아봐라~

핑계는 댄 것이다. 그걸 바탕으로 카엘이 주장했다.

"연인들의 사이에서 유행하는 놀이죠. 일명 '나 잡아봐라.'"

"……그래서 언제 잡으러 갈 생각이냐?"

"빠른 뒤쫓음은 추격 같아서 재미가 떨어집니다. 알콩달콩한 놀이의 맛을 살리려면 다소 느긋하게…… 한 일 년?"

"닥치고 당장 짐 싸!"

그렇게 카엘은 점심 무렵 채비를 거의 마무리했다. 유리엔이 새벽 도주를 감행했으니 대략 한나절쯤 차이가 나는 출발이었다. 느릿느릿 정리한 짐을 느릿느릿 어깨에 이고 느릿느릿 외투를 찾는 카엘을 보며 제론이 입을 열었다.

"해 지겠습니다."

"원래 사람은 여유가 중요한 거야."

'말이나 못 하면.'

혀를 차는 제론에게 카엘이 마침 생각났다는 듯 물었다.

"그런데 올해 나이가 몇이었지?"

"저 말입니까?"

"그래. 생일이 지났었나?"

"왜 갑자기 개인 정보에 관심을 갖고 그러십니까? 낯간지럽게."

"그래서 몇 살인데?"

"스물여덟입니다."

어리지는 않지만 젊다면 젊은 나이었다. 카엘은 재차 질문했다.

"미혼인가?"

"아시지 않습니까."

"연인은?"

"없습니다."

"몰래 마음에 둔 정인도 없고?"

"왜 이러십니까?"

징그럽게. 제론이 짐짓 수줍은 소년처럼 제 팔을 교차해 감쌌다. 카엘은 눈이 썩을 것 같아 잠시 시선을 피했다.

"내가 궁금한 게 아니야."

"예? 그럼요?"

"유리시엔 황녀가 묻길래."

"황녀 전하께서요?"

카엘이 며칠 전의 기억을 회상했다. 갓 동맹을 맺었을 무렵 유리엔은 논의에 앞서 질문을 하나 던졌다. 트아로민 경의 나이 및 결혼 여부가 궁금하다는 내용이었다. 기회가 되면 알아봐 주겠다고 답해놓고 그만 다른 데 신경이 팔려 지금껏 잊고 있었다. 그나마 출발하기 직전에 떠올렸으니 다행이라면 다행일 것이다.

"이건……! 그런 겁니까? 잘못된 만남?"

"그렇겠냐?"

카엘은 아마도 유리엔의 질문이 루네라는 남작 영애와 관련이 있지 않을까 추측했다. 확신이 아니라 말은 아꼈지만 제론과 엮일 만한 대상이 생각할수록 그녀뿐이었다.

'한데 나이 차이가 꽤 나는데…… 뭐, 알아서 하겠지.'

마침내 카엘의 채비가 완전히 끝을 맺었다. 보는 사람이 속 터지는 느릿한 준비를 마무리한 카엘은 이제 떠나는 일밖에 남지 않았다. 여유롭게 여비를 챙긴 카엘이 뒤를 돌았다.

"그럼 잘 지키고 있어."

"혼자 가십니까?"

"그래야지."

"저도 버리시고요?"

"애인이냐?"

"호위 아닙니까, 호위. 밀착 호위해야죠."

"둘만의 오붓한 약혼 여행이잖아."

그러나 약혼 여행을 운운하는 카엘은 도중에 딴 길로 새겠다는 의지가 충만하다 못해 넘치는 모양새였다. 낌새를 읽은 제론이 고개를 내저었다.

주로 사용인들이 출입하는 작은 입구는 성의 외곽에 있었다. 물론 그곳에도 문을 지키는 경비병이 존재했다. 막 교대를 마친 병사는 연신 하품을 하며 새벽잠을 쫓았다. 하녀가 나타난 것은 그때였다.

"연회에서 귀부인의 심기를 거스르는 바람에…… 그만……."

후드를 뒤집어쓴 하녀는 가련한 목소리로 제 사정을 설명했다. 후드 안쪽으로 얼핏얼핏 드러나는 얼굴이 숨 막히게 예뻤기 때문에 병사는 하녀의 이야기에 집중하지 않을 수가 없었다. 이내 사정을 다 전해 들은 병사는 호기롭게 가슴을 탕탕 쳤다.

"어디까지 가시오? 내 마차를 불러주리다!"

예쁜 데다 사정까지 딱한 하녀를 위해 병사는 기꺼이 주머니를 털었다. 일과 후 시원한 술 한잔을 위해 챙겨온 자금이었지만 아깝지 않았다. 하녀가 가냘프게 눈물을 슬쩍 훔쳤을 때부터 이미 병사는 그녀의 포로가 되어 있었다.

"이, 이름이라도!"

병사는 뒤늦게 하녀의 이름이 궁금해졌으나 그녀는 말없이 눈인사만 남긴 채 마차를 타고 떠나갔다. 병사가 진한 아쉬움을 담아 한참 동안 상대가 사라진 방향을 바라보았다. 다른 출입원이 아저씨 일 안

하냐며 툭툭 그를 부를 때까지 그의 시선은 계속되었다. 그러나 병사는 알지 못했다. 그에게 달콤한 설렘과 괴로운 상사병을 남기고 떠난 하녀가 실은 일국의 황녀이자 황태자의 약혼녀였다는 것을.

"여기가 레듀르구나!"

마차에서 내린 유리엔이 만개하듯 웃었다. 황궁은 수도의 중심부에 세워져 있었지만 워낙 사유지가 넓어 마차를 타고도 한참을 이동해야 했다. 그렇게 도착한 레듀르-수도의 이름-의 거리는 활기가 넘쳤다.

"아침부터 부지런하네."

레듀르는 중심지답게 상권이 발달한 도시라 이른 시간임에도 활동량이 많았다. 곳곳에서 영업을 시작해 불을 밝히는 가게와 너른 거리를 바쁘게 지나다니는 사람들로 분주했다. 하도 밟혀 단단해진 길의 흙냄새를 맡으며 유리엔이 눈을 반짝였다. 마음에 들었다.

마침 그녀가 서 있는 곳은 상점가였다. 일반적으로 사람들이 가장 많이 찾는 장소이다 보니 마차가 알아서 그리로 데려다준 것이다. 근처를 한 바퀴 둘러본 유리엔이 첫 행선지를 정했다.

"옷부터 사자."

유리엔은 현재 하녀복을 입고 있었다. 특명이라는 말에 넘어간 린이 순진하게 챙겨다 바친 충성의 산물이었다. 성문을 빠져나올 땐 유용했지만 여기서부터는 외려 시선을 끌게 될 테니 갈아입는 편이 좋았다. 유리엔은 가장 먼저 눈에 띈 옷 가게로 들어갔다.

"어서 오세요, 손님!"

"여성복 취급하죠?"

"물론입니다. 찾으시는 게 있으신가요?"

"장식은 거의 없고 재질이 좋은 걸로 부탁할게요."

점원은 유리엔을 안쪽으로 안내하면서 연신 그녀를 힐끗거렸다. 하녀복 위로 어두운 후드를 뒤집어쓴 모습은 어딜 어떻게 보아도 깊은 사정이 있는 사람의 행색이었다. 요즘 이 디자인이 제일 잘 나간다며 옷을 꺼내 온 점원은 내심 하녀와 도련님의 사랑의 도피를 상상했다.

"근처에 가발을 파는 곳이 있나요?"

계산을 마친 유리엔이 질문했다. 동시에 점원의 머릿속으로 새로운 상상이 들어앉았다. 사랑의 도피가 아니라…… 혹시 범죄? 물론 어느 쪽도 확인해 볼 순 없는 가정이었다.

"나가셔서 오른쪽으로 쭉 가시면 됩니다."

"고마워요."

"감사합니다! 또 오세요!"

상상의 나래에 빠진 점원을 뒤로하고 유리엔이 가게를 나왔다. 옷을 갈아입었으니 이제 가발을 살 차례였다. 유리엔이 지닌 순수한 검은색 머리카락은 제도에서 결코 흔하지 않았다. 당당하게 까고 돌아다니다가 귀족이라도 마주치면 아주 곤란해진다. 유리엔은 가장 흔한 갈색 가발을 구입하기로 마음먹었다.

"가발 샀고!"

옷도 갈아입었고, 가발도 사서 착용했다. 다음으로 찾아야 할 곳은 며칠간 묵을 장소였다. 여관은 아무래도 대충 고를 게 아니라 신중하자는 생각에 유리엔이 지나가는 행인을 한 명 붙잡았다.

"실례할게요."

"네? 네."

대뜸 붙들리고도 행인은 일단 공손하게 대답했다. 스무 살에 가까워 보이는 여성이었다. 유리엔이 생긋 웃으며 물었다.

"이 주변에서 가장 유명한 여관이 어디죠?"

"여관이요?"

"가격은 상관없어요."

"크고 좋은 여관이라면…… 저기 큰길 쪽으로 나가면 눈에 띄는 간판이 하나 있어요. 사거리에서 왼쪽으로요. 이름이 아마 <너는 이미 들어오고 있다>일 거예요."

이름이 구렸다. 유리엔이 잠깐 멈칫했다. 그걸 느꼈는지 행인도 어색하게 웃었다.

"이름이 좀 그렇죠? 그래도 숙박업소 중엔 이 근방에서 제일 유명해요."

그렇게 얘기하니 가게명은 별로라도 한 번쯤 찾아가 봐야겠다는 생각이 들었다. 유리엔이 고맙다고 인사한 뒤 막 갈 길을 가려던 참이었다.

"어이! 아가씨!"

"꺄악!"

"엥?"

웬 덩치들이 등장해 행인을 둘러쌌다. 덕분에 아직 근처에 붙어 있던 유리엔도 덩달아 포위되고 말았다. 난데없이 발생한 상황에 유리엔이 눈을 깜박이는 사이 덩치 하나가 입을 열었다.

"아가씨! 나 모르겠어? 앙?"

우락부락한 덩치에 꼭 맞는 험상궂은 얼굴이었다. 이는 누런색이었고 왼쪽 이마에는 칼자국이 있었다. 길다가 부딪치면 사과고 나발이고 일단 엎드려야 할 것 같았다. 그런 사내가 가까이서 얼굴을 들이밀었을 때 유리엔이 결국 참지 못하고 말했다.

"알겠어."

"응?"

"네가 마지막으로 이를 닦은 지 적어도 한 달은 지났다는 사실을 너무 잘 알겠어. 뭐야, 너? 대체 뭐야, 그거? 너 설마 아침마다 구정물로 입 헹구니? 아니면 주식이 삭힌 몬스터 내장이야? 너 입 냄새 일부러 갈고닦은 거지? 그렇지?"

길게 얘기했지만 결론은 네 입 냄새가 너무 심해서 코가 썩을 것 같다는 소리였다. 그걸 증명해 주듯 유리엔은 얼굴을 잔뜩 찌푸린 채 한 손으로 자기 코를 막고 있었다. 중간중간 다른 곳을 보며 심호흡을 하는 것도 잊지 않았다. 와, 죽을 뻔.

"뭐, 뭐라고?"

사내는 당황했다. 자신이 노린 건 금발을 예쁘게 말아 올린 꽃다운 처녀였다. 이런 정체 모를 후드를 쓴 놈은 예상에 없었다. 유리엔은 사내가 당황하거나 말거나 말을 이어나갔다.

"너 입 냄새 갈고닦아서 뭐 하려고 그랬어? 그거 단련해서 어디에 쓸 속셈이었던 거야? 혹시 그거니? 뒷골목 평정? 이제 알겠네. 입 냄새로 상대의 얼굴을 녹인 다음 그 후에 공격할 생각이었던 거야! 그렇게 해서 다 죽여 버리고 꼭대기를 차지할 심산이었던 거지? 어떻게 그럴 수가! 이 잔인한 놈!"

"……진짜야?"

"당연히 아니지! 무슨 개소리야!"

"말로는 아니라고 하지만 너의 입 냄새는 진실을 말하고 있어. 솔직히 말해봐. 냄새를 연마하기 시작한 지 얼마나 됐지? 십 년? 이십 년?"

"아니라고!"

사내가 잔뜩 붉어진 얼굴로 빽 소리쳤다. 행인은 그런 사내와 유리엔을 어안이 벙벙해져 바라보았다. 사태가 이상하게 흘러가고 있었다. 영락없이 불량배들에게 둘러싸여 희롱을 당하는가 싶었는데 오히려 이쪽에서 불량배를 희롱하고 있다. 이게 무슨 상황인지 알 수가 없었다. 그 순간 갑자기 누군가가 끼어들었다.

"멈춰라! 연약한 레이디를 상대로 무슨 짓이냐!"

나타난 인영은 이십 대 초반으로 보이는 미청년이었다. 채도가 낮은 하늘색 머리카락을 하나로 묶은 남자는 표정과 대사만큼은 제법 멋있었다. 소설 속에서 위험에 빠진 여주인공을 구해주는 잘생긴 남자 캐릭터가 딱 저렇지 않을까 싶은 모습이었다. 그러나 기껏 멋있게 소리친 남자의 대사에는 문제가 많았다. 우선 현재 이곳의 레이디는 아무런 짓도 당하고 있지 않다. 무슨 짓을 당하고 있는 건 덩치였다. 연약한 레이디는 없는데 연약한 덩치는 있었다. 연약한 덩치는 남자가 등장하자마자 정신을 차린 듯 뜬금없이 본업에 충실했다.

"앙? 뭐야, 너? 정의의 기사 흉내라도 내겠다는 거냐?"

"죽고 싶냐? 엉?"

나머지 일행도 언제 구경이나 하고 있었냐는 듯 자세를 잡고 위협적으로 말을 뱉었다. 순식간에 흉흉한 분위기가 형성되었다. 남자는 수적으로 열세여도 물러서지 않고 당당히 맞섰다.

"저열한 놈들! 여기까진 참아주겠다. 레이디에게 손대지 말고 당장 꺼져라!"

"어쭈? 안 참아주면 어쩔 건데? 손대면 어쩔 건데?"

"꺅!"

남자의 경고를 비웃은 덩치가 행인의 손목을 거칠게 휘어잡았다. 유리엔은 나설까 하다가 일단은 더 지켜보기로 했다. 남자가 등장한 뒤부터 느낌이 어딘가 애매했다.

"감히! 네놈들, 가만두지 않겠다!"

으드득 이를 간 남자가 이내 달려들었다. 덩치들의 사이로 뛰어든 남자는 호리호리한 외형과는 다르게 숨겨둔 한 수가 있었던 모양인지 적들을 빠르게 쓰러뜨렸다. 덩치들이 저마다 단말마의 비명과 함께 픽픽 널브러졌다.

"으악~"

"아악~"

'뭐야?'

유리엔이 헛웃음을 뱉었다. 이상하다 했더니 비명이 지나치게 작위적이었다. 넘어지는 자세는 자연스러운데 비명은 어색하다. 덩치들은 몸과 입이 따로 노는 기상천외한 연기력을 선보이고 있었다.

"괜찮으십니까, 레이디?"

그새 마지막 덩치까지 처리한 남자가 행인에게 다가가 말을 건넸다. 얼굴에는 부드러운 미소를 띤 채. 눈을 마주친 행인이 낯을 붉혔다.

"아, 네. 도와주셔서 감사합니다."

"당연한 일을 했을 뿐입니다. 이렇게 아름다운 레이디께서 곤경에 처해 계시는데 어떻게 그냥 지나칠 수 있겠습니까? 오히려 도움을 드릴 수 있게 되어 사내로서 영광입니다."

"어머나……."

그리고 유리엔은 인생의 진리를 깨달았다. 잘생기면 다 된다. 하늘색 머리카락의 남자는 입으로 말이 아닌 버터를 생산하고 있었지만 잘생겨서 용서가 되었다. 물론 유리엔의 용서는 아니고 행인의 용서였다.

곧 행인과 남자의 사이에 핑크빛 기류가 흐르기 시작했다. 유리엔은 팔짱을 낀 채로 그런 둘을 지켜보다가 어깨를 으쓱하곤 금방 몸을 돌렸다. 웃긴 놈이긴 했지만 신경 쓸 만한 대상은 아니었다.

그렇게 멀어지는 유리엔의 뒷모습을 남자가 찰나 눈에 담았다. 행인이 눈치채지 못할 만큼 아주 잠깐이었다.

<너는 이미 들어오고 있다>.

저렇게 적혀 있는데 정말로 들어가려니 왠지 지는 기분이었다. 유리엔은 쓸데없는 패배감을 털어내며 여관 안으로 발을 들였다.

“하하하! 그게 정말인가?”

“어제는 무슨 일이 있었냐면 말이지…….”

1층은 식당이었다. 숙박업소가 1층을 식당으로 두고 2층부터 객실을 운영하는 건 흔한 구조였다. 대금을 지불한 유리엔이 계단을 타고 올라가 방에 짐을 풀었다. 비싸다더니 그 값을 하는 듯 방 내부는 한눈에도 넓고 고급스러웠다. 침대 시트를 팡팡 두드린 유리엔이 고개를 끄덕였다. 합격.

“그런데 사람이 꽤 많네?”

말처럼 여관 안에는 사람이 많았다. 1층에는 거의 자리가 없을 정도였다. 유명한 곳이라지만 가격을 감안한다면 의외라고 할 만한 광경이었다. 애초에 숙박업소는 특별한 기간이 아니면 손님이 북적이는 일이 잘 없었다.

‘……특별한 기간?’

짐을 정리한 유리엔이 후드를 쓴 채로 1층으로 내려갔다. 지금처럼 여관에 사람이 넘치는 때는 대체로 큰 행사가 껴 있는 경우가 일반적이었다. 축제라거나, 축제라든가, 혹은 축제이거나. 한구석에 자리를 잡고 앉은 유리엔이 잠자코 귀를 열었다. 그때 식당 전체로 정적이 내려앉았다.

'뭐야?'

막 뭐라도 주워들으려던 차에 조용해지니 황당할 노릇이었다. 방금 전까지만 해도 시끄럽게 떠들던 사람들이 하나같이 입을 다물고 시선을 모으고 있었다. 유리엔이 덩달아 그 시선을 따라 눈을 옮겼다.

'귀족들?'

남녀 여럿이 화려한 옷을 입은 채 수행원을 대동하고 서 있었다. 누가 봐도 귀족이었다. 유리엔이 즉시 침묵의 이유를 납득했다. 아하, 쟤들 때문에.

"주인장."

"예, 예!"

"일 인실 두 개와 이 인실 하나, 그리고 육 인실을 내어주게."

"알겠습니다. 이쪽으로……."

곧 달려 나온 여관 주인이 그들은 공손하게 모시고 올라갔다. 마지막 한 명까지 전부 계단 너머로 사라지자 여기저기서 약속이나 한 듯 한숨이 흘러나왔다.

"후우, 적응 안 돼."

"매년 이게 뭐야?"

"고매하신 귀족 나으리께서 왜 사택에 머물지 않으시고 이런 곳까지 행차람?"

"전부 지방에서 올라온 귀족들이잖아."

"수도까지 찾아와서 유세는."

"쉿! 자네 그러다 축제 구경 전에 저승 구경을 먼저 하게 되는 수가 있어."

'축제?'

엿듣던 유리엔의 표정이 변했다. 푸념과 비아냥 사이에 쓸 만한 정보가 있었다. 동시에 원하던 내용이기도 했다.

'혹시나 했더니 과연.'

여전히 귀를 활짝 연 채로 유리엔이 탁자를 톡톡 두드렸다. 역시 이 인파의 원인은 축제인 모양이었다. 매년 이게 뭐냐는 언급으로 봐선 해를 기준으로 하는 정기적인 행사일 거고, 귀족이 참여하는 것이 하루 이틀이 아닌 눈치니 규모가 꽤 클 거라 확신해도 좋았다.

'재밌겠는데?'

유리엔의 얼굴에 화색이 돌았다. 귀족들이 주관하는 축제는 보통 사교 파티로 귀결되었지만, 평민들이 주가 되어 즐기는 축제는 또 달랐다. 그들은 목숨처럼 지킬 체면도, 민감하게 의식할 타인의 눈도 없었다. 굴레가 없으니 그런 만큼 더 자유분방하게, 더 역동적으로 축제를 열고 참여했다. 사람에 따라서는 천박하다 여기기도 했지만 유리엔은 마냥 좋아하는 편이었다. 마침 주문을 받으러 온 점원에게 식사를 시킨 유리엔이 앞으로의 행보를 결정했다. 일단 보다 자세한 정보를 찾아 밖을 좀 돌아다녀 볼 생각이었다. 식당 안에서는 이젠 남의 가정사나 연애사 외에는 들려오는 것이 없었다.

"어? 조심……."

"꺄악!"

그때 음식을 나르던 점원이 순간 비틀거렸다. 발이라도 미끄러졌는지 크게 휘청거린 점원은 다행히 도로 균형을 잡아 넘어지는 꼴을 피했지만, 그녀가 들고 있던 음식은 사정이 달랐다. 음식이나 그릇에 의지가 있는 것도 아닌데 얌전히 쟁반 위에 붙어 있었을 리 만무했다. 시야에 펼쳐진 상황에 점원이 깜짝 놀라 안색을 바꿨다.

"어, 어떡해! 손님, 괜찮으세요?"

점원이 잔뜩 당황해서 안절부절못했다. 말을 건 상대는 바로 유리엔이었다. 점원이 넘어지려던 방향에는 공교롭게도 그녀가 앉아 있었다. 재수 없는 우연 같지만 실상 우연이 아니었다.

'저놈.'

유리엔이 눈을 가늘게 좁혔다. 점원이 그녀에게 가까워질 때 누군가가 거리를 가늠해 일부러 발을 걸었다. 목격한 바로는 이십 대로 추정되는 남자였다. 본 적이 없는 얼굴인데 왜 이런 짓을 저질렀는지는 의문이었지만, 덕분에 유리엔은 뜻하지 않게 음식으로 샤워를 하게 되었다. 수프 종류인 듯 액체가 굴곡을 타고 기분 나쁘게 흘렀다.

"죄송합니다. 죄송합니다!"

"괜찮아요."

음식은 대부분 후드 위로 쏟아졌다. 얼굴엔 묻지 않았지만 대신 후드가 엉망이 되어 계속 쓰고 있을 수가 없었다. 연신 허리를 굽히는 점원을 말린 유리엔이 축축해진 후드를 벗었다.

"아……!"

가까이 있던 점원이 가장 먼저 넋을 잃었다. 그리고 곧 전염이라도 되듯 그런 반응이 주변으로 퍼져 나갔다. 옆 사람을 따라 쳐다봤다가 혼을 빼고, 앞사람을 좇아 눈을 돌렸다가 턱이 빠졌다. 식당의 소음이 조금씩 사그라들더니 잠시 후에는 완전히 잠잠해졌다.

가발을 쓰고 있었지만 얼굴까지 가리진 않았다. 어딜 가나 제일미라 칭송받은 유리엔의 미모가 여기라고 힘을 잃을 리 없었다. 외려 더 빛을 발했다. 눈을 떼지 못하는 좌중의 주목 속에서 유리엔이 천천히 앉아 있던 몸을 일으켰다.

"윽!"

그 순간 웬 남성이 심장을 부여잡았다. 박동에 문제가 온 것 같았다. 직후 옆에 있던 여성이 그런 남성을 후려쳤다. 그걸 기점으로 비슷한 상황이 여기저기서 동시다발적으로 벌어졌다. 침을 흘렸다가 하이힐로 찍히거나 수줍게 손 하트를 날렸다가 접시로 얻어맞았다.

그러거나 말거나 유리엔의 시선은 한군데로 향했다. 남들과 마찬가지로 넋을 빼고 이쪽을 쳐다보고 있는 남자 A. 점원에게 발을 걸었던 범인이었다. 그를 뚫어져라 쳐다보는 유리엔의 입가에 미소가 맺혔다. 꽃이 만개하고 요정이 금가루를 뿌리는 것 같은 아찔한 미소였다.

넌 뒈졌어. 그런 뜻이었다.

"아, 아니, 저놈이!"

"감히 여신님의 미소를!"

그러나 속뜻을 알 리 없는 다른 이들은 질투심으로 마음 깊이 분개했다. 하이힐로 찍혔던 남자가 높게 외쳤다.

"여신님의 미소를 받다니! 무엄하다!"

언제 칭호가 여신으로 통일되었는지 모를 일이었다. 이 자리에서 즉각 추종자 모임을 만들어도 이상하지 않을 몇몇은 여건만 된다면 유리엔이 가는 길마다 꽃이라도 따다 바치겠다는 기세였다.

주제도 모르고 여신님의 미소를 받은 남자 A를 당장 죽여 버려야 한다는 신자들의 여론이 거세어지는 가운데, 남자의 근처까지 이동한 유리엔이 그에게 말을 걸었다. 상냥한 목소리였다.

"야."

"예, 예?"

남자 A의 가슴이 떨렸다. 그러나 곧 다른 의미로 떨리게 될 거라는 걸 이 순간에는 몰랐다.

"죽고 싶어?"

"네?"

"뻗고 싶어?"

"네?"

"그만 살고 싶어?"

"네?"

"인생 끝내고 싶어?"

"네?"

"삶을 마감하고 싶어?"

"네?"

"어디서 감히 발을 걸어?"

"아."

쏟아지는 말들을 이해하지 못하고 멍청히 '네?'만 반복하던 남자가 흠칫했다. 마지막 말을 들으니 짚이는 것이 있었다. 한 짓이 걸리는지 표정을 당혹으로 물들이는 남자를 보며 유리엔이 한 발 더 가까이 다가갔다. 거리가 좁혀지자 방금까지 욕을 먹은 것도 잊고 남자가 얼굴을 붉혔다. 즉시 주변에서 비난이 쇄도했다.

"저게 미쳤나! 어디서 얼굴을 붉히고 지랄이야?!"

"여신님의 신성한 시력이 훼손되잖아!"

"죽여!"

"묻어!"

이 순간만큼은 한마음 한뜻이었다. 분위기가 어찌나 살벌한지 남자 A가 유리엔의 미모에 설레었다가 분위기에 쫄았다가를 반복했다. 그런 남자를 향해 유리엔이 다시 입을 열었다. 이제는 손을 뻗으면 닿을 거리였다.

"예전에 한 성인이 이런 말을 남겼어."

"……?"

"주변에 어린아이도 아닌데 음식으로 장난을 치는 자가 있는가?"

유리엔이 완전히 벗은 후드를 한 손에 쥐었다. 마치 몽둥이를 잡듯 움켜쥔 손 모양이 야무졌다. 순간 남자 A의 등 뒤로 불길함 예감이 스쳤다. 아주 강한 예감이었다.

"그자를 패고 싶다면, 장난친 음식으로 패라."

"자, 잠……."

철썩!

찰진 소리가 울려 퍼졌다. 남자 A가 후드로 얻어맞으면서 발생한 마찰음이었다. 유리엔은 후드를 마치 채찍처럼 휘둘렀다.

"커억!"

파괴력 또한 채찍 못지않았다. 남자 A가 의자에서 넘어가 바닥으로 쓰러졌다. 맞은 부위에는 수프가 묻은 아주 처참한 몰골이었다. 바닥에서 잠시 꿈틀거리던 남자가 이내 축 늘어졌다. 그걸 바라보며 유리엔이 재차 생긋 웃었다.

"이게 어디서 뻗은 척이야? 죽고 싶지?"

"사, 살려주……."

철썩!

"잘못했……."

처얼썩!

"다신 발을 걸지 않겠……."

처어얼썩!

"음식을 소중히 여기겠……."

처어어얼썩!

결코 한 번으로 끝나지 않았다. 후드는 연속해서 허공을 갈랐다. 응징이 이어질수록 당사자뿐 아니라 주변 사람들도 점점 하얗게 질려갔다. 몇몇은 믿을 수 없다는 듯 눈을 비비고 누군가는 중간부터 기도를 올렸다. 응징이 마지막에 다다랐을 때는 유리엔의 추종자 모임이 말끔하게 해체된 뒤였다. 그리고 개기지 않기 모임이 새롭게 탄생했다. 회원은 이곳에 있는 전원이었다.

말끔한 이목구비의 정 가운데 자리한 코가 높았다. 결 좋은 하늘색 머리카락은 어깨를 살짝 스쳤고 눈동자는 파란색이었다. 구애인들로부터 여러 번 호수 같다, 바다 같다며 칭송받는 적이 있는 눈동자였다. 그의 은근한 자랑이기도 했다.

노바카사는 키가 컸다. 그리고 웃을 때 눈가가 초승달처럼 곱게 접혔다. 어릴 땐 예쁘다는 소리를 들었고 머리가 좀 크고 나니 다들 잘생겼다고 입을 모았다. 말마따나 그는 잘생긴 외모였다. 다른 말로 표현하면 곱상하게 생겼다. 생일이 지나면서 갓 스무 살이 된 노바카사는 자기가 잘생겼다는 걸 잘 알았다. 너무 잘 알아서 문제였다. 그는 제 외모를 십분 이용해 어릴 때부터 이 여성, 저 여성을 바쁘게 만나고 다녔다. 한 명씩 오래 만났으면 말도 안 한다. 모든 구애인을 통틀어 가장 오래 만난 사람이 한 달이었으니 나머지는 보지 않아도 훤했다. 심지어 두세 명을 한꺼번에 만나기도 했다.

노바카사는 항상 이성을 먼저 꼬셨다. 그리고 먼저 찼다. 그게 노바카사의 연애에서 가장 문제가 되는 부분이었다. 싫다는 여성을 집요하게 공략해 자길 좋아하게 만들고, 성공하면 며칠 뒤 미련 없이 걷어찬다. 사실 연애라고 부르기도 애매했다. 그의 행동을 보고 있으면 마치 일종의 게임을 즐기는 것 같았다.

저지른 행적이 무수하니 소문 또한 당연히 그에 못지않았다. 이미 노바카사는 레듀르 내에서 최악의 난봉꾼, 나무에 거꾸로 매달아야 할 카사노바, 잘생긴 개새끼 등 여러 별명으로 유명했다.

그럼에도 여전히 그의 마수에서 허우적거리는 희생자들이 속출하는 것은 '나만은 다르겠지', '내가 이 사람을 바꿔놓을 거야' 하는 소녀들의 로맨틱한 믿음 때문이었다. 물론 매번 착각이었다.

그렇게 노바카사는 언제 뒷골목에서 칼을 맞아도 이상하지 않을 나날을 보내고 있었다. 그날도 마찬가지로 노리고 있던 먹잇감에게 열심히 작업을 걸던 와중이었다.

그는 얼마 전 우연히 들른 식당에서 '노바카사? 그 얼굴만 반반한 녀석이 아무리 꼬신대도 난 절대 안 넘어가!'라는 어느 여인의 당돌한–그의 입장에서–발언을 들었다. 참새가 방앗간을 그냥 지나치지 않듯 노바카사 또한 그냥 무시할 수 없는 내용이었다. 그는 마침 잘 걸렸다는 듯 즉시 그 여인을 공략하기로 결정했고, 작업을 위해 돈으로 건달 몇을 매수했다.

그렇게 준비한 작업은 순조롭게 진행이 되는 것 같았다. 처음에는 그랬다. 한데 예상에 없던 웬 이상한 놈이 목표물의 곁에서 나대는 바람에 하마터면 일이 꼬일 뻔했다.

다행히 잘 풀려 문제없이 성사되었지만 노바카사는 그때의 대상이 자꾸만 눈에 거슬렸다. 후드를 쓰고 있던 인물이 놈이 아니라 여자인 것 같다는 말을 들었을 때는 거슬림이 흥미로 바뀌었다.

그는 목표했던 여인에게서 후드를 쓴 여자가 〈너는 이미 들어오고 있다〉 여관으로 갔다는 사실을 전해 듣고 바로 여인과 헤어졌다. 그리고 그 여관에 묵는다던 절친한 친구에게 쪽지를 보내 후드 쓴 여자의 얼굴을 좀 확인해 달라고 부탁했다. 오래된 친구는 흔쾌히 그의 부탁을 들어주었다.

"어…… 엄청 예뻐, 얼굴은. 얼굴은 예뻐."

친구의 평가를 전달받은 노바카사는 쾌재를 불렀다. 제자리에서 점프를 하고 콧노래도 흥얼거렸다. 미인을 넘어뜨리는 일은 언제나 즐거웠다.

"저…… 그…… 노바카사?"

그러나 노바카사는 왜 친구가 공포에 질린 상태였는지 알지 못했다. 떨리는 목소리로 저를 부르는 소리도 미처 듣지 못하고 그는 그저 계획을 짜는 일에만 흥겹게 몰두했다. 친구의 얼굴이 점차 연민으로 젖어 들어갔다.

"어이~ 거기 예쁜 아가씨!"

덩치 여럿이 건들거리며 유리엔을 불렀다. 뒤에서 불렀으면 무시하겠는데 앞에서 부르는 바람에 불가항력으로 눈이 마주쳤다. 서넛쯤 되는 무리를 살핀 유리엔이 곧 아는 체를 했다. 뭔가 했더니 익숙한 면면이었다.

"입 냄새잖아? 여기서 뭐 해? 아, 가까이 오진 말고."

"입 냄새 아니야!"

덩치가 주어진 임무도 잊고 빽 반응했다. 엄연히 이름이 따로 있는데 저렇게 불리니 수치스러웠다. 물론 유리엔이 그런 걸 알아줄 리 만무했다.

"아니야? 알았어, 그럼 이 입 냄새."

"……!"

"이 입 냄새야, 길 가던 사람은 왜 부른 거니?"

"……딱히 이유랄 건 없고."

보기완 다르게 마음이 순두부였는지 전투 불능이 된 입 냄새 대신 다른 덩치가 나섰다. 그는 입 냄새보다 얼굴은 덜 험악했지만 마음은 훨씬 강철인 것 같았다.

"아, 넌 머리 냄새."

"닥쳐! 그런 것에 넘어가지 않는다! 연약한 여성답게 벌벌 떨기나 하시지?!"

"그래! 오빠들이랑 어디 으슥한 곳으로 가서 얘기나 할까? 아앙?"

입 냄새를 제외한 나머지는 자기 일에 한껏 열중했다. 돈 받은 건달로서 본분을 다하는 바람직한 모습이었다. 유리엔이 슬금슬금 저를 둘러싸는 덩치들을 보며 잠깐 고민하듯 눈을 굴렸다.

"이거 어쩐다."

"어쩌긴! 겁먹고 얌전히 움츠리고 있으면 알아서……."

"황비 전하, 당신의 보물을 고작 냄새들을 처리하는 데 쓰는 걸 용서해 주세요."

"뭐?"

덩치들이 알아듣지 못하고 어리둥절하는 사이 유리엔은 기도를 마쳤다. 왼손 약지에 끼워진 반지가 반짝 빛났다. 마나석을 한 번 쓰다듬은 유리엔이 반지가 전방을 향하도록 손을 앞으로 내밀었다.

"이거 시동어가 뭐였더라……."

"지금 뭘 하는 거야?"

"아, 맞다."

유리엔이 사용법을 떠올렸다. 공격계 마법이 걸려 있다는 반지는 뭔가가 쏘아져 나가는 이미지를 상상하면서 아무 말이나 뱉으면 마법이 발현된다고 했다. 머릿속으로 이미지를 그린 유리엔이 이내 입을 열었다.

"천당으로!"

"뭐, 뭐야?"

화르륵!

"허억!"

불길이 솟았다. 반지에서 쏘아져 간 불덩이가 거센 열기를 뿜었다. 하늘을 그물처럼 드넓게 수놓았다가 잠시 후 모습을 감춘 화염은 잠깐의 출현만으로도 눈이 튀어나올 만큼 위협적이었다. 한 명은 다리에 힘이 풀려 그대로 주저앉았다. 넋이 나간 덩치들을 돌아보며 유리엔이 싱긋 웃었다.

"통구이 좋아하니?"

"사, 살려주세요!"

덩치들의 눈으로 보기에 유리엔은 마법사였다. 그리고 일반적으로 범인에게 마법사란 손짓 하나로 사람을 죽일 수 있는 전지전능하고 두려운 존재로 취급되었다.

눈앞에서 불구덩이를 목격한 덩치들은 이마가 땅에 닿을 정도로 넙죽 엎드렸다. 유리엔은 매무새를 가다듬으며 그런 덩치들의 처분을 고민했다. 사실 유리엔 본인도 잘 모르고 쓴 거라 하마터면 후드가 탈 뻔했다. 놀랐지만 일부러 아무렇지 않은 척 가장한 유리엔이 엎드린 덩치들을 냉정하게 바라보았다. 이대로 조지느냐, 어딘가에 써먹느냐. 기실 갈등할 것도 없었다. 마침 써먹을 데가 있었다.

"너희."

"예, 예!"

"여기서 축제 열리는 거 알지?"

"압니다! 매우 잘 압니다!"

"그 축제에 대한 내용을 사소한 것 하나까지 빠짐없이 정리해서 나한테 가지고 와. 기한은 내일 아침, 장소는 〈너는 이미 들어오고 있다〉 여관."

"……!"

"알아들었지?"

"아, 알겠습니다!"

"안 오면 어떻게 된다? 내가 어떻게든 찾아내서 손수 불덩이를 떠먹여 준다. 알지?"

"반드시 보고하러 가겠습니다!"

우렁차게 대답한 덩치들은 이어 유리엔의 손짓을 신호로 부리나케 자리에서 사라졌다. 전속력으로 뛰는 듯 덩치에 어울리지 않게 빠른 속도였다. 금세 멀어진 그들에게 손을 흔들어준 유리엔이 다른 생각에 잠겼다.

'호신용이라더니…….'

유리엔이 복잡한 눈길로 반지를 내려다보았다. 이 정도면 방어가 아니라 살상용이었다. 끽해야 기초적인 공격 마법이나 걸려 있으려니 했더니 웬걸, 여럿을 한 방에 해치우기에도 위력에 모자람이 없었다. 시험은 않겠지만 마법을 쓰면서 한 바퀴만 돌아도 주변이 싹 다 정리될 것 같았다.

'천재였네.'

유리엔은 새삼 인식했다. 황비가 좋아했던 마법사는 정말로 뛰어난 사람이었다. 위치 추적이 주가 되는 반지에 덤으로 걸어놓은 마법이 저 정도라니. 만약 죽지 않고 살아 있다면 지금쯤 꽤 위명을 날리고 있을지도 몰랐다. 나중에 시간이 되면 생사 여부나 한번 알아봐야겠다. 짤막하게 마음을 먹은 유리엔이 도로 가던 길을 걸어 나갔다.

한편, 구석에 숨어 이 상황을 전부 지켜본 노바카사. 그는 현재 얼이 나가 있었다.

"맙소사……."

목소리가 자연히 떨려 나왔다.

"저렇게 아름다운 여인이 마법사였다니!"

그는 고전적인 방법을 즐겨 썼다. 건달들을 매수해 상대를 위험으로 몰아넣은 뒤 자신이 그 상황에 등장해 겁에 질린 상대를 구해낸다. 정의의 청년으로 빙의하는 이 방법은 지금껏 백이면 백 먹혔다. 수포로 돌아간 것은 이번이 처음이었다. 노바카사의 친구인 남자 A가 곁에서 파랗게 질린 얼굴로 몸을 떨었다. 암만 친구의 부탁이었다지만 저런 사람에게 수프를 엎었던 스스로가 정녕 미쳤었구나 싶었다. 앞으로는 무슨 일이 있어도 그림자도 밟지 않고 피해 다닐 것이다. 그러나 노바카사는 친구와는 조금 다른 생각을 했다.

"완전 최고야!"

"……뭐?"

"역시 너무 쉬우면 재미가 없지!"

"너 미쳤어?"

"아름다운 장미에는 가시가 있는 법!"

"찔리면 뒈지는데?"

"비록 영광의 상처를 얻는다 하여도 내 반드시 꺾고 말리다!"

"뒈진다니까?"

노바카사는 이미 들리지 않는 것 같았다. 홀로 무아지경이었다. 자신감과 기대에 차 반짝거리는 노바카사의 얼굴을 살핀 남자 A가 질린 표정으로 고개를 저었다. 그리고 이어서 진심을 담아 말했다.

"야, 우리 오늘부터 친구 그만두자."

친구를 잃은 노바카사는 개의치 않고 유리엔의 뒤를 밟았다. 아름답고 강한 그의 천사는 현재 한가로이 거리를 거닐고 있었다. 태평한 얼굴로 노점상에서 음식을 사먹거나 말없이 풍경을 감상한다. 그런 그녀를 향해 만인의 시선이 집중되었지만 본인은 전혀 신경 쓰지 않는 기색이었다. 얼굴빛 하나 바뀌지 않는 무심하고 담담한 모습에 노바카사의 가슴이 재차 쿵쾅거렸다.

'이건 운명이다! 내가 드디어 짝을 만난 거야!'

더러워진 후드를 미련 없이 버린 유리엔은 아까부터 얼굴을 고스란히 드러낸 상태였다. 신이 빚어낸 최상의 창조물 같은 미려한 이목구비를 감상하며 노카바사가 몰래 볼을 붉혔다. 대상을 보면 볼수록 그는 확신에 사로잡혔다. 그녀가 바로 자신의 진짜 인연이라고!

'하아…… 예뻐.'

침을 삼킨 노바카사는 계속해서 기회를 살폈다. 그가 스토커처럼 몸을 숨기고 대상을 미행하는 데에는 다 이유가 있었다. 그는 타이밍을 찾는 중이었다. 첫 만남은 가능한 느낌 있고 낭만적인 편이 좋다. 다년간의 경험으로 노바카사는 상대가 자신에게 운명을 느낄 만한 시점을 물색하고 있었다.

'저거다!'

순간 노바카사의 눈이 빛났다. 유리엔이 걸음을 멈춘 채 뭔가를 빤히 쳐다보고 있었다. 다름 아닌 길거리 노점에서 파는 생화였다. 형형색색의 예쁜 꽃들은 대체로 소녀의 감수성을 자극하게 마련이다. 그녀 또한 꽃의 아름다움에 사로잡혀 감성적인 기분에 퐁당 빠졌으리라 짐작하고, 노바카사가 이때다 싶어 걸음을 옮겼다.

'가까이서 보니까 더 예뻐!'

소리 없이 근처로 다가간 노바카사는 날아가려는 혼을 붙잡았다. 마음 같아선 가까워진 김에 얼굴이나 넋 놓고 감상하고 싶었지만 지금은 그럴 때가 아니었다. 작업을 쳐야 한다. 목소리와 정신을 가다듬은 노바카사가 천천히 입을 열었다.

"아름답군요."

꽃만 주시하던 유리엔이 그의 말에 고개를 돌렸다. 눈이 마주쳤다. 노바카사는 즉시 본인의 최대 매력 포인트라 믿어 마지않는 상큼한 살인 미소를 날렸다. 눈가가 초승달처럼 접히며 매력적인 눈웃음을 만들어냈다.

"프리지아, 메리골드, 데이지. 그대가 보고 있던 생화의 이름입니다. 제 입으로 말하긴 부끄러우나 저는 나름 꽃에 대해 다식한 편입니다. 그래서 지금껏 모든 꽃의 이름을 알고 있다 자신해 왔죠."

"……."

"하지만 오늘 처음으로 이름을 알 수 없는 꽃을 만나고 말았습니다."

"……."

"레이디, 부디 제게 당신의 이름을 알려주시겠습니까?"

말을 마친 노바카사가 그윽한 눈빛을 쏘았다. 해수 같은 파란색 눈동자가 그를 바라보는 상대의 모습을 마치 빠뜨릴 듯 동공 안에 담았다. 노바카사는 자신이 있었다. 여태껏 이 대사와 눈빛 콤보에 넘어오지 않은 여자는 없었다. 스스로 생각해도 지나치게 멋있었다.

'크으! 로맨틱해. 어서 수줍어해라, 어서! 부끄러워하면서 볼을 붉혀!'

그러나 유리엔은 기대와 다르게 수줍어하지도, 부끄러워하지도 않았다. 볼을 붉히기는커녕 표정 전체에 아무런 변화도 없었다. 완벽한 무반응을 보여준 유리엔이 도로 고개를 돌려 꽃을 골랐다.

"이 꽃 얼마죠?"

"……!"

노바카사가 뻣뻣이 굳었다. 눈앞의 상황을 이해하기가 힘들었다. 이성적으로 생각하면 무시-그것도 개무시-를 당한 건데 감정적으로 생각하면 말이 되지 않았다. 무시라니? 그럴 리가. 이 천하의 노바카사가 이성에게 무시라니?

그때 대금을 지불하고 꽃을 건네받은 유리엔이 몸을 돌렸다. 빙글,

오른쪽으로 완전히 틀어 노바카사를 마주 봤다. 그러자 노바카사는 안심했다. 아니나 다를까, 뭔가 이상하다고 생각했더니 역시 착각이었던 모양이다. 상대는 자신을 무시한 것이 아니었다. 단지 수줍은 마음을 표현할 수단으로 말이 아닌 꽃을 선택했을 뿐이었다.

'후훗, 꽃이라니. 귀엽군.'

노바카사가 막 그렇게 생각했을 무렵이었다. 유리엔이 들고 있던 꽃을 노바카사의 왼쪽 귀 위에 살포시 꽂았다. 살포시.

"……?"

노바카사가 다시금 이해력을 잃었다. 이게 무슨 상황인지 순간 파악되지가 않았다. 그런 노바카사를 향해 유리엔이 웃으면서 말을 건넸다.

"잘 어울리네."

"저…… 레이디?"

"정체성은 늘 겉으로 표현하고 다녀야지. 안 그러면 모르는 사람들이 헷갈리잖아. 앞으로는 꼭 그러고 다녀? 알겠지?"

옥구슬이 굴러가듯 아름다운 목소리가 노바카사의 귓가에 속삭였다.

머리에 꽃 꽂은 사람.

미친 남자.

돌 아이.

정신이 아픈 놈.

회까닥 한 인간.

그게 너야.

"레, 레, 레이디?"

노바카사가 말을 더듬었다. 평소엔 유창하던 혓바닥이 당황으로 잔뜩 굳어 제구실을 하지 못하고 있었다. 석상처럼 변해 버린 노바카사를 뒤로하고 유리엔이 손을 탁탁 털었다.

"꽃 잠깐 봤다고 별 미친놈이 다 꼬이네."

"……!"

"그나저나 역시 식용 꽃은 없구나."

"레, 레이디!"

노바카사가 저도 모르게 유리엔을 불렀다. 가녀린 체구가 매정하게 멀어져 갔다. 그녀는 노바카사의 머리에 꽃을 꽂아주고 미친놈으로 취급한 것도 모자라 이젠 그를 버려둔 채 떠나가고 있었다. 충격의 여파로 혀도 굳고 발마저 굳은 노바카사는 그대로 걷는 법을 까먹은 채 살아 있는 석상으로 전직했다.

석상에서 풀려나자마자 노바카사는 무작정 근처 가게로 들어가 거울부터 보았다. 이리 살피고 저리 살피고, 아래에서 뜯어보고 위에서 뜯어보고. 보다 못한 점원이 안 살 거면 제발 꺼져 달라고 말을 걸 때까지 그렇게 삼십 분을 넘게 쳐다봤다. 가게에서 쫓겨나면서 노바카사는 자신감을 되찾았다. 거울에 비춰본 저의 얼굴은 여전히 멋있었다.

'대체 뭐가 문제지?'

거리를 걸으면서 노바카사가 머리를 굴렸다. 조금 전 운명의 그녀에게 걸었던 작업의 결과가 떠올랐다. 성공할 줄 알았는데 실패하고 말았다. 그것도 그냥 실패한 것도 아니고 정신병자 취급을 당하면서 까였다. 지금까지의 화려한 성공 신화를 돌이켜 봤을 때 있을 수 없는 일이었다. 차라리 꿈이라는 편이 더 현실감이 넘칠 것 같았다.

'일단 내 얼굴은 절대 문제가 아니야!'

노바카사의 자신감은 합판보다 두꺼웠다. 아주 근거 없는 자신감은 아니었지만 근거에 비해 크기가 좀 크긴 했다. 어쨌든 스스로의 얼굴에 대해 믿음이 굳건한 노바카사는 다른 곳에서 실패의 요인을 찾았다.

'꽃! 꽃을 싫어했던 건가?'

얼굴도 문제없고 눈빛도 완벽했고, 타이밍도 환상이었으니 남은 요소라고는 꽃뿐이었다. 그래, 꽃이다. 노카바사는 확신했다. 상대는 꽃을 매우 싫어하는 특이한 취향이었던 거다. 그래서 꽃에 비유한 작업멘트에 기분이 상해 그런 식으로 반응했던 것이다.

'이제 이해가 되는군!'

이유를 찾는 게 아니라 생산한 노바카사가 만족스럽게 웃었다. 원인을 알고 나니 속이 트였다. 앞으로 더 이상의 실패는 없었다.

"좋아! 이제 성공뿐이야!"

노바카사는 꽤 낙관적인 인물이었다. 불과 방금 전 상대에게 그런 대우를 받고도 상대가 자길 싫어하는 게 아니라 꽃을 싫어하는 거라고 믿는 것만 봐도 그랬다. 그는 자기에게 불리한 상황은 아예 가정조차 하지 않는 편리한 두뇌를 지니고 있었다. 파이팅 넘치게 외친 노바카사가 다시 유리엔을 찾아 사방을 돌아다니기 시작했다. 어디로 갔는지도 모르면서 무작정 배회하는 거였지만 그는 나름대로 상대를 찾아낼 자신이 있었다. 감성이 아니라 이성적으로 그랬다.

"방금 봤나?"

"대단하더군."

"어떻게 그리 예쁜 얼굴로……."

역시! 노바카사가 속으로 쾌재를 불렀다. 지나가는 행인들의 대화에 집중했더니 오래지 않아 상대의 행방을 잡아낼 수 있었다. 어딜 가나 눈에 띄는 사람은 이래서 찾기가 편하다.

'근데 뭘 하고 있는 거지?'

파악된 장소로 이동하며 노카바사가 고개를 갸웃거렸다. 대화의 내용을 수집하면 수집할수록 심상치 않은 기운이 풍겨왔다. 주고받는 말들은 대체로 '예쁜 얼굴'이 아니라 '어떻게 그게 가능한가'에 초점이 맞추어져 있었다. 그게 뭐지? 그리고 노바카사의 의문은 도착과 동시에 해소되었다.

"다음 도전자! 다음 도전자 없으십니까?"

"네가 해봐."

"못 해! 방금 덩치가 나가떨어지는 거 봤잖아!"

"열 배! 이기시는 분에겐 열 배를 드리겠습니다!"

사람들이 모여 있었다. 그 사이로 다가가 고개를 내민 노바카사는 곧 입을 떡 벌렸다. 운명의 그녀는 다름 아닌 팔씨름 내기를 하고 있었다!

"아무도 없으십니까?"

심지어 연승 중인 모양이었다. 관중이 저마다 수군거리며 목격한 무용담을 꺼내놓았다. 자기 덩치의 두 배를 꺾었다, 아니다 세 배는 되어 보였다, 조금 전엔 손가락으로 꺾지 않았냐……. 노바카사는 정신을 차릴 수가 없었다. 그때 그런 그를 밀치고 누군가가 앞으로 나섰다.

"내가 하지."

"헛! 저자는!"

"작년 힘겨루기 대회 우승자 그아눅!"

"그아눅이 나타났다!"

그아눅이라 불린 사내는 덩치가 태산만 했다. 키만 큰 것이 아니라 근육도 잔뜩 발달해 팔 한쪽이 보통 사람의 허리 두께를 상회하고 있었다. 생김새는 덩치에 비해 푸근했으나 몸집이 주는 위압감이 너무 커서 얼굴은 눈에 들어오지도 않았다. 진격의 그아눅! 아는 사람 모두가 그를 그렇게 불렀다.

"그, 그아눅 씨!"

"팔씨름은 오랜만이군……."

그아눅이 의자에 앉자 쿵 소리가 났다. 앉는 순간 부러지지 않은 게 용하다 싶을 정도였다. 방금까지 시끄럽게 떠들던 관중이 약속이나 한 듯 다 같이 입을 다물고 그를 주시했다. 몇몇은 꼴깍 침을 삼켰다.

"이거 생각지도 못했던 최강의 시합이 탄생했습니다! 신흥 강자 괴력의 여신님이냐! 아니면 작년의 힘겨루기 대회 우승자, 무패 전설 진격의 그아눅이냐!"

유리엔의 칭호는 어딜 가나 여신님이었다. 사회자가 목청 터지게 외치는 것에 노바카사의 얼굴이 사색이 되었다.

'레, 레이디!'

노바카사가 보기에 이건 말도 안 되는 시합이었다. 유리엔과 그아눅의 체격은 비교하기 민망할 정도로 차이가 났다. 겉모습만 보면 그아눅이 새끼손가락만으로도 유리엔을 날려 버릴 수 있을 것 같았다. 아무리 팔씨름이라지만 이런 경기를 했다간 레이디가 큰 부상을 입을지도 모른다.

"명실상부한 최고의 시합! 과연 어떤 결과가 날지 기대가 되는군요! 그럼 시작하겠습니다!"

'레이디이!'

노바카사의 비통한 마음속 외침을 뒤로하고 사회자가 시작을 선언했다. 서로 마주 보고 앉은 채로 유리엔과 그아늑이 각자 오른팔을 탁자 위로 내밀었다.

"그럼 양 선수, 준비하시고……."

그때 그아늑이 유리엔의 섬섬옥수를 덥석 쥐었다. 말도 떨어지기 전이었다. 맞잡은 자세가 아니라 겉으로 감싸 쥐듯 손을 붙든 그아늑이 이내 느끼한 미소를 흘렸다.

"얼굴만큼 손도 부드러운걸? 이렇게 예쁜 아가씨께서 여기서 왜 이러고 계실까."

"……."

"어울리지도 않는 팔씨름은 그만두고 어디 식사나 하러 가는 게 어때? 으응? 예쁜 아가씨."

느글거리는 목소리로도 모자라 그아늑은 얼굴까지 들이댔다. 사회자는 그의 돌발 행동에 깜짝 놀란 기색이었으나, 차마 뭐라 주의는 주지 못하고 말없이 눈만 굴리고 있었다. 시합 대신 지랄을 시작한 그아늑의 행태에 유리엔이 차분히 입을 열었다.

"사회자."

"네, 네?"

"얘가 먼저 시작했어. 봤지?"

"네? 네."

사회자가 얼결에 고개를 끄덕였다. 직후 유리엔의 다른 손이 번개처럼 허공을 갈랐다.

빠억!

"커헉!"

'언제?!'

지켜보던 모두의 생각이었다. 유리엔은 신고 있던 구두를 벗어 그걸로 상대의 머리통을 휘갈겼다. 얻어맞은 그아눅이 비명을 질렀다. 공격은 연달아 이어졌다.

"이게 어디서 희롱을 해? 팔씨름 하려고 앉았으면 얌전히 팔씨름이나 해야지, 어디서 시합! 상대를! 희롱하고! 지랄! 이야!"

"악! 으악! 컥! 끄악!"

분노한 유리엔의 매타작은 쉽게 멈추지 않았다. 그아눅이 손을 그냥 잡기만 한 것이 아니라 변태처럼 조물딱거린 탓에 그녀의 노기는 더욱 높았다. 그아눅이 의자에서 떨어져 바닥에 엎어진 뒤에도 매질은 계속되었다.

"죽을래? 뒈질래? 숨질래? 이승 뜰래? 하직할래? 작별할래? 인생 정리할래?"

"사, 살려주…… 꾸억!"

웅성거림이 커졌다. 사회자는 이미 멀찍이 도망쳐 사람들 사이에 섞여 있었다. 노바카사는 말없이 손을 들어 제 눈을 가렸다. 차마 더는 볼 수가 없었다.

'레이디…….'

만에 하나라도 레이디가 죽으면 어쩌나 했더니 현실은 죽으면 어쩌나가 아니라 죽이면 어쩌나였다. 시야를 가린 노바카사의 손이 미세하게 떨렸다. 운명이라고 생각했는데 갑자기 그 생각에 의심이 들기 시작했다. 그아눅의 비명이 점점 처절해지는 바람에 노바카사가 결국 눈을 감은 채로 귀도 막았다.

본의 아니게 운동을 마친 유리엔이 뻐근한 어깨를 돌리며 걸음을 내디뎠다. 근처에서 사람들이 팔씨름 내기를 하길래 호기심에 참여했다가 그대로 연전연승을 세웠다. 거기까진 좋았는데 마지막에 웬 변태가 등장하는 바람에 왕창 기분을 잡치고 말았다. 유리엔은 기분 전환이 될 만한 걸 찾아 주변을 둘러보았다.

축제가 본격적으로 시작되지도 않았는데 거리에는 벌써부터 볼거리가 많았다. 노점이 끝도 없이 들어서 있는가 하면 여기저기서 소소한 놀이판들이 돈이나 상품을 걸고 열리기도 했다. 유리엔은 눈에 들어오는 순서대로 기웃거리다 어떤 것을 발견하고는 우뚝 걸음을 멈췄다.

당신의 운명을 봐드립니다.

칠을 새로 한 듯 간판이 반질거렸다. 입구에는 화려한 장식과 발을 주렁주렁 달아 지나가는 사람들의 관심을 유도했다. 유리엔이 흥미를 가지고 그리로 시선을 주었다.

'점술집?'

유리엔은 어릴 때 점술사를 몇 번 본 적이 있었다. 당시 황궁에서 일을 하던 재단사가 점술을 굉장히 신봉했기 때문이다. 그는 주변에 무슨 행사만 터졌다 하면 매번 점술사를 불러다 일의 길흉을 묻곤 했다. 그때는 관심이 없어 마주칠 적마다 대충 지나쳤었는데, 흐릿하게 남아 있는 기억을 더듬어보니 웬 베일을 쓴 여자가 커다란 구슬을 품에 안고 있었던 것도 같았다.

'가보자.'

고민도 않은 유리엔이 금방 입구로 발을 디뎠다. 호기심이었다.

"어서 오시지요."

내부는 넓지 않고 어두웠다. 그 가운데 머리카락을 바닥에 닿도록 기른 여자가 베일로 얼굴을 가린 채 탁자 너머에 앉아 있었다. 구슬은 탁자 중앙에 놓여 있는 상태였다. 유리엔은 저 베일과 구슬은 점술사들끼리 공동 구매를 하는 걸까 잠깐 생각했다.

"무엇이 궁금하여 오셨나요?"

"운명을 알려준다고 해서요."

"운명을 엿보기를 원하시는군요. 좋습니다, 앉으시지요."

유리엔이 맞은편에 앉자 점술사가 구슬을 몇 번 어루만졌다. 그러자 구슬 안쪽에서 빛이 살짝 올라오는 것 같았다. 이내 점술사의 얼굴 가득 놀란 기색이 번졌다.

"귀하신 분이로군요."

"저 말인가요?"

"그렇습니다."

"하녀인데요? 사실 저 좋다는 삼 처 사 첩 도련님을 피해 막 도망쳐 나온 참이라 앞날이 궁금해서 들어왔어요."

유리엔은 일부러 거짓말을 했다. 어떻게 나오나 상대의 반응이 궁금해서였다. 점술사는 예상외로 당황하지 않았다.

"하나 구슬은 흔들림 없이 제게 이야기하고 있습니다. 귀하신 분이라고."

"흐음……."

"앞날이 궁금하시다 하셨죠?"

점술사의 손이 재차 구슬을 부드럽게 쓰다듬었다. 마치 살아 있는 것처럼 구슬 내부가 요동치는 것을 유리엔이 신기하게 쳐다보았다. 저런 건 어디서 팔지?

"그대의 앞날은…… 평탄합니다. 풍파가 잠깐 일겠으나 그대가 무너질 정도는 아닙니다. 그 기반은 지금도 만들어지고 있습니다."

추상적인 데다 누구에게나 들어맞을 것 같은 이야기였다. 점술은 역시 이런 건가 생각하며 유리엔이 대강 고개를 끄덕였다. 귀하신 분이라는 언급도 사실 아무한테나 쓸 수 있었다. 노예라도 괜찮다. 영혼이 고귀하다고 하면 되니까.

호기심에 들어왔지만 막연히 상상했던 것과 별반 다르지 않았다. 기실 애초에 미신을 믿을 만한 성정도 못 되었다. 별달리 실망도 감탄도 하지 않은 유리엔이 복채를 꺼내기 위해 품을 뒤지는 사이, 점술사가 말을 덧붙였다.

"그리고…… 근처에 귀인이 있습니다."

"귀인?"

돈을 내려놓으며 유리엔이 들은 것을 따라 물었다. 점술사가 고개를 끄덕거렸다.

"예. 그대 못지않게 귀하신 분입니다. 현재 가까이 계십니다."

쾅!

큰 소리가 들린 것은 그때였다. 바깥에서 폭발음 같은 것이 요란하게도 울렸다. 유리엔과 점술사가 동시에 놀라 시선을 돌렸다. 입구는 주렴 탓에 외부가 잘 드러나지 않았지만 얼핏 그 너머로 바닥을 뒹구는 사람의 형체가 보이는 것도 같았다.

"설마 귀인?"

"아, 아닐 겁니다."

대답을 뒤로하고 유리엔이 바깥으로 나왔다. 가게를 벗어나자마자 보인 풍경은 황당하기 그지없었다. 우선 바닥을 미친 듯이 구르고 있는 인간부터가 유리엔이 아는 사람이었다.

"미친놈?"

손수 꽂까지 꽂아줬는데-그것도 조금 전에-알아보지 못할 턱이 없었다. 바닥을 구르면서 노바카사가 죽어라 비명을 내질렀다.

"으아악! 살려주세요! 으악!"

"요리조리 피하면서 입만 살았네!"

쾅! 콰쾅!

무슨 굉음인가 했더니 웬 여성이 폭발물을 연달아 던져대고 있었다. 바닥에 남는 흔적을 보아하니 소리에 비해 위력은 그리 크지 않은 것 같았지만, 그래도 사람 하나쯤을 조지기엔 충분해 보였다. 그 사람 하나인 노바카사가 꽥꽥 고함을 치며 연신 제 몸을 굴렸다.

"살려주세요! 제발! 와악!"

"닥쳐! 내가 넌 반드시 죽인다!"

대체 무슨 사태인지 이것만 봐선 당연히 알 길이 없었다. 근처에 있던 사람들은 이미 죄다 도망간 듯 너른 길이 황량했다.

연금술로 만든 것 같은 폭발물, 그런 폭발물을 열심히 투척하는 웬 여성, 그런 여성이 던진 폭발물을 바닥을 굴러 피하는 노바카사. 구경 중인 유리엔을 제외하면 사람이라곤 둘뿐인데 소란은 백 인분이었다. 잠시 손 놓고 지켜보던 유리엔이 여전히 공격을 감행 중인 여성에게 말을 걸었다.

"저기?"

"맞아라! 좀 맞아! ……뭐야?"

청아한 목소리에 여성이 반응했다. 눈이 마주치자 유리엔이 재차 입을 열었다.

"사정은 모르겠지만 여기서 이러면 잡혀갈 텐데?"

말마따나 당장 치안대가 출동해도 무리가 없을 소동이었다. 대낮에 거리에서 이만한 난리를 피우고도 잡혀가지 않는다면 그게 더 말이 안 될 일이다.

유리엔의 외모를 보고 흠칫 놀랐던 여성은 이어진 지적에는 코웃음을 쳤다.

"잠깐 정도는 괜찮아! 돈 먹였으니까!"

당당했다. 한 점 부끄러운 기색이나 머뭇거림도 없었다. 그리 뻔뻔하게 제 부정을 밝힌 여성이 다시 폭발물을 집어 들었다. 살심으로 가득한 눈동자가 이글거렸다.

"이리 와! 아주 너도 죽고 나도 죽자!"

"너만 죽으면 안 될까요?!"

"죽어!"

"으악! 사람 살려! 아악!"

여성의 답을 들은 유리엔은 호기심이 생겼다. 정성 들여 준비한 것 같은 다량의 폭발물에, 미리 치안대에게 돈을 먹이는 치밀한 유료 결제까지. 그 정도면 보통 원한이 아니란 소리였으니-보통 원한으로 사람을 죽이려 드는 것도 이상하지만-자연히 궁금증이 솟을 수밖에 없었다. 사정이 알고 싶어진 유리엔이 재차 여인을 불렀다. 말만 걸면 무시할까 봐 곁으로 다가가서 어깨도 톡톡 쳤다.

"바쁜 와중에 미안한데."

"또 뭐야!"

"저기 굴러다니는 재가 무슨 짓을 저지른 거야? 궁금해서."

유리엔이 손가락질로 대상을 가리켰다. 노바카사는 이젠 거의 넝마가 된 옷을 입고 군데군데 그을린 상태로 나 살려라 바닥을 뒹굴고 있었다. 어찌나 불쌍한지 평소 싫어하던 사람도 안쓰럽게 여길 만한 꼴이었다. 유리엔의 물음에 여성이 새삼 원한을 상기했는지 소리 내 살벌하게 이를 갈았다.

"저 자식? 저 자식이 무슨 짓을 했냐고?"

여성이 주먹을 불끈 쥐었다. 이어 울분에 찬 소리가 터져 나왔다.

"내 마음을 가지고 놀았어!"

"아하."

그런 일이. 유리엔은 문득 노바카사를 처음 보았을 때를 떠올렸다. 작위적으로 덩치들을 물리친 다음 행인에게 다가가 느끼한 대사를 날리던 청년의 모습. 당시엔 그냥 별놈이 다 있네 싶었는데 알고 보니 여자 관계가 매우 복잡했던 모양이었다.

어찌 된 일인지 대충 짐작은 되었지만 예상보다 원한의 원인이 소박했다. 이렇게까지 나올 정도면 마음만 농락당한 게 아니라 집문서 같은 것도 함께 털리지 않았을까 생각했던 유리엔은 약간 김이 샜다. 그러나 여성의 말은 끝난 게 아니었다.

"그리고 내 동생의 마음도 가지고 놀았고!"

"어이쿠?"

자매를 가지고 놀다니, 이건 좀 반전이었다. 급 사안이 심각해진다. 그때 여성이 또 말을 이었다.

"거기다 내 언니도 가지고 놀았지!"

"미쳤네. 야, 이건 네가 심했다."

유리엔이 기가 차서 노바카사를 바라보았다. 밝혀진 전말은 일말 변호의 여지도 없었다. 세 자매를 모두 건드려? 저거 완전히 돌 아이 아냐? 어처구니가 사라진 시선을 받은 노바카사가 바닥에 누운 채로 변명이랍시고 지껄였다.

"전 정말 몰랐습니다! 셋 다 다르게 생겼었단 말이에요!"

"닥쳐!"

너에게 남은 건 죽음뿐이다! 잠시 멈췄던 폭탄 세례가 분노한 손길을 타고 도로 시작되었다. 노바카사는 또 살기 위해 죽어라고 몸을 굴렸다. 그는 자기 딴에는 진심으로 억울했다. 정말로 모르고 작업했었기 때문이다. 길 가는 사람들을 붙잡고 물어봐도 열이면 열 고개를 저을 정도로 세 자매는 각기 딴판으로 생겼었다.

"살려주세요! 여신님! 여신님, 저 좀 살려주세요!"

노바카사는 급한 대로 유리엔을 붙잡고 늘어졌다. 이 자리에 있는 사람이 그와 폭탄녀와 유리엔뿐이었으니 선택의 여지가 없었다. 노바카사는 무조건 살고 싶었다. 이런 날이 올 거라곤 생각도 못 했다.

그러나 유리엔이 그런 노바카사의 구원 요청에 귀를 기울여 줄 리 만무했다. 유리엔은 들은 체도 않고 몸을 돌렸다. 궁금증도 해소되었겠다 더는 볼일이 없었다. 축제를 앞두고 거리에서 객사할 위기에 놓인 상대의 처지는 불쌍했지만 자업자득이니 본인이 알아서 해결할 일이었다.

"다음 생엔 늑대로 태어나서 한 배우자만 평생 사랑하렴. 안녕."

"으악! 안 돼! 살려주세요! 으아아!"

냉정한 작별 인사에 노바카사가 눈물, 콧물을 쏟았다. 체력이 슬슬 바닥을 드러내면서 폭탄을 피하는 것이 점차 힘들어지고 있었다. 이대로 가다간 머잖아 명중을 면치 못할 노릇이었다. 안 돼, 안 돼애! 끔찍한 엔딩을 그린 노바카사가 절망에 빠져 손을 뻗었을 때였다.

"너 여기서 뭐 하냐?"

"어?"

유리엔이 멈칫했다. 그리고 폭발물을 던지던 여성도 멈칫했다. 유리엔은 아는 목소리라서, 여성은 목소리가 잘생긴 것 같아서 멈췄다.

"넌 빈손이네? 야, 난 네가 던지고 있는 줄 알았어."

세 사람과 수많은 폭발물만 있던 자리에 한 사람이 더 추가되었다. 새롭게 등장한 인물은 후드로 얼굴을 가리고 있었으나 유리엔은 목소리와 말투만으로도 상대가 누군지 손쉽게 알아차릴 수 있었다. 헐. 황당해진 유리엔이 표정을 파삭 일그러뜨렸다.

"카라멜?"

"오냐, 검둥아."

나타난 사람은 다름 아닌 카엘이었다. 확인하자마자 유리엔이 절규했다.

"뭐야! 왜 이렇게 빨리 왔어!"

평화로운 혼자만의 여행에 이제부턴 카라멜이 묻게 생겼다며 유리엔이 절망했지만, 사실 더 황당한 쪽은 카엘이었다.

그는 황성을 떠나면서 일부러 반지의 위치 추적 마법을 발동시키지 않았다. 어차피 쫓아가 잡을 의향도 없는데 나온 김에 혼자서 유유자적 유람이나 할 심산이었기 때문이다. 그런데 마차에서 내리자마자 주변에서 요란한 소리가 들리길래 궁금해서 와봤더니 그곳에 하필 유리엔이 있었다. 말 못 하게 공교로운 우연이었다. 오면서 '설마 이거 걔가 터뜨리고 있는 거 아냐?' 하고 지나가듯 생각은 했지만 그렇다고 정말로 있을 줄이야. 카엘로서도 기가 찼다.

"말은 바로 해야지. 내 휴식에 검둥이가 묻은 게 맞지 않냐?"

"야, 그럼 우리 각자의 여행에서 꺼져주자."

"……아는 사이?"

그때 눈치만 보던 여성이 슬쩍 끼어들었다. 던지려던 폭발물은 얌전히 자리에 내려놓은 뒤였다. 덕분에 마지막 순간을 상상 중이던 노바카사만 한숨을 돌렸다.

"그건 왜?"

유리엔은 의아하게 여성을 응시했다. 대상이 갑자기 다가와서 말을 건 이유를 알 수가 없었다.

"아니, 그냥……."

여성이 머뭇거렸다. 뜬금없이 오른손으로 제 머리카락을 귀 뒤로 넘기기도 했다. 전체적으로 비비 꼬는 듯한 몸짓에서 어쩐지 부끄러움 같은 것이 묻어났다. 순간 유리엔의 촉이 반응했다.

'설마!'

유리엔이 카엘을 돌아보았다. 그리고 다시 여성을 쳐다보기를 반복했다. 겉보기엔 목운동이나 다름없는 행동에 카엘이 어디 아프냐는 듯 질문했다.

"뭐 해? 목 안 좋냐?"

"카라멜 너 이 자식, 이야…… 얼굴을 가리고도……."

"무슨 소리야?"

"후드를 뒤집어쓰고도…… 이야……."

"뭐냐니까?"

대답은 않고 알아들을 수 없는 소리만 되풀이하는 것에 카엘이 답답해져서 채근했다. 유리엔은 그런 그의 의문을 풀어주는 대신 여성에게 말을 걸었다.

"거기 언니."

"으응?"

"얘가 잘생겼을 것 같아?"

"아니, 뭐……."

노바카사를 잡아 죽이겠다던 기세는 어디 가고 여성이 수줍은 산골 처녀처럼 낯을 붉혔다. 사실 그녀는 처음 상대의 목소리를 들었을 때부터 가슴이 설레었었다. 듣기 좋은 중저음의 목소리에서 왠지 멋짐이 느껴졌던 것이다. 그간의 경험을 돌이켜 봤을 때 이런 음색을 지닌 사람은 대부분 미남이었다.

"구, 궁금해서……."

"얘 얼굴이?"

"으응."

그리고 여성은 미남에게 약했다. 그냥 약한 것도 아니고 매우 약했다. 과거 노바카사에게 넘어갔었던 것도 다 그놈의 얼굴 때문이었다. 그녀는 미남에 죽고 미남에 살았다.

"보여줄까?"

"보여주세요."

간절함 탓에 말투가 바뀌었다. 유리엔은 그런 상대의 반응이 신기하기도 하고 웃기기도 해서 잠깐 배를 잡았다. 여성과 유리엔의 사이에서 오가는 대화를 들은 카엘이 황당한 심정으로 따졌다.

"내 얼굴이 네 거냐? 왜 보여주고 말고를 네가……."

"어? 너 후드에 먼지 많다. 좀 털어!"

항의를 무시한 유리엔이 천연덕스럽게 손을 뻗어 카엘의 후드를 확 젖혔다. 덕분에 머리 부근을 감싼 천이 뒤로 넘어가며 그 안에 있던 얼굴이 고스란히 드러났다. 흐트러진 붉은색 머리카락 아래로 수려한 이목구비가 가릴 것을 잃고 빛을 발했다.

"……!"

자비 없는 외모를 정면에서 무방비하게 마주한 여성이 그대로 숨을 멈췄다. 먼발치서 엎드려 있던 노바카사도 함께 눈을 부릅떴다. 환한 햇빛 아래 노출된 강렬한 색채는 마치 불꽃을 옮겨다 놓은 듯 주변과 대비되어 선연하게 타올랐다.

"오오, 파괴력!"

"이게 진짜!"

멋대로 후드를 벗겨놓고는 너스레를 떠는 것에 카엘이 기가 차 미간을 찌푸렸다. 그러자 그 순간 숨을 멈추고 있던 여성이 주륵 눈물을 흘렸다. 찡그린 얼굴마저 환상적이라 그만 감동을 이기지 못한 것이다. 감격에 찬 그녀의 눈물이 방울방울 바닥으로 떨어졌다. 그걸 목격한 유리엔은 카엘을 퍽퍽 두들기며 웃었다. 카엘은 차마 그런 유리엔을 말리지 못했다.

한참이 지나서야 겨우 눈물을 그친 여성이 조심스레 입을 열었다.

"저, 저어……."

아연한 상황에 반쯤 넋을 놓고 있던 카엘이 짧게 고개를 끄덕였다. 얘기하란 뜻이었다. 여인이 눈이 퉁퉁 부은 채로 용기를 내 말을 꺼냈다.

"저한테 아무 말이나 해주세요."

"……뭐?"

들은 카엘이 멈칫했다. 요청이 뜬금없는 데다 막연의 끝을 달렸다. 말? 무슨 말? 당황하는 카엘에게 여성이 다시 부탁했다.

"어떤 거라도 좋으니 아무 말이나요. 부탁드릴게요."

"그렇게 말해도……."

"날씨 얘기라도 해."

카엘이 난감해하자 유리엔이 속닥였다. 정말 유용한 조언이었다. 그대로 무시한 카엘이 눈을 굴려 뭐라도 소재가 될 만한 걸 찾기 시작했다.

'아, 저거.'

마침 너덜너덜한 상태의 노바카사가 눈에 들어왔다. 저 몰골을 보고나니 할 말이 떠올랐다. 영감을 얻은 카엘이 입술을 뗐다.

"그…… 가급적 살인은 삼가도록 하시오. 축제를 앞두고 분위기가 흉흉해지면 좋을 게 없으니까."

"알겠습니다!"

여성의 얼굴이 환하게 밝아졌다. 그냥 뭐라도 말을 듣고 대답하고 대화를 나누었다는 사실이 기쁜 모양이었다. 실은 미남의 명령을 듣는 걸 좋아하는 그녀만의 취향이었지만 남들이 그런 것까지 알 수는 없었다. 어쨌든 원하던 것을 이룬 여성이 행복한 기색으로 남은 폭발물들을 주섬주섬 챙겼다.

"그럼…… 저 잘생긴 개새끼, 아니, 다시 보니까 잘생기지도 않았네요. 저 파란색 쭉정이는 살려주는 걸로 할게요."

"정말 안 죽여도 괜찮겠어?"

활화산처럼 타오르던 여성의 분노를 상기한 유리엔이 물었다. 여성은 웃으면서 고개를 끄덕였다.

"네. 마음이 정화되었거든요."

미남에 살고 미남에 죽는 그녀는 미남으로 마음도 치유할 수 있었다. 상처가 사라지고 새살이 돋은 그녀는 이제 아무렇지 않았다. 동생과 언니가 조금 걸렸지만 미남도 아닌 남신의 명령이었다고 한다면 이해해 줄 것이다.

"참, 그리고 제가 돈으로 벌어놓은 시간이 거의 다 되어가서 이제 조금 있으면 치안대가 올 거예요. 자리를 뜨시는 걸 추천드려요."

"응, 고마워."

"이만 가볼게요! 감사했습니다! 언니랑 동생한테 자랑할게요!"

그렇게 세 자매 중 둘째이자 미남에 살고 죽으며 노바카사의 구애인이었던 여성이 멀어져 갔다. 유리엔은 작아지는 그녀에게 제자리에서 손을 흔들어주었다.

"재밌는 사람이었어."

"……너 때문에 별일을 다 겪는다."

"왜 나 때문이야? 네 얼굴 때문이지. 그나저나 쟤는 어쩐담?"

유리엔의 시선이 카엘을 거쳐 노바카사에게로 닿았다. 노바카사는 얌전히 죽은 사람처럼 누워 있다가 유리엔이 제게 눈길을 주자 흠칫 놀랐다. 그는 진작부터 도망치고 싶었으나 오랜 구름의 후유증인지 몸에 힘이 들어가지 않아 그러지 못하고 있는 상태였다. 유리엔이 날카로운 눈빛으로 그런 노바카사를 훑었다.

"흐음."

"왜 신경 써?"

"너랑 내가 졸지에 쟤를 살려준 은인이 됐거든. 어디 써먹을 데가 없을까?"

"써먹긴 뭘 써먹어."

쓸데없는 생각 말라며 카엘이 타박했으나 유리엔은 듣지 않고 노바카사에게 가까이 다가갔다. 지척에 도착해서는 그대로 무릎을 굽혀

앉았다. 제 위로 내리꽂히는 시선에 노바카사가 식은땀을 흘렸다.

"왜…… 그러시는지……."

"너 지금까지 여자 몇 명이나 울렸어?"

"예?"

"꾀어놓고 버린 여자들이 얼마나 되냐고."

다짜고짜 튀어나온 질문이 강도가 높았다. 노바카사가 바로 대답하지 못하고 꿀 먹은 벙어리처럼 입을 다물었다. 성격 급한 유리엔은 오래 기다려 주지 않았다.

"대답 안 해? 이걸 콱."

"며, 몇 명 안 되는……."

"뭐라고? 맞고 싶다고?"

"엄청 많습니다."

맞기 싫었던 노바카사가 결국 솔직하게 대답했다. 근접한 거리에서 올려다본 유리엔은 변함없이 눈이 튀어나올 만큼 예뻤지만, 동시에 그만큼 간 떨리게 무서웠다. 솔직히 봐온 게 있는데 여전히 헤벌쭉거린다면 그건 뇌세포의 부재를 의심해 봐야 할 일이다. 노바카사는 최소한 뇌는 있었다.

"얼마나 많은데?"

"그, 글쎄, 너무 많아서 기억이……."

"와, 이거 진짜 몹쓸 놈이네."

유리엔이 혀를 찼다. 대강 짐작은 했지만 본인 입으로 시인하는 걸 들으니 소감이 남달랐다. 흔히 수도의 치안이 좋다고들 하나 그건 돈 있고 힘 있는 사람들의 얘기였다.

돈도 그냥저냥 힘도 그냥저냥으로 보이는 노바카사가 그렇게 막 살고도 아직까지 멀쩡한 게 그저 신기할 따름이었다. 물론 방금 전엔 이승을 하직할 뻔했지만.

"머리털을 홀랑 태워놔야 하나."

"예? 제, 제 머리카락은 왜……."

"그래야 앞으로 그런 짓을 못 하지."

대머리는 인기가 없다. 그건 잘생겨도 마찬가지였다. 뜻을 파악한 노바카사가 새파랗게 질려 고개를 붕붕 저었다. 목숨과 비교해도 종이 한 장밖에 차이 나지 않을 정도로 그는 스스로의 외모를 소중히 했다. 폭발물을 피할 때도 사실 얼굴부터 가렸다. 그 간절한 고갯짓을 보며 유리엔은 비웃는 대신 으름장을 놓았다.

"오늘은 폭발물이었지. 그런데 다음엔 뭘까? 원한을 가진 여자가 나타나 네 얼굴을 칼로 그어버리겠다고 덤빌지도 몰라."

"히익."

"이 순간만 잠깐 쫄았다가 내일부터 다시 나대지 말고 당장 지금부터 정신 똑바로 차려. 이건 내가 정의감이 넘쳐서 충고해 주는 게 아니라 기왕 살려놨으니 앞으로도 산목숨 유지하라는 뜻에서 얘기하는 거야."

"……."

"살고 싶으면 알아서 행동해."

말을 마친 유리엔이 도로 몸을 일으켰다. 해준 말은 전부 진심이었다. 기껏 죽기 직전인 걸 구해놓았는데-본의는 아니었더라도-바로 다음 날 엄한 여자를 갖고 놀다가 칼빵이라도 맞으면 허무하고 기가 차 말이 안 나올 것이다. 말 한마디에 정신을 차릴 놈으론 보이지 않았지만 적어도 죽을 뻔했던 경험에서 뭔가를 깨달았길 바랄 뿐이었다.

"가자!"

볼일을 끝낸 유리엔은 씩씩하게 걸음을 옮겼다. 후드를 다시 뒤집어쓴 카엘이 엉겁결에 그 뒤를 따랐다. 두 사람은 장소에서 금방 벗어났다.

"근데 어딜 가는 거야?"

묵묵히 따라 걷던 카엘이 물었다. 대답은 빠르게 나왔다.

"밥 먹으러."

"밥?"

유리엔이 크게 고개를 끄덕였다. 돌아다녔더니 허기가 졌다. 특히 팔씨름을 하느라 힘을 쓴 게 가장 큰 요인이었다. 뭉게뭉게 밥 생각을 하던 유리엔이 문득 카엘을 돌아보았다.

"넌 왜 따라와?"

"언젠 '가자'더니?"

"……그건…… 내 그림자한테 한 말이야."

"그러셔? 아무튼 따라가는 거 아냐. 감시하는 거지."

"감시?"

"네가 사고를 치면 애꿎은 내가 깨지거든."

카엘에겐 의무가 있었다. 약혼녀를 (사고치지 않도록)지키고, 또한 (사고치지 않도록)보살필 의무. 만나지 않았으면 모를까 마주쳐 버린 이상 함께 움직여야 했다. 유리엔이 표정을 떨떠름하게 찌푸렸다.

"아깝다. 큰 사고 많이 칠걸."

"참나."

둘은 오래 걷지 않아 목적지에 도착했다. 낯선 곳은 아니고 〈너는 이미 들어오고 있다〉 여관이었다. 생각보다 음식이 맛있었던 1층에서 식사를 할 요량으로 다시 찾았으나, 유리엔은 미처 다 들어가지도 못하고 입구에서 발을 멈췄다. 얼핏 보이는 내부에는 그새 귀족들이 늘어 있었다.

"왜?"

"안에 귀족들이 있어."

"귀족한테 뭐 못 할 짓 했냐?"

유리엔은 대답하지 않고 바깥으로 나왔다. 그녀는 그대로 상점가로 향했다.

"가면은 보통 모자 가게에서 파나?"

"웬 가면?"

"얼굴을 드러낸 채로 귀족을 패면 일이 복잡해지잖아."

카엘은 잠깐 말을 잃었다. 뭘 패?

"귀족을 왜 패는데?"

"이유 없이 때리겠다는 건 아니고 나한테 시비를 걸면."

"왜 꼭 육탄전이냐?"

"말로 해선 보통 상황이 안 끝나거든!"

마침 가게를 발견한 유리엔이 그리로 쏙 들어갔다. 카엘은 고개를 내저으면서도 잠자코 뒤를 따랐다.

대체로 미인은 분쟁을 부르게 마련이다. 그리고 미인이 예쁘면 예쁠수록 분쟁의 크기도 함께 커진다. 유리엔은 만일의 사태를 막기 위해 가면을 착용하기로 했다. 얼굴을 드러내서 쓸데없는 말썽을 유도하느니 가리는 편이 나았다. 또한 앞서 상대에게 말했듯이 주먹으로 해결할 일이 생겼을 때도 가면을 쓴 상태가 유리했다. 결국 유리엔은 밋밋한 흰색 가면으로 얼굴의 절반 이상을 가렸다.

"너 그러니까 되게 수상해 보인다."

"후드도 만만치 않네요."

결과적으로 수상한 커플이 탄생했다. 한 명은 가면에, 한 명은 후드를 쓰고 나란히 걸었으니 지나가는 사람들이 셋에 한 명꼴로 힐끔거렸다. 그래도 얼굴을 드러낸 것보단 훨씬 덜한 주목이라 전보다 돌아다니기가 편했다. 배를 채운 유리엔은 유유자적 거리를 누볐다.

"맞다, 너 축제에 대해 아는 거 있어?"

걷던 와중 유리엔이 생각났다는 듯 물었다. 그녀는 카엘이 방금 전 노바카사가 있던 장소에서 축제에 대해 언급했었다는 걸 떠올렸다. 축제를 앞두고 분위기가 흉흉해지면 좋을 게 없다고 했었나? 그녀의 물음에 카엘이 대답했다.

"이름은 달 축제야."

"달 축제?"

"일 년 중 가장 환하고 큰 보름달을 볼 수 있다고 해서 그렇게 불려. 시기는 매해 다르지만 보통은 황실의 축제가 끝나는 날을 기점으로 이틀쯤 후에 열리지. 축제 기간은 일주일이었던가?"

"참여해 봤어?"

"아니."

"그럼 이번이 첫 참여겠네? 어머나, 첫 경험."

"맞는 말인데 왜 기분이 좀 그렇지?"

말을 나누며 두 사람이 천천히 걷고 있을 때였다. 앞쪽에서 열 살 전후로 보이는 아이가 바구니를 든 채로 행인에게 뭔가를 나눠주는 모습이 시야에 들어왔다. 판매는 아니고 일종의 호객 행위인 것 같았다. 아이는 어느새 유리엔에게도 다가왔다.

"안녕하세요. 연극 보러 오세요."

"연극?"

"네, 재미있어요."

햇볕에 탄 듯 까매진 손으로 아이가 작은 나무패를 내밀었다. 문양이 그려진 패는 극단을 알리는 용도인 것 같았다. 반대로 뒤집자 이름도 새겨져 있었다. <극단 예수르>.

"사거리에서 왼쪽으로 쭉 가시면 광장이 나와요. 그곳에 큰 천막이 있는데, 거기에서 공연을 해요."

"무슨 내용이니?"

"재미있는 내용이요."

아이는 뚝심이 있었다. 미소를 매단 유리엔이 그런 아이의 머리카락을 쓱쓱 쓰다듬어 주곤 도로 패를 살폈다. 카엘이 말했다.

"가려고?"

"재미있다잖아."

여자와 아이에게 약한 유리엔이 주저도 없이 사거리로 향했다. 왼쪽으로 꺾어서 광장으로 직진할 것이 훤한 씩씩한 걸음걸이였다. 카엘은 곧장 쫓아가려다 잠깐 자리에 멈춰서 아이에게 시선을 주었다. 눈이 마주치자 바로 입을 열었다.

"야."

"……."

"쟤가 답지 않게 애한테 약해서 그렇지, 멍청이는 아니거든? 뭔진 모르겠는데 허튼짓은 하지 마라. 나한테 안 죽어도 쟤한테 죽어."

사정을 모르고 보면 웬 후드를 뒤집어쓴 수상한 놈이 길에서 어린 아이를 핍박하는 꼴이었다. 경고를 마친 카엘은 그대로 몸을 돌려 유리엔을 따라 사라졌다. 시야에서 보이지 않을 정도로 멀어지기까지는 금방이었다.

잠시 후 거리에 남은 아이가 중얼거렸다. 황당한 목소리였다.

"……어떻게 알았지? 저거 인간 맞아?"

평범한 갈색이던 아이의 눈동자가 일순간 새빨갛게 빛났다.

천막을 발견하는 일은 매우 쉬웠다. 너른 광장 가운데 저 혼자 크고 알록달록하게 솟아 시선 강탈이 엄청났기 때문이다. 보자마자 유리엔은 잠깐 생각했다. 연극이 아니라 서커스 아냐?

"너 일부러 속아준 거지?"

곁으로 다가오면서 카엘이 물었다. 유리엔은 발뺌이나 되물음 없이 솔직하게 시인했다.

"응. 귀여웠거든."

"막 나가네."

"뭐 어때, 연극 하나 보는 건데. 그리고 사실 정확한 정체는 모르겠더라."

유리엔은 아이와 눈을 마주쳤을 때 본능적으로 알았다. 아, 이 애 사람이 아니구나. 사람이 아니라고 판단하는 순간 겉모습은 의미가 없어진다. 아이는 아이가 아니라 청년일 수도, 노인일 수도 있었다. 유리엔이 느낀 것은 거기까지였다. 사람이 아닌 건 알겠는데 그 이상은 파악할 수 없었다.

"넌 알겠어?"

"나도 사람이 아니라는 것 정도만."

"귀신 아닐까?"

"그런 거 믿냐?"

"해본 소리야. 아무튼 들어가기나 하자."

유리엔이 천막의 입구를 향해 다가갔다. 따로 표를 팔지는 않고 입장할 때 바로바로 일정 금액을 받는 것 같았다. 주전부리와 물도 들어가면서 구매할 수 있었다. 품을 뒤진 유리엔이 잔돈을 꺼냈다.

"정말로 보려고?"

"재미없으면 도중에 나오면 되지."

"그게 문제냐?"

"걱정 마. 위험할 것 같으면 널 방패로 세운 다음 도망칠 테니까."

"그거 참 안심된다."

기어이 입장을 감행한 유리엔을 따라 카엘 또한 어쩔 수 없이 천막 안으로 발을 들였다. 말은 저렇게 했지만 사실 카엘은 크게 걱정하지 않았다. 여차하면 검을 뽑아 싹 정리하면 그만이었으니까. 카엘의 경지는 적수가 드물 정도였으므로 무리한 생각은 아니었다.

천막 내부는 예상보다 밝고 넓었다. 직사각형의 커다란 무대 앞쪽으로는 딴에 의자랍시고 나무판들이 열을 맞춰 놓여 있었다. 천을 겹겹이 깔아 나름 푹신함을 추구한 나무판 위로 유리엔이 스스럼없이 다가가 앉았다.

"이리 와!"

풀썩 주저앉더니 옆자리를 팡팡 친다. 그 행태에서 어딘지 익숙함이 엿보여 카엘이 눈을 가늘게 떴다.

"하루 이틀이 아니구먼?"

"천막 연극이 은근히 재밌거든. 너 본 적 없어? 이것도 첫 경험이야?"

"넌 대체 어디서 이런 것들을 보고 돌아다니는 거냐?"

"처음이구나. 겁내지 말고 이리 와. 무서운 거 아니야. 누나가 다 책임질게."

"장난해?"

황당함을 숨기지 않으며 카엘이 유리엔의 옆자리로 다가가 앉았다. 유리엔은 바닥이나 다름없는 자리에 편안하게 앉아 들어오면서 산 주전부리를 뜯고 있었다. 누가 보면 귀족이나 황족이라고는 꿈에도 생각하지 못할 자연스러운 모습이었다.

"너 솔직히 말해. 궁이 아니라 뒷골목에서 컸지?"

"못 들어봤어? 뒷골목 검은 사신의 전설. 그거 나잖아."

"말이나 못 하면……."

떠드는 사이 천막 안쪽으로 관람객들이 점점 입장하기 시작했다. 남을 줄 알았던 자리는 오래지 않아 전부 채워져 오히려 모자랄 지경이 되었다. 유리엔이 의외라는 기색으로 말했다.

"유명한 연극인가 봐."

"제목이 뭐였는데?"

"안 보고 들어왔어."

"잘한다."

"사랑 얘기면 재미없는데."

감수성이 메마른 유리엔이 걱정했다. 인기가 많은 연극은 대체로 사랑 이야기를 다룬 극인 경우가 많았다. 날 때부터 연애 감성과 작별한 유리엔이 가장 지루해하는 장르였다. 카엘은 원래 연극 자체에 딱히 흥미가 없는 편이라 내용이 어떻든 별로 상관이 없었다.

잠시 후 시간이 됐는지 연극의 막이 올랐다. 그리고 다행히 걱정하던 사랑 얘기는 아니었다.

"흉포한 드래곤이 나타났어요! 마을을 구해주세요!"

"힘을 합쳐 물리쳐야 해!"

"드래곤의 배후에 악한 마법사가 있어!"

모험물이었다. 모험을 하고 용을 때려잡고 악당을 처치하는 그런 내용인 것 같았다. 이거 재미있다며 유리엔이 먹던 것도 멈추고 극에 집중했다. 배우들의 열연이 무대 전체를 가득 메우고 있었다.

"크윽……! 안 돼! 우리만으로는 역부족이야!"

용과 싸우던 주인공이 무릎을 꿇었다. 동료들마저 모조리 당해 버린 긴박한 위기 상황이었다. 용이 금방이라도 브레스를 날릴 것처럼 울부짖는 순간, 누군가가 갑자기 웅장한 효과음-옆에서 북을 두드렸다-과 함께 무대 중앙에 모습을 드러냈다.

"멈춰라! 사악한 용아, 넌 내가 처치해 주마!"

"용사님!"

누군가의 정체는 바로 용사였다. 용사의 상징인 망토가 펄럭거리며 화려하게 휘날렸다. 가발인 티는 나지만 강렬한 붉은색 머리카락과 마찬가지로 붉은색 눈동자. 용의 뒤에 숨어 있던 악당 마법사가 화들짝 놀라 외쳤다.

"너, 너는! 가류엘 왕세자!"

'푸흡!'

그리고 유리엔은 물을 뿜었다. 다행히 순발력으로 급히 고개를 숙여 자기 옷만 버렸다. 카엘의 표정이 쩍 굳었다.

"그래! 내가 바로 가류엘 왕세자다!"

"크읏……! 십 대의 나이에 검의 길을 마스터했다는 바로 그 가류엘 왕세자란 말이냐!"

“잘 알고 있군! 최연소 소드 마스터인 나 가류엘 왕세자를 만난 이상 네놈들은 죽은 목숨이다!”

“이럴 수가!”

유리엔이 전신을 떨었다. 한 손으론 입을 막은 채였다. 유리엔은 현재 웃음을 참느라 필사의 인내심을 동원하는 중이었다. 카엘은 그저 입만 꾹 다물고 있었다. 가류엘 왕세자. 이름부터 특징까지 누가 봐도 카엘이었다.

“크으윽! 이 원한 잊지 않겠다!”

“가류엘 전하께서 물리치셨다!”

“가류엘 전하께서 마을에 평화를 돌려주셨어!”

“가류엘 전하 만세!”

“가류엘 전하!”

유리엔은 결국 참다못해 앞으로 쓰러졌다. 맨 앞자리라서 그럴 수 있었다. 유리엔은 그대로 극이 끝날 때까지 얼굴을 들지 못했다. 들면 터질 것 같았기 때문이다. 연극의 막이 내린 후 유리엔은 눈물을 닦았다.

“와, 죽는 줄 알았네.”

“…….”

“배 꼬이는 줄 알았어. 그런데 저래도 돼? 황족을 막 등장시켜도?”

“……찬양이 목적이면 괜찮아.”

이름은 약간 바꿨지만 특징이나 생김새나 어떻게 봐도 카류엘 황태자를 연상시켰다. 제국에서는 이런 식의 차용을 그 취지가 긍정적일 경우에만 허가하고 있었다. 우상화나, 신격화나, 찬양 등. 덕분에 카엘은 본인만 몰랐을 뿐 민간 연극에서는 이미 단골 소재였다. 천막을 나오면서 유리엔이 깐족거렸다.

"어이, 가류엘 왕세자."

"……."

"가류엘 전하, 제 마을도 구해주세요!"

"죽을래?"

유리엔이 다시 배를 잡았다. 카엘은 깊게 한숨만 내쉬었다.

"그나저나 아무 일도 없었지?"

"그러게."

유리엔은 거리에서 나무패를 나눠주던 아이를 떠올렸다. 정체를 알 수 없는 대상이 아이의 모습을 한 채 연극을 보라며 호객하기에 순순히 봤다. 그리고 천막에 들어가 연극을 다 관람하고 나올 때까지 아무런 사건도 터지지 않았다. 다행이면서도 한편으론 의아한 일이었다.

"정말 연극을 보여주는 게 목적이었나?"

"알고 보니 연극의 요정?"

시답잖은 추측을 하며 둘은 걸음을 옮겼다. 어느덧 해가 뉘엿뉘엿 기울고 있었다.

"흐흐…… 흐흐흐……."

여기저기 엉킨 머리카락이 바닥을 어지럽게 수놓았다. 잘만 관리한다면 탐스러운 금발이라 불렸을 법한 머리는 얼마나 엉망으로 방치했는지 지금은 그저 색이 바랜 노란 털실처럼 보였다. 피부는 푸석했으며 목소리는 낮고 거칠었다.

폐인이나 다름없는 꼴로 제 방에 누워 있는 여인은 다름 아닌 에델리아였다. 근신을 명받은 뒤로 에델리아는 이틀을 미친 사람처럼 날뛰었다. 세간이 박살 나고 장식품들이 제 모양을 유지하지 못했다. 물건을 깨부수며 난동을 피우다 체력이 다하면 잠이 들고, 일어나면 다시 잡히는 대로 집어 던졌다. 그리 발악하기를 이틀간 지속한 뒤 사흘째부턴 돌연 끝없이 울기 시작했다. 서럽고 분하고 억울하고, 기타 온갖 부정적인 감정으로 눈물을 쏟은 에델리아는 이틀 만에 우는 것을 그쳤다. 수분이란 수분은 죄 빠져나간 상태였다.

그렇게 총 나흘을 보낸 그녀는 닷새째부터는 세간을 깨지도, 눈물을 흘리지도 않았다. 대신 다른 것에 몰두했다.

"성공했어…… 성공……."

에델리아는 사흘 내내 한 가지에만 매달렸다. 그 결과 어젯밤 결국 원하던 것을 이루었다. 아랫것들을 쥐 잡듯이 잡아 일구어낸 성과였다. 정확히는 반만 성공이었지만 그 정도라도 좋았다.

"죽여 버릴 거야…… 흐흐, 흐흐흐……."

누구한테 하는지 모를 말이 음산하게 허공을 떠돌다 흩어졌다. 간헐적인 웃음소리가 그 뒤를 따라 공중을 부유했다. 시녀 몇몇이 한쪽에서 그런 에델리아를 겁에 질린 표정으로 바라보았다.

여관에는 사람이 많았다. 그새 투숙객이 더 늘어 이제는 남는 방도 없는 모양이었다. 어떤 손님은 포기하지 못하고 주인과 실랑이를 벌이기도 했다.

"세 배를 주지."

"아, 안 됩니다."

"그럼 다섯 배는 어때?"

"그래도 안 됩니다!"

"젠장! 대체 얼마면 돼? 얼마면 되냐고!"

"저 그렇게 쉬운 남자 아닙니다!"

왜 저러는지 짐작이 되면서도 얼핏 위험하게 들리는 대화였다. 유리엔이 속닥거렸다.

"'너의 하룻밤을 사고 말겠어' 이런 걸까?"

"아닙니다!"

"그게 무슨 망발이오!"

소리가 컸는지 여관 주인과 손님이 동시에 돌아보며 부정했다. 유리엔은 어깨를 으쓱했다. 아님 말고.

"아무튼, 내 돈은 얼마든지 주겠네. 방을 좀 내어주게!"

"그렇게 말씀하셔도 안 되는 건 안 되는 겁니다. 빈방이 전혀 없는데 어찌……."

"사람이 많긴 많은 모양이네."

평소엔 남아서 문제일 여관방을 제발 내어 달라고 애걸하는 상황이라니, 과연 축제 기간에만 볼 수 있는 진풍경이었다. 유리엔이 다소 신기하다는 듯 중얼거렸다.

"다른 곳도 다 이렇겠지?"

"그러니까 방 달라고 저러고 있겠지."

말마따나 인근의 여관은 이미 손님으로 문전성시를 이루고 있었다. 파리가 날릴 정도로 찾는 이가 없던 허름한 숙박업소도 이때만큼은 방을 잡기가 힘들었으니 이곳 같은 유명 여관에 빈 객실이 있다면 그게 더 이상한 일일 것이다. 유리엔이 스스로에게 감탄했다.

"나오자마자 방부터 잡은 나는 얼마나 천재인지!"

"그래서 천재인 검둥아, 난 어떡할까?"

"응? 너?"

유리엔이 카엘을 올려다보았다. 그리고 잠시 생각에 잠겼다. 카엘은 이곳에 도착하자마자 그녀와 함께 쭉 돌아다녔다. 카엘은 투숙할 방을 미리 잡지 않았다. 현재 이곳은 물론이고 인근 여관까지 죄다 빈방이 없다. 유리엔이 제 입을 가렸다.

"어머…… 갈 곳이 없니?"

측은한 어조 안쪽으로 즐거움이 묻어났다. 카엘이 눈썹을 꿈틀거렸다.

"하지만 미리부터 포기하진 마. 아직 모든 여관을 돌아다녀 본 건 아니잖아? 저 어디 구질구질하고 허름하고 거미줄 친 데다 다 쓰러져 가는 폐가나 흉가 같은 여관이면 방이 하나쯤은 남아 있을지도 몰라."

포기하지 말고 힘내라며 유리엔이 잔망스럽게 토닥거렸다. 그 토닥거림 같지 않은 토닥거림을 받으며 카엘은 헛숨을 뱉었다. 물론 유리엔의 말처럼 어딘가에 존재할 폐가 같은 여관을 찾아야만 카엘이 오늘을 보낼 수 있는 건 아니었다. 이 넓은 수도에 몸 며칠 위탁할 곳이야 별처럼 많았다. 대신 신분을 드러내야 했으니 그에 따른 귀찮음과 성가심을 감수해야 했다.

"너 말이야."

"왜, 갈 곳 잃은 어린양 카라멜 씨?"

"내가 혼자만 죽을 것 같냐?"

"무슨 소리야?"

유리엔이 흠칫했다. 왠지 불길함이 느껴졌다. 카엘이 씨익 웃으며 말을 이었다.

"어디 호화로운 저택 아무 데나 들어가서 신분패만 내밀면, 아니, 얼굴만 보여줘도 극진한 대접을 받으면서 축제 내내 머물 수 있겠지. 그런데 과연 내가 이곳에 혼자만 내려왔다고 얘기할까?"

"……!"

"오붓한 약혼 여행이잖아? 같이 죽고 같이 살아야지."

"저런!"

협박이었다. 수도에 사택을 보유한 귀족을 찾아가 너도 지금 이곳에 있다 다 불어버리겠다는 뜻이었다. 그럼 카엘 본인도 귀찮지만 유리엔도 함께 매우 귀찮아진다. 실컷 상대를 놀려먹던 유리엔이 이번엔 역으로 공격을 당했다.

"치사한 카라멜!"

"그러게 누가 남의 곤경을 그렇게 좋아하래?"

"마음으로 위로해 준 거잖아!"

"그게? 양심이 좀 있어라."

결국 상대를 놀리다 함께 곤란에 빠지게 된 유리엔이 입을 닫고 고민을 시작했다. 카엘에게 협박의 무기가 생긴 이상 길바닥에서 자라며 내쫓거나 어디 흉가를 잡아준다거나 하는 방법은 사용할 수 없었다. 눈을 굴리던 유리엔이 마침내 다시 입을 열었다. 어쩔 수 없다는 기색이었다.

"내 방으로 와."

"뭐?"

"내 방으로 오라고."

카엘은 잠깐 귀를 의심했다.

"너 2인실 잡았냐?"

"아니, 1인실. 침대도 하나야."

"그런데 방으로 오라고?"

유리엔이 고개를 끄덕거렸다. 표정은 나름 진지했다.

"네가 와서 침대를 반으로 갈라. 검으로 깔끔하게 자를 수 있지? 꼭 공평하게 잘라야 한다? 네 것이 더 크면 국물도 없어."

"이게 무슨 헛소리야."

"자르기 싫으면 그냥 같이 눕든가. 침대 제법 넓어, 방이 비싸서."

"너……."

진심인지 가늠해 보려는 눈초리로 카엘이 유리엔을 살폈다. 유리엔은 태연했다.

"왜? 잘 때 나 몰래 덮치게?"

"미쳤냐?"

"그럼 됐네! 정 찜찜하면 착한 사람한테만 보이는 마법의 막이 중간쯤에 있다고 생각해. 그럼 방 두 개가 되잖아. 나 먼저 올라간다?"

말을 마친 유리엔이 총총걸음으로 계단을 탔다. 황당함에 반쯤 얼을 잃은 카엘은 한참을 우두커니 서 있고 난 뒤에야 주인에게 물어 그 뒤를 좇았다.

객실은 화려하지는 않았지만 충분히 넓고 깨끗했다. 비싸다더니 납득이 되는 내부였다. 유리엔의 말처럼 침대는 1인용이라기엔 상당히 너비가 커서 둘이 누워도 손끝 하나 닿지 않을 것 같았다. 침대 위에 주저앉은 유리엔이 기지개를 켰다.

"후, 오늘 하루 보람찼다."

"저건 대체 뭐냐?"

상대의 태평함에 동화되어 카엘도 덩달아 태평해졌다. 의자에 앉은 그가 가리킨 것은 바닥 한구석에서 뒹굴고 있는 갈색 주머니였다. 카엘의 지목을 따라 유리엔이 시선을 주었다. 그러더니 이내 다가가 그것을 가지고 왔다.

"이거? 큰돈!"

와르르! 주머니를 뒤집자 안에서 요란한 소리를 내며 금화와 보석들이 쏟아져 나왔다. 크지 않은 주머니에 용케도 우겨 넣었다 싶은 양이었다. 침대 위로 작은 산을 이루는 것에 카엘이 황당해져 물었다.

"여행이 아니라 이민을 갈 생각이었어?"

"여비는 아니고…… 그런 거 있잖아."

"어떤 거?"

"너 경매 참가해 봤어?"

"경매?"

"응. 그런 곳에선 가장 중요한 건 꼭 마지막에 나온다? 고만고만한 것들로 간을 보다가 항상 막바지에 이르러서야 '드디어 기다리셨던 오늘의 주인공!', '최고의 상품!' 이러면서 희귀하고 값진 게 나와. 그럼 그때부터 돈 많은 욕심쟁이들의 경쟁이 시작되는 거지."

"그런데?"

"초반에는 마구 치솟던 금액이 어느 순간부터는 정체가 돼서 5골드, 10골드씩밖에 안 올라. 펑펑 올리기에는 이미 너무 비싸졌거든. 그러다 조금 더 지나면 아무도 값을 올리지 않아서 사회자가 '얼마 나왔습니다. 더 없으십니까? 없으신가요?' 하고 확인을 한단 말이야. 그쯤 되면 거의 낙찰이 결정되는 분위기고, 마지막 값을 물렀던 자는 승리에 도취된 표정을 하지. 그런데 그때!"

"……."

"여태껏 잠자코 지켜만 보던 신비스러운 가면의 소녀가 외치는 거야. '천 골드!'. 순식간에 이목이 집중되고 사회자는 턱이 빠지고 바로 전에 돈을 올렸던 사람은 자기 귀를 의심하지. 그 혼란과 놀람과 경이의 가운데 가면의 소녀는 여유롭게 돈주머니를 내려놓고 경매 물품과 함께 사라져. 그 뒤로 경매장에는 정체를 알 수 없는 가면 소녀에 대한 전설이 대를 물려 내려오고……."

"그런 걸 하겠다고?"

"너 시켜줄까? 후드 소년의 전설."

"됐어."

황당한 이야기였다. 카엘이 손을 내저었다. 대체 어디서 저런 로망을 얻었는지 궁금할 따름이었다. 일반적인 십육 세 소녀가 그려볼 법한 상황과는 매우 거리가 있었다. 카엘의 거부에 유리엔이 픽 웃었다.

"나도 그냥 해본 소리야. 경매 구경은 갈 거지만."

"어디서 열리는 줄 알고?"

"뒤지면 나오겠지?"

"좋은 계획이네."

상대의 무계획을 칭찬한 카엘이 쓰고 있던 후드를 벗어 한쪽에 걸었다. 유리엔은 주머니와 내용물을 치우고 침대로 벌렁 드러누웠다.

"아, 옷 갈아입을 거면 욕실 저쪽에 있어. 안 훔쳐볼 테니 안심하고!"

"……그래, 고맙다."

카엘은 떨떠름하게 안내받은 욕실로 향했다. 어째 성별이 반전된 것 같은 기분이었다.

카엘이 씻고 옷을 갈아입는 사이 유리엔은 주섬주섬 잘 준비를 마쳤다. 욕실이 비자 그녀는 안으로 들어가 양치질만 간단히 마치고 도로 침대로 뛰어들었다. 푹신한 감촉에 심취해 있던 유리엔이 문득 무슨 생각이 났는지 옆을 팡팡 두드렸다.

"내자, 이리 오시오!"

"뭐야?"

"이런 걸까? 수줍은 새색시를 첫날밤 침대로 부르는 남편의 마음이란?"

"이상한 데 빙의하지 마라."

"이리 오세요, 정의의 가류엘 전하."

"너 진짜!"

유리엔이 깔깔 웃으며 침대를 굴렀다. 카엘은 차마 저걸 밟지 못해 착잡하다는 눈길이었다. 두 바퀴쯤 구른 뒤 침대를 때리며 웃던 유리엔이 돌연 벌떡 일어났다.

"이걸 잊을 뻔했네."

"뭐를?"

"베개 싸움할래?"

"뭐?"

"알겠다고? 좋아!"

"야!"

혼자 묻고 혼자 대답한 유리엔이 해맑게 웃으며 베개를 휘둘렀다. 휘두를 때마다 훙훙 위협적으로 바람 소리가 나는 것을 카엘이 식겁해서 피했다. 유리엔은 집요하게 쫓았다.

"정의의 가류엘 전하! 악의 공격을 받아라!"

"미친! 잠깐, 난 베개가 없잖아!"

"그것은 너의 사정이니라!"

"불공평한!"

이리저리 피하던 카엘이 결국 회피를 그만두고 유리엔에게 달려들었다. 베개를 뺏을 심산이었다. 둘이 얽히고설켜 바닥을 서너 바퀴쯤 굴렀다.

"내 베개!"

"이제 내 건데?"

승자는 카엘이었다. 졸지에 무기를 잃은 유리엔이 눈을 부릅떴다.

"패배를 인정하시지?"

"그럴 순 없지! 받아라!"

"야! 그건 베개가 아니잖아!"

유리엔이 베개 대신 손에 들고 휘두르기 시작한 건 후드였다. 그것도 카엘이 걸어놓은 걸 빼왔다. 무기의 사정거리가 길어진 유리엔이 원거리 공격을 감행했다.

"가류엘 전하 퇴치!"

"이게 비겁함의 끝을 달리네?!"

"악의 축은 원래 그래!"

투닥투닥, 엎치락뒤치락. 휘두르고 막고 피하고를 반복하던 둘의 싸움은 기어코 주 무기인 베개를 희생시키면서 끝을 맺었다. 베개는 그간 소중하게 품어온 깃털을 공중에서 온 천하에 내보이면서 삶을 마감했다. 유리엔과 카엘은 나란히 침대 위로 널브러졌다. 둘 다 녹초였다.

"힘들다."

"내가 더 힘들어."

"그나저나 저 베개 물어줘야겠지?"

"그래야겠지."

"네가 물어주면 되겠네."

"뭐? 너 때문에 터진 거잖아!"

"네가 잘 지켰어야지! 네 몸보다 베개를 더 소중히!"

"웃기시네!"

입으로는 투닥거렸지만 육탄전으로 옮겨 갈 체력은 없었다. 그렇게 말싸움만 이어가다 둘은 어느 순간 누가 먼저랄 것 없이 잠이 들었다. 시끄럽던 공간에 곧 고른 숨소리만 가득해졌다.

눈을 뜨니 아침이었다. 그리고 카엘은 충격에 빠졌다. 너무 잘 잤다. 대체로 사람은 낯선 공간에서 묵게 되면 스스로를 긴장시킨다. 특히 카엘은 황태자이자 검사였다. 잠자리에서의 예민함이 범인보다 더하면 더했지 결코 덜하진 않았다. 황성도 아닌 이런 무방비한 여관에서 밤을 보내는데 푹 잔다는 것은 있을 수 없는 일이었다.

그런데 그 일이 실제로 일어났습니다.

"이게 무슨……."

"으음."

그때 유리엔이 뒤척였다. 카엘이 흠칫 놀라 시선을 주었다. 기척이 가까이서 느껴진다 했더니 유리엔은 그와 거의 붙어 있다시피 근접한 위치에 누워 있었다. 자면서 이리저리 뒤척이다 여기까지 굴러온 모양이었다. 심지어 카엘을 밀기까지 한 듯 그는 현재 유리엔와 벽 사이에 갇힌 상태였다.

"잠버릇도 저 같네."

기가 찬 카엘이 짤막하게 감상을 뱉었다. 그 순간 유리엔이 눈을 번쩍 떴다.

"……."

"……."

"아, 뭔가 했네. 내가 들어오라고 했지, 참."

침묵 후 그렇게 중얼거린 유리엔이 이내 몸을 일으켰다. 침대 바깥으로 나와 늘어지게 기지개를 켜더니 그대로 욕실 안으로 쏙 들어갔다. 카엘은 코 닿을 거리에서 기습적으로 눈이 마주쳤던 충격 때문에 한동안 얌전히 굳어 있었다.

"마법사님을 만나 뵈어야 한다니까?"

"그런 분 저희 여관에 안 계신다니까요?"

"내가 있다면 있는 거지 말이 많아!"

"댁이야말로 없다면 없는 거지 왜 이렇게 끈질겨!"

"뭐가 어째?!"

"전생에 끈끈이였냐? 어? 끈끈이였어?!"

"이 아저씨가!"

"나 아저씨 아니거든?!"

"노총각이 자랑이냐!"

"닥쳐!"

여관 1층은 때 아닌 소란을 자아내고 있었다. 아침이나 먹을 겸 카엘과 함께 식당으로 내려온 유리엔은 의외의 구경거리에 눈을 동그랗게 떴다. 처음엔 간단한 실랑이로 시작했던 두 남자는 이젠 서로 바락바락 목에 핏대를 세우고 있었다.

“그러는 넌 쉽게 장가들 수 있을 것 같냐? 이 오크 콧구멍처럼 생긴 게!”

“뭐야?! 참나, 제 얼굴은 몽둥이로 얻어맞은 오우거처럼 생겨서!”

“드래곤한테 밟혀서 짜부라진 오크 얼굴!”

“넘어졌는데 그 위를 마차가 밟고 지나간 오우거 면상!”

“고블린한테 차이고 마탑에서 투신했는데 얼굴부터 착지한 오크 상판!”

“쳐다본 사람이 충격으로 시력을 잃어서 피의 복수를 결심할 만한 오우거 낯짝!”

싸움의 주제도 이상하게 변질되었다. 본래의 목적도 잊고 둘은 오크와 오우거를 들먹이며 서로의 외모를 깎아내리기 바빴다. 그렇게 죄 없는 오크와 오우거가 의문의 여러 패를 당하고 있을 무렵, 흥미진진하게 구경하던 유리엔이 일순 고개를 갸웃했다.

“왜? 뭐라도 있어?”

“아는 얼굴인 것 같아서.”

오른쪽에서 악을 쓰고 있는 상대가 유리엔의 눈에 익었다. 어디서 봤나 잠시 고민한 유리엔이 이내 손가락을 튕겼다.

“입 냄새!”

“부족의 수치라며 바다에 던졌는데 바다에서도 토한…… 마법사님?”

말싸움에 열중하던 남자가 목소리와 호칭에 반응했다. 남자는 바로 하루 전 유리엔에게 정보 입수를 명받았던 덩치 무리 중 한 명이었다. 유리엔이 반갑게 손짓했다.

"네가 대표로 온 거야?"

"네, 넵."

덩치는 하던 언쟁을 멈추고 재빠르게 뛰어와 유리엔의 앞에 공손하게 섰다. 물론 안전거리-유리엔이 요구한-를 유지하는 것도 잊지 않았다. 그는 두 손을 포개 예의 바르게 배꼽 아래에 붙였다.

"그런데 용케 바로 알아봤네?"

"그건……."

유리엔은 가면을 쓴 상태로 내려왔다. 얼굴도 가렸는데 어떻게 알아봤냐는 물음에 덩치가 우물쭈물했다. 그를 입 냄새라 부르는 건 유리엔 혼자뿐이었다.

"아무튼 잘 찾아왔어. 이제 불어봐."

의자를 끌어다 앉은 유리엔이 덩치에게 보고를 명했다. 축제에 대해 알아오라 시켰으니 그 성과를 읊어보라는 얘기였다. '옙!' 하고 우렁차게 대답한 덩치가 말을 시작했다.

"우선 이름은 달 축제입니다. 달 축제는 과거 여신께서 수도에 첫 신탁을 내리신 것을 기념으로 시작되었지만, 일 년 중 가장 크고 밝은 달을 볼 수 있다고 해서 이름이 그렇게 정해졌습니다. 기간은 일주일이며 주로 행사가 이루어지는 장소는 광장입니다. 달이 가장 밝게 뜨는 날은 이틀째 밤인데, 그때는 축제에 참가한 사람들이 모두 광장에 모여 춤을 추는 것이 관습입니다. 그리고 축제의 서막을 여는 행사로는 첫날 '달의 여신'을 뽑는 대회가 있습니다만, 어, 이게 또 열기가 굉장히 뜨겁습니다. 이름처럼 여신이라 불릴 만한 아름다운 여인을 선발하는 대회인데 얼굴만 보는 것은 아니며 춤, 노래 등 다른 매력들을 가산하여 평가하는 게 일반적입니다. 심사 위원은 따로 없고 관중이 우승자를 택하는 방식으로 매해 진행되었습니다. 또……."

그는 중간중간 숨 쉬는 것도 아끼며 열심히 설명했다. 알던 것이 가물거릴 때는 눈앞에 앉아 있는 마법사님의 화염 마법을 상기하면 다시 번쩍 생각이 났다. 그렇게 매끈한 뇌를 탈탈 털어 덩치는 알아온 모든 것을 쏟아냈다.

길고 긴 설명을 들은 유리엔이 앉은 채로 제 턱을 쓰다듬었다.

"달의 여신이라……."

"이게 무슨 상황이야?"

카엘이 물었다. 유리엔은 대답 대신 다른 말을 꺼냈다.

"카라멜! 우리 내기할래?"

"뭐? 갑자기?"

"듣다 보니 떠올랐어. 내기하자!"

"무슨 내기?"

"달의 여신을 뽑는 대회 말이야. 내가 거기서 우승을 할 수 있을지 없을지! 어때?"

내기를 제안하는 유리엔의 눈동자가 장난기로 반짝거렸다. 그걸 발견한 카엘이 한숨을 삼켰다. 내기는 핑계고 그냥 대회에 참여하고 싶은 거구나. 어차피 그의 수락 여부와는 관계없이 벌어질 일이었다. 카엘이 어깨를 으쓱했다.

"하든가."

"좋아! 내기 상품은 진 사람이 이긴 사람의 요구를 뭐든 들어주는 걸로!"

"상품을 먼저 말하고 제안했어야 하는 거 아니냐?"

카엘이 떨떠름하게 미간을 좁혔다. '뭐든', '무엇이든'이 들어가는 것치고 좋게 끝나는 꼴을 본 적이 없었다. 유리엔은 항의를 무시하며 덩치에게 손짓했다.

"입 냄새야, 수고했어. 이만 가봐!"

"감사합니다! 그리고 저……."

"왜?"

"제, 제 이름은 입 냄새가 아니라 자일리돌입니다!"

덩치가 용기를 쥐어짜 외쳤다. 상대가 자꾸만 입 냄새라고 부를 때마다 이 말이 너무나 하고 싶었다. 유리엔은 갑작스런 덩치의 이름 공개에 눈을 껌벅거렸다.

"이름이 자일리돌?"

"예! 그럼 안녕히 계십쇼!"

마법사님의 앞에서 감히 큰소리를 냈다는 것만으로도 간이 콩알만 해진 덩치, 자일리돌이 부리나케 인사를 남기고 사라졌다. 유리엔은 약간 얼떨떨한 기분으로 자일리돌이 떠나간 방향을 응시했다. 어딘지 어울리지 않는 이름이었다.

"이유는 모르겠는데 이름이 되게 아니야……. 안 어울려."

"그나저나 너 내기에서 이길 자신은 있냐?"

"뭐? 당연하지!"

마침 점원이 다가왔다. 자리를 옮겨 앉은 카엘과 유리엔이 간단한 요리를 시킨 뒤 다시 대화를 이어나갔다.

"깜짝 놀랄걸? 내 어마어마한 매력에 말이야."

"광년이의 매력이냐?"

"이게 죽을라고."

"쉽지 않을 텐데?"

"너 달 축제에 참가해 본 적 없다며?"

"귀족들만 봐도 대충 느낌이 오잖아."

평민들의 축제에 귀족들이 구경을 왔다. 대부분은 황실 축제를 위해 수도까지 올라온 김에 더불어 들르는 거였지만, 그래도 콧대 높은 귀족들이 구경을 위해 여관을 잡고 묵는다는 것은 달 축제의 위상이 어느 정도인지 알 수 있게 해주는 부분이었다. 그런 축제에서 대표성을 띠고 열리는 대회가 수준이 낮다면 그게 더 말이 안 될 것이다. 카엘의 짐작은 당연했다.

"너 얼굴도 가릴 거 아냐? 관중 사이에 귀족이 있다면 알아볼 테니까."

"그럴 거긴 한데, 야, 이 누님의 매력은 얼굴뿐만이 아니란다?"

"그러니까 광년이?"

"닥치고 내기에 졌을 때 비통해할 준비나 해."

말을 주고받는 사이 주문한 요리가 나왔다. 음식을 앞에 둔 유리엔의 표정이 순식간에 밝아졌다. 맑게 갠 얼굴로 음식을 떠먹다 유리엔이 말을 꺼냈다.

"그런데 이런 건 유력한 경쟁자가 있어야 더 재미있는데."

"라이벌?"

"그래, 네가 여장할래?"

"미쳤지?"

카엘이 빠르게 질색했다. 유리엔은 나름 진심이었는지 아쉬운 기색이었다.

"재밌을 것 같지 않아? 굳이 라이벌까진 안 되더라도, 남자가 달의 여신에 도전할 수 있다는 걸 보여주는 것만으로도 굉장히……."

주장을 설파하던 유리엔이 순간 멈칫했다. 누군가가 떠오른 탓이었다. 미남. 여장. (아마도)어울림.

"오호라!"

결 좋은 하늘색 머리카락은 어깨를 스칠 만큼 길었고 피부는 웬만한 여자보다 희며, 키는 컸지만 전체적으로 호리호리한 체격이라 가느다란 인상이었다. 특정인을 상기한 유리엔이 해사하게 웃었다. 꽃 단 놈, 너로 정했다!

언젠가부터 광장의 야외무대에는 귀빈석이 생겼다. 귀족들의 관람이 불거지면서 만들어진 자리였다. 그 자리에 엉덩이를 붙이고 앉은 웬 중년인이 심드렁하게 말을 뱉었다.

"달의 여신? 이름이야 그럴싸하다만 평민들의 대회에서 무어 볼 게 있다는 건지……."

반지르르한 옷차림이나 말투로 보아 중년인의 신분은 귀족인 것 같았다. 부호의 상징이라는 기름진 뱃살도 남산처럼 튀어나와 있었다. 그는 무대를 내려다보며 거만하게 제 콧수염을 만지작거렸다.

"허허, 남작께선 올해가 처음인가 보오? 그리 보여도 제법 볼만하다오, 이 대회."

근처에 있던 다른 귀족이 너털웃음과 함께 말을 받았다. 변호나 다름없는 말에 남작의 표정이 살짝 변했다. 의외라는 눈치였다.

'흥! 그래 봐야 평민들의 잔재주인 것을.'

괜히 상대를 무시하는 꼴이 될까 싶어 말은 아꼈으나 남작은 여전히 대회를 비웃고 있었다. 일행의 권유에 못 이겨 이곳까지 오면서도 그는 일말 기대를 품지 않았다. '평민 따위', '평민 주제에' 이런 인식들이 남작의 뇌리에 깊게 박혀 있었다. 그러는 사이 어느새 대회가 시작되었다.

"오래 기다리셨습니다! 드디어 올해의 '달의 여신 대회', 시작합니다!"

"와아아아아!"

"우아아아!"

"워우워어어!"

사회자의 외침과 함께 관중석에서 열렬한 함성이 터져 나왔다. 인기를 알려주는 뜨거운 반응이었다. 사회자는 멀리까지 들릴 수 있도록 소리를 증폭시키는 마법 도구를 사용하고 있었다. 남작이 무시한 것치고는 꽤 돈을 들인 준비였다.

"자, 그럼 첫 번째 달의 여신 후보! 나와 주세요!"

"반가워요, 여러분. 레리엘이에요."

"우워어어어!"

"레리에에에엘!"

"예쁘다!"

"아름답다!"

무대로 사뿐사뿐 등장한 참가자는 이십 대 초반으로 보이는 금발의 미녀였다. 청순함이 돋보이는 새하얀 드레스를 입은 채 그녀가 무대 중앙에서 빙글 돌았다. 드레스 자락이 팔락이며 사방으로 흰색 꽃잎이 휘날렸다. 옷에 붙이고 나온 것들이었다.

"캬아아아!"

"꽃의 요정!"

"꽃잎의 천사!"

"사랑해요!"

꽃잎 쇼를 선보인 참가자는 상큼한 미소와 손 키스를 남기고 퇴장했다. 대단한 재주를 시연한 것은 아니었지만 얼굴이 워낙 예뻐 관객들의 호응이 열렬했다. 레이엘은 이미 레듀르에서는 널리 알려진 미인이었다. 실컷 비웃던 남작은 넋이 나가 있었다.

"과연 굉장한 열기! 열광적인 반응이네요! 이어서 두 번째 달의 여신 후보, 나와 주세요!"

"안녕하세요? 에스라입니다."

두 번째 참가자는 얼굴만 따지면 첫 번째 여인보다는 못했다. 그러나 대신 몸매가 범상치 않았다. 그녀는 제 몸매를 강조하는 화려하고 파격적인 춤을 선보여 관중의 환호를 이끌어냈다.

"크어어어! 섹시하다!"

"끝내준다!"

"사랑해요!"

"결혼해 주세요!"

"내 아를 낳아도!"

종종 이성을 잃는 관객도 나왔다. 그 뒤로도 참가자들의 경연은 계속되었다. 내로라하는 미녀들이 등장해 춤이면 춤, 노래면 노래를 선보이며 관중의 혼을 쏙 빼놓았다. 더러는 악기를 연주하는 여인도 있었다.

"다들 괜찮으신가요? 이거 저도 슬슬 제정신을 차리기가 어려워지는군요! 그럼 다음, 열 번째 달의 여신 후보입니다!"

카엘은 다소 먼발치에서 무대를 구경하고 있었다. 시력이 남달리 좋은 편이라 어느 정도는 거리가 떨어져도 관람에 지장이 없었다. 카엘은 약간 지루하게 시선을 고정했다. 지금까지 약해 보이는 여자들이 아홉 명 정도 나왔다.

'저들은 조금 쓸 만해 보이는군.'

시작부터 여태까지 맨 앞에서 열광 중인 남자들에게로 카엘이 힐끗 눈길을 주었다. 강도 높은 훈련도 견딜 만큼 체력이 좋아 보였다.

그때 뜨겁던 관중의 열기가 잠깐 멈칫했다.

"……가면?"

"얼굴을 가리다니?"

단정한 드레스를 입고 나타난 열 번째 참가자는 특이하게도 가면으로 얼굴을 가리고 있었다. 바로 유리엔이었다. 관객들이 서로를 돌아보며 수군거렸다.

"이때까지 얼굴을 가리고 참가한 후보가 있었나?"

"처음일걸?"

"여신을 뽑는 대회에 얼굴을 드러내지 않다니……."

이례적인 일이라며 사람들이 동요했다. 특히 남작은 대놓고 불편한 기색을 숨기지 않았다.

"흥, 어지간히도 못생긴 얼굴인가 보군."

언제 비웃었냐는 듯 대회에 푹 빠진 남작은 열 번째 미녀를 볼 생각에 가슴이 마구 설레던 차였다. 한데 미녀는커녕 생김새도 알 수 없는 가면의 여인이 등장했으니 절로 실망과 함께 기분이 나빠질 수밖에 없었다. 그는 가면을 쓴 여인이 빨리 꺼지고 다음 참가자가 나왔으면 좋겠다고 생각했다. 실망과 의아 속에서 유리엔이 천천히 입을 열었다.

"반가워요. 엔이라고 합니다."

"오오……!"

증폭기에 대고 말을 뱉자 청아한 목소리가 사방으로 퍼져 나갔다. 옥구슬이 굴러간다는 게 어떤 건지 몸소 설명해 주는 듯한 음색이었다. 남작 또한 듣자마자 놀란 기색으로 표정을 풀었다.

목소리 하나로 분위기를 반전시킨 유리엔이 이내 무대 중앙으로 무언가를 끌고 나왔다. 정확히는 그녀가 아닌 장정 셋이 땀을 뻘뻘 흘리며 운반했다. 희고 커다랗고 한눈에도 무거워 보이는 그것은 다름 아닌 피아노였다.

"저게 뭐지?"

"글쎄, 난 처음 보는데."

"자넨 본 적이 있나?"

"아니?"

일반 관객들이 술렁거렸다. 그들로서는 처음 구경하는 악기였다. 대다수는 저게 악기라는 사실도 몰랐다. 반응을 보인 것은 귀족들이었다.

"호오, 이런 데서 피아노를 보게 될 줄이야!"

"귀족 중에서도 능숙한 연주자는 드물지 않소?"

"평민은 건반을 누를 줄만 알아도 대단한 거지요."

"하하! 저 평민이 완주를 해낸다면 상이라도 주어야 하는 것 아니오?"

피아노를 가지고는 나왔으나 그걸 능숙하게 연주할 수 있을 거라 생각하는 이는 아무도 없었다. 그만큼 피아노는 귀족들의 전유물로 취급받는 악기였다. 유리엔이 평민일 거라 굳게 믿고 있었기에 나오는 확신과 조롱이었다. 카엘은 그 와중에 깜짝 놀랐다.

'저걸 언제 산 거야?'

행동력 하나는 발군이었다. 카엘은 혀를 내둘렀다. 관심이 집중된 가운데 유리엔이 건반 앞 의자로 다가가 앉았다. 평소와는 다른 조신한 몸가짐이었다. 그 변화에 카엘이 황당한 표정을 지었을 무렵, 연주가 시작되었다.

맑고 깨끗한 소리가 무대를 기점으로 넓게 울려 퍼졌다. 소리는 금세 선율이 되어 사람들이 하던 것을 멈추고 귀를 열게 만들었다. 귀족들도 더 이상 피아노에 대해 왈가왈부하지 않았다. 그저 얌전히 입을 다물고 곡에 집중했다. 자리의 모두가 조용히 곡에 귀를 기울였을 때, 유리엔이 노래를 부르기 시작했다.

그대는 새를 닮아
불러도 불러도 오지 않고
그대는 꽃을 닮아
보아도 보아도 피지 않았다.
그대는 비를 닮아
막아도 막아도 나를 적시고
그대는 해를 닮아
피해도 피해도 나를 비췄다.
손을 뻗어도 닿지 않는데
그대는 늘 나를 물들였다
곁을 보아도 그대가 없는데
나는 늘 그대로 물들었다
그대의 색으로
그대의 빛으로

늘 그대로
늘 그대로

유리엔이 부른 노래는 음유시인 멜로디가 지은 <그대>라는 시였다. 시이자 동시에 노래인 이 곡은 평생 한 사람만을 사랑한 작곡가 멜로디가 그 애달픈 마음을 담아 창작한 것으로, 이후 그녀가 병에 걸려 삶을 마감하면서 한층 유명해졌다. <그대>는 아름다운 선율과 애절한 가사로 널리 알려져 있었는데, 특히 여성들의 사이에서 두드러지게 인기가 높은 곡이었다.

"훌쩍……."

귀빈석의 한 귀족 영애가 손수건을 꺼내 눈물을 훔쳤다. 관객 중에서도 몇몇은 코끝이 새빨개져 있었다.

유리엔의 노래 실력은 수준급이었다. 거기다 연주는 말할 것도 없었다. 맑고 고운 미성은 피아노 소리와 어우러져 노래의 호소력을 원곡 이상으로 끌어올렸다. 평생 감수성이라곤 존재 자체도 모르고 살아왔을 것 같은 우락부락한 덩치마저 노래와 연주를 듣고 눈가를 촉촉이 적셨을 정도였다.

연주를 마친 유리엔이 여운을 주듯 마지막 건반을 길게 눌렀다. 깨끗한 울림이 청명하게 끝을 장식했다. 잠시 후 소리가 멎자 유리엔이 의자에서 몸을 일으켰다. 그녀가 무대의 앞쪽으로 걸어 나올 때까지 관중은 아무도 입을 열지 않았다.

가슴에 한 손을 얹고 상체를 살짝 숙여 우아하게 인사했다. 가면 바깥으로 드러난 입을 끌어당겨 유리엔은 환하게 미소 지었다.

"감사합니다."

그리고 함성이 터졌다.

"우와아아아!"

"와아아아!"

"최고다!"

"완벽하다!"

"여신이다! 달의 여신!"

앞선 그 어느 때보다도 뜨거운 반응이었다. 관객들은 누구 하나 할 것 없이 환호와 함성을 아끼지 않았다. 몇몇은 벌써부터 유리엔을 달의 여신이라며 호칭했다.

"나, 연주 들을 때 가슴이 찡했어."

"나도."

"앞의 참가자들은 요정이고 천사였는데 여신은 아니었어."

"요정이고 천사고 엘프였는데 여신은 아니었지."

"진짜 여신은 이번 참가자인 것 같아."

"내 생각도 그래."

"맞아."

여기저기서 납득이 이루어졌다. 분위기는 자연스럽게 유리엔을 우승자로 인정하는 쪽으로 흘러갔다. 그때까지 넋을 빼놓고 있었던 귀족들이 한 명씩 헛기침을 했다.

"흠흠, 의외로군요. 저 정도의 솜씨라니."

"그러게 말이오. 완전히 예상 밖이지 않소?"

"이거 놀랍구려."

"허참, 평민에겐 과한 재주인 듯한데……."

"혹 평민이 아닌 건 아니오?"

마지막 말을 꺼낸 귀족은 자기가 얼결에 사실을 맞혔다는 것도 모르고 그저 농이나 한번 던져 보았다며 껄껄 웃었다. 옆에 앉은 귀족들이 설마 귀족이겠냐고, 귀족이 저런 대회에 참가했다가 평민에게 우승이라도 빼앗기면 그 얼마나 안면이 판매되는 일이겠냐며 주거니 받거니 농을 이어나갔다. 그런 가운데 남작은 홀로 말이 없었다.

'이거 굉장하구나!'

그는 흐를 뻔한 침을 겨우 삼켰다. 남작은 평소 음악을 즐겼다. 그중에서도 특히 피아노 연주와 시가가 접목되는 것을 유달리 좋아했다. 그런 취향이었으니 자연히 방금 전의 경연이 남들보다 한층 감동적이고 환상적이었을 수밖에 없었다.

'평민에게 저런 재주라니!'

순간 남작의 눈이 위험하게 번뜩거렸다. 남작은 현재 호위 삼아 사병을 여럿 대동한 상태였다. 명령만 내리면 무슨 짓이든 수행할 충성스러운 병사들이었다. 심지어 실력도 좋았다.

'대회가 끝나면…….'

벗겨진 이마가 답 없는 탐욕으로 번들거렸다. 일부 귀족들의 특징인 무법자의 기질이 눈을 뜨고 있었다. 남작이 슬쩍 입맛을 다셨다.

그러는 사이 대회는 막바지에 다다랐다. 마지막 참가자를 소개하기 위해 사회자가 목청을 높였다.

"네! 그럼 대회의 끝을 장식해 주실 열한 번째 달의 여신 후보, 나와 주세요!"

마지막 순서는 유리엔의 바로 다음이었다. 호명된 여인이 곧 또각거리는 구두 소리를 내며 무대 중앙으로 등장했다. 화려한 드레스가 보기 좋게 펄럭였다. 그리고 유리엔은 웃음을 참지 못했다.

"푸하하하!"

유리엔은 후보 전용석에 앉은 채로 의자를 때리며 웃었다. 뜬금없는 폭소에 주변 사람들이 의아하게 시선을 모았다. 남들이 그리 쳐다보거나 말거나 그녀는 숫제 배를 잡고 뒤로 넘어갈 기세였다. 그때 사회자도 같은 상태가 되었다.

"네, 마지막 참가…… 자…… 푸흡! 푸하하학!"

"뭐야?"

"뭔데? 무슨 일이야?"

여기저기서 궁금증 환자가 속출했다. 유리엔이고 사회자고 왜 갑자기 저렇게 허파에 바람 든 것처럼 웃는지 이유를 알 수가 없었다. 그 순간 무대 앞까지 걸어 나온 마지막 후보가 입을 열었다.

"안녕하세요, 여러분?"

하늘색 생머리가 부드럽게 찰랑거렸다. 곱게 화장을 해놓은 얼굴은 화사하고 예뻤으며, 우유처럼 흰 피부는 깨끗한 요정 같은 이미지를 연상시켰다. 척 보기에도 미인인 그녀는 오색의 레이스가 잔뜩 달린 풍성한 분홍색 드레스를 입고 있었는데, 수줍게 착용 중인 같은 색의 머리띠와 아주 잘 어울렸다.

관중을 향해 깜찍하게 눈을 찡긋거린 여인이 이내 말을 이었다.

"레듀르 최고의 미녀, 로바카샤예요!"

잠깐의 정적이 흘렀다. 뒤이어 빠르게 찾아온 것은 폭소였다.

"풉!"

"푸하하하!"

"끄하하하하하!"

"푸헤헤헤헤헤!"

"꺄하하하하학!"

레듀르에 기거하는 시민들은 다 같이 바닥을 굴렀다. 배를 부여잡고 뒹구는 꼴이 너 나 할 것 없었다. 관중의 절반 이상이 미친 듯이 웃어대기 시작했다.

"뭔데? 왜 저래?"

"단체로 미쳤나?"

반응은 극명하게 갈렸다. 마지막 후보의 소개를 기점으로 반 정도는 정신이 나간 것처럼 웃고, 나머지 반은 상황을 이해하지 못해 고개를 갸웃거렸다. 특징이 있다면 전자는 레듀르의 시민이고 후자는 다른 지역에서 올라온 사람들이라는 정도였다.

"여러부운! 아무리 저 로바카샤의 미모가 뛰어나다지만, 그렇다고 실성하시는 건 안 돼요!"

"나 죽네! 푸하하하, 나 죽어!"

"배 아파! 꺄하하하!"

"로바카샤래! 로바카샤! 와하하하하!"

그랬다. 사실 마지막 참가자의 정체는 레듀르 최고의 미녀가 아니라, 레듀르 최고의 난봉꾼 노바카사였다. 노바카사가 화장을 하고 드레스를 입은 채 예명과 함께 무대 위에 오른 것이다. 유리엔이 기어코 의자를 벗어나 굴렀다.

"저걸 기어이……."

카엘이 먼발치서 개탄했다. 여관에서 아침을 먹으며 유리엔이 농담처럼 던졌던 내용이 결국 현실로 이루어졌다.

유리엔은 당시 식사를 마치자마자 바깥으로 뛰어나가 수소문을 시작했다. 하늘색 머리의 이렇게 생긴 남자가 지금 어디 있는지 아냐는 식의 질문이었다. 그리고 그런 길거리 탐문만으로도 노바카사의 행적을 찾기란 어렵지 않았다. 이래서 유명인은 도망이 어렵다.

"생각해 보니 널 구해준 목숨값을 아직 못 받았거든. 우리 대회 한번 나가자?"

그렇게 노바카사는 레듀르 최고의 미녀 '로바카샤'로 재탄생했다. 드레스 및 여타 장신구들은 당연히 유리엔이 구입해 왔다. 이름도 유리엔의 작품이었다.

"금년 달의 여신은 역시, 이 로바카샤의 차지인 걸까? 여러분도 그렇게 생각하죠?"

처음엔 질색했던 노바카사는 이젠 그냥 알아서 즐기고 있었다. 모든 것을 놓아버린 한 남자의 모습이었다. 웃다 지친 관객들이 엄지를 치켜세우고 호응했다.

"휘유! 로바카샤 예쁘다!"

"최고의 미인!"

"로바카샤 끝내준다! 아름다워!"

"좋아해!"

"눈이 부시다!"

"사랑해!"

환호는 끝을 모르고 쏟아졌다. 몇몇은 어쩐지 진심인 것 같았다. 재료만 있으면 꽃가루라도 뿌려주었을 것 같은 그런 환호를 뒤로하고 노바카사가 무대 뒤로 퇴장했다. 바닥에 누운 채로 유리엔이 만족스럽게 눈물을 닦았다. 대회의 마무리로서 부족함이 없는 대미였다.

한편, 이곳에 남몰래 얼굴을 붉히는 이가 있었다.

"맙소사……."

반쯤 넋이 나간 채로 남작이 중얼거렸다. 가슴이 고장이라도 난 듯 세차게 뛰었다. 지금은 퇴장해서 사라진 하늘색 머리카락이 눈앞에서 환영처럼 아른거렸다.

'소싯적 내 첫사랑을 꼬옥 닮았구나!'

대회의 마지막 참가자는 남작이 젊었을 적 마음을 다 바쳐 좋아했었던 여인과 몹시 닮아 있었다. 그녀는 이미 타국으로 시집을 간 상황이었으니 단순한 우연이겠지만, 그래도 자매처럼 비슷한 생김새는 남작의 혼을 빼놓기에 충분했다. 마치 과거의 어느 순간으로 돌아간 것처럼 남작의 심장이 쿵쿵거렸다.

'이건 필히 운명이다!'

남작이 꼬옥 주먹을 쥐었다. 얼굴은 여전히 붉게 물든 채였다.

"내가 이겼지?"

유리엔이 허리에 두 손을 얹은 채 당당하게 말했다. 턱은 거만하게 치켜들고 있었다. 카엘은 순순히 수긍했다.

"그래."

혹시라도 노바카사가 달의 여신으로 뽑히는 반전이 벌어지지 않을까 했지만, 아쉽게도 그런 일은 일어나지 않았다.

대신 노바카사는 다른 공로를 인정받아 이례적인 특별상을 수상했다. 많은 이에게 큰 웃음을 준 대가로 '폭소상'을 받은 것이다. 물론 임의로 만들어낸 상이었으며 상패도 무대에서 실시간으로 깎아서 주었다. 노바카사는 상을 받아들고 답례라며 손 키스를 날려 앞자리의 사람들을 재차 자지러지게 만들었다. 여신의 영광은 정해진 것처럼 유리엔에게로 돌아갔다.

"어때, 나의 매력에 흠뻑 빠지셨나?"

"피아노는 언제 배운 거야?"

왠지 지는 기분이라 티는 안 냈지만 카엘은 제법 놀란 상태였다. 피아노를 연주하며 노래를 부른 것만 해도 놀라운데 심지어 잘 치고 잘 불렀다. 더구나 곡은 대단히 감성적이었다. 평소 사랑 이야기엔 관심도 없으면서 어떻게 그런 애달픈 연가를 소화해 냈는지 신기할 따름이었다.

"어렸을 때 잠깐."

"잠깐?"

"난 습득이 빠르거든. 그래도 치는 건 근래까지 계속 쳤어."

"네 취미라기엔 영 고상한데?"

근래까지 쳤다면 종종 여가 삼아 피아노를 연주해 왔다는 뜻이다. 남는 시간엔 무조건 말이나 타고 활이나 쏠 것 같았던 평소의 이미지를 생각하면 의외인 일이었다. 카엘의 감상에 유리엔이 어깨를 으쓱하며 대꾸했다.

"가끔 사고를 치고 나면 벌이라며 황궁연회에서 곡을 연주해야 하곤 했거든."

"그래서 순순히 연주했고?"

"쾅쾅거리는 공포의 전주곡을 선보였지. 그렇게 몇 번 하면 안 시킬 줄 알았더니 포기를 않으시더라? 그러다 최근에는 피아노 건반을 부술 뻔했어."

"알 만하다."

기대를 저버리지 않는 비사였다. 카엘은 고개를 내저었다.

"그런데 피아노보다 더 신기한 건."

"응?"

"네가 그런 노래를 부를 줄 안다는 거야."

"멜로디의 <그대>?"

"그래."

다시 생각해도 충격이라는 듯 카엘이 목소리에 힘을 주었다. 충격과 공포와 놀람과 경악이 어우러지던 시간이었다며 강조까지 잊지 않았다. 실은 '감탄'도 포함되어 있었지만 카엘은 일부러 그건 말하지 않았다.

"난 네가 노래를 부를 줄도 몰랐지만, 부른다면 모험 찬가 따위일 거라고 생각했거든?"

"한데 막상 듣고 나니 애달픈 사랑 노래라 턱이 빠지셨다?"

"과장하자면."

"별거 아냐! 내가 즐겨듣던 건 아니고 친한 친구가 좋아하던 노래니까. 걔는 여성스럽고 조신하고 감수성이 풍부했거든."

"안 믿기는데."

"사실 내가 애청하던 거야."

"그냥 친구를 믿을게."

멜로디의 <그대>는 말마따나 유리엔의 소꿉친구인 카린이 즐겨듣던 노래가 맞았다. 얼마나 좋아했는지 하도 읊고 연주하고 부르는 통에 곁에 있던 유리엔이 듣다 듣다 본의 아니게 외워 버린 곡이었다. 곡조는 서정적이고 가사는 애상적이다. 타고난 취향과는 한참이나 거리가 먼 노래였으나 그럼에도 유리엔은 대회의 무대에서 그 곡을 선택했다.

"노래가 새삼스러웠어."

유리엔이 툭 던지듯 말했다. 그게 곡의 선정 이유를 뜻한다는 걸 알아듣고 카엘이 반응했다.

"새삼스러웠다고?"

"응."

"어떤 점이?"

"왕녀가 생각났거든."

노래의 가사를 읊고 있으면 왕녀가 떠올랐다. 마법사를 사랑했으나 결국 다른 이의 아내가 되어 타국에서 삶을 마감한 죽은 황비. 그녀를 연상하고 난 후로 유리엔은 노래에서 전과는 완전히 다른 감상을 받았다. 곡에 담겨 있던 감정을 조금이나마 피부로 느끼게 된 것이다. 전에는 어떤 내용이든 사랑 이야기나 노래에서 감흥을 얻어본 적이 없었다. 유리엔에게 있어선 이번이 처음이었다. 마음 한쪽에서 일어난 작은 변화였다.

"너한테 그런 감성도 있었어?"

"없었을까 봐?"

"너 누구야? 검둥이 아니지?"

"죽는다, 카라멜."

카엘의 깐족거림에 유리엔이 주먹을 날렸다. 진심인 듯 바람을 가르는 펀치를 카엘이 얄밉게 피했다. 열이 오른 유리엔이 치마를 입은 채로 날아 차기를 감행했다. 그렇게 둘이 티격태격 시간을 보내고 있을 무렵.

"왜, 왜 이러세요!"

노바카사는 다른 장소에서 위험에 처해 있었다.

"이런, 이런. 너무 겁내지 마, 나의 아기 고양이."

남작이 느끼하게 미소 지으며 노바카사의 턱 끝을 손가락으로 받쳐 올렸다. 그 몹쓸 행위에 노바카사의 얼굴이 백짓장처럼 새하얗게 질렸다. 살인 충동과 자살 충동이 한꺼번에 밀려들었다.

"하, 하, 하지 마세요."

"앙탈도 귀여운걸?"

"난 남자라구요!"

노바카사가 빽 소리쳤다. 그의 양팔은 현재 갑옷을 입은 건장한 병사에게 단단히 붙들려 있는 상태였다. 움직임이 구속되었으니 놀릴 수 있는 거라곤 입뿐이었다. 진심을 다한 노바카사의 주장에 남작이 재미있다는 듯 웃었다.

"농담에도 소질이 있고……. 우리 아기 새, 보면 볼수록 다재다능한데?"

"미치겠네! 나 남자 맞다고! 시발!"

"입이 거친 건 교육이 필요하겠어. 내 저택으로 데려가 손수 길들여 주도록 하지."

"……사, 사람 살려!"

노바카사는 정신을 차릴 수가 없었다. 이게 대체 무슨 상황인지 감도 오지 않았다. 확실한 건 눈앞의 이 남작은 완전히 미쳤고, 자신은 그런 미친놈에게 단단히 잘못 걸리고 말았다는 사실이었다.

'이대로 끌려갔다간 난 끝장이야!'

몸이 안 죽어도 영혼이 죽을 것 같았다. 노바카사가 필사적으로 버둥거렸다. 그러나 그가 힘으로 훈련된 병사를 이기기란 불가능했다. 젖 먹던 힘까지 동원했지만 도망은커녕 한쪽 팔도 제대로 빼낼 수 없었다. 현실의 벽에 부딪힌 노바카사의 얼굴이 절망으로 물들었다.

"왜, 왜 나한테 이런 일이…… 내가 대체 뭘 잘못했다고! 아니, 잘못한 건 많지만 그래도!"

"시끄러우니 입은 막은 채로 끌고 와."

"예, 남작님."

"으으읍! 으읍!"

그나마 자유로웠던 입마저 막혀 버렸다. 최악으로 치닫는 상황에 노바카사의 두 눈이 점차 촉촉이 젖어 들어갔다. 머릿속에선 갑자기 지난 인생이 파노라마처럼 스쳐 지나가기 시작했다. 릴리, 에나, 디나, 시나, 지나, 유나, 이나, 제나, 케나 등등…… 다들 미안했어…… 더 좋은 남자 만나고…… 어머니, 불효했던 소자 이렇게 갑니다…….

노바카사를 짐짝처럼 질질 끌고 가던 병사가 멈칫한 것은 그때였다.

"뭐야, 이 저질스러운 광경은?"

"너는!"

선두에 있던 남작이 반색했다. 남작과 병사들이 통과하려던 골목을 가로막고 선 것은 다름 아닌 유리엔이었다. 곁에는 카엘도 함께였다. 유리엔이 황당한 기색을 숨기지 않으며 중얼거렸다.

"드레스 회수하러 왔더니만 이게 뭐래?"

"읍! 으으읍! 으읍!"

유리엔을 발견한 노바카사가 도로 희망을 되찾고 버둥거렸다. 노바카사가 알기로 유리엔은 강력한 화염 마법을 지팡이도 없이 구사하는 대마법사였다. 그를 구해줄 만한 실력이 충분히 차고 넘쳤다.

살려주세요! 마법사님, 제발 살려주세요! 바람을 담아 노바카사가 연신 읍읍거렸다.

"내가 살면서 본 것 중 손에 꼽을 정도로 황당하고 저질이고 기가 차고 불쌍한 상황인데……."

"흰 가면! 내 안 그래도 너를 찾고 있었다!"

남작이 활짝 웃으며 말했다. 그는 노바카사뿐 아니라 유리엔 또한 납치해서 끌고 갈 계획을 세우고 있었다. 마침 찾아가려던 차였는데 알아서 눈앞에 나타나줬으니 고마운 일이었다. 남작의 말에 유리엔이 가면 안에서 미간을 좁혔다.

"날 왜? 사인 받게?"

"말투가 다소 건방지구나. 하지만 괜찮다! 교육하면 되니까!"

"뭔 개소리야. 야, 헛소리는 대나무 엮어서 네 귀에다가 대고 하고, 당장 내 드레스…… 아니, 하늘색 머리나 내려놓고 꺼져."

유리엔이 귀찮다는 듯 손을 휘저었다. 여장이 너무 완벽해서 날파리가 꼬인 모양인데 오래 상대해 주고 싶은 기분이 들지 않았다. 특히 상대의 벗겨진 머리와 튀어나온 배를 길게 쳐다보는 것은 영 눈한테 못 할 짓 같았다. 유리엔의 신랄한 대꾸에 남작이 멈칫거렸다.

"말버릇이…… 몹시 나쁘구나."

"넌 귀 버릇이 나쁘네. 안 들려? 내려놓고 사라지라니까?"

"감히 귀족의 앞에서 그런 말본새라니! 죽고 싶은 게냐?"

"그러는 넌 감히 내 앞에서 그런 머리와 배라니! 숨지고 싶은 게냐?"

"뭐, 뭐가 어째!"

남작이 뒷목을 잡았다. 살면서 이렇게 건방진 평민은 처음이었다. 분노로 부들거리는 손을 들어 올려 남작이 명령했다.

"당장 저 주제넘은 평민을 잡아다 내 앞에 꿇려라!"

그러자 남작의 뒤에서 대기하고 있던 병사 서넛이 앞으로 나섰다. 전신에는 갑옷을 두르고 허리춤에는 검까지 찬 위협적인 모습이었다. 그걸 보며 유리엔이 아쉽다는 듯 말했다.

"갑옷은 보통 그곳도 보호하겠지?"

"뭐? 어디?"

"갑옷만 없었으면 육탄전으로 응수하는 건데."

"아서라."

카엘이 손까지 저으며 만류했다. 애초에 칼을 찬 상대에게 맨몸으로 대응한다는 발상 자체가 어불성설이었지만 유리엔이라면 어떻게 나올지 몰랐다. 한참 가늘게 뜬 눈으로 상대의 갑옷을 살핀 유리엔이 어쩔 수 없다는 듯 혀를 차고 소매를 걷었다.

"할 수 없지."

"뭘 하려고?"

"황비 전하의 가호를 받을 수밖에."

유리엔이 반지를 낀 왼손을 앞으로 내밀었다. 반지에 걸린 마법을 발동시키려는 자세였다. 낌새를 눈치챈 카엘이 말을 걸었다.

"그냥 나한테 맡기지?"

"넌 물러나 있어. 황비 전하, 당신의 보물로 꽃 단 놈을 구하는 것을 허락해 주세요!"

나서려는 카엘을 되레 뒤로 물린 유리엔이 의례적인 기도를 외웠다. 그러더니 이어서 힘차게 외쳤다.

"천당으로!"

화르르륵! 즉시 불길이 치솟았다. 카엘이 중얼거렸다.

"왜 주문이 저따위야?"

짧고 태평한 감상이었다. 반면 상대측은 다 같이 혼이 빠져나가게 놀랐다.

"으아악! 이게 뭐야!"

"마법사였어?!"

"도망쳐!"

열기가 훅 끼쳤다. 허공을 잠식한 불꽃은 금방이라도 병사들을 집어삼킬 듯 뜨겁게 넘실거렸다. 병사들이 저마다 혼비백산해서 뒤로 미친 듯이 물러났다. 한 명은 그러다 발이 꼬여 넘어지기도 했다. 노바카사가 감격에 겨워 기쁨의 응원을 보냈다. 읍읍!

"이, 이게 무슨……."

남작이 있던 자리는 불꽃의 사정거리 안에 들지 않았다. 그래도 열기는 고스란히 전해졌다. 불길이 품은 온도는 닿는 모든 것을 태워 버릴 것처럼 거칠고 사나웠다. 타다 남은 잔해마저 놔두지 않고 녹여 버릴 듯한 매서운 느낌이었다. 식은땀이 저절로 흘렀다. 남작의 충성스런 병사들은 어느덧 주인의 뒤쪽까지 물러나 있었다.

"나, 남작님."

"저희로서는 무립니다."

"갑옷 입은 채로 타 버릴 겁니다."

"……이 무능한 것들! 너희가 그러고도 자랑스러운 귀족가의 병사더냐!"

남작이 버럭 소리쳐 질책했다. 눈이 튀어나올 만큼 거세게 하늘을 태우는 화염을 자기도 봤으면서 저러는 이유는 누구한테라도 화를 내지 않으면 분을 참을 수 없을 것 같아서였다. 우리 편이 못 이기는 건 마법을 봤으니 본인도 안다. 아는데, 알아서 더 분통이 터졌다.

"젠장! 고작! 고작 평민 주제에!"

남작은 유리엔이 마법을 쓰는 것까지 목격해 놓고도 여전히 평민 타령을 그만두지 않았다. 상대의 신분이 평민이 아닐 거라고는 꿈에도 생각하지 않는 뚝심 있는 사고였다. 이를 악문 남작이 연신 눈을 굴렸다. 이대로 물러설 수는 없었다. 못 당한다는 걸 인정하고 도망치는 건 귀족으로서의 그의 자존심이 허락하지 않았다.

'무슨, 무슨 방법이……!'.

바삐 움직이던 남작의 작은 눈이 어느 순간 반짝 빛났다.

"하하하! 이것이 바로 사악한 용의 브레스다!"

"연극이 그렇게 재밌었냐?"

화염 마법을 선보인 유리엔이 허리에 손을 얹고 호탕하게 웃었다. 그런 유리엔을 보며 카엘이 고개를 절레절레 저었다. 가류엘 가류엘거리더니 연극이 정말 재미있었긴 한 모양이었다. 취향이 딱 어린 남자아이와 다를 게 없었다. 그때 남작이 외쳤다.

"무릎을 꿇어라!"

"엥?"

"꿇지 않으면 이놈은 죽는다!"

"으으으읍! 으읍! 끄으읍!"

노바카사가 필사적으로 읍읍거렸다. 그의 목덜미엔 웬 시퍼렇게 빛나는 검신이 들이밀어져 있었다. 검을 갖다 댄 것은 노바카사를 붙잡고 있던 남작의 사병 중 한 명이었다.

"살리고 싶다면 당장 무릎을 꿇어!"

진부하고 전형적인 악당들의 전유물, 인질극이었다. 황당해진 유리엔이 박수를 쳤다.

"와, 치졸 천재 박수를 드려요. 짝짝짝."

"이게 지금 장난으로 보이느냐?"

유리엔의 반응에 남작이 붉으락푸르락 안색을 바꿨다. 저를 놀린다고 생각한 것 같았다. 물론 놀린 것이 맞다. 거친 숨을 내뱉은 남작이 겁을 줄 요량으로 칼날을 목 안쪽으로 더욱 밀착시켰다.

"으으으으읍!"

노바카사가 한층 파랗게 질려 버둥거렸다. 목 위로는 혹시라도 베일까 봐 미동도 않고 다리만 열심히 파닥인다. 유리엔이 잠깐 침묵을 지켰다. 엄청 안쓰러웠다.

"야, 치졸 천재. 걔한테 너무 그러지 마. 죽다 살아난 애를 또 죽이려고 하다니……."

"그 입 닥치고 당장 무릎을 꿇지 못하겠느냐!"

남작은 이 방법이 십중팔구 먹힐 거라고 생각했다. 상대가 보이는 태도나 발언으로 봤을 때 인질과 상대는 틀림없이 아는 사이였다. 아는 사람이 눈앞에서 죽게 생겼는데 자세를 굽히지 않을 사람은 없다. 생판 남을 붙잡고 시도해도 어느 정도는 성공하는 게 인질극이었다. 이건 반드시 통한다! 득의양양한 남작을 보며 유리엔이 한숨을 내쉬었다.

"내가 이 말을 또 하게 되다니……."

"……?"

"부디 다음 생엔 늑대로 태어나서 죄짓지 말고 지조 있게 살렴."

"으으읍! 으읍!"

"지금 무슨……."

"짧지만 즐거운 만남이었어! 그럼 잘 가!"

"자, 잠깐!"

남작이 기겁했다. 무릎을 꿇기는커녕 상대가 망설임 없이 왼쪽 소매를 걷으며 거리를 좁혀오고 있었다. 다들 저 왼손에서 마법이 발현되는 걸 봤다. 특히 직접 대면했던 병사들은 공포에 질려 주저도 않고 도망치기 바빴다. 남작이 제자리에서 이도 저도 못 하며 파래진 얼굴로 소리쳤다.

"저, 정말로 죽일 셈이냐? 죄 없는 인질을!"

"걔 죄 많아."

"으으으으읍! 으으읍!"

"그래그래, 안 아프게 한 방에 보내줄게."

"마, 말도 안 돼. 트, 틀림없이 허세일 거다!"

"그게 유언이야? 알았어."

이젠 완전히 사정거리에 들어왔다. 유리엔이 씨익 웃으며 반지를 내밀었다. 동시에 주문을 외웠다.

"천당으로!"

"으아악!"

주문이 아까 들었던 것과 일치했다. 이 미친 여자가 정말로 쏘다니! 남작이 비명을 지르며 두 팔로 얼굴을 막았다. 병사 또한 노바카사를 내팽개치고 제 머리를 가렸다. 그러나 불길은 나타나지 않았다. 그때 유리엔이 외쳤다.

"카라멜!"

"그래."

짧게 대답한 카엘이 검을 뽑았다. 그러곤 즉시 목표물을 베어냈다.

서걱! 말끔한 소리와 함께 병사의 검이 손잡이만 남기고 잘려 나갔다.

"히익!"

열기가 느껴지지 않는 것에 의아하여 눈을 뜬 병사가 이내 화들짝 놀라 자리에 주저앉았다. 검을 이렇게 나무토막처럼 베어낼 수 있다는 건 듣도 보도 못했다. 최소한 그보다는 까마득히 높은 경지라는 뜻이었다.

"바보들, 쫄기는!"

유리엔이 경쾌하게 웃었다. 마법의 발동 조건은 두 가지였다. 머릿속으로 이미지를 그리는 것과 주문을 입 밖으로 내는 것. 둘 중 한 가지만 만족할 경우엔 마법이 실행되지 않았다.

유리엔은 단순히 주문만 동일하게 읨으로써 상대에게 겁을 준 것이다. 그리고 속아 넘어간 상대가 자세를 무너뜨린 틈을 타 카엘이 검을 잘랐다. 미리 합을 맞춘 계획은 아니었지만 두 사람은 손발이 척척 맞았다.

"꽃 단 놈, 이리 와."

"마, 마, 마, 마법사님!"

자유의 몸이 된 노바카사가 눈물을 그렁그렁 매단 채로 황급히 자리에서 뛰쳐나왔다. 마음을 신체가 따라주지 못해 중간중간 넘어질 듯 휘청거리기도 했다. 잡혀 있던 위치에서 멀찍이 벗어난 뒤 노바카사는 결국 눈물, 콧물을 쏟았다.

"저 죽는 줄 알았…… 히끅, 정말로 죽는 줄…… 쿠허어엉!"

"진정해, 진정."

유리엔은 엉엉 우는 노바카사를 기꺼이 달래주었다. 물론 손으로 토닥거리지는 않고 말로만.

남작은 병사와 마찬가지로 바닥에 주저앉아 있었다. 안색은 그 어느 때보다도 새하얬다. 핏기가 하나도 없는 것이 환자의 자존심을 건드릴 만한 낯빛이었다. 그가 간신히 떠듬떠듬 입을 열었다.

"펴, 평민이…… 아니었……."

"응?"

남작의 눈은 카엘을 향해 있었다. 그 시선에 카엘이 의아하게 제 몸을 살폈다. 혹시 얼굴이라도 드러났나 했지만 후드는 벗겨진 곳 없이 멀쩡했다.

'뭐야, 왜 저래?'

상대의 반응을 이해하지 못하던 카엘은 잠시 후 아차 싶은 얼굴을 했다.

"이걸 깜박했네."

습관이었다. 옷은 일반 여행자처럼 차려입었으면서 검은 늘 쓰던 것을 가지고 나왔다. 카엘이 사용하는 검은 황가의 문양이 새겨진 보물이었다. 손잡이가 아니라 날의 옆면에 새겨놓아 평소에는 거의 보이지 않지만, 검을 뽑아 휘두를 때면 얼핏 그것이 드러난다. 귀족 이상만 알아볼 수 있는 무늬였다.

"봤어? 의외로 눈썰미가 좋구나."

남작이 벌벌 떨었다. 다른 것이 섞이지 않은 순수한 황가의 문양. 황족 본인은 아니더라도 최소한 요직에 앉은 인물이었다. 어떻게 되든 고작 지방 남작인 그보다는 한참 배분이 높았다. 아예 댈 것도 없다.

"뭐야? 설마 들킨 거야? 카라멜 너 이렇게 쉬운 남자였니?"

"누구 때문인데! 그리고 완전히는 아니야."

유리엔의 타박에 카엘이 절반쯤 부정했다. 말마따나 남작은 카엘이 황태자일 거라고는 미처 생각하지 못하고 있었다. 검에 새겨진 문양은 황가의 적통을 의미하고 있었지만, 남작은 스쳐 가듯 짧게 목격했을 뿐인 데다 애초 그런 걸 알아볼 만한 식견도 지니고 있지 않았다. 그는 카엘이 적당한 위치의 중앙 귀족쯤 될 것이라 짐작했다.

"안 되겠네. 너 내가 싸구려 철검 하나 사줄 테니까 앞으론 그걸로 싸워."

"또 싸울 일을 만들겠다고?"

"미인은 풍파를 부른다, 몰라?"

"가면 탓에 눈, 코, 입도 안 보이는 게 뭐라는 거야."

"입은 보이거든?"

"그래서 입이 미인이냐?"

"난 원래 입만 드러나도 경국지색이야!"

카엘과 유리엔이 익숙하게 투닥거렸다. 그러는 사이 눈물을 홍수처럼 쏟던 노바카사가 울음을 그쳤다. 눈가와 코끝이 새빨개진 채로 노바카사는 훌쩍거리며 저를 진정시켰다. 안도감과 서러움이 가라앉고 나니 잠잠해진 가슴에 다른 감정이 들어앉았다. 부끄러움. 안면 팔림. 분노. 노바카사가 주먹을 힘껏 쥐었다.

"저, 저놈은 이제 어떻게 하실 건가요?"

"응?"

"나, 나, 나를 희롱하려고 했던 저놈 말이에요!"

삿대질로 남작을 가리키며 노바카사가 격양되어 외쳤다. 떠올리기만 해도 소름이 끼치는지 팔을 부들부들 떨었다. 기껏 그친 눈물이 다른 의미로 다시 그렁그렁했다.

"으으으! 끔찍해! 싫어! 나보고 아기 고양이라고 했어요! 저택에 데려가서 교육을 시켜주겠다고 했다구요! 아기 새라고도 했어! 으아악, 시발!"

"저런……."

노바카사의 감정이 절절히 전해져 왔다. 유리엔이 안타깝게 혀를 찼다. 그런 몹쓸 짓을 하다니.

"대체 얠 데려가서 뭘 하려고 했던 거지?"

카엘이 남작을 내려다보며 물었다. 추궁이라기보단 진짜로 궁금해서 던진 질문이었다. 남작은 카엘의 시선이 제게 꽂히자 흠칫 놀라더니 곧 더듬거리며 입을 열었다.

"벼, 별건 아니었…… 습니다. 그냥 예, 예뻐해 주려고 했을 뿐입니다. 제 저택에서."

눈치를 보며 말을 높인다. 노바카사는 예뻐해 주려 했다는 발언에 뒤로 넘어갈 정도로 기겁했다. 유리엔이 말을 받았다.

"예뻐해 주려고 했다고? 왜?"

"처, 첫사랑을 닮아서……."

"어떻게 예뻐해 주려고 했는데?"

"그건…… 잘……."

"잘 좋아하시네!"

듣고 있던 노바카사가 빽 소리쳤다. 얼굴엔 혐오감이 가득했다.

"내가 너 같은 돼지들을 모를 줄 알아? 어? 시발! 끌고 가서 침실 노예로 쓰려고 했겠지! 그렇게 가지고 놀다가 싫증 나면 매음굴에 팔거나 노예상에게 넘겨 버리고! 너 그런 짓 하루, 이틀 한 거 아니지? 어? 아악, 더러워! 끔찍해! 더러워! 쓰레기! 이 쓰레기!"

노카바사가 광분해서 날뛰었다. 질 나쁜 귀족들이 저지르는 악행은 대체로 다 비슷했다. 귀만 열고 있으면 평민들의 사이에선 어디서든 그런 악행에 대해서 들을 수 있었다. 피해자가 그들의 친구이자 아는 사람이자 어떨 땐 가족이었으니까.

"쓰레기! 재활용도 안 될 쓰레기!"

목에 핏대를 세우며 노바카사가 쓰레기란 말을 반복했다. 유리엔이 그만하라며 노바카사를 말렸다. 쓰레기한테 너무 그러지 말렴.

"난, 나는…… 만약 내가 여자였고 마법사님이 없었다면 나는……."

노바카사가 끅끅거렸다. 눈물이 도로 차올라 말을 잇기가 쉽지 않았다. 남의 일이라고 생각했던 것이 자기 일이 되니 감정이 미친 듯이 북받쳤다. 그동안 들었던 수많은 사정도 더 이상 관계없는 타인의 얘기로 생각되지 않았다. 분하고 억울하고 화가 난다.

"진정해, 꽃 단 애야."

유리엔이 노바카사를 토닥거렸다. 부드러운 손길이었다. 호칭도 한층 상냥하게 바꿨다. 그렇게 상대를 달래준 유리엔이 이내 눈을 빛냈다.

"지금부터 응징의 시간이니까."

그리 말한 유리엔은 대뜸 몸을 풀기 시작했다. 발목을 이리저리 돌리더니 무릎도 쭉쭉 편다. 그냥 보면 무슨 경기에라도 나가는 사람 같았다.

"뭘 하려고?"

"잘 봐!"

몸 풀기를 마친 유리엔이 대답 대신 남작의 앞에 서서 자세를 잡았다. 카엘과 노바카사가 그런 유리엔을 의아하게 응시했다. 남작도 당황해서 고개를 들었다. 무슨 짓을 하려고? 설마……. 그 순간 유리엔의 다리가 바람을 갈랐다.

퍼억!

"……!"

"……!"

"……!"

카엘과 노바카사가 동시에 생각했다. 때렸다! 그곳을 때렸어! 그곳을! 그곳……!

남작이 앉은 자세에서 천천히 뒤로 넘어갔다. 입에는 거품을 물고 있었다. 눈도 완전히 뒤집혔다. 발끝을 바닥에다 대고 슥슥 문질러 닦은 유리엔이 속이 시원하다는 웃었다. 천사 같은 미소였다. 노바카사가 자기도 모르게 딸꾹질을 했다.

"꽃 단 애야."

"네, 네? 딸꾹."

호명당한 노바카사가 화들짝 놀랐다. 그의 시선은 계속해서 남작에게로 고정되어 있었다. 남작의 몰골은 처참했다. 그냥 처참한 것도 아니고 어딘가 안쓰럽고 어딘지 불쌍하게 처참했다. 노바카사의 파란색 눈동자가 세차게 흔들렸다.

"네 분노는 고작 이 정도가 아니지?"

"네? 네, 네."

왠지 이 정도인 것 같았지만 노바카사가 얼결에 고개를 끄덕여 긍정했다. 그러자 유리엔이 손짓과 함께 노바카사를 불렀다.

"이리 와."

"왜…… 요?"

"너도 응징해야지."

저기다가 또? 노바카사가 멈칫했다. 유리엔을 향했던 그의 눈길이 재차 남작의 몰골로 옮겨갔다. 남작은 겨우 한 방을 맞았을 뿐이지만 왠지 여기서 뭔가를 더했다간 그대로 죽어버릴 것 같은 모습이었다. 노바카사는 담이 작았다. 살인은 그의 인생 계획에 없었다. 동공지진이 점점 과격해졌다.

"빨리 안 와? 적절한 때 깐 데 또 까야 효과가 좋단 말이야."

무슨 효과인지 물어보고 싶었으나 용기가 나지 않았다. 노카바사는 결국 천근 같은 걸음으로 유리엔의 근처까지 다가갔다.

"자세 잡고."

"네…… 네."

"오른발 뒤로 빼고."

"……."

"각도 이 정도. 힘 이만큼. 스윙 여기까지. 알겠지? 감이 와?"

"네, 네."

노바카사가 바들바들 떨며 침을 삼켰다. 원하지 않았던 무서운 것을 배우고 말았다. 동공의 지진이 한층 심해졌다. 눈동자가 두 개처럼 보일 지경이었다.

"자, 갈겨!"

유리엔이 신호했다. 노바카사는 두 눈을 질끈 감았다. 미안해요! 굳이 미안해할 필요 없는 극악한 악당이긴 하지만 그래도 어쩐지 미안합니다! 그리고 노바카사의 다리가 지도받은 대로 바람을 갈랐다.

"꺄악!"

골목을 걷던 한 소녀가 비명을 질렀다. 골목 어귀에 사람이 놓여 있었다. 그것도 옷이 홀딱 벗겨진 상태였다.

반사적으로 밀려오는 폭풍 같은 혐오감을 삼키며 소녀가 조심스레 알몸의 사람을 살펴보았다. 혹 시체라면 살인 사건으로 신고해야 했기 때문이다. 다행히 숨은 쉬는 듯 대상의 남산만 한 배가 미세하게 오르락내리락하고 있었다.

"살아 있네…… 응? 저게 뭐지?"

그때 소녀의 눈이 무언가를 발견했다. 자세히 보니 넓적한 배 위로 어떤 글씨 같은 것이 써져 있었다.

나를 마음껏 때려주세요.

그리고 소녀는 재차 비명을 터뜨렸다.

"꺄아아아악! 변태!"

"이게 무슨 소리야?"

"변태? 변태라고?"

"저쪽에서 났는데?"

사람들은 순식간에 몰려들었다. 소녀의 두 번째 비명이 워낙 우렁찼던 탓이었다. 얼마 지나지 않아 골목 어귀는 구경꾼으로 발 디딜 틈도 없이 들어찼다.

"세상에……."

"저게 뭐래?"

"자길 때려 달라는데?"

"으악! 내 눈!"

웅성웅성.

떠드는 소리가 커졌다. 입에서 입으로, 장소에서 장소로 말이 전달되었다. 사람들은 목격한 것을 가족에게 말하고 애인에게 말하고 친구에게 말했다. 들은 이들은 그것을 또 아는 사람에게 얘기하고 알던 사람에게 얘기하고 알 것 같은 사람들에게 이야기했다. 노출증이자 피학증 환자인 정체 모를 중년 변태에 대한 소문은 그렇게 눈 깜짝할 새에 레듀르 전역으로 퍼져 나갔다.

"잔인해……."

"뭐라고?"

"브, 브로콜리가 잔인하다고요. 어쩜 이렇게 초록색일 수가 있죠? 잔인합니다."

말을 얼버무리며 노바카사가 접시 위의 브로콜리를 포크로 푹 찍었다. 그리고 입안으로 가져가 열심히 씹었다. 브로콜리 특유의 건강한 맛을 느끼며 노바카사가 눈치를 살폈다.

그는 현재 유리엔에게 밥을 얻어먹고 있었다. 장소는 유리엔이 묵는 여관의 1층이었다. 잘게 씹은 것을 꿀꺽 삼키며 노바카사가 하루 전을 회상했다.

"벗겨."

"네?"

"벗기라고."

유리엔이 가리킨 것은 남작의 옷이었다. 그리고 명령을 받은 것은 노바카사였다. 노바카사는 명을 듣자마자 식겁해서 고개를 붕붕 저었다.

"저, 전 그런 취향 아닙니다."
"누가 네 취향 물어봤어? 얼른 벗겨."
"왜 이러세요!"

죽어도 못 해요! 노바카사가 거세게 반항했다. 지금만큼은 그 무엇으로도 이 의지를 꺾을 수 없다는 듯 강경한 태도였다. 그러자 유리엔은 말없이 주먹을 들었고 노바카사는 빠르게 온순해졌다.

"다, 다 벗기나요?"
"응. 싹 다."
"크흡…… 큽……."

고통스러운 시간이 지나갔다. 결국 노바카사는 남작을 모조리 탈의시키는 것에 성공했다. 그쯤 주변에는 그들을 제외하곤 아무도 없었다. 남작의 사병은 이미 멀찍이 도망간 뒤였다. 유리엔은 수고했다며 노바카사의 어깨를 툭툭 두드려 주고는 다른 걸 시켰다.

"가서 잉크 사와."

"네? 잉크요? 그건 왜?"

"잔말 말고 빠르게 다녀와."

노바카사는 시키는 대로 잉크를 사왔다. 그다음에는 그걸로 남작의 배 위에 글자를 썼다. 물론 본인의 의지는 아니었다. 그는 눈물을 머금고 강제로 명령을 수행했다. 문맹이 아니라는 사실이 한탄스러웠던 것은 그때가 처음이었다.

그렇게 남작은 노출증과 더불어 피학증을 앓는 변태가 되었고, 잔인하게도 노바카사는 눈과 손의 순결을 잃고 말았다.

"저…… 그런데요, 마법사님."

"왜?"

"그 귀족이 정말로 가만히 있을까요?"

회상을 마친 노바카사가 물었다. 질문에는 걱정이 담겨 있었다. 그는 결코 남작이 얌전히 있을 거라고 생각하지 않았다. 상대는 신분에 대한 자부심으로 똘똘 뭉친 오만하고 고집스러운 귀족이다. 무슨 일을 벌이는 편이 더 자연스러웠다.

"괜찮아. 아무 일도 없을 테니까."

그런 노바카사의 우려와는 반대로 유리엔은 태평했다. 카엘도 마찬가지였다. 노바카사는 몰랐지만 사실 이쪽은 이미 협박을 마친 상황이었다.

노바카사가 심부름을 받고 잠깐 자리를 비웠을 때, 유리엔은 기절한 남작을 깨워 그에게 카엘의 얼굴을 보여주었다. 그리고 경기를 일으키며 놀라는 남작에게 다시 사람을 납치하거나 시민을 핍박했다는 소리가 들리면 그날로 네게 오늘의 죄를 물어 처형하겠다고 으름장을 놓았다. 황태자의 신분으로 남작 한 명을–그것을 지은 죄가 자명한–처리하는 건 두말할 것도 없이 간단한 일이었다.

당연히 남작은 새파랗게 질려 평생 아무 짓도 않겠노라 맹세하고 또 맹세했다. 권력을 이용해 타인을 핍박하는 인물일수록 저보다 높은 권력에게는 한없이 약해지는 것이 일반적이다. 잔뜩 겁을 주었으니 남작은 꽤 오랫동안 허튼 생각을 하지 못할 터였다.

"아무튼, 다 먹었지?"

포크를 내려놓은 유리엔이 자리에서 벌떡 일어났다. 다 먹지 못했다고 이야기하면 남은 것을 손수 입안에 밀어 넣어줄 기세였다. 카엘이 앉은 채로 시선을 올렸다.

"뭐 할 건데?"

답은 기다렸다는 듯 빠르게 나왔다.

"축제 구경!"

유리엔이 환하게 웃었다. 기대감으로 반짝거리는 눈이 반달로 접혔다.

거리는 축제가 한창이라는 걸 알려주듯 사람들로 바글거렸다. 유리엔은 용케도 타인과 부딪히지 않으며 그런 인파 속을 거닐었다. 뒤에는 카엘과 노바카사가 함께였다.

"카라멜, 저거 봐."

"뭐?"

"풀꽃에 초콜릿을 입힌 거래. 어때?"

"말해두는데, 너만 먹어라."

카엘의 표정은 좋지 않았다. 평소와 비교하면 낯빛이 한층 파랗게 떠 있는 상태였다. 물론 이유가 있었다.

"헐! 벌레 구이? 세상에, 별게 다 있네!"

"사오지 마! 안 먹어!"

"색다를지도 몰라."

"미쳤냐?"

바로 유리엔이 길거리 노점에서 신기한 음식을 발견할 때마다 족족 카엘에게 시식하라며 내밀었기 때문이었다.

처음에는 그나마 사람이 먹을 수 있는 걸 사오는가 싶더니 이젠 별 기상천외한 걸 다 찾아내고 있었다. 때려죽여도 벌레만큼은 못 먹는다며 카엘이 완강히 거부했다.

"왜? 먹어봐. 맛이 궁금하단 말이야."

"궁금하면 네가 먹든가!"

"내 혀는 소중해서……."

"내 혀도 소중하거든?"

"넌 내 약혼자잖아."

"이게 약혼자를 무슨 실험맨으로 아나."

하다 하다 해괴한 핑계를 다 댄다며 카엘이 어이없어 했다. 노바카사는 말없이 둘의 대화를 귀 기울여 듣다가 화들짝 놀랐다.

'약혼한 사이였어?!'

이제 안 사실이었다. 노바카사의 눈이 새삼스럽게 카엘와 유리엔을 번갈아 살폈다.

'어쩐지 보면 볼수록 잘 어울리더라니……'

카엘과 유리엔이 들었다면 나란히 죽빵을 날렸을 생각을 하며 노바카사가 손에 든 꼬치를 베어 먹었다. 줄지어 늘어선 노점에는 상종 못 할 괴상한 음식들을 제외하고도 평범하고 맛있는 주전부리가 꽤 많았다. 평소엔 몸매를 관리하느라 소식하는 편인 노바카사는 오늘만큼은 양껏 내키는 만큼 먹기로 했다.

"그러고 보니 너 나한테 내기 졌잖아. 뭐든 들어주기로 했었지?"

"그래서 그걸 지금 쓰겠다고?"

"역시 그건 좀 아깝나?"

"안 아까운 것 같으면 쓰든가."

"그러니까 또 괜히 쓰기 싫어지네."

카엘은 이틀 전 여관에서 유리엔이 제안했던 내기에 응했다. 그리고 그 결과 졌다. 내기에 진 사람이 이긴 사람의 요구를 뭐든 들어주기로 했었으니 유리엔은 현재 비장의 카드를 하나 가지고 있는 셈이었다.

"요구 사항으로 이런 것도 가능하지?"

"뭔데?"

"황궁연회에서 여장하고 춤추기."

"……."

"아니면 절벽에서 뛰어내리기."

"오늘부터 밤마다 암살자가 찾아가더라도 너무 놀라지 마라."

"이게 청부 살인으로 날 막으시겠다?"

둘이 티격태격하는 사이 노바카사는 꼬치를 두 개째 사서 입안에 밀어 넣었다. 관전자의 입장에서 보면 두 사람은 역시 참 잘 어울렸다.

"간단한 놀이 한번 참여하시고 가세요!"

"공연 구경해 보세요! 재미있습니다!"

"놀이도 즐기고 상금도 타 가세요!"

길에는 볼거리가 제법 많았다. 걷고 있으면 심심찮게 눈에 띄는 각종 놀이판에서는 저마다 호객이 한창이었다. 이런저런 것들을 훑던 유리엔이 어느 한 지점에서 관심을 보였다.

"저게 뭘까?"

"어디?"

"저기 오른쪽."

"풍선 터뜨리기네."

"풍선?"

"동물의 창자로 만드는 거야. 안에는 공기가 들어가고. 일종의 장난감이지."

"창자? 그럼 너 먹을 수 있어?"

"있겠냐? 생각하는 대로 막 뱉네, 아주."

"아무튼 가보자."

유리엔이 카엘을 이끌었다. 그녀는 자기도 모르는 사이 카엘을 익숙하게 챙기고 있었다. 카엘 또한 그런 유리엔을 따라 이동하는 것에 전혀 어색함이 없었다. 어느새 둘 다 서로의 존재를 당연시 여기게 되었다는 뜻이었다. 가랑비에 옷소매가 젖듯 자연스럽게 생겨난 변화였다.

"저도 같이 가요!"

그 와중에 애꿎은 노바카사만 소외되었다.

"누구나 즐길 수 있는 재미있는 풍선 놀이! 두 분, 아주 잘 오셨습니다."

"여기 저도 있어요!"

"세 분이었군요!"

시선을 끌기 위해서인지 얼굴에 광대 분장을 한 진행자가 반갑게 세 사람을 맞이했다. 축제라고 몰려든 인파에서 이미 별별 사람을 다 마주해 본 진행자는 상대의 수상쩍은 가면과 후드에도 딱히 신경 쓰지 않았다. 그는 싹싹하게 손바닥을 비비며 말했다.

"세 분 모두 놀이에 참여하실 건가요?"

"할 거야?"

유리엔이 돌아보며 묻는 것에 노바카사가 크게 고개를 끄덕였다. 왠지 적극적으로 나서서 존재감을 표출해야 할 것 같은 기분이 들었다. 그렇지 않으면 어느 순간 자기 몸이 병풍으로 변해 있을 것 같았다. 병풍화를 피하고 싶은 노바카사가 첫 번째 도전자로 나섰다.

"방법은 간단합니다. 여기 작은 돌멩이가 보이시죠? 이걸 던져서 풍선을 맞혀 터뜨리는 놀이입니다. 터뜨린 풍선의 개수와 위치에 따라 각각 상품이 준비되어 있구요."

"좋았어! 명사수 노바카사, 실력을 보여드리겠습니다!"

"언제부터 명사수였어?"

"지금부터요!"

참가비는 돈을 산처럼 챙겨 온 유리엔이 기꺼이 지불했다. 굳이 따로 가지고 나온 여비가 아니더라도 대회에서 달의 여신으로 뽑히며 받은 상금이 꽤 되었다. 축제 기간 동안 펑펑 쓰더라도 모자라지 않을 정도였다.

"그럼 갑니다!"

팅!

"어라?"

"이런! 아쉽게도 첫 시도는 실패하셨군요!"

노바카사가 야심차게 던진 돌멩이는 운 좋게 풍선을 맞히기는 했으나, 아깝게도 터뜨리지 못하고 그대로 튕겨 나왔다. 진행자가 안타깝다는 듯-그러나 입은 귀까지 찢어진 채-말했다.

"바로 성공하나 싶었는데 굉장히 아쉽습니다. 그래도 처음부터 풍선을 맞히시다니 대단하네요!"

"그럼 다시……."

튕겨 나와 바닥을 구르는 돌멩이를 허망하게 바라본 노바카사가 재차 자세를 잡았다. 별거 아닌 것처럼 보였는데 실패하니 어쩐지 자존심이 상했다. 이 잔망스러운 풍선 자식! 노바카사의 파란색 눈이 때아닌 승부욕으로 불타올랐다.

"이번에야말로 성공이다!"

팅!

"이런! 너무 아쉽네요!"

"윽…… 이번에야말로!"

"저런! 빗나갔군요!"

"이, 이번에야말로 진짜!"

팅!

"아아! 매우 아깝습니다!"

노바카사에게 주어진 네 번의 기회가 모조리 실패로 돌아갔다. 성공 개수 0개를 기록한 노바카사가 자리에 선 채로 멍하니 넋을 날렸다. 시작부터 끝까지 죄다 실패하고 나니 생각보다 정신적 충격이 어마어마했다. 유리엔이 카엘에게 속닥거렸다.

"풍선이 지나치게 튼튼한 거야, 아니면 꽃 단 놈의 힘이 개미 수준인 거야?"

호칭이 다시 꽃 단 놈으로 돌아왔다. 카엘이 으쓱하며 대꾸했다.

"직접 해봐."

그럼 알 수 있겠지. 유리엔은 그 대답대로 두 번째 도전자를 자처했다.

"다음은 여성분께서 도전하시는군요! 자, 말씀드린 것처럼……."

팅!

설명도 끝나기 전에 유리엔이 돌 조각을 잡고 던졌다. 앞선 노바카사 때보다 훨씬 큰 소리를 내며 돌이 풍선에서 튕겨져 나왔다. 진행자가 순간 놀라서 말을 멈췄다.

튕겨진 돌멩이는 아주 멀리까지 날아갔다. 담긴 힘이 어느 정도였는지를 알게 해주는 부분이었다. 유리엔이 오른쪽 손목을 돌리며 눈을 빛냈다. 있는 힘껏 던졌는데도 터지지 않았다. 어지간한 장정을 상회하는 그녀의 괴력으로 봤을 때 있을 수 없는 일이었다. 유리엔은 힘으로만 따지면 성인 남자 둘을 동시에 이길 수도 있었다.

"카라멜."

"왜?"

"이거 사기지?"

"조금 치사하긴 하지."

"사, 사기라뇨! 아닙니다! 이게, 그러니까…… 축제를 위해 급하게 공수하다 보니까 평소보다 조금 질긴 게 걸렸을 뿐입니다! 네, 그거에요!"

진행자가 대화에 급히 끼어들어 변명했다. 사실 따지고 들면 사기가 맞긴 하지만 그걸 순순히 인정할 수도 없는 노릇이다. 그랬다간 당장 여기서 장사를 접어야 하는데 그건 안 되는 일이었다. 진행자가 애써 당황을 감추고 미소를 꺼냈다.

"하하, 저도 이번에 들여온 풍선이 이렇게 질길 줄은 미처 몰랐습니다. 질기다고 해도, 뭐, 많이는 아니고 약간 더 질긴 거지만요. 그래도 제 실수이니만큼 성공하시는 분껜 상품을 두 배로 드리려고 합니다!"

선심 쓰는 척 웃으면서 이야기한다. 유리엔이 그런 진행자를 힐끗 응시한 뒤 도로 카엘을 쳐다보았다.

"너 전에 풍선 본 적 있지? 지금 저게 보통의 몇 배나 질겨?"

"다섯 배."

카엘이 망설임 없이 대답했다. 동시에 진행자는 간이 떨어질 만큼 놀랐다. 정답이었다.

"내가 터뜨릴 수 있을까?"

"네 힘 두 배는 있어야 해."

"그게 사람이야? 이거 완전히 양심을 낭떠러지 밑으로 투기했구먼."

"참고로 난 가능하고."

"재수 없는."

대화를 나누며 유리엔이 손에 쥔 돌멩이를 던졌다 받았다 했다. 불가능하다곤 했지만, 기왕 여기 선 김에 제 손으로 풍선을 터뜨리고 싶었다. 돌멩이 말고 그냥 근접해서 주먹을 갈기면 터지려나? 그런 생각을 읽었는지 카엘이 입을 열었다.

"도와줄까?"

"도와줄 수 있어?"

"부디 도와주세요, 해봐."

"부디 도시에서 꺼져주세요."

"말은 절대로 안 듣지."

하기야 시킨 내가 멍청이다. 고개를 저은 카엘이 유리엔의 뒤로 가까이 다가와 섰다.

"뭐 해? 변태 같은 위치에서."

"기껏 도와주러 온 사람한테……."

"오, 그럼 빨리해 줘."

"뒤쪽으로 팔 뻗어봐. 던지기 직전처럼."

유리엔이 시키는 대로 오른팔을 뒤로 당겼다. 그러자 돌멩이를 쥔 오른쪽 손 위로 카엘의 손바닥이 덮듯이 닿았다. 그 상태로 카엘이 말했다.

"던져."

"좋아!"

닿은 곳에서부터 무형의 힘이 흘러들어 오는 기분이었다. 유리엔이 힘껏 팔을 앞으로 뻗었다. 손을 벗어난 돌멩이가 바람을 가르며 날았다. 직후 경쾌한 소리가 커다랗게 울렸다.

펑!

"아싸!"

풍선이 터졌다. 유리엔이 아이처럼 팔을 뻗으며 좋아했다. 진행자는 제자리에서 턱이 빠져라 입을 벌렸다.

"어떻게 한 거야?"

"마나를 좀 밀어 넣었어."

"그거 계속 가능하지? 나머지도 모조리 터뜨릴까?"

"그러든가."

유리엔은 신이 나서 연달아 돌멩이를 던졌다. 그때마다 카엘이 손을 뒤에서 감싸 마나를 불어넣어 주었다. 풍선이 연속해서 터졌다.

펑! 퍼엉! 펑!

그렇게 유리엔은 카엘의 몫까지 총 7개의 풍선을 터뜨렸다. 더 이상

남은 풍선은 없었다.

“완벽하네!”

“시원하냐?”

“어! 참, 아저씨. 상품 주셔야지? 특별히 두 배로 준다며?”

놀라서 혼을 빼놓고 있던 진행자가 유리엔의 말에 정신을 차렸다. 진행자의 동공은 과거 남작을 응징하던 때의 노바카사처럼 세차게 흔들리고 있었다. 축제 내내 써먹으려고 특별히 준비한 풍선을 남김없이 잃은 그는 결국 구색을 맞추기 위해 챙겨왔던 상품들마저 싹 다 털리고 말았다.

‘잔인해!’

호구 같은 노바카사는 당한 것도 잊고 상대를 동정했다.

“넌 피곤하지도 않냐?”

날이 벌써 어둑했다. 구경을 나온 것이 오전 무렵이었으니 얼마나 돌아다녔는지 감도 잡히지 않았다. 풍선 놀이로 딴 상품을 여기저기 나눠주고 도로 빈손이 된 유리엔은 여전히 활기찬 모습이었다.

“사람이 언제 지친다고 생각해? 축제의 거리를 돌아다녔을 때? 공연을 연달아 관람했을 때? 노점을 끝없이 탐방했을 때? 아니! 바로 코르셋으로 자유를 갈망하는 몸을 억압한 채 드레스를 입고 춤을 출 때야!”

“옷만 편하면 체력이 무한대란 소리군.”

“그렇지.”

대답한 유리엔이 마침 눈에 보인 노점상에서 닭 꼬치를 하나 사다

입에 넣었다. 그것만 해도 벌써 열 개째였다. 카엘이 의심스럽게 눈을 좁혔다. 설마 저게 연료 아냐? 저걸 못 먹게 하면 방전되나? 저질 체력을 자랑하는 노바카사는 이미 반쯤 죽은 상태였다.

"마버사님…… 사려…… 사렬주세요."

힘들어서 혓바닥도 파업했다. 유리엔은 그 가엾은 꼬락서니를 무시한 채 다른 흥밋거리를 찾아 눈을 돌렸다. 유리엔의 매정한 모습에 노바카사가 결국 마지막 순간을 예감했을 때였다.

"어?"

근처의 시민 한 명이 고개를 들었다. 손가락은 위를 가리킨 채였다.

"달이 떴다!"

그걸 필두로 여기저기서 부산스럽게 시선을 올리기 시작했다. 이윽고 탄성이 잇따라 터져 나왔다. 해가 완전히 사라진 어두운 하늘에는 어느새 밝고 큰 달이 자리해 있었다.

"보름달이야."

"역시 레듀르의 명물!"

"예쁘다."

일그러진 부분 없이 매끄럽게 원형을 이룬 만월은 사방으로 제 달빛을 나눠주고 있었다. 은은한 빛을 받은 사물이 저마다 평소의 모습을 벗고 새로운 매력을 선보였다. 찬연하게 밤을 장식한 달은 스스로의 아름다움을 사위의 모든 것에게 아낌없이 전이시켰다.

"네 후드도 있어 보인다. 달빛 후드."

유리엔이 웃으면서 말했다. 말마따나 단순히 칙칙했던 카엘의 후드가 달빛을 받으니 갑자기 분위기를 냈다. 카엘도 지지 않고 맞받았다.

"네 가면도 마찬가지야. 달빛 가면."

"신비롭지?"

"더 수상해 보인다."

"수상한 사람한테 수상한 짓 좀 당해볼래?"

대화는 그대로였지만 표정은 평소보다 밝았다. 눈에 들어오는 것들이 예쁘다 보니 기분이 그를 따라 상공의 계단을 탔다. 달빛을 의식하자 시야가 바뀌고, 시야가 바뀌니 묘한 분위기가 만들어졌다. 반쯤 시체였던 노바카사가 그 순간 활기를 되찾았다.

'낭만!'

사방에 낭만이 있었다. 노바카사가 선호하는 감미로운 분위기였다. 물 만난 고기처럼 그의 얼굴에 화색이 돌았다.

"마법사님, 저 춤 좀 추러 다녀오겠습니다."

"춤?"

"예. 원래 축제의 둘째 날엔 만월 아래에서 각자 파트너와 춤을 추는 게 기본이지 않습니까? 전 파트너가 없으니 혼자 온 여성분을 찾아보려고…… 물론 춤만 출 겁니다! 허튼짓 안 하고요!"

제 발 저린 노바카사가 미리부터 변명했다. 유리엔은 그러거나 말거나 별로 신경 쓰지 않았다. 사실 정신 못 차리고 또 작업 걸다 죽어도 어차피 자기 인생이었다.

"그래, 좋을 대로 해."

"그럼 다녀오겠습니다!"

"가서 안 와도 돼."

"올 거예요!"

노바카사는 남작을 응징한 이후 찰떡처럼 유리엔에게 붙어 다녔다. 그 길만이 자기 목숨을 부지하는 길이라고 믿었기 때문이다. 그는 분노한 남작이 날뛰기 시작하면 가장 만만한 자기가 척살 1순위가 될 거라고 생각했다. 살아남고 싶다면 마법사님의 곁에 들러붙는 수밖에 없었다.

유리엔은 그런 노바카사를 굳이 떼어내지 않았다. 몸종을 자처하며 나름 충성을 다하고 있었으니 아예 쓸모가 없는 건 아니었다. 유리엔은 그저 발닦개가 하나 더 늘었구나 여기기로 했다.

잠시 후 노바카사가 촐랑촐랑 자리에서 멀어졌다. 몸 전체를 흔드는 경박한 걸음걸이가 말 못 하게 남자다웠다. 유리엔은 그 뒷모습을 황당하게 응시하다 짧게 웃었다. 저러고도 인기가 많았다니 역시 얼굴의 힘이란 놀라웠다.

"계속 데리고 다니려고?"

"뭐 어때? 그나저나 사방이 온통 춤판이네."

유리엔이 주변을 둘러보며 중얼거렸다. 말마따나 주위는 마치 연회라도 시작된 것처럼 남녀끼리의 춤이 한창이었다. 달이 떴다며 소란을 피운 것이 방금 전 같은데 언제 이렇게 되었는지 모를 일이었다. 사람들은 각자 대동한 파트너와, 혹은 파트너가 없을 땐 처음 본 이성과도 거리낌 없이 춤을 췄다. 관례이기 때문이기도 했지만 한편으론 사위에 가라앉은 분위기가 그렇게 만든 것이기도 했다. 달빛을 품에 안은 광장은 더없이 낭만적이었다.

"축제의 전통이니까."

"별 전통이 다 있네."

"지금 남의 나라 축제 무시하냐?"

투닥거리다 순간 둘의 눈이 마주쳤다. 후드 아래로 얼핏 드러난 카엘의 얼굴에 음영이 졌다. 유리엔이 반사적으로 외쳤다.

"내 파트너는 나야!"

"뭐?"

"그리고 네 파트너는 너야!"

"어쩌라고?"

주장이 뜬금없었다. 갑자기 웬 파트너 타령? 그러다 카엘은 유리엔이 춤을 피하고 싶어 한다는 걸 눈치챘다. 보통 자신의 파트너와 춤을 추는 것이 일반적이었으니 저렇게 못을 박은 것이다. 카엘이 후드 안쪽에서 눈썹을 꿈틀거렸다. 추자고 들이댄 것도 아닌데 저리 나오니 기분이 썩 좋지 않았다. 괜히 심술이 일어서 카엘은 일부러 말을 골랐다.

"도망치냐?"

"뭐라고?"

"춤추기 싫어서 도망치는 거잖아."

"뭐야? 이게 어디서 새로운 개소리를 배워왔어?"

"아닌 척해도 티 다 난다, 검둥아."

"……오호라, 그렇게 발등과 작별하고 싶다 이거지?"

결국 열이 오른 유리엔이 네 발등을 아작 내주겠노라 소리치며 카엘의 손을 덥석 잡았다. 춤을 추기 위한 기본자세였다. 도발은 했지만 곧장 이렇게 나올 줄은 몰랐던 카엘이 잠깐 당황했다.

"정말 추려고?"

"후회해도 늦었어! 앞으론 팔로 걸어 다니게 해주마!"

그러나 실컷 살벌하게 경고한 유리엔은 막상 카엘과 밀착해서 마주서자 그대로 뻣뻣이 굳었다. 유리엔이 굳으니 카엘도 덩달아 굳었다. 그렇게 두 사람은 나란히 뻣뻣해졌다.

"……나무토막이냐?"

"……그러는 자기는?"

뻣뻣이 선 자세에서 이윽고 뻣뻣한 춤이 시작되었다. 둘 다 태어나서 머리털 난 뒤로 처음 겪어보는 심각한 수준의 움직임이었다. 처음 춤을 배울 때도 이렇게 관절이 없는 것처럼 움직이진 않았다. 두 사람의 얼굴이 동시에 당혹으로 얼룩졌다.

'나 어디 아픈가?'

'나 대체 왜이래?'

춤을 출수록 혼란만 커졌다. 이게 다 상대를 의식해서 그렇다는 걸 카엘과 유리엔이 알 턱이 없었다. 유리엔의 당황은 특히 두 배였다. 그녀는 처음에 왠지 느낌이 좋지 않았다. 이유는 알 수 없었지만 어쩐지 지금, 이 분위기에서, 이 장소에서 상대와 춤을 추어서는 안 될 것 같은 기분이 마구 들었다. 그래서 춤을 피하려 했건만 카엘이 도발하는 것에 넘어가 빡쳐서 손부터 붙들고 만 것이다. 뒤늦게 놓자니 자존심이 허락하지 않아 어찌어찌 춤을 시작하긴 했는데, 그 결과 지금 이 상태였다.

'어색해.'

'어색해.'

솔직하지 못한 데다 서툴기까지 한 두 사춘기 남녀가 같은 공간에서 서로 같은 생각을 했다. 유연성을 잃은 움직임은 춤이 진행되어도 여전히 나아질 기미가 보이지 않았다. 뻣뻣한 팔, 뻣뻣한 다리, 뻣뻣한 회전, 덩달아 뻣뻣한 표정. 달빛이 말없이 그런 청춘을 비췄다. 감미로운 분위기 속에서 탄생한 기념비적인 나무토막 댄스였다.

"꼴값은."

툭 내뱉은 한 마디에서 불만이 묻어났다. 목소리는 아직 성대가 다 자라지 않은 아이의 것처럼 앳되고 맑았다.

키슬리키는 위를 보며 누워 있던 몸을 빙글 반대로 뒤집었다. 아래는 온통 허공이었다. 그 밑으로 시선을 주자 서로 딱 붙어서 어색한 춤을 이어나가고 있는 카엘과 유리엔의 모습이 눈에 들어왔다. 키슬리키가 볼을 부풀렸다. 아이의 얼굴이 순식간에 불퉁한 표정을 만들어냈다.

키슬리키는 현재 어린아이의 모습을 하고 있었다. 며칠 전 거리에서 유리엔에게 연극 패를 나눠주었던 바로 그 아이였다. 열 살쯤 되어 보이는 체구에 성별은 모호했다. 피부는 검은 편이었고 머리카락은 짙은 회색이었다. 오른손을 앞으로 꺼내 휘휘 휘저으며 키슬리키가 말했다.

"떨어져라, 떨어져! 떨어져서 인적이 드문 곳으로 좀 이동해 줘라."

그래야 내가 여자를 죽일 거 아냐. 뒷말은 웅얼거리듯 작은 목소리로 따라붙었다. 그렇게 한참을 더 아래를 내려다보던 키슬리키는 이내 바람 소리도 내지 않고 있던 자리에서 사라졌다.

Chapter 6

수줍은 그녀를 따라가세요

다음 날 아침이 밝았다. 유리엔은 전날 밤의 일시적인 이상 현상을 달 때문이었다고 간단하게 결론지었다. 과거에 누가 그러길 환하게 뜬 보름달에는 마력이 있어서 간혹 술 없이도 취할 수 있다고 했다. 당시엔 그게 무슨 술집 주인들이 모여서 보름달 안티 모임 만드는 얘기냐며 개소리라고 깠었는데 지금 생각해 보니 나름 일리 있는 주장인 것 같았다. 그래서 어제 제가 그 지경이었던 거다.

달빛의 마력에 취해서 관절이 사라졌었다. 그래, 그거야. 스스로를 납득시킨 유리엔은 나름 상쾌한 아침을 맞이했다.

“썩 끌고 와! 그 가면 쓴 계집을 당장 내놓으란 말이다!”

그리고 오 분 만에 상쾌함을 잃었다. 아침 댓바람부터 웬 카랑카랑한 목소리가 여관 안을 가득 메우며 울렸다. 공간을 넘고 방음을 뚫는 고성에 유리엔이 황당해져서 아래층으로 내려갔다. 무슨 일인지 몰랐으니 우선은 가면 말고 후드를 뒤집어썼다. 1층에 도착하자마자 보인 것은 장신구를 화려하게 매단 중년 부인이었다.

"썩 끌고 오지 못해?!"

"고, 고정하십시오."

"내가 고정하게 생겼느냐! 당장 그 망할 계집을 불러!"

지척에서 말리던 사람이 괴로운 표정으로 귀를 감쌌다. 무슨 득음이라도 한 건지 중년 부인의 목소리는 범인보다 유달리 크고 높았다. 유리엔은 대체 저게 뭔가 싶은 기분으로 바라보다 이내 가까이 다가갔다.

"저기요."

"당장 가면 쓴 계집을…… 너는 뭐냐?"

귀는 밝은지 버럭버럭 소리치던 와중에도 저를 부르는 소리를 듣고 중년 부인이 반응했다. 유리엔이 입을 열었다.

"가면 쓴 여자는 왜 찾으시나요?"

마음 같아선 '네가 찾는 계집이 바로 난데 지금부터 내 주먹에다 대고 너의 불만을 털어놓아 보아라'라고 말해주고 싶었으나, 유리엔은 일단 참았다. 여관 내에서는 가능하면 소란을 피우고 싶지 않았기 때문이다. 솔직한 몸의 대화는 여기 말고 으슥한 골목길 같은 곳에서 나누는 편이 더 좋았다. 유리엔의 질문에 중년 부인이 미간을 좁혔다.

"그 계집과 아는 사이더냐?"

"그냥 궁금해서요."

"흥, 특별히 말해주마. 그 계집은 감히 내가 후원하는 아이의 상을 가로챘다! 몹시 건방지게도!"

"엥?"

유리엔의 고개가 저절로 기울어졌다. 생각지도 못했던 내용이 나왔다. 상? 상이라면 그녀가 알기로는 딱 하나뿐이었다.

"달의 여신?"

"그래! 본래라면 내 휘하의 아이가 되었어야 하는 것을! 그 계집이 주제도 모르고……!"

어이가 없어진 유리엔이 잠깐 말을 잃었다. 무슨 거창한 이유인가 했더니 고작 대회의 우승을 뺏긴 것이 열 받아서 징징대러 왔다는 소리였다. 남작에 이은 제2의 치졸 천재의 등장이었다.

"음…… 그래서, 감히 건방지게 대회에서 우승을 한 죄를 물어 상대를 호되게 벌하러 오셨다?"

"그렇지! 상패를 반납하는 것은 물론이고 무릎을 꿇은 채로 싹싹 빌어야 할 것이야!"

"와, 정말 소름이 돋을 정도로 타당한 사유네요."

어찌나 타당한지 당장 폭력으로 부드럽게 달래주어야 할 것 같았다. 유리엔은 중년 부인을 어서 아늑한 골목길로 안내해야겠다고 생각했다. 마음먹은 그녀가 막 입을 열려던 순간이었다.

"이곳에 가면 쓴 여인이 있느냐!"

여관 안으로 누군가가 위풍당당하게 걸어 들어왔다. 새로운 인물의 등장이었다. 마찬가지로 귀족인 듯 그는 윤기가 흐르는 비단옷을 갖춰 입고 있었다. 유리엔이 미간을 모았다. 잰 또 뭐야?

"난 비안테 남작이라고 한다! 이곳에 머무는 가면 쓴 여인을 첩으로 들이고자 하니 그녀는 영광으로 알고 썩 나오라!"

비안테 남작은 빠르게 용건을 소개했다. 그리고 유리엔은 동시에 온 힘을 다해 제 오른쪽 주먹을 막았다. 하마터면 듣자마자 그대로 날려서 상대를 죽일 뻔했다. 되도록 평화롭게 지내고 싶은 여관에서 살인이라니 안 될 말이었다. 유리엔은 겨우겨우 스스로를 진정시켰다.

그렇게 유리엔이 갓 자기 자신과의 싸움에서 이겼을 무렵, 또 다른 인물이 나타났다.

"이곳에 가면 쓴 자가 있다 들었다!"

"……!"

"내 가면 쓴 자를 내 전용 음악인으로 삼고자 한다!"

유리엔이 황당하게 시선을 돌렸다. 뭐야, 대체? 이번에 나타난 이는 코 중앙의 큼지막한 사마귀가 인상적인 젊은 남자였다. 그는 비단옷을 빼입은 걸로도 모자라 호위 기사까지 대동하고 나타났다. 누가 뭘 어떻게 보아도 귀족이었다.

'그래도 잰 살인 충동은 안 드는…….'

"매일 밤 내 침실에서 자장가를 불러다오!"

불끈. 유리엔은 또 주먹을 막았다. 그렇게 수난을 겪는 사이 또다시 새로운 사람이 등장했다. 지치지도 않고 이번에도 귀족이었다.

"대회에 참가했던 가면 쓴 여인의 생김새가 궁금하도다! 그 여인은 썩 나와 얼굴을 드러내라!"

이쯤 되자 유리엔은 본인이 저지른 두 가지 실책을 인정했다. 하나는 스스로의 지나친 매력을 간과한 것. 다른 하나는 귀족들의 무법자 기질을 경시한 것.

유리엔이 도로 계단을 타고 객실로 귀환했다. 마음 같아선 반지를 이용해 1층에 모인 귀족들을 사이좋게 날려 버리고 싶었지만, 사고를 너무 크게 치면 여행이 그대로 끝나 버릴 위험이 있었으니 아쉬워도 참아야 했다. 유리엔은 객실 문을 열고 들어가자마자 놀란 눈으로 저를 쳐다보는 카엘에게 외쳤다.

"짐 싸!"

유리엔은 귀족들의 입김에 못 이긴 주인이 객실의 위치를 불기 전에 여관을 버리는 것을 택했다. 망가진 베개 값은 탁자 위에 두고 나왔다. 그리하여 무사히 도망을 나온 것까진 좋았는데, 문제는 지금부터였다.

"방이 없어!"

당연했다. 축제는 아직 닷새나 남았다. 하이라이트인 첫날과 둘째 날은 지나갔다지만 수도까지 올라온 것이 아까워서라도 남은 일정을 전부 머무르는 사람이 대부분이었다. 빈 객실을 찾기란 여전히 하늘의 별 따기였다. 유리엔은 아쉬운 대로 노바카사를 족쳤다. 별 이유는 없고 그냥 발닦개라서였다. 한데 의외로 답이 나왔다.

"저희 집에서 머무르시면 되죠!"

노바카사는 당당하게 얘기했다. 저만 믿으라는 기세가 어찌나 듬직한지 집에 남는 방 두어 개 정도는 기본으로 있을 것 같은 분위기였다. 유리엔은 일단 그 위풍당당함을 믿고 따라갔다.

"여깁니다!"

그리고 안내받은 방은 하나였다. 심지어 작았다. 얼마나 작으냐 하면 카엘과 유리엔이 나란히 누웠을 때 닿지 않기를 기대하기란 상당히 요원해 보일 정도였다. 조금이라도 움직였다간 서로 비비면서 잠이 들게 될 것 같았다.

"표정이 왜 그러세요? 어차피 약혼한 사이인데 상관없지 않아요?"

상관 매우 많았다. 결국 둘은 다른 대책을 강구해야 했다.

"찾아다니다 보면 방 대신 돈을 선택할 사람이 있지 않을까?"

유리엔이 의견을 꺼냈다. 여관에서 묵고 있는 사람 중 몇을 골라 돈을 주고 객실을 양도받자는 얘기였다. 제시하는 금액에 따라 가능 여부가 갈리겠지만 그녀에겐 현재 돈이 차고 넘쳤다. 무조건 성공한다고 봐도 좋은 방법이었다. 그러나 카엘은 회의적이었다.

"그렇게까지 하겠다고?"

방을 양도할 상대를 찾기 위해선 돈뿐 아니라 수고도 필요했다. 물론 처음부터 천문학적인 금액을 제시한다면 굳이 돌아다니지 않아도 될 것이다. 하지만 그랬다가 괜히 큰돈을 가지고 있다는 것이 암암리에 알려지기라도 한다면 훨씬 귀찮은 상황에 놓일 가능성이 있었다. 카엘은 그런 수고나 위험부담을 감수하면서까지 남은 축제를 구경해야 하는지가 의문이었다.

"그냥 아예 다른 지역으로 옮기는 건 어때?"

드넓은 제국 땅에 볼거리가 꼭 수도에만 존재하는 건 아니었다. 남은 기간 중에 축제의 핵심이나 명물 같은 것이 있으면 모를까 그런 건 이미 그제와 어제 다 끝났다. 카엘은 차라리 도시 단위로 이동하자고 제안했고, 유리엔은 조금 고민하다가 그것을 수락했다. 그렇게 행보가 결정되었다. 그에 따른 행선지는 유리엔이 직접 정하기로 했다. 바로 정보 길드에서.

"어서 오십쇼!"

문을 열자마자 들려오는 인사가 우렁찼다. 유리엔은 초행이면서도 숫제 단골처럼 태연하게 안으로 들어섰다. 그런 유리엔을 따라 입장하는 카엘은 이럴 줄 알았다는 표정이었다. 저번에 대화를 하면서 길드에 한 번쯤 방문해 보고 싶다는 얘기가 나왔었기에 딱히 놀랍지도 않았다. 둘은 거리의 행인에게 물어물어 정보 길드를 찾아냈다.

"어떤 정보가 궁금해서 오셨죠? 내용에 따라 금액도, 기간도 달라진답니다."

넓은 내부 안에는 일하는 사람이 여럿이었다. 그중 머리를 높게 올려 묶은 여자가 카엘과 유리엔을 맞이했다. 원하는 정보를 묻는 것에 유리엔이 은근한 어조로 속닥거렸다.

"'황태자를 싫어하는 사람들의 모임' 회원 수."

"야!"

"뭐라고? 국민의 절반 이상? 이런, 예상은 했지만."

"이게 진짜."

티격태격하는 두 사람을 앞에 두고 여자는 얌전히 미소만 지었다. 잠시 후 유리엔이 본론을 꺼냈다.

"볼거리가 있는 지역을 찾고 싶은데."

"어떤 볼거리를 말씀하시는지?"

"축……."

"몬스터."

카엘은 축제나 행사 따위를 언급하려 했다. 그러나 유리엔의 말이 한발 빨랐다. 미리 생각해 온 듯 망설임도 없는 목소리에 카엘이 놀라서 옆을 돌아보았다.

"뭐?"

"특이한 몬스터나, 희귀한 몬스터나, 웃긴 몬스터, 뭐 그런 걸 볼 수 있는 곳으로 알려줘."

"갑자기 무슨? 너 진심이야?"

"내가 살면서 몬스터는 아직 못 봤거든. 경비를 잘하는지 도심까지는 안 쳐들어오더라."

최근에 본 거라면 골드피그가 있었지만 일단 걔는 분류상으론 동물이었다. 그리고 유리엔은 그냥 커다란 짐승이 아닌 사람을 닮은 몬스터가 궁금했다.

"특이한 걸 찾으시네요. 사냥이 목적이신가요?"

"구경!"

"너는 왜 꼭 쓸데없는 것에만 호기심이 넘치냐?"

"쓸데없다니? 지금 몬스터를 무시했어? 너 몬스터랑 팔씨름해서 이겨?"

"그게 여기서 왜 나와?"

"못 이겨? 그럼 다시는 몬스터를 무시하지 마라."

"장난치냐?"

다시 티격거림을 시작한 둘을 내버려 두고 여자는 한쪽에서 정보 뭉치를 뒤졌다. 유리엔이 요청한 것은 제공하기 어렵거나 값이 비싼 종류는 아니었다. 금세 관련 정보를 선별해 낸 여자가 자리로 돌아왔다.

"요구하신 정보예요. 전부 확인하시겠어요?"

"가까운 순으로 보여줘."

고개를 끄덕인 여자가 이내 가지고 온 종이 뭉치를 하나씩 펼쳤다. 종이마다 각각의 지역에 대한 지도와 간략한 특징들이 적혀 있었다. 그녀는 유리엔이 원한 대로 인근 지역부터 설명했다.

"여긴 허마그산이에요. 피엉버므 영지에 속해 있죠. 산 안에 동물보다 오크가 더 많다고 알려져 있어요."

오크는 몬스터 중 가장 흔하고 개체수가 많은 종족이었다. 자기들끼리 부족을 이루고 우두머리를 뽑았으며 서로 영역 다툼마저 심심찮게 벌였다. 인간과 가장 비슷했으나 동시에 제일 약한 몬스터로 평가받기도 했다. 유리엔이 짧게 고개를 끄덕였다. 다음.

"여긴 혀므오숲. 거대한 거미형 몬스터인 스파이더가 서식한다고 해요."

"윽."

유리엔은 의외로 평범하게 거미를 싫어했다.

"이곳은 미니언숲인데, 얼마 전 드워프가 발견되었다는 보고가 올라왔어요."

드워프는 몬스터는 아니었지만 사람 또한 아닌 이종족이었다. 키는 대체로 사람의 절반 정도, 머리가 유달리 큰 체형에 특징으로는 쇠를 잘 다룬다고 알려져 있었다. 유리엔은 기억을 더듬었다. 그러고 보니 유명한 영웅 소설의 주인공들은 늘 드워프가 만든 무기를 사용하곤 했었다.

"그리고 여기는……."

다음 종이를 짚은 여자가 멈칫했다. 지금껏 막힘없이 설명하다 처음으로 보이는 태도였다. 분을 칠해 새하얀 얼굴에 언뜻 곤혹스러움이 어렸다.

"문제라도 있어?"

"그게…… 조금 위험해요."

"위험하다고?"

매우 흥미로운 단어가 나왔다. 위험. 상대의 심경을 눈치챈 카엘이 말없이 후드 바깥으로 이마를 짚었다. 유리엔은 검정색 눈동자를 반짝거리며 재촉했다.

"왜 위험한데?"

"우선, 이곳엔 엘프가 있어요."

"엘프?"

엘프는 드워프와 마찬가지로 인간도 몬스터도 아닌 또 다른 종족이었다. 세간에서 예쁜 여자를 이야기할 때 흔히 엘프에 비유하듯 그들은 몹시 아름다운 외모를 지닌 것으로 유명했다. 귀가 남달리 길고 뾰족한 것만 제외하면 인간과 거의 흡사한 생김새였으며, 대체로 폭력성이 매우 낮고 자연 친화적인 성정으로 알려져 있었다.

"엘프라……."

엘프 자체는 온순한 종족이었다. 위험성과는 대단히 거리가 멀었다. 그러나 아름답고 온순한 대상은 일반적으로 다른 문제를 불러일으킨다.

"노예 상인 때문에 위험하다는 거지?"

"맞아요."

여자가 고개를 끄덕이며 시인했다. 엘프가 나타났다는 소식이 입수된 곳은 미이느산으로, 히멥스 영지와 닿아 있으나 소속은 아니었다. 주인이 없는 산에 출몰한 미의 종족 엘프. 현재 산 안에 동물보다 사냥꾼들이 더 많을 것은 확인하지 않아도 훤한 일이었다.

"여기로 하자."

유리엔이 즉시 결정했다. 남은 후보는 더 이상 볼 필요도 없다는 태도였다. 카엘이 확인하듯 물었다.

"미이느산으로 가자고?"

"그래. 저기, 여기 멀어?"

"딱히 먼 거리는 아니에요. 하지만……."

여자가 말끝을 흐렸다. 그다지 이 장소를 추천하고 싶진 않다는 기색이었다. 상대는 구경이 목적이랬지만 이런 곳에 갔다간 결코 구경만으로 끝나지 않을 것이 뻔했다.

우물쭈물하는 그녀와 달리 이미 마음을 정한 유리엔은 속전속결로 움직였다. 돈을 꺼내 지불하고 바로 종이를 집어 들었다. 눈을 가늘게 좁혀 살피더니 이내 유리엔은 그것을 카엘에게로 넘겼다.

"지도는 네가 봐."

"내가?"

"난 대신 철저하게 확인하는 역할을 할게. 왼쪽 맞아? 정말? 진짜야? 확실해? 할아버지의 명예를 걸고? 왼쪽이 아니면 네 모든 걸 내어놓을 각오가 되어 있어? 조상님의 혼과 얼을 내걸고 진심으로 왼쪽?"

"지도 찢고 도망치는 수가 있다."

말을 나누며 유리엔과 카엘은 길드를 벗어났다. 정보를 판매한 여자는 차마 그런 둘을 말리지 못하고 말없이 사라지는 걸 지켜만 봤다. 걱정은 되었지만 말린다고 들을 것 같지도 않았다. 특히 종이를 집던 쪽이.

"뭐, 알아서들 하겠지."

"방금 나간 손님한테 뭐 팔았어?"

"아, 선배님."

마침 여자에게 누군가 다가와 말을 걸었다. 상대를 확인하자마자 그녀는 즉시 일어나 공손하게 인사를 올렸다. 남자는 길드의 간부나 다름없는 인물로, 들어온 지 얼마 안 된 그녀보다는 훨씬 배분이 높은 사람이었다.

"비싼 정보였어?"

"별건 아니고, 미이느산……."

"미이느산?"

"네, 처음에는 몬스터를 보여달라고 하다가……."

"너 전달 못 받았어?"

"예?"

"그 정보 특정인 외에는 팔지 말라고 했잖아! 아, 이거 또 누가 빼먹은 거야. 미치겠네."

여자가 화들짝 놀랐다. 그런 건 전해 듣지 못했다. 급히 입구를 살폈으나 정보를 사간 두 사람은 이미 사라진 뒤였다. 안절부절못하는 그녀에게 남자가 됐다는 듯 손을 휘저었다.

"어차피 판 거 어쩔 거야? 앞으로 조심해."

"네……."

여자는 시무룩해져서 대답했다. 미리 알았다면 그건 빼놓고 손님에게 제공했을 것이다. 어차피 손님이 원한 정보는 처음부터 미이느산에 대한 것도 아니었으니까.

'그런데 왜 특정인에게만 팔라는 거지?'

엘프가 나타났다는 게 뭐 그리 대단하다고. 노예 상인 전용이라는 건가? 그녀는 고개를 갸웃거렸다. 알 수 없는 노릇이었다.

유리엔은 길드를 나오자마자 노바카사부터 찾았다.

"우린 여기로 갈 거야."

그냥 말없이 두고 갈 수도 있었지만 잠깐이나마 주인과 발닦개로서 시간을 보낸 사이였다. 얼마 없는 정을 생각해 유리엔은 특별히 의리를 발휘했다. 노바카사는 눈앞에서 팔랑이는 종이와 그 종이에 적힌 장소를 확인하고는 눈을 부릅떴다.

이름 미이느산. 거리는 여기서 마차를 타고 하루. 특징 엘프 출몰. 위험한 특징으로는 노예 상인들이 바다에 떠다니는 해파리처럼 우글우글. 적힌 것을 모두 읽은 노바카사가 식은땀을 흘렸다. 엘프까지는 좋은데 그 뒤가 문제였다. 만약 자기가 저길 따라간다면? 산 도착. 엘프 발견. 그런데 노예 상인들도 발견! 두근두근 대격전! 우당탕 쿵탕 혼돈 파괴 망각! 혼란을 틈타 잊히는 조연 노바카사! 결국 사망!

"갸악!"

"뭐야?"

노바카사가 괴상한 비명을 질렀다. 상상이 너무 실감 났다. 결국 그는 고개를 붕붕 저었다.

"저는 안 갈래요."

"그래, 그럼."

유리엔은 두 번 묻지는 않았다. 애초에 끌고 가려고 온 것도 아니었으니 동행하든 안 하든 크게 상관은 없었다. 상대의 선택을 존중한 유리엔이 잘 지내라는 인사와 함께 노바카사를 등졌다. 노바카사의 짙은 파란색 눈동자가 아롱아롱했다. 새로운 살길을 찾을 시간이었다.

어쨌든 결과적으로 산으로 향하는 길은 두 명만 출발하게 되었다. 유리엔은 마차 안에서 한껏 몸을 늘어뜨렸다. 편안한 이동을 위해 돈을 아끼지 않은 마차는 크기도 넓고 승차감도 아늑했다. 그녀는 잠시 비스듬하게 기대어 있다 이내 가로로 누워버렸다. 맞은편에서 카엘이 혀를 찼다.

"애냐?"

"야, 카라멜."

"왜?"

"엘프 본 적 있어?"

"아니."

"엘프도 힘이 셀까? 보통 이 종족들은 힘이 세잖아. 만나면 팔씨름해 볼래?"

"왜 결론이 팔씨름이야? 그리고 가자마자 용병부터 마주칠걸."

잘나가는 노예상일수록 많은 수의 용병을 고용하는 것이 일반적이었다. 그런 노예상이 하나도 아니고 여러 개가 모여 있다면 산은 이미 온갖 용병단끼리 정모를 하고 있다고 봐도 무방했다. 현실을 들은 유리엔이 누운 채로 커다란 눈을 깜박거렸다. 가면은 마차에 타면서부터 일찌감치 벗어 던진 뒤였다.

"네가 다 쓸어줄 거잖아."

"내가 왜?"

"정의의 가류엘 전하니까."

"야……."

그놈의 가류엘이 또 나왔다. 카엘의 낯 위로 불길함이 스쳤다. 설마 저거 관에 누울 때까지 우려먹는 건 아니겠지? 정의의 가류엘 전하 마침내 악을 물리치고 이곳에 잠들다.

"하지 말래도 나서서 박살 낼 거면서 내숭은."

유리엔이 픽 웃으면서 그렇게 말했다. 그녀가 본 카엘은 찾아다니면서 악을 무찌르는 열혈한 용사님은 아니었지만, 그렇다고 눈앞에서 벌어지는 악행을 묵인할 만큼 매정한 위인도 못 되었다. 정보 길드에서 제가 이 종이를 집었을 때부터 이미 노예상을 와해시킬 마음을 먹었을 것이다.

"참, 노예 상인들 무찌를 때 개네 주머니 털 거야?"

"그걸 왜 털어?"

"모험 소설에서는 주인공이 항상 털더라."

"대체 뭘 읽은……."

말이 도중에 끊겼다. 마차가 크게 덜컹거리며 달리던 것을 멈췄다. 자의로 멈춘 것이 아닌지 앞쪽에서 말들이 요란하게도 울음을 토하는 것이 들렸다. 누가 먼저랄 것 없이 카엘과 유리엔이 마차의 문을 열었다.

"안녕하신가! 날씨가 참 좋구먼!"

걸걸한 목소리가 인사를 건넸다. 삼십 대 중반쯤 되어 보이는 남자는 척 보기에도 우락부락한 체구에 당당히 내놓은 가슴털이 신기할 정도로 풍성했다. 얼굴에는 각이 많고 피부는 강한 사나이처럼 그을렸다. 마차를 막아선 채로 남자가 재차 입을 열었다.

"그러니 통행세를 좀 받아야겠어!"

그의 당당함은 가슴 털 노출에서만 엿볼 수 있는 게 아니었다. 내뱉는 주장에서도 근거 없는 당당함이 가득 묻어났다. 남자의 발언에 유리엔이 눈을 빛냈다. 저건!

"산적이야!"

"왜 좋아하냐?"

대뜸 튀어나와 마차의 앞을 막고 통행세를 요구한다. 이렇게 보고 저렇게 보고 어떻게 봐도 산적이었다. 심지어 그냥 산적도 아니다. 날씨가 좋으니 통행세를 받아야겠다는 기적의 논법을 구사하는 기적의 산적이었다.

"산적이라니! 이제야 진짜 여행 같잖아?"

독특한 기준을 지닌 유리엔이 여행의 묘미가 더해졌다며 신나 했다. 카엘은 그런 상대를 보며 그저 고개만 내저었다. 점점 익숙해져 가는 스스로가 걱정될 따름이었다.

"너 산적이지? 그치?"

"하하! 눈썰미가 좋구……."

당연한 사실을 알아낸 상대의 날카로운 눈썰미를 칭찬하려던 남자가 말을 멈췄다. 마차에서 급하게 튀어나온 유리엔은 가면을 쓰지 않은 상태였다. 황량한 흙길 가운데 저 혼자만 천사처럼 빛나는 유리엔의 이질적인 미모에 남자의 넋이 잠시 먼 곳으로 가출했다. 반항아처럼 집을 나간 넋이 다시 돌아온 것은 시간이 조금 흐른 뒤였다.

"크, 크흠! 예쁘구나!"

"고마워. 네 가슴 털도 예뻐."

모험 소설처럼 산적을 만났다는 사실에 기분이 좋아진 유리엔이 기꺼이 상대방을 칭찬했다. 남자, 산적의 얼굴이 새빨갛게 물들었다.

"오늘은 운이 좋구나. 통행세를 받으러 왔다가 천사를 얻어가게 되었으니!"

"뭐? 설마 나?"

산적이 입을 귀에 건 채로 말했다. 유리엔은 손가락으로 저를 가리켰다.

"그래! 내 통행세 대신 널 받아가마! 나의 천사!"

"미안하지만 난 너의 천사가 아니라 나만의 천사인데."

"본인 입으로 천사라고 하면 안 부끄럽냐?"

"말하지만 쟤가 먼저 했다? 나 아니야."

카엘이 끼어든 탓에 유리엔의 주의가 그쪽으로 돌아갔다. 산적은 그제야 관심에도 없던 남자의 얼굴을 눈에 담았다. 카엘 또한 마차를 타면서 후드를 벗은 상태였기에 얼굴이 고스란히 드러나 있었다.

"……!"

산적이 흠칫했다. 재수 없을 만큼 잘생겼다. 갑자기 심기가 매우 불편해졌다.

"그나저나 어떻게 할 거야? 통행세 주고 보내?"

"아니, 그러기엔 늦었어. 이미 산적이 히로인의 미모에 빠져 버렸으니까!"

"히로인? 이게 벌써 소설 속으로 들어갔네."

"히로인을 얻기 전까지 산적은 결코 물러서지 않을 거야. 이건 위기 상황이야."

"그래서 소설 속에선 이럴 때 어떻게 하는데?"

"히로인이 산적을 물리치지!"

"뭐? 솔직히 말해봐. 그 소설 네가 쓴 거지?"

유리엔은 대답 대신 왼손의 소매를 걷었다. 산적은 그때까지 애꿎은 카엘을 노려보고 있었다. 반지를 내민 유리엔이 기도를 시작했다.

"황비 전하, 오늘도 정의로운 히로인이 되는 걸 허락해 주세요!"

"너 기도가 좀 바뀐 거 같은데?"

"천당으로!"

기도가 끝나자마자 즉시 주문이 뒤따랐다. 이미 고유한 시동어로 자리 잡은 한 마디를 외치며 유리엔이 반지를 내밀었다. 직후 화려하게 불길이 솟았다.

화르르륵!

"으아악!"

등장한 뒤로 통행세와 천사 타령밖에 하지 못한 산적이 기겁해서 비명을 질렀다. 불길은 사방으로 열기를 내뿜으며 금방이라도 산적을 태워 버릴 듯 에워쌌다. 안 돼! 내 가슴 털! 산적이 그 와중에도 영혼 같은 제 가슴 털을 걱정하며 두 팔을 모았다.

"으악! 뜨거! 뜨거워! 뜨겁…… 안 뜨겁네?"

연달아 비명을 지르던 산적이 곧 이상함을 감지하고 멈칫했다. 안 뜨겁다. 뜨겁기는커녕 아예 피부로 닿는 느낌이 아무것도 없었다. 의아한 표정으로 그가 움츠렸던 고개를 들었다. 당황스러운 건 유리엔도 마찬가지였다.

"어라?"

방금 본 것을 믿기가 어려워 유리엔이 큼지막한 눈을 여러 번 깜박였다. 반지를 내민 채로 주문을 외웠다. 그러자 반지의 중앙에서 늘 그랬듯 뜨거운 불길이 쏘아져 나갔다. 여기까진 문제가 없었는데, 이변은 그다음에 터졌다. 불길이 반으로 갈라졌다.

"뭐야? 설마 고수?"

유리엔이 황당한 어조로 중얼거렸다. 그녀가 생각하기에 가슴 털을 수북하게 기른 우락부락한 산적이 고수라는 건 있을 수 없는 일이었다. 지금껏 수없이 독파해 온 모험 소설로 추론하건대 저런 캐릭터는 나타나자마자 빛보다 빠르게 주인공의 주먹을 맞고 사라지는 것이 일반적인 역할이었다. 그건 마치 일종의 공식처럼 여태까지 변화가 없었다.

한데 그렇게 사라질 줄 알았던 대상이 회심의 화염 마법을 맞고도 옷자락 하나 그을린 곳 없이 멀쩡했다. 의외성에서 비롯된 충격은 자비 없이 유리엔의 뒤통수를 때렸다. 통행세에 천사나 운운하는 북실북실 산적이 실력자라니!

"……우연 아닐까?"

"우연으로 불길을 갈라?"

"으윽, 알아! 그냥 헛된 희망이었어!"

대체 쟤 뭐지? 유리엔이 의심을 한가득 담아 산적을 바라보았다. 현실과 소설을 괴리를 떠나 이런 데서 통행세나 받아먹는 산적이 경지에 이른 실력자라는 건 또 그것대로 수상한 일이었다. 간단한 기초 마법도 아니고 이미 여러 차례 위력이 증명된 반지의 화염 마법을 무력으로 갈랐다. 그 정도면 어딜 가더라도 대우받으며 지낼 수 있는 솜씨였다.

"이상해! 저 수준의 실력을 지니고도 산적질이나 해?"

"범죄자인가?"

"그럼 산적은 위장 신분일지도."

대상의 정체에 관한 논의가 오갔다. 국경을 넘었을 거다, 알고 보면 유명한 지명 수배자일 거다, 과거 암흑 세계의 패자였을지 모른다 등 점점 산적의 숨겨진 신분에 대한 추측이 거창해졌다. 가장 힘을 얻은 것은 '내부의 배신으로 쫓겨난 범죄 조직의 우두머리' 설이었다.

그 와중에 정작 주인공인 산적은 얼떨떨한 기분을 떨치지 못하고 있었다. 그는 처음에 헛것을 보았다고 생각했다. 그렇지 않고서야 불길에 갇히고도 자기가 멀쩡히 살아 있을 수가 없었기 때문이다. 감았던 눈을 뜨니 불길은 사라져 있었고, 제 몸은 그을린 곳 하나 없이 멀쩡했다. 소중한 가슴 털도 아무런 이상이 없었다. 그래서 당연히 환영이었구나 하고 여겼는데 상대방의 반응을 보니 또 그런 것도 아닌 것 같았다.

'뭐, 뭐지?'

산적의 작은 눈동자가 당황으로 흔들렸다.

'내가 이렇게 강했나?'

산적도 소싯적에 모험 소설을 좀 봤다. 까막눈인 터라 직접 읽지는 못하고 누가 낭독해 주는 걸 듣곤 했었다. 그런 소설에 따르면 실력자들은 항상 불길을 가르고 바위를 부쉈다. 마법을 무력화시키고 맨몸으로 검에 대항했다. 가슴이 뛴다. 이유는 모르겠지만 방금 자신이 그런 신위를 선보인 것 같았다.

'각성인가?!'

소년의 마음으로 돌아간 산적이 한 가지 가정을 떠올렸다. 소설에서 보면 주인공은 위기에 처하면 늘 각성을 했다. 동료가 죽음을 맞이하든, 비참한 상황에서 스스로의 무력을 체감하든, 어쨌든 일종의 사건이 계기가 되어 엄청난 파워 업을 이루어낸다. 그게 바로 주인공만의 특권이라는 각성이었다.

'그래! 난 각성을 한 거야!'

추측이 확신으로 바뀌었다. 산적이 두 주먹을 불끈 쥐었다. 계기가 뭔지는 모르겠지만, 아니, 아마도 죽음의 순간 느꼈던 위기감이 원인일 것이다. 그것을 기폭제로 삼아 각성에 성공한 것이 틀림없다. 기분이 한껏 고양된 산적이 입을 열어 커다랗게 웃었다.

"껄껄껄! 내 실력을 이제야 안 것인가! 껄껄!"

본인이 생각하기에 가장 호기롭고 걸걸한 웃음이었다. 그의 콩알만 한 눈이 고양된 기분을 안고 한껏 반짝거렸다. 산적의 호탕한 외침에 카엘과 유리엔이 의논을 멈췄다. 대화의 내용은 조직의 우두머리였던 산적을 배신한 범인이 제자인가 아들인가를 다투던 참이었다.

"아까는 방심을 유도하기 위한 것이었을 뿐! 이게 바로 내 진짜 실력이니라! 껄껄!"

"조직의 우두머리가 저렇게 방정맞아도 돼?"

"그래서 배신당했나 보지."

"오, 그거 설득력 있다."

두 사람은 태연하게 떠들었다. 비록 산적이 예상치 못한 무위를 선보이긴 했으나 그것이 그들에게 긴장을 불러오지는 않았다. 반지의 마법이 안 먹힌다고 사태가 위기에 빠지는 건 아니다. 이쪽에는 정의의 가류엘 전하가 있었다.

"가라! 정의의……."

"그거 하지 마, 진짜!"

유리엔의 말을 끊으며 카엘이 앞으로 나섰다. 손은 왼쪽 허리춤으로 갖다 댄 상태였다. 여차하면 언제라도 검을 뽑아 휘두를 수 있도록 준비한 그가 고개를 들어 전방을 응시했다.

"겨룰까?"

산적과 시선을 마주한 채로 카엘이 입을 열었다. 나이답지 않게 깊은 붉은색 눈동자는 자신감으로 한가득 차오른 산적마저 일순 주춤거리게 만드는 힘이 있었다. 산적은 몰랐지만 무력의 격차에 따른 기세의 차이 때문이었다. 그때 유리엔이 뒤에서 목청을 키웠다.

"그게 네 진짜 실력이냐? 좋다! 그렇다면 이쪽도 진짜 실력으로 맞서주지! 각오해라!"

대사의 상태가 심상치 않았다. 카엘이 눈은 그대로 두고 주의만 이동시켜 물었다.

"그게 뭐야?"

"모험 소설 주인공 대사!"

대답은 씩씩했다. 어쩐지 손발이 오그라들더라니. 카엘이 납득하는 사이 산적이 애써 기세를 되찾고 소리쳤다.

"그래! 덤벼라! 내 오늘 너에게 하늘 위에 하늘이 있다는 사실을 알려주도록 하마!"

"재도 모험 소설 좀 읽었나 본데?"

유리엔이 상대의 대사에 후하게 점수를 주었다. 주인공과 대치한 악당에게 딱 어울리는 괜찮은 멘트였다. 본의 아니게 천사로부터 인정을 받게 된 산적은 왠지 기분이 썩 좋지 않았다. 이쪽은 진심인데 장난으로 취급받은 느낌이었다. 표정을 굳힌 산적이 천천히 도끼를 꺼내 들었다. 평소 애용하는 양날 도끼였다. 녹슨 도끼의 날이 햇빛을 받아 반짝거렸다.

"각성한 나의 손에 들린 이상 이제 이 도끼도 전설의 병기나 다름없다."

상황-자기가 각성을 이루었다는-에 심취한 산적이 진중하게 중얼거렸다. 이 순간만큼은 그가 바로 모험 소설의 주인공이었다. 주인공은 반드시 이긴다! 이를 악문 산적이 이내 기합과 함께 달려들었다.

"흐아아아압!"

부웅! 산적이 사선으로 높게 들어 올린 도끼를 휘둘렀다. 덤비는 자세나, 속도나, 어느 것 하나 엉성하지 않은 것이 없었지만 카엘은 우선 신중하게 대응했다. 행태만 보고 판단하기엔 도끼에서 느껴지는 기운이 심상치 않았다. 이내 각자의 무기가 공중에서 맞부딪쳤다.

채앵!

"크윽!"

반동을 이기지 못한 산적이 뒤로 물러났다. 놓치지는 않았으나 도끼를 쥔 손이 저릿저릿했다. 그리고 그건 카엘도 마찬가지였다. 검에서부터 전해지는 충격으로 손아귀가 저린 느낌. 굉장히 오랜만이라고 생각하며 카엘이 몸을 날렸다.

"우어억!"

산적은 카엘 쪽에서 먼저 휘두르는 검을 피하지 못했다. 피하기는커녕 발이 꼬여 꼴사납게 주저앉으며 온몸으로 공격을 허용했다. 그런 산적의 목덜미에 검을 갖다 댄 카엘이 의아하게 눈가를 찌푸렸다.

"이상한데?"

유리엔이 처음 판단한 것이 맞았다. 이자는 약하다. 이렇게 두고 보니 확신할 수 있었다. 실전 경험도 부족하고 무를 수련한 흔적도 거의 보이지 않는다. 게다가 상대의 무기를 두려워할 정도로 담도 작았다. 카엘의 낯 위로 황당함이 스쳤다.

"뭐야?"

곁으로 다가온 유리엔이 물었다. 산적은 목에 검이 겨눠진 채로 잔뜩 굳어서 조용히 눈만 굴리고 있었다. 겁을 먹었다는 것이 겉으로도 여실히 티가 났다. 산적도 강하지만 카엘이 더 강해서 이런 상황이 되었다기엔 어딘지 석연치 않은 몰골이었다.

"어떻게 된 거야?"

"네 첫인상 그대로야."

"허접이라고?"

"그래."

산적은 허접이었다. 고수가 아니었다. 유리엔이 카엘과 똑같이 의아하게 미간을 좁혔다. 그럼?

"불길은 어떻게 가른 거야?"

"방금 전에 도끼에 담긴 힘도 괜찮았어."

"설마 도끼가 전설의 신병?"

"혹시 했는데, 그것도 아닌 것 같아."

카엘이 상대의 목에서 검을 떼고 가볍게 휘둘렀다. 이내 석둑! 도끼의 양날이 허망하게 잘려 나갔다. 무기마저 허접이었다.

"뭐야! 쥐뿔도 없잖아!"

"내 말이."

"대체 뭐야? 너 불길 어떻게 갈랐어? 얼른 불어봐."

유리엔이 산적의 멱살을 잡고 짤짤 흔들었다. 물론 대답할 수 있을 리가 없었다. 산적도 몰랐으니까. 그는 각성한 줄 알았던 자신이 전과 똑같다는 사실에 거하게 충격을 먹은 상태였다.

'뭐지? 설마 시간제 각성?'

작은 눈에 눈물이 맺혔다.

"이상하단 말이야."

"일단 보내자. 족친다고 뭐가 나올 것 같지도 않고."

"족쳐 보기 전까진 모르지 않을까?"

"우리 엘프가 더 급한 거 아니었냐?"

"아, 참."

엘프의 가호가 산적의 목숨을 살렸다. 어떻게 봐도 약골인 대상이 무슨 힘으로 찰나 그런 신위를 보였는지는 의문이었지만, 본인도 어리둥절 영 모르는 눈치였으니 굳이 더 캐물을 필요는 없다 싶었다. 둘은 결국 불쌍하게 겁먹고 굳어 있는 산적을 그냥 보내주기로 했다.

"아, 잠깐."

보내기 전 유리엔이 잠시 멀찍이 떨어져 마법을 발동시켰다. 몇 번 써봤다고 이젠 거리로 강도 조절이 가능했다. 그렇게 유리엔은 마법을 이용해 산적의 가슴 털을 모조리 태웠다.

"오늘 네 곁에서 사라진 가슴 털을 기억해. 그리고 앞으론 산적질 말고 똑바로 살아."

"으아아아앙!"

영혼을 잃은 산적은 눈물과 함께 사라졌다.

마차의 앞길은 다시 자유로워졌다. 숨죽이고 눈치만 보고 있던 마부가 곧 말을 몰기 시작했다. 다그닥거리는 동적인 소리와 함께 마차가 전처럼 길을 달렸다.

마부는 잠깐 자신이 손님을 잘못 태운 것이 아닌가 걱정했지만, 삯으로 받은 돈을 떠올리고 바로 그 생각을 떨쳐 버렸다. 마차는 금방 먼지가 자욱한 흙길을 지나 녹음이 푸르른 산길로 접어들었다.

마차가 떠나고 도로 황량해진 거리에 누군가가 모습을 드러냈다. 키는 작고 피부는 까맸다. 키슬리키가 신경질적으로 제 동그란 눈망울을 홉떴다.

"아우! 이럴 줄 알았는데 왜 성질이 나지?"

키슬리키는 조금 전을 상기했다. 산적을 마법으로부터 보호하고 그의 도끼에 힘을 불어넣었다. 맞붙은 상대를 물리치려는 의도보단 그저 실력을 좀 확인해 볼 요량으로 벌인 행동이었다. 전에 상대를 가까이서 살피기 위해 일부러 호객을 가장해 연극 패를 내어준 적도 있었지만, 그때 관찰한 것만으로는 아무래도 영 모자랐으니까.

그리고 카엘과 산적이 무기를 맞대던 순간, 상대의 힘이 완전히 도끼를 압도하는 것에 키슬리키는 숨어서 남몰래 혀를 찼다. 도끼로 불어넣었던 힘은 그 한 방으로 온데간데없이 사라져 버렸다.

"아! 인간 맞냐고, 저거!"

씩씩 열을 내던 키슬리키가 이내 입을 다물었다. 사실 급한 건 아니다. 별달리 절박하지도 않았다. 따지고 보면 이건 그냥 일종이 놀이였다.

"그래. 뭐, 하다 보면 어떻게든 되겠지."

낙관적으로 중얼거린 키슬리키가 드러낸 몸을 재차 감췄다.

산길을 탄 마차는 다음 인도를 타고, 그다음엔 또 흙길을 탔다. 포장되지 않은 한적한 길을 덜컹거리며 한참을 달린 후에야 마차는 천천히 속도를 늦췄다. 마을이었다.

"여기서 하루 묵고, 날이 밝은 뒤 바로 출발하시면 금방입니다. 히멉스 영지보다 산이 먼저 나올 겁니다."

마부가 운행을 약속한 곳은 여기까지였다. 유리엔은 알겠다며 수고했다는 말과 함께 마부를 돌려보냈다. 마차가 멀어지고 카엘과 유리엔은 나란히 마을을 살펴보았다. 해가 사라진 작은 마을에는 불빛이 거의 없었다.

"지도에 여기가 나와?"

"이름은 없는데 표식은 되어 있네. 사람이 많이 살지는 않고, 아마 유목민이 만든 마을일 거야."

"여관 정도는 있겠지?"

그리고 잘 곳을 찾는 일은 생각보다 쉬웠다. 마을은 여행자들이 자주 거쳐 가는 듯 숙박업이 제법 발달해 있었기 때문이다. 둘은 여러 숙박업소 중 가장 크고 눈에 띄는 여관으로 들어갔다.

"남은 방이 하나뿐입니다."

공교롭게도 문제가 아주 없지는 않았다.

"우린 맨날 왜 이래?"

"원래 이렇게 객실이 부족한가?"

카엘이 주인에게 물었다. 이 작은 마을에 여행객이 머무르면 얼마나 머무른다고, 번화가도 아닌 이런 곳에 방이 모자라다는 것이 선뜻 이해가 가지 않았다. 주인은 난처한 기색으로 설명했다.

"아닙니다. 평소엔 손님이 거의 없는 편입니다. 한데 며칠 전부터 이상하게 문전성시를 이루더니……."

지금 남은 방도 오늘까지 머무르기로 한 손님이 예상보다 조금 일찍 여관을 뜨는 바람에 운이 좋게 생겨난 자리라고, 왜 손님이 넘치는지 이유는 저도 모르겠다며 주인이 덧붙였다. 그리고 카엘과 유리엔은 동시에 원인을 눈치챘다. '며칠 전부터'.

"미이느산."

"이것들이 산에 들어가기도 전부터 민폐네?"

"예상했어야 하는데."

수도에서부터 출발해 미이느산을 목표로 한다면 십중팔구는 이곳을 지나게 된다. 해가 진 뒤 산으로 들어가는 일은 대개 미친 짓이었기에 어지간한 초행길이 아니라면 당연히 마을에서 하루를 머무르는 것이 일반적이었다. 혹 자기들끼리 접선을 시도한다면 하루가 아닌 며칠이 될 수도 있다. 낭패라는 듯 카엘이 표정을 찡그렸다.

"다른 곳도 마찬가지겠지?"

"아마 어딜 둘러보셔도 비슷할 겁니다."

"야, 어쩔까?"

"마차 다시 불러."

"지금 미이느산으로 가자고?"

"넌 마차에서 자라고."

"장난해?"

결국 두 사람은 어쩌지 못하고 값을 지불했다. 어쨌든 하루를 보내긴 보내야 했다. 안내받은 방은 카엘과 유리엔이 서로 누가 먼저랄 것 없이 말을 잃었을 정도로 좁았다. 유리엔이 입을 열었다.

"기사는 서서 잘 수 있다며?"

"누가 그래?"

"모험 소설에서. 거기서 그러길 서서 잘 수 없는 기사는 뛰어난 기사가 아니래."

"네가 방금 지어낸 설정이 아니고?"

어지간한 위기 상황이 아니라면 기사도 보통 누워서 잠을 잔다. 호위 기사의 경우는 간혹 주인을 지키기 위해 문 앞에서 잠을 청하기도 했지만, 그건 정말 특수한 상황-사방에서 적이 노리고 있다든가-이고 대체로는 그렇게 자면서 체력을 좀먹을 짓은 하지 않았다. 물론 서서 자는 편이 여차할 때 기민하게 대처할 수 있다며 선호하는 기사들도 더러 있었으나, 일단 카엘은 전혀 아니었다.

"후우, 내 쾌적한 잠자리에 카라멜이 묻다니……."

"누구 때문에 여기서 묵는 건데?"

"나 때문이니까 내가 편하게 잘게."

"논리 끝내준다."

투닥거렸지만 카엘은 나름 기사도 정신을 발휘했다. 침대는 자연스럽게 레이디의 차지가 되었다. 씻고 옷을 갈아입은 유리엔이 침대로 몸을 던졌다. 윽. 별로 안 푹신했다.

"침대가 구려."

"바닥이 아닌 게 고마운 줄 알아."

"넌 마차가 아닌 게 고마운 줄 알렴."

"……그러는 넌 야외가 아닌 게 고마운 줄 알아라?"

"너야말로 귀신 나오는 폐가가 아닌 게 고마운 줄 알아."

"오크 소굴."

"거미 숲."

"드래곤 배 속!"

"몬스터 비상식량 항아리!"

유치한 말싸움은 지칠 줄 모르고 이어졌다. 그렇게 괜한 승부욕으로 꼬리에 꼬리를 물어 받아치기를 얼마나 끌어갔을까, 마차를 타느라 피로가 누적되어 있었던 둘은 오래 지나지 않아 곧 세상모르게 잠들었다.

"드디어! 엘프와의 팔씨름도 얼마 남지 않았다!"

딱히 일반적이진 않은 것 같은 목표가 어느덧 달성을 눈앞에 두고 있었다. 두 사람은 동이 트자마자 새벽같이 일어나-유리엔은 필요할 때만 아침잠을 몰아내는 유용한 기술을 지니고 있었다-목적지인 산으로 향했다. 지도상에 표시된 위치는 걷기에는 다소 애매한 거리라 둘은 각자 말을 구입했다.

말을 몰아 산의 초입에 도착하기까지는 금방이었다. 유리엔은 눈을 빛내며 말에서 내렸다. 며칠 전부터 열심히 풍파를 일으키고 있다는 미이느산은 겉보기엔 그저 고요했다.

"막상 죄 누볐는데 엘프가 없으면 어쩌게?"

"헛소문인데 그렇게 노예 상인들이 모여들었다고?"

"걔넨 원래 아니면 말고 식이잖아."

"으음, 그럼 뭐 어쩔 수 없지. 근처 영지로 가서 정보 길드를 다시 찾자. 그런 다음 드워프를 만나러 가는 거야."

몬스터가 궁금하다던 유리엔은 그새 이종족에게 더 관심을 보이고 있었다. 카엘은 설마 드워프를 만나서도 팔씨름을 할 거냐고 물었고 유리엔은 당연한 걸 왜 질문하냐며 대꾸했다. 소나무처럼 변화를 모르는 뚝심이었다. 카엘은 이젠 놀라지 않는 스스로가 놀라웠다.

"그나저나…… 인기척 느껴져?"

"아직은."

우거진 산의 입구는 녹음으로 가득했다. 촘촘한 나뭇잎들 사이로 투과된 햇빛이 마치 발자국처럼 드문드문 산길을 수놓고 있었다. 벌레 소리, 풀잎이 서로 스치는 소리. 현재까진 나무가 아닌 사람의 그림자는 보이지 않았다.

"너 나무랑 대화하는 재주는 없어? 길 좀 묻게."

"있겠냐?"

산은 넓었다. 저마다 가지를 맞댄 초목은 끝도 없이 멀리까지 이어져 있었다. 경관으로 놓고 보면 싱그럽고 아름다웠지만 막상 걸어야 할 길이라고 생각하니 한숨부터 나오는 무궁함이었다. 식량도 없이 헤맸다간 백골이 되기 딱 좋을 것 같았다.

"그러고 보니 건량도 안 챙겼네? 우리 노예 상인 만나면 먹을 것부터 털자."

"야만적이긴."

"그럼 넌 잎사귀에 맺힌 이슬이나 먹든가."

"야, 너는 무슨 황녀가 남의 주머니며 식량을 털잔 말을 아무렇지 않게……."

카엘이 말을 끊었다. 그는 뒷말을 잇는 대신 급하게 유리엔을 잡아다 끌어당겼다. 가는 체구가 이쪽으로 끌려오면서 동시에 그녀가 있던 자리에 화살이 박혔다.

"……뭐야?"

충격에 의한 반동으로 화살대가 흔들렸다. 화살은 촉이 거의 보이지 않을 정도로 깊게 박혀 있었다. 최소한 범인의 힘으로 쏜 것은 아니란 소리였다.

"노예 상인?"

"글쎄."

카엘은 확신을 아꼈다. 날아오던 화살에서 이상하게 익숙함이 느껴졌다. 마치 근시 일전에 이와 똑같은 것을 맞닥뜨린 적이 있는 것처럼. 묘한 기시감의 정체를 잡아내기 위해 그가 감을 벼리는 사이 유리엔이 입을 열었다.

"이 산 말이야."

"……왜?"

"이름이 미이느산인 이유를 알 것 같아."

"뭔데?"

"이름처럼 미인에겐 험난한 산인 거지. 미인에게만 가차 없는 미이느산!"

"얘가 죽을 뻔하고도 입은 살아서."

화살을 맞을 뻔하고도 움츠러들긴커녕 꺼내놓는 말이 평소와 똑같았다. 카엘이 황당하게 그런 유리엔을 응시했다. 사냥 대회 때도 그랬지만 담 하나는 정말로 인정해 줘야 할 것 같았다. 태평하게 미이느산의 작명 유례를 분석한 유리엔은 이어 침착하게 나무에 박혀 있는 화살을 뽑았다. 얼마나 안쪽까지 박혔는지 그녀의 힘으로도 애를 써야 했다.

"독은 안 묻었어."

"독화살이면 너무 심각해지는 거 아냐?"

"그러게. 그랬으면 그건 아주 작정하고 목을 노린 거지. 아무튼……."

유리엔이 뜸을 들였다. 사실 그녀라고 화살이 꽂혔을 때 놀라지 않은 건 아니었다. 티만 안 냈다 뿐이지 등줄기 전체가 오싹 떨렸다. 그리고 동시에 카엘에게 제대로 된 도움을 받았다는 것을 부정할 수도 없이 실감했다. 도움을 받았으면 고맙다고 해야 한다. 이건 솔직히 작은 빚도 아니었다. 유리엔이 마음을 먹고 입을 달싹였다.

"고……."

시작이 반이라던데 시작이나 다름없는 첫 글자를 뗐다. 그때 그녀의 시야로 카엘의 얼굴이 들어왔다. 산에 들어오면서 후드를 뒤로 젖힌 카엘은 가린 부분 없이 제 얼굴을 완전히 드러내고 있었다. 불순물이 섞이지 않은 푸르른 초록을 배경으로 수려한 미남자가 턱 끝을 내려 그녀와 눈을 마주했다.

"고 뭐?"

나무 사이로 투과한 햇빛이 순간 상대를 찬연하게 비췄다. 유리엔이 버럭 말했다.

"고구마!"

"뭐라고?"

"고구마나 먹어라!"

"갑자기 뭐야?"

하려던 인사 대신 고구마를 던진 유리엔이 급히 고개를 돌렸다. 위험했다. 뭔진 모르겠지만 위험했다! 정체도 모르면서 위기감부터 감지한 유리엔은 애꿎은 산천초목을 눈에 담았다.

"경관이 참 좋네!"

"왜 이래?"

손에 화살을 든 채로 뜬금없이 자연경관을 칭찬했다. 그러더니 씩씩하게 발도 내디뎠다.

"우리가 이럴 때야? 어서 엘프를 찾아서 팔씨름 경합을 나눠야지! 가능한 서로가 쌩쌩할 때! 공평하게!"

"잠깐."

카엘이 오른손을 뻗었다. 그리고 멀어지려는 유리엔을 그대로 잡아챘다. 손목을 붙들린 유리엔은 몇 걸음 딛지 못하고 우뚝 멈추어 섰다. 어딘지 묘하게 경직된 그녀의 뒷모습에다 대고 카엘이 입을 열었다.

"혼자 떨어지지 말고 붙어 있어. 걱정되니까. 또 화살 따위가 날아오지 말라는 법이 없잖아."

그는 솔직하게 말했다. 유리엔이 있던 자리에 화살이 날아와 박히는 것을 봤을 때 순간 피가 차갑게 식는 듯한 기분이 들었다. 찰나였지만 얼음물에 발을 담근 것처럼 불유쾌함이 선연하게 전신을 감쌌다. 그걸 다시 느끼느니 차라리 자존심을 죽이고 숨김없이 걱정을 표현하는 편이 훨씬 나을 것 같았다.

유리엔은 입을 다물었다. 평소였다면 어디 아프냐며 고민도 않고 상대를 놀렸을 텐데 어쩐지 지금은 그럴 수가 없었다. 이상하다. 밤이었다면 달 탓을 했을 텐데 지금은 해만 떠 있다.

"……그래, 그럼."

두 사람은 결국 발을 맞춰 함께 움직였다. 험한 산세를 거닐면서도 둘의 거리는 일정 이상 멀어지지 않았다. 유리엔은 붙잡힌 손목을 뿌리치지 않았고, 카엘도 여전히 놓지 않았다. 달빛 대신 녹음이 그런 청춘을 가렸다.

"어…… 이게 아닌데."

그리고 화살을 쏜 범인인 키슬리키가 다소 떨어진 곳에서 황당하게 중얼거렸다.

타미옥은 엘프가 나타났다는 미이느산에 가장 먼저 발을 들인 노예 상인이었다. 금방 끝낼 생각으로 용병들을 대거 고용하여 산에 올랐으나, 생각보다 산 전체의 면적이 넓은 데다 엘프들이 어찌나 꼭꼭 숨어 있는지 아무리 뒤져도 목표물의 머리털 하나 발견할 수 없었다.

그리 며칠을 찾다 찾다 슬슬 이거 정보가 잘못된 게 아닌가 싶은 의심이 들었을 무렵, 운이 좋게도 어둠을 틈타 외출한 어린 엘프 한 마리를 포획할 수 있었다. 타미옥은 그날 축하의 포도주를 들었다. 하나를 잡았으니 이걸 필두로 나머지도 쉽게 손에 넣을 수 있을 거라 생각했다. 그렇게 싱글벙글 기대감을 가득 안고 아침부터 사냥에 착수한 오늘.

"꾸어어어억!"

그는 목이 터져라 비명을 지르며 산길을 죽어라 달렸다.

"어딜! 놓치지 않겠다!"

그런 타미옥을 겸고 긴 생머리를 휘날리며 유리엔이 쫓았다. 용병들은 이미 카엘의 손에 모조리 전투 불능이 된 뒤였다. 남은 것은 탐욕으로 덕지덕지 살이 쪄 뛰는 것도 힘든 노예 상인뿐이었다.

"간다! 정의의 짱돌!"

빠악!

"끄억!"

유리엔이 힘껏 돌멩이를 던졌다. 바람을 가르며 날아간 돌은 빗나감도 없이 그대로 타미옥의 뒤통수에 적중했다. 돌멩이에 얻어맞은 그는 그대로 앞으로 고꾸라졌다. 정신을 잃으며 타미옥이 생각했다. 건드리지 말걸.

처음에는 웬 남녀가 함께 있는 것이 눈에 들어왔다. 얼핏 보니 커플인 것 같아 괜히 기분이 나빠진 타미옥은 죄 없는 남녀를 몇 대 때려주려고 가까이 다가갔다.

한데 막상 가까이서 보니 여자의 얼굴이 눈이 튀어나올 만큼 예쁜게 아닌가. 순간 엘프가 문제가 아니라는 생각에 타미옥이 급히 용병들을 불러다 명령했다. 저년을 잡아!

그리고 주먹으로 흠씬 두들겨 맞았다. 그의 희망이었던 용병들은 이미 그보다 먼저 얻어맞고 뻗었다. 타미옥은 이리 처맞고 저리 처맞다가 이대로는 죽겠다 싶어 간신히 틈을 보아 도망쳤다. 그러나 도망은 오래 이어지지 못했다. 상대가 즉시 뒤쫓으며 돌을 던진 것이다. 얼마나 세게 던졌는지 맞는 순간 골이 흔들리고 눈앞이 아득해졌다. 본능적으로 이게 마지막이라는 예감이 들었다. 진짜 건드리지 말걸…….

어차피 안 건드렸어도 털릴 운명이었지만 타미옥은 그 사실은 모른 채 눈을 감았다.

"이놈, 이제 어쩔까?"

"여기 묶어놓고 치안대가 데려가도록 하는 게 제일 낫지. 노예상은 불법이라 일단 잡히면 감옥이거든."

"그럼 나머지도 다 한군데 묶어놓자."

기절한 타미옥은 곧 자기가 챙겨 온 노끈으로 나무에 꽁꽁 묶였다. 본래는 엘프를 구속할 요량으로 가지고 온 끈이었다. 유리엔은 타미옥을 나무와 하나가 되도록 만들어놓은 뒤 후련하게 손을 털었다.

사실 조금 전만 해도 카엘과 그녀의 사이에 흐르던 이상한 분위기 때문에 죽는 줄 알았다. 유리엔은 먼저 찾아와 시비를 걸어준 노예 상인이 굉장히 고마웠다. 와서 건방을 떨어준 덕분에 한바탕 소탕한다며 난리를 칠 수 있었고, 난리를 치고 나니 이상한 분위기가 사라졌다. 평소대로 돌아온 공기에 그녀는 숨통이 다 트이는 기분이었다.

"좋아! 그럼 다음 노예 상인을 잡으러 가볼……."

"조심!"

그때 카엘이 유리엔을 확 끌어당겼다. 품에 안으며 반 바퀴를 빙글 돈다. 이번엔 그녀가 서 있던 자리에 검이 날아와 박혔다. 잘 벼려진 칼날이 반쯤 바닥에 박힌 채로 시퍼렇게 빛을 반사했다.

"괜찮냐?"

"어? 어…… 응."

걱정을 담은 카엘의 목소리가 귓전에서 울렸다. 유리엔은 순간 저절로 솟아오르는 욕을 삼켰다. 이런 미친. 이상한 분위기가 다시 생겨났다.

"아니, 이게 아니라니까!"

동시에 먼발치에서 키슬리키가 기가 막혀 제 가슴을 퍽퍽 쳤다.

산에는 총 다섯 무리의 노예상이 있었다. 그리고 유리엔은 그들을 모조리 때려잡았다. 이상한 분위기가 깔릴 때마다 필사적으로 눈에 불을 켜고 소탕할 대상을 찾다 보니 결국 이렇게 되었다. 마지막 놈을 나무에 묶었을 때는 막 해가 지려던 무렵이었다.

"감사합니다!"

"고마워요!"

"덕분에 살았어요. 어쩌나 싶었는데……."

노예상을 족치는 과정에서 붙잡혀 있던 엘프도 여럿 구했다. 많지는 않았으나 그들은 저마다 눈물을 흘리며 고마워했다. 그들을 본래 있어야 할 장소로 데려다주자 그곳에서는 더 큰 환대를 받았다.

"노예 상인들을 전부 잡으셨다고요."

"정말 감사합니다. 그들 때문에 움직이지 못하고 있었는데……."

엘프는 산속 깊은 곳에 터를 이루고 있었다. 본래 쭉 기거하려던 것은 아니고 쉬어가듯 잠깐 머무르는 것이 목적이었는데 그만 막 자리를 잡았을 때 인간에게 들켜 버리고 만 것이다. 순식간에 산을 점령해 버린 노예상 때문에 그들은 차마 원래 가려던 곳으로 이동하지 못했다고 이야기했다.

"해가 진 뒤에 산을 내려가는 건 위험하니 하루 묵고 가도록 하세요."

"이곳은 안전하답니다. 나무의 정령들이 도와주니까요."

유리엔과 카엘은 엘프들에게 있어 더없는 은인이었다. 그들은 필요한 것이 있으면 뭐든 이야기하라며 사양하지 말라고 거듭 전했다. 유리엔은 본래 엘프에게 딱히 뭔가를 부탁할 생각이 없었으나-팔씨름 외에는-여기까지 오는 와중에 한 가지가 생겨난 상태였다. 다음 날, 날이 밝자마자 유리엔은 가장 나이가 많은 엘프를 붙잡고 물었다.

"나무랑 대화할 수 있나요?"

키슬리키도 밤에는 잠을 잤다. 인간에게만 잠이 필수 요소인 건 아니었다. 야외 취침도 별달리 상관없는 키슬리키는 산에 어둠이 내려앉았을 때부터 아주 꿀잠을 자고 일어났다. 밤눈이 밝은 편이 아니라 그는 사방이 어두울 때면 대체로 잠을 청하는 편이었다.

"아! 개운해. 그나저나 그 둘을 대체 어쩐다?"

기지개를 켠 키슬리키가 고민에 들어갔다. 머릿속에 떠오른 인물은 바로 카엘과 유리엔이었다. 키슬리키는 둘 때문에 어제 하루 종일 기분이 찜찜했다. 저는 나름대로 위협하겠다고 공격을 날렸는데 고것들이 그걸 계기로 자꾸만 서로 썸을 타는 게 아닌가. 그는 대상을 죽일 생각이었지 이어줄 목적이 아니었다.

"다시 생각하니까 열 받네?"

떠올리고 나니 분통이 터진다는 듯 키슬리키가 홍홍 콧바람을 뿜었다. 이것들이 어디서 연애질이야? 감히 누구 앞에서!

"웃겨! 왜 썸을 타냐고? 그러라고 한 게 아닌데!"

"뭐가 아닌데?"

"뭐냐면……."

반사적으로 대답하려던 키슬리키가 멈칫했다. 들려선 안 되는 목소리가 들렸다. 정확히는 이렇게 가까이서 들려와서는 안 되는 음성이었다.

"설마…… 켁!"

깨닫기 무섭게 목을 잡혔다. 카엘의 손이었다. 그 옆에서 유리엔이 형형하게 눈을 빛냈다.

"잡았다! 이 평생 골방에 가둬다가 개미 뒷다리만 먹여도 시원찮을 망할 놈!"

유리엔의 분노는 깊었다. 저를 죽이려던 건 용서하겠는데 이상한 분위기를 만든 건 용납할 수 없었다. 원한이 철철 흐르는 목소리에 키슬리키의 낯이 당혹으로 물들었다. 어떻게?

"이게…… 대체……."

목이 붙들린 채로 키슬리키가 억눌린 소리를 냈다. 말도 안 되는 일이었다. 인간의 힘으로 제가 있는 위치를 찾아내는 건 불가능했다. 눈에는 보일지언정 그는 존재감을 일절 발산하지 않았다. 탁 트인 평야라면 모를까 이렇게 지물이 많은 우거진 숲에서 사람에게 발각된다는 건 있을 수가 없는 일이다. 키슬리키의 혼란을 읽은 유리엔이 입을 열었다.

"너 여기 나무가 얼마나 많은지 알지? 걔네한테도 눈이 있더라?"

둘은 어제 중간중간 공격을 당하면서 상대가 어떤 놈인지 부단히도 찾아다녔다. 그러나 붙잡기는커녕 형체조차 확인할 수가 없었다. 인기척도 느껴지지 않고 생명의 기운도 없다. 한데 무기는 계속해서 날아왔다. 있는 건 확실한데 찾을 수 없다니 황당한 노릇이었다.

그러다 유리엔은 한 가지 가정을 떠올렸다. 늘 자연에서 살고 자연의 가호를 받는다는 엘프라면 나무와 말을 나누는 것이 가능하지 않을까?

가능했다. 정확히는 나무에 사는 정령들과 대화를 주고받을 수 있었다. 나무는 산 전체를 빼곡하게 수놓고 있었고, 정령들은 또 서로서로 소통하기를 즐겼다. 대상이 어떤 존재이든 산 안에 실재하기만 한다면 결코 그들의 눈을 피할 수 없었다. 유리엔은 엘프를 통해 정령에게 부탁하여 키슬리키의 소재를 알아내는 것에 성공했다. 설명을 들은 키슬리키의 표정이 일그러졌다. 이런 젠장.

"내가 어제 너를 생각하며 밤새 소중한 이를 갈았거든? 뒈진다, 진짜."

"크! 인간 따위가……!"

"그래, 그거 전부터 궁금했는데. 너 대체 정체가 뭐야?"

키슬리키는 상대더러 인간을 운운했다. 그 말인즉 자긴 인간이 아니란 소리였다. 겉모습은 영락없이 평범한 어린아이였으나 전체적으로 어딘지 이질적인 기운을 풍겼다. 특히 인상 깊은 부위는 마치 죽은 사람의 것처럼 생명력이 꺼져 있는 눈동자였다. 유리엔이 눈을 가늘게 뜨며 말했다.

"좀비?"

"뭐? 아니야!"

"좀비 아니야?"

"장난해? 그딴 것에 갖다 대지 마!"

목이 붙잡히고도 바락바락 잘 떠든다. 무시당한 애꿎은 좀비에게 유리엔이 속으로 위로를 건네는 사이 키슬리키가 버럭 제 정체를 밝혔다.

"난 악마야!"

장렬한 외침이 초목 사이를 갈랐다. 유리엔은 잠시 침묵을 지키다가 응수했다.

"응…… 그래, 난 천사야."

"진짜라고!"

표정을 와락 구긴 키슬리키가 농담 따위가 아니라며 발을 굴렀다. 마치 사달라는 거 안 사준다고 떼쓰는 어린아이 같은 모양새에 유리엔은 일단 믿어주기로 했다.

"알았어, 너 악마야. 그런데 악마가 왜 여기 있는데?"

"뭐겠어? 당연히 널 죽이기 위해서지!"

"날? 진짜 그게 목표였어?"

유리엔은 신기하다는 듯 확인했다. 그녀는 제 남동생이나 카엘에 비해 암살의 위협을 받은 경험이 다소 드물었다. 이렇게 당당히 널 죽이는 게 목적이다 주장하는 상대를 대면하는 건 처음이었다. 유리엔이 턱을 쓰다듬었다. 은근히 색달랐다.

"근데 나를 왜?"

"계약을 맺었으니까."

"계약?"

"정확히는 반만 계약이지. 강제성이 없으니까."

키슬리키는 주저도 없이 술술 불었다. 겁을 먹어서가 아니라 원래 의리도 비밀도 없는 성격이었다. 툭 물으면 툭 답이 나오는 것에 유리엔이 혹시나 해서 질문했다.

"계약 상대가 누군데?"

"에델리아 폰 마그나가 공녀."

"야…… 대답이 너무 빠른 거 아냐?"

최소한 잠깐 망설이는 기색이라도 보여줄 줄 알았다. 유리엔은 저

깃털처럼 가벼운 입이 악마 전체의 특성인지 저놈 혼자만의 개성인지 잠시 고민했다.

"그런 거 없어? 계약자에 대한 신의, 뭐 그런 거?"

"계약자가 계약자 나름이어야지. 그런 허접한테 무슨 신의?"

"갑자기 상대가 측은해지네."

"그거 알아? 나를 소환한 대상의 마나량에 따라 계약의 질도 완전히 달라져."

키슬리키가 설명을 시작했다. 그는 얼마 전 에델리아의 부름에 응해 그녀의 방 안에서 모습을 드러냈다. 한데 나오긴 나왔는데 막상 마주한 상대의 마나가 그를 소환했다기엔 지나치게 모자란 것이다. 뭔가 했더니 그런 상대의 주변으로 실신한 여자가 여럿 뻗어 있었다.

"남의 생명력을 대신 끌어다 퍼부은 거야! 굉장하지? 미친 거 아냐? 나 감탄했다니까."

"그럼 그 여자들은? 죽었고?"

"죽진 않았지만 수명이 꽤 줄었을걸. 아무튼 악마도 감동시키는 그 악독함에 내가 생각했지. 그래, 소원을 들어줘야겠다."

"그리고 에델리아가 나를 죽여 달라고 빌었구나."

"바로 그거지."

소환자가 그 자체로 거대하고 순수한 마나를 지닌 사람이라면 소환한 악마를 종처럼 부리는 것도 가능했다. 그런 상대와 맺는 계약은 악마에게 강력한 굴레를 씌운다. 무조건 완수해야 하고 기한이 있으며 실패하면 불이익마저 뒤따랐다.

그러나 소환자의 힘이 약하다면 이야기는 완전히 달라졌다. 굴레는 커녕 이건 뭐 계약도 아니다. 거의 소환자 쪽에서 빌다시피 하는 부탁이었다. 들어줄지 말지도 악마 마음, 언제 들어줄지도 악마 마음, 실패해도 아무런 페널티가 없었다.

"그 인간은 나를 소환하는 데에는 성공했지만 지닌 힘이 너무 구려서 제대로 된 계약을 맺을 수가 없었어. 내가 봉사 활동하는 마음으로 '그래, 들어주마' 한 거야."

"흐음."

"근데 그런 허접한 계약은 다른 종류의 문제가 생겨. 너희 원래 내가 이딴 모습일 거라 생각해?"

"꼬맹이 모습?"

"그래! 난 본래 이딴 애새끼가 아니야! 내가 원래 얼마나 멋지고 늠름하고 섹시하고 아리따운지 알아?"

키슬리키는 본디 나이를 먹을 만큼 먹은 성체였다. 키도 크고 팔다리는 길쭉길쭉하며 머리에는 뿔이 솟았다. 머리부터 발끝까지 완벽하지 않은 곳이 없다 스스로 자신하는 그 외형을, 인간계에서는 유지할 수가 없었다. 소환자의 힘이 너무 약해서 생겨난 일종의 제약이었다.

"내가 내 모습 그대로 이곳에 내려왔으면 지금 같은 일도 없었어. 실패도 안 한다고!"

몸이 작아지자 쓸 수 있는 힘도 덩달아 줄어들었다. 전력을 다한다면 못 이길 것도 없는 상대에게 이리 답 없이 붙잡혀 있는 것도 다 그런 이유에서였다. 생각하니 억울해진 키슬리키가 눈을 부라렸다.

"너 빨간 머리! 너! 원래였으면 나한테 한주먹감이야!"

"아하. 그래서 지금은 네가 한주먹감이고?"

"윽……."

한주먹이 아니라 두 주먹은 된다며 키슬리키가 항변했다. 어쨌든 이길 자신이 없는 건 사실이었다. 카엘은 성체의 몸을 한 키슬리키라도 최대한 신중하게 상대해야 할 만큼 강자였다.

"너 대체 몇 년이나 살았어? 뭔데 쪼그만 게 그렇게 강해?"

"기분 이상하네. 겉으로만 보면 쪼그만 건 네가 훨씬 쪼그만데."

"시끄러워! 수명도 짧은 게!"

악마의 평균 수명은 300년이었다. 영겁이라 불릴 건 아니지만 인간보다는 훨씬 길었다. 키슬리키가 수명부심을 부리는 사이 카엘과 유리엔은 대상의 처분을 논의했다.

"어쩔까?"

"죽여?"

"죽일 수 있어?"

"목을 잘라보는 거지. 어려운 건 아니야."

"다른 종족인데 막 죽여도 되나?"

"얘는 널 막 죽이려고 했잖아."

"아, 그랬지."

"목이 잘리고도 움직이면 심장, 심장이 멈추고 움직이면 다음엔……."

"잠깐! 잠까안! 잠깐! 너희 무슨 얘기하는 거야?!"

키슬리키가 빽 소리치며 끼어들었다. 듣고 있으려니 가만히 있어선 절대 안 될 것 같은 내용이 오갔다. 목이 잘리고 심장이 털리면 아무리 악마라도 그대로 끝이다. 키슬리키가 두 눈에 부릅 힘을 주었다.

"안 돼!"

"애, 알겠지만 네 의사는 별로 중요하지 않단다."

"이 악마!"

"악마는 너잖아."

"악마보다 더한!"

"먼저 죽이려고 했던 게 누군데 큰소리야?"

"그건 계약 때문이었어!"

"강제성도 없는 걸 네가 굳이 들어준 거라며?"

"……."

키슬리키가 입을 다물었다. 할 말이 없었다. 하지만 할 말이 없어도 살고 싶었다. 키슬리키는 무작정 우기는 대신 다른 방법을 꺼냈다.

"이건 어때?"

"목보다는 심장이 먼저일 것 같으니까, 우선 심장을 가르고 나서 목을 베자."

"들어! 좀! 집중해 줘!"

짜증이 북받친 키슬리키가 버둥거렸다. 기회를 틈타 공격하거나 도망칠 생각도 해보았으나, 그러자니 제 목을 붙잡은 인간이 도통 방심을 하지 않았다. 대화는 자기 일행과 나누면서 주의는 여전히 이쪽으로 쏠려 있다. 뭘 하려고 낌새라도 보이는 순간 검을 뽑아 휘두를 것이 뻔했다. 이 상황에서 키슬리키가 놀릴 수 있는 거라고는 그저 입뿐이었다.

"뭔데?"

"계약하자."

"무슨 계약?"

"내가 널 안 죽일 테니까, 너도 날 죽이지 마."

"한쪽만 이득인 걸 누가 계약이라고 해? 아, 노예 계약. 아무튼 싫어."

"잠깐! 왜 한쪽만 이득이야? 내가 얼마나 쓸모가 많은데!"

키슬리키는 필사적으로 스스로의 유용함에 대해 설명했다. 산속에서 목을 붙들린 채로 제 쓸모 따위나 어필하고 있다는 사실이 갑자기 서러웠지만 살기 위해선 어쩔 수 없었다. 키슬리키가 한참이나 주장하는 내용을 전부 청취한 유리엔이 이내 들은 것을 정리했다. 상대의 방대한 쓰임새를 요약하자면 즉 이거였다.

"발닦개?"

"……뭐야, 그 왠지 기분 나쁜 어감은?"

"계약을 하면 어떻게 되는데? 설마 구두로만 맹세하겠다는 건 아니지?"

"아니야! 널 계약자로 인정하면 나한테도 새로운 제약이 생겨."

키슬리키가 하려는 것은 이중 계약이었다. 소환자에 의해 소환된 상태에서 다른 이와 계약을 맺는다. 일반적으로는 불가능한 일이었지만 에델리아가 워낙 허접이라 이 상황에서는 무리 없이 할 수 있었다.

"계약을 맺으면 나는 널 못 죽여. 물론 너도 날 죽여선 안 돼."

"얘는 널 죽여도 되고?"

유리엔이 카엘을 가리켰다. 키슬리키의 얼굴이 찡그려졌다. 된다.

"도의적으로 그러지 말자."

"된단 말이네. 다음은?"

"그리고…… 필요할 때 내가 널 위해 힘을 사용할 수 있지. 다만 소환자가 변하는 건 아니라 내 외형은 그대로야."

"더 없어?"

"계약이 유지되는 동안 난 네게서 아주 멀리까진 떨어지지 못해. 이게 다야."

"계약은 언제 끝나는데?"

"쌍방이 해지에 합의하거나 둘 중 한쪽이 죽으면."

"좋아."

유리엔이 고개를 끄덕거렸다. 수락의 의미였다. 여차할 때 쓸 만한 고급 노동력이 생긴다는 건 나쁘지 않은 일이었다. 그에 키슬리키의 얼굴이 날이 개듯 확 밝아졌다.

"잘 생각했어!"

살았다며 기뻐한 키슬리키가 이어 손바닥을 요구했다. 계약을 맺으려면 신체가 서로 닿은 상태에 있어야 한다는 것이다. 카엘은 키슬리키의 목에서 손을 떼고 대신 검을 뽑아 그 자리에 갖다 댔다. 혹시라도 허튼 기미가 보이면 즉시 긋기 위한 자세였다. 그 상태에서 유리엔이 손바닥을 내밀었다.

이내 둘의 손이 닿고 키슬리키가 주문을 외웠다. 악마들의 언어인지 카엘과 유리엔은 알아들을 수 없는 말이었다. 문장이 이어지다가 마지막에는 계약 대상자의 이름이 나왔다. 키슬리키, 유리시엔 드 카르나. 잠시 후 손바닥 사이로 빛이 스며들었다.

"됐다!"

됐으니까 이제 이것 좀 치워줄래? 키슬리키가 표정으로 말했다. 카엘은 긴장을 늦추지 않으며 일단 검만 회수했다. 유리엔이 신기한 기색으로 제 오른손을 내려다보았다.

"문양이 생겼어."

"그거 너한테만 보이는 거야."

겨우 자유의 몸이 된 키슬리키가 몸이라도 풀 듯 팔다리를 휘적거리며 말했다. 그 말처럼 카엘은 유리엔의 손바닥에서 아무것도 발견할 수 없었다.

"나한테만?"

"그래. 악마랑 계약했다고 사방에 광고할 일 있어?"

팔다리를 푼 키슬리키는 이제 허리도 굽혔다 폈다 했다. 어린아이의 몸으로 하는 짓은 어째 노인 같았다. 유리엔은 손바닥을 들어 문양을 햇빛에 비춰보았다. 빛줄기를 받은 문양은 얼핏 작은 나비처럼 보였다.

"아, 혹시라도 날 부를 일이 있으면 문양을 세게 쳐. 충격이 나한테도 전달되거든."

"앞으론 박수도 가려가며 쳐야겠네."

"그 정도는 괜찮아."

스트레칭을 마친 키슬리키가 이내 주변을 휘 둘러보았다. 뭔가를 찾는 모양새였다. 그러더니 곧 적당한 크기의 돌멩이를 하나 주워 들었다.

"계약을 하고 나면 내가 널 못 죽인다고 했지? 보여줄게."

잘 보라며 이야기하더니 그는 주워 든 돌멩이를 그대로 유리엔을 향해 던졌다. 처음에는 암기처럼 빠르게 직선으로 날아가던 돌은 어느 순간 갑자기 방향을 틀더니 도로 키슬리키에게로 쏘아져 갔다. 고개를 옆으로 꺾어 키슬리키가 가볍게 돌을 피했다.

"봤지?"

"그거 신기하다. 좀 더 센 거 던져봐. 칼, 창, 화살, 바위, 닿기만 해도 녹는 독극물 뭐 그런 거."

"마지막은 뭐야? 자살하라고? 아무튼 이런 식으로 되니까 안심하고 거기 빨간 머리는 몸에 힘 좀 풀어. 난 그럼 이만!"

키슬리키는 인사를 마지막으로 폴짝폴짝 나무 사이를 뛰어 사라졌다. 작은 몸이 시야에서 없어지기까지는 금방이었다. 한 번 초목에 가려지자 그 뒤로는 마치 유령처럼 어떻게 해도 기척을 잡아낼 수가 없었다.

"엘프가 아니었다면 못 잡았겠네."

"그러게."

"그때 산적도 쟤가 한 짓이었겠지?"

"아마."

"아무튼 신기해. 설마 악마일 줄이야."

새삼스럽지만 정말 사람이 아니었다. 카엘은 뽑았던 검을 다시 검집에 꽂았다. 유리엔은 오른쪽 손바닥을 몇 번 쥐었다 폈다 한 뒤 어깨를 으쓱했다.

"만취녀 덕분에 특이한 발닦개가 생겼어."

유리엔이 지칭한 것은 에델리아였다. 하는 짓만 보면 술독에 빠진 정신이상자라 해도 모자랄 것이 없다. 백번 양보해 납치를 공모했었던 것까진 그러려니 해도, 악마를 소환해 살인을 청부한다는 발상은 정상인이 떠올릴 만한 것이 아니었다. 생각만 했어도 충격인데 그걸 실행으로 옮기기까지.

"돌아가면 올해의 광년상을 수여해야겠다."

"공녀 말이야."

"응?"

"내가 처리해도 되지?"

형태는 허락을 구하는 질문이었으나 어조는 통보였다. 이미 마음을 굳힌 듯 카엘의 표정은 말려도 안 들을 사람처럼 다부졌다. 굳이 대거리를 할 생각은 없었기에 유리엔은 너 알아서 하라고 순순히 고개를 끄덕여 주었다.

"이번엔 사안이 커. 공작까지 엮어서 무너뜨릴 거야."

"악마 소환에 황족 살해 사주면 뭐…… 근데 왜 공작까지?"

"원래 거슬렸거든."

마그나가 공작은 애초부터 카엘에겐 눈엣가시였다. 그는 2황자의 황위 계승과 황권 약화를 바라는 무리의 수장이나 다름없는 인물이었다. 능구렁이답게 조용히 물아래에서만 움직이는 탓에 여태 빌미를 잡지 못했는데, 마침 에델리아가 미친 짓을 저질러 준 덕분에 가문 채 주저앉힐 만한 명분이 생겼다. 공작은 딸자식을 잘못 키운 것을 눈을 감는 순간까지 후회해야 할 것이다. 아주 뼈아프게.

물론 단지 그 이유만으로 카엘이 제가 맡겠다 나선 것은 아니었다. 에델리아는 이번 행동으로 그의 개인적인 화를 샀다. 카엘은 납치 사건 때 느꼈던 것과 지금의 분노가 그 크기가 사뭇 다르다는 것을 미처 인지하지 못했다.

"그럼 만취녀는 네가 조지는 걸로 하고, 이제 영지부터 들러야겠지?"

"노예 상인들 넘기려면."

"가자."

엘프들은 유리엔의 부탁을 들어준 뒤 곧장 하산 길에 올랐다. 북쪽으로 나흘쯤 이동하면 나오는 거대한 숲으로 간다고 했다. 유리엔과 카엘은 행운을 빈다며 그들과 인사를 나누고 헤어졌다. 덧붙이자면 팔씨름은 이겼다.

엘프를 만나겠다는 목적도 달성했고 악마도 잡았으니, 다음 순서는 나무에 묶어놓은 노예 상인들을 처분하는 일이었다. 둘은 미이느산을 벗어나 가까운 영지로 향했다. 히멥스 영지는 산의 끝자락과 외곽이 닿아 있는 작은 영토였다. 한때는 특산품으로 이름을 날렸으나 몇 년 전부터 그것이 재배되지 않아 지금은 그저 그런 소규모 영지로 취급받고 있었다.

"종이에는 그렇게 적혀 있네."

"특산품이 뭐였는데?"

"그건 몰라."

"뭐, 중요한 건 아니니까."

카엘과 유리엔은 나란히 영지 안쪽을 걸었다-영지로 들어올 때는 내밀 신분 패가 없었으니 돈을 먹였다. 둘 다 사이좋게 후드를 뒤집어쓴 채였다.

유리엔은 몸을 많이 움직이면 가면 안에 땀이 차는 것 같다는 이유로 지난밤 머물렀던 마을에서 후드를 구입했다. 날은 아직 전체적으로 서늘한 편이었지만 정오부터 낮까지의 햇볕은 다소 따가운 기미가 있었다.

"더 더워지면 이거 못 쓰고 다니겠다."

"암행을 포기하거나, 그늘로만 다니거나 선택해야지."

"하아! 난 왜 맨얼굴로는 자유로울 수 없는 건지…… 이게 절대 미인의 숙명일까?"

"얼씨구."

둘은 다른 길로 새지 않고 곧장 치안대로 찾아갔다. 붙잡아놓은 노예 상인들의 위치를 알리고 처분을 맡길 목적이었다. 근무 중이던 병사는 방문객을 정중하게 맞이했다.

"무슨 일로 오셨습니까?"

"다른 게 아니라 산 안에 신고할 것이 있어서요."

"산이요? 알겠습니다. 위치를 말씀해 주시겠습니까? 중턱쯤인가요? 아니면 더 위쪽?"

"그게…… 음, 갑자기 생각이 잘 나질 않네요. 미안해요. 떠오르면 다시 찾아올게요."

기껏 방문해 놓고 유리엔은 기억이 나지 않는다는 말로 얼버무린 뒤 장소를 빠져나왔다. 그 뒤를 카엘이 따랐다. 후드 탓에 보이지는 않았지만 유리엔의 표정은 미약하게 굳어 있었다. 치안소에서 한참 떨어진 후에야 그녀가 다시 입을 열었다.

"낌새, 이상했지?"

"어."

"산을 언급하자마자 위치부터 물었어. 무슨 산인지, 신고하려는 게 어떤 건지가 아니라."

영지와 닿아 있거나 관할에 속해 있는 산은 여러 개였다. 그리고 그중 조금 크다 싶은 산은 전부 이름이 있었다. 상대가 그냥 '산'이라고만 언급하면 보통은 '무슨' 산이냐며 이름을 묻는 것이 일반적이다. 그런데 방금 전의 병사는 그러지 않았다.

"듣지도 않고 특정 산으로 간주했단 말이야. 자기도 이상함을 못 느낄 정도로 엄청 자연스럽게."

"미이느산이라고 여겼을까?"

"내 감으로는."

"게다가 위치만 알려주면 곧장 출동할 기세였지."

"맞아. 내가 뭘 신고할 건지는 궁금해하지도 않는 것 같았어. 왤까? 나였으면 그게 제일 알고 싶을 것 같은데. 막상 가서 확인했는데 고작 짐승의 시체 따위라면 애꿎은 시간과 인력을 허비한 게 될 테니까."

"무슨 산인지도, 신고하려는 게 뭔지도 알아서 추정했다……."

"가능성은 세 가지겠지? 하나는 비슷한 신고가 최근에 자주 들어왔거나, 다른 하나는 그 병사가 개인적으로 산에 대해 신경을 쓰던 중이었거나, 나머지 하나는……."

"……영지 차원에서 현재 산을 주시하고 있거나."

우뚝. 걷던 것이 멈췄다. 서로를 마주 본 두 사람이 후드 아래로 시선을 교환했다.

"엘프에 대해서는 소문이 퍼지진 않았어."

"마을의 여관 주인도 왜 갑자기 손님이 늘었는지 모르는 기색이었지."

"여관 주인이 몰랐다는 건 여관에 묵는 이들이 다들 입을 조심했다는 거야. 가능한 새어 나가지 않도록, 자기들만 알고 있을 수 있게."

"그렇게 취급되는 정보를 영지 전체가 알고 있다?"

"혹은 영주와 그 휘하 병사들일 수도 있고."

"……잠깐만."

"왜?"

카엘이 목소리를 낮췄다. 다음 말은 소곤거리듯 흘러나왔다.

"사람이 붙었어."

"……혹시 그 병사?"

"그래."

카엘은 확신했다. 호흡이 똑같았다. 지금 몰래 둘의 뒤로 따라붙은 사람은 조금 전 치안대에서 유리엔과 말을 나눈 그 병사가 틀림없었다. 사람은 자기 특유의 숨소리를 잘 숨기지 못한다. 그것도 긴장했을 때라면 더더욱.

"이야, 본격적으로 수상해지는데?"

"이제 어떡할까?"

"정보 길드로 가자."

"정보 길드?"

"확인해 보고 싶은 게 생겼어."

"뭔데?"

"일단 가보자."

둘은 그렇게 목적지를 정했다. 이번에도 길드는 행인에게 물어물어 찾았다. 카엘과 유리엔은 되도록 많은 사람에게 말을 붙였다.

"영지 전체가 알고 있는 건 아닌 것 같지?"

"그런 분위기는 아니야."

마을 단위로 공통의 비밀을 숨기고 있을 때 외지인이 자연히 느끼게 되는 묘한 위화감. 영지민들에겐 그런 것이 없었다. 한 가지 가능성을 제한 둘이 이내 길드 안으로 들어섰다.

"반갑습니다! 어떤 정보를 원하시나요?"

"미이느산에 대해서 알고 싶은데."

유리엔은 길드 내부의 직원을 마주하자마자 뜸들이지 않고 바로 용건을 던졌다. 직원은 영업용 미소를 지우지 않으며 말을 받았다.

"미이느산이라! 금방 가져다드리겠습니다."

"산에 엘프가 나타났다는 소식을 들었어. 그에 관해서 가져다줘."

"엘프요?"

정보를 찾기 위해 등을 보였던 직원이 도로 빙글 몸을 돌렸다. 놀란 듯한 표정을 지어 보이더니 이내 난처하게 웃는다.

"죄송합니다, 손님. 어디서 들으셨는지는 모르겠지만 저흰 금시초문이라서요."

"정보가 없다고?"

"네. 안타깝지만 그런 내용에 대해선 전혀……."

유리엔이 몇 번 다시 물었지만 직원은 어김없이 모른다는 말만 되풀이했다. 결국 카엘과 유리엔은 빈손으로 길드를 나왔다. 거리가 어느 정도 떨어지자 목소리를 낮춰 입을 연다.

"금시초문이라고?"

"그럴 리가 있나."

"억측이 아니었네. 진짜 미이느산이었어."

"왜 정보 길드를 찾아올 생각을 한 거야?"

"만약 내가 영주고, 산에 뭔가 노리는 게 있어서 부하까지 닦달할 정도로 주시하고 있다면 말이야. 내가 노리는 걸 남들도 노리면 큰일이란 생각이 들 것 같거든."

"그래서 일부러 정보를 숨기게 했을 거다?"

"응. 우리가 어제 산에서 잡은 무리만 다섯이고 오늘 아침에 한 무리가 더 있었어. 그 정도 인원이 몰리는데 정보 길드가 모르고 있다는 건 말이 안 돼."

"선별해서 제공했다는 뜻이네."

"그러니까. 수도에서 우리가 쉽게 정보를 얻을 수 있었던 건 영주의 입김이 거기까지는 닿지 않았거나, 아니면 실수가 있었거나 그랬겠지."

둘은 쭉 직진해서 걷다가 갈래가 나올 때마다 꺾었다. 마치 상대를 따돌리듯 이리저리. 그러나 병사는 끈질기게 따라붙었다.

"아직도 있어."

"심심해서 저러는 건 아닌 것 같지?"

"말이라고?"

"어지간히 중요한가 보네. 산 얘기 한 번 꺼냈다고 우릴 저렇게 쫓아올 정도면."

"사람이 추가로 붙은 건 알아?"

"언제부터?"

"정보 길드."

"와우."

유리엔은 박수를 치고 싶은 것을 참았다. 병사든 정보 길드든 뭔가 알려져선 안 되는 사실이 있다는 걸 적극적으로 나타내 주고 있었다. 저렇게 티를 내면 그냥 넘어가려다가도 왠지 파보고 싶어지는 심리가 생긴다.

두 사람은 한동안 걷다가 곧 가까이 보이는 식당으로 들어갔다. 식당은 크고 사람이 많고 시끄러웠다. 대충 안쪽으로 자리를 잡고 앉은 둘이 대화를 이어나갔다. 목소리는 여전히 작았다.

"영주가 원하는 게 뭘까?"

"엘프?"

"어디에 쓰려고?"

"보통은 침실 노예가 가장 수요가 많긴 한데……."

"그렇다기엔 재네 태도가 너무 거창해. 병사도, 길드도, 무슨 사활이라도 걸린 것처럼 굴잖아?"

"산에 보물이 있나?"

"엘프 말고?"

"또 모르지."

"편하게 그냥 영주를 잡아다 한 대씩 때리면서 묻고 싶다."

"아서라."

"미행 중인 애들을 잡아서 족칠까?"

"그건 괜찮네."

자연스럽게 방향이 정해졌다. 행동을 정한 카엘과 유리엔은 이 와중에도 식당에서 가장 좋은 음식을 시켜 천천히, 오래, 많이 먹었다. 외부에서 몸을 숨기고 미행하던 두 인영이 지켜보다가 자기도 모르게 침을 삼켰다. 꼴깍.

"이제 어디? 뒷골목?"

"콜."

식후 운동을 할 시간이었다. 둘은 식당을 나와 최대한 인적이 적고 음습한 좁은 길로 향했다. 미행자들은 주저도 없이 착실하게 따라 들어왔다. 한산한 골목을 세 번쯤 꺾고 나서 카엘과 유리엔은 발을 멈췄다.

"인기척 있어?"

"아니."

"뒤에 저놈들뿐?"

"그래."

"좋아!"

유리엔이 신나서 몸을 돌렸다. 그녀의 주특기를 선보일 차례였다. 폭력으로 사람 달래기.

"왼쪽 저기, 오른쪽은 저 부근."

"알았어!"

오랜만에 반지가 아닌 유리엔의 다른 무기가 모습을 드러냈다. 바로 구두. 준비운동을 마친 유리엔은 바람처럼 몸을 날렸다. 잠시 후 빛보다 빠르게 구두가 허공을 갈랐다.

빠악!

"그게 다야?"

"정말 답니다."

두 남자가 나란히 골목 안쪽에 무릎을 꿇고 앉아 있었다. 공손한 자세였다. 둘 다 머리에는 커다란 혹을 매달았다. 왼쪽이 병사, 오른쪽이 길드원이었다.

"시키는 대로만 했을 뿐이고 그 이상은 모른다?"

"네, 네!"

얻어맞은 두 사람은 순순히 아는 것을 불었다. 처음에는 반항을 좀 했으나 카엘이 검을 뽑아 벽에 칼자국을 몇 개 내준 뒤로는 언제 그랬냐는 듯 얌전해져 그저 충실한 나불이들이 되었다. 툭 치면 툭 하고 나불나불 대답이 나왔다. 그들이 폭력에 굴해 털어놓은 것을 요약하자면 이랬다.

"미이느산에 온 주의를 집중하고 있는 건 맞는데 이유는 모른다."

"흐음."

"영주한테 직접 명령을 받은 거고, 둘 다?"

"그렇습니다."

그들은 며칠 전 윗선에서 내려온 지령을 전달받았다. 영주 직인이 찍힌 명령서였다.

미이느산을 예의 주시할 것. 산에 대한 것은 아무리 사소한 일이라도 바로 전달할 것. 다른 일보다 미이느산에 관한 것을 일 순위로 둘 것. 정보 길드는 미이느산의 엘프와 관련된 정보를 영주에게만 올려

보내고 절대 타인에게 판매하지 말 것. 수상한 자가 나타나면 무슨 수를 써서라도 필히 정체를 파악할 것. 사유는 적혀 있지 않았다. 명령서는 확인 후 지시에 따라 바로 태웠다.

"너흰 어떻게 생각해?"

"예? 저희요?"

"왜 그런 명령을 받은 것 같냐고."

"글쎄요…… 딱히……."

"뭐? 한 대 더 맞으면 기억이 날 것 같다고?"

"독점! 독점이 아닐까요?"

길드원이 황급히 대답했다. 유리엔은 결코 한 놈만 때리는 법이 없었다. 한쪽이 떨빵하게 굴면 연대책임으로 같이 맞았다. 맞기 싫었던 길드원이 적극적으로 나섰다.

"독점?"

"엘프 독점 말입니다. 어, 그러니까, 정보를 저희가 들어오는 족족 윗선에만 올려 보냈거든요? 그럼 영주님께서 정보를 받아서 그걸 믿을 만한 사람들한테만 다시 뿌리지 않았을까요? 엘프를 잡았을 때 다른 곳으로 빼돌리지 않고 꼭 자기한테만 팔 만한 노예상이라든지……."

병사는 올곧게 한길만 걷는 육체 파였지만 길드원은 필요할 때면 머리도 썼다. 그리고 지금이 바로 가장 필요할 때였다. 처맞기 싫으면 굴려야 한다.

"산에서 발견되었다는 엘프를 하나도 남김없이 모조리 사들이려는 게 목적이었던 거죠. 그리고 누가 그럴 알면 X 되니…… 아니, 망하니까 수상한 사람은 무조건 정체를 파악해라 한 거고. 엘프를 얻으려는 목적은 아마 침실 노예는 아닐 겁니다. 영주님이 여색을 밝힌단 얘기는 못 들었거든요. 그럼 다른 일과 연관이 있다는 건데, 음, 혹시 사업 같은 건 아닐까요? 엘프를 많이 보유할수록 성공 확률이 올라가는 사업! 크고 중요한 사업!"

표현 그대로 말을 폭포처럼 쏟아낸 길드원이 헥헥 숨을 골랐다. 안 맞고자, 살고자 하는 욕구가 그의 혓바닥과 머리를 유연하게 만들었다. 이 정도면 충분히 목숨 값은 한 것 같다는 생각에 길드원이 한층 편안해진 표정으로 어깨의 힘을 뺐다. 새하얗게 불태웠어…….

유리엔은 들은 것을 곱씹다가 눈을 반짝 빛냈다. 사업?

"특산품!"

"뭐?"

"사업이라고 하니까 떠올랐어. 특산품 말이야. 이 영지 한때는 꽤 이름을 날렸다고 했잖아? 그렇지?"

유리엔이 길드원을 향해 물었다. 긴장을 풀고 있던 길드원이 도로 흠칫 놀라 대답했다.

"네! 맞습니다!"

"지금 영주가 영주 자리에 앉은 지 얼마나 됐어?"

"이십 년쯤 됐습니다!"

"특산품이 한창 나던 때는?"

"십오 년 전쯤입니다!"

"언제부터 재배가 멈췄지?"

"칠 년쯤 되었습니다!"

"그 특산품이 뭐였는데?"

"풀입니다!"

"풀?"

"네. 풀 종류입니다. 이름은 어려워서 잘 기억이 나지 않지만, 효능이 굉장히 좋았던 걸로……."

"아, 그건 저도 압니다."

그때까지 눈치만 보고 있던 병사가 슬쩍 끼어들었다. 길드원의 활약을 보고 있자니 자기도 뭔가를 해야 할 것 같은 느낌이 든 모양이었다. 유리엔이 시선을 주자 병사가 말을 이었다.

"학명은 따로 있는데 저희끼리는 다들 기적의 풀이라고 불렀습니다. 그만큼 효과가 뛰어났거든요."

"기적의 풀?"

"네. 당시 기적의 풀이라고 하면 영지 내는 물론 인근까지 모르는 사람이 없었습니다. 용도도 여러 가지였구요. 약초로도 쓰이고, 미용초로도 사용되고, 연금술의 재료가 된다고도 들었습니다. 적은 양으로도 효력이 좋았죠."

"만능이네."

"그래서 저희 영지가 한때 정말로 유명했습니다. 기적의 영지라고도 했었는데…… 지금은 뭐."

기적의 풀. 유리엔이 입안에서 단어를 굴렸다. 카엘은 들어본 적이 있는 눈치였다.

"그러고 보니……."

"너 알아?"

"지나가듯 들은 기억이 나. 재배가 굉장히 어려운 희귀한 풀을 어느 작은 영지가 생산에 성공해서, 그걸 계기로 인근 지방에 이름을 알리고 상패도 수여받았다고. 어릴 때 들었던 내용이라 가물가물했는데 그게 히멥스 영지였어."

영지는 황실에도 풀을 납품했다. 그런데 처음 얼마간은 일정한 양을 제공하던 영지가 어느 순간부터 그 양을 조금씩 줄이기 시작하더니, 몇 년이 더 흘러서는 완전히 납품을 멈췄다. 사정이 생겨 생산이 불가능해졌다는 이유였다. 그게 정확히 육 년 전이었다.

"생각났어. 처음엔 다량이었는데 그게 언젠가부터 약간씩 줄더니 나중에는 반, 더 나중에는 반의반, 종내에는 그보다 더 줄어서 아예 납품이 끊겼다고 했거든."

"생산이 한 번에 중단된 게 아니라 몇 년에 걸쳐서 점점 힘들어졌다?"

"아마도."

"그 풀 말야, 재배하기가 왜 어려운데?"

"자세히는 몰라. 금방 시들고 싹 자체를 틔우기가 힘들다고 하던가?"

"이건 내 생각인데."

유리엔은 들은 것들을 머릿속에서 정리했다. 그리고 그걸 엮어서 하나의 가정을 세웠다. 영주, 엘프, 특산품, 풀.

"영주는 예전에 엘프를 이용해 풀을 재배했던 게 아닐까?"

"엘프를?"

"그래. 엘프는 일평생 자연에서 살고, 나무의 정령과도 대화를 할 수 있을 정도로 친화력이 높아. 인간이 키우지 못하는 식물을 그들이 키울 수 있다고 해서 이상할 건 없어."

"그럼……."

"영주는 특산품을 다시 생산하려는 걸 거야. 그걸 위해 미이느산의 엘프를 한 명도 남김없이 모두 원하는 거고. 지금까진 이게 제일 그럴듯해."

"말 되네. 그렇다면 몇 년 전 생산이 멈췄던 건 당시 노예로 부리던 엘프들에게 문제가 생겨서?"

"응. 도망을 쳤거나, 아니면……."

죽었거나.

사안이 커졌다. 가정이 사실이라면 영주는 죄를 지으려는 게 아니라 이미 지었다. 이종족을 가둬다 몇 년간 노예로 부려먹은 데다 그 산물을 특산품이라며 황실에게까지 납품했다. 명백한 불법이고 잘못이었다.

"이런 건 제국법상으로 죄질이 어떻게 돼?"

"중죄야. 재판에 회부."

"증거가 있으면?"

"그렇지, 증거만 있으면."

여기까지 추측은 했다. 이제 이것이 맞는지 확인하려면 눈에 보이는 증거를 찾아내야 한다. 카엘은 일단 뽑아낼 대로 다 뽑아낸 병사와 길드원을 돌려보냈다. 물론 입단속도 잊지 않았다. 그러는 사이 생각에 골몰하던 유리엔이 결정을 내렸는지 입을 열었다.

"이건 영주가 물리적 증거를 남겼다는 가정하에 쓸 수 있는 계획이야."

"뭔데?"

"자기가 저지른 게 중죄라는 걸 영주 본인도 알겠지?"

"뇌가 있다면."

"죄를 지은 놈은 반드시 제 발을 저리게 되어 있어. 그러려면…… 우리가 정체를 밝히는 게 제일 빨라."

"신분을 드러내자고?"

"응. 일단 좀 전의 병사와 길드원을 통해 수상한 놈들이 미이느산에 대해 막 알아보고 다니더라, 뭔가 아는 게 있는 것 같더라 하는 보고를 올리게 하는 거야."

"입단속 괜히 했네. 다음은?"

"다음은 정체를 드러낸 우리가 영주의 저택에 방문해서 며칠 머물겠다는 의사를 밝혀. 찾을 게 있다고 하면서. 물론 앞서 보고가 올라온 수상한 놈들이 우리라는 것도 알리고."

"기겁하겠군. 지은 죄가 드러날까 간이 떨리고 초조해질 거고."

"만약 네가 죄 지은 놈이라면 그런 상황에서 어떻게 하겠어?"

"나라면…… 숨겨둔 증거가 잘 있나 확인해 보고, 그걸 더 안전한 곳으로 옮기든지 아니면 아예 태워 버리든가 하겠지?"

"바로 그거야! 그럼 이때 필요한 건!"

유리엔이 말을 하다 말고 제 오른쪽 손바닥을 퍽 때렸다. 아프지도 않은지 강하게도 친다. 잠시 후 키슬리키가 불렀냐는 듯 튀어나왔다.

"뭐? 나 왜?"

"악마야! 잘 왔어."

"내 이름은 키슬리키야."

"그래, 키슬리키. 너 혹시 기척 말고 모습도 아예 안 보이게 할 수 있어?"

"집중하면."

"그럼 집중 좀 해줘."

카엘과 유리엔이 저택으로 찾아가 영주의 똥줄을 태운다. 똥줄이 매우 탄 영주가 지은 죄의 증거를 이동시키거나 완전히 제거하려 시도한다. 그때 키슬리키가 모습을 감춘 채로 그런 영주의 뒤를 밟아서 증거물을 쓱싹!

"잘 부탁해, 정의의 괴도 키슬리키!"

"이상한 칭호 붙이지 말아줄래? 그리고 너 손바닥 좀 살살 쳐라. 통각 없어?"

모험 소설 애독자 유리엔, 정의의 가류엘 전하 카엘, 정의의 괴도 키슬리키. 이렇게 영주의 죄를 까발리기 위한 작전 팀이 즉석에서 구성되었다. 모토는 속전속결. 모이자마자 출발한다.

"그런데 이렇게까지 했는데 증거가 없으면?"

"그땐 그냥 영주를 족치자!"

믿음직한 리더가 함께하는 멋진 팀이었다.

영주는 본래 가난한 남작가의 자손으로 태어났다. 영지는 작고 힘이 없었으며 가문은 아는 사람보단 모르는 사람이 많았다. 날 때부터 욕심이 많고 거만한 성정이었던 그에겐 견디기 힘든 배경이었다.

어찌어찌 가문을 승계하여 영주의 자리에 앉은 뒤에도 변하는 것은 없었다. 여전히 봉토는 작았고 가문은 한미했다. 재력이라도 있으면 그걸 토대로 뭐라도 해보련만, 돈까지 없었다. 그러던 나날, 영주의 눈에 우연히 어떤 것이 들어왔다.

"지금 뭘 한 것이냐?"

노예 상인으로부터 뇌물로 받았던 어린 엘프였다. 여색에 딱히 관심이 없어 그저 방치해 왔던 대상이었는데, 그 엘프가 정원에서 웬 식물을 피워냈다. 영주는 잡지식이 많았다. 그는 엘프가 기른 식물이 무엇인지 어렵지 않게 알아보았다.

'엘리시아느의 축복!'

가치는 무궁하나 기르는 것이 불가능에 가깝다고 알려진 희귀한 풀이었다. 제대로만 키워낸다면 약, 미용, 연금술까지 그야말로 쓰이지 않는 곳이 없었지만, 재배가 지나치게 어려워 누구도 장기간의 생산을 성공시키지 못했다. 한데 그것을 정원에서 손장난이나 하며 놀던 엘프가 길러낸 것이다.

'이거다!'

영주는 그때부터 온 가산을 끌어다 노예상으로부터 엘프를 구입했다. 그리고 남들의 눈에 띄지 않는 곳에 가둬 하루 종일 풀 재배만 시켰다. 하지 않겠다고 버틸 때면 개중 가장 어린 엘프를 잡아다 몸에 칼자국을 냈다. 어린 엘프가 자지러지게 울부짖고 나면 그들은 다시 고분고분해졌다.

그렇게 그 해부터 영주는 매년 대량의 풀을 생산하기 시작했다. 몇 년쯤 지나자 소문은 널리 퍼져 엘리시아느의 축복에겐 '기적의 풀'이라는 명칭이 붙었고, 영지도 함께 기적의 영지라고 불리게 되었다. 이름이 알려지고 태산처럼 재물이 쌓였다. 영주는 한평생 바라왔던 이 흥성의 시간이 앞으로도 오랫동안 지속될 것이라 믿어 의심치 않았다.

한데 평소처럼 생산에 박차를 가하던 어느 날, 갑자기 엘프가 죽었다.

"숨을 쉬지 않습니다."

"……이게 어찌 된 일이냐?"

시름시름 앓더니 예고도 없이 쓰러졌다. 그리고 그대로 숨을 거뒀다. 나이가 가장 많은 엘프였기에 처음에는 자연사인 줄 알았으나, 그게 아니었다.

"또 죽었습니다."

"대체 왜!"

엘프들은 차례차례 죽어나갔다. 시기에 차이는 있었으나 한 번 앓기 시작하면 반드시 숨이 멎었다. 인원이 감소하자 당연히 풀의 생산량은 전보다 훨씬 줄어들었다. 애가 탄 영주는 급히 수소문하여 용하다는 의원이며 전문가를 여럿 불러 모았다.

"풀이 자라는 과정에서 독이 나옵니다."

"독…… 이라고?"

"재배를 그만두셔야 합니다."

밝혀지지 않은 사실이었으나 사실 기적의 풀에는 독성이 있었다. 다 자란 후에는 독이 전부 사라지지만, 그 전까진 잎을 통해 끊임없이 독을 배출했다. 아무리 소량이더라도 꾸준히 마시다 보면 체내에 독소가 쌓일 수밖에 없다. 장기간 재배에 매달린 엘프들이 죽는 것은 자연스러운 일이었다.

영주는 돈을 이용해 의원과 전문가의 입을 막았다. 그리고 재배는 그만두지 않았다. 풀 생산을 멈출 거라면 어차피 엘프들은 쓸모가 없었다. 그는 마지막 남은 엘프가 죽을 때까지 재배를 계속했다.

'새로운 엘프들이 필요하다.'

독 때문에 죽는다면 그때마다 새로 교체하면 된다. 그러나 일은 영주의 생각만큼 간단하지 않았다. 애초에 엘프는 귀한 노예라 돈만 있다고 늘 구할 수 있는 것이 아니었다. 과거엔 단지 운이 좋았을 뿐이다. 더구나 영주는 하나도 아닌 최소 열 이상의 엘프를 원했다. 공급보다 수요가 현저히 높은 엘프를 그가 바라는 만큼 얻기란 몹시 어려운 일이었다.

그렇게 시간을 허비하길 몇 년.

"미이느산?"

마침내 최근 영주에게 반가운 소식이 전해졌다. 정보를 물어온 것은 영주가 뒤를 봐주던 노예 상인이었다. 산 안에서 발견되는 엘프는 보통 무리를 짓고 있는 경우가 일반적이다. 만약 전부 잡아들일 수 있다면 열 몇 명 정도는 일도 아니었다.

"반드시 너희가 전부 포획해야 한다."

영주가 뒤를 봐주는 노예상이 둘. 나머지는 영주에게서 대가성으로 돈을 받고 움직였다. 정보 길드 또한 통제할 수 있는 곳까지는 통제했다. 그는 이번 일에 실로 금전을 아끼지 않고 쏟아부었다. 성공만 한다면 영지는 다시 부흥기를 맞이한다. 노력을 가려가며 들일 일이 아니었다.

그리고 그로부터 며칠이 흐른 지금, 영주는 경련하는 입가를 끌어

올려 간신히 웃음을 만들어냈다.

“제국의 작은 태양을 뵈옵니다, 전하.”

“되었으니 일어나게.”

참으려 해도 손이 부들거리며 떨렸다. 그는 바짝바짝 마르는 목구멍으로 연신 마른침을 넘겼다. 황태자가 영지를 방문했다. 왜? 대체 왜? 다른 사람도 아니고 하필이면 황태자가?

“누추한 곳이라 부끄럽습니다. 바로 머무르실 곳으로 모시겠습니다.”

“그럼 부탁하지.”

조금 전 아랫것들로부터 보고가 올라왔다. 수상한 놈들이 미이느 산에 대해 캐고 다닌다는 내용이었다. 기회를 봐서 처리하라는 명을 내리려는데 알고 보니 그 수상한 놈이 황태자였다. 말뿐 아니라 영주는 정말로 뒤로 넘어갈 뻔했다. 처음에는 제 귀와 눈이 잘못된 줄 알았다.

‘차라리 마그나가 공작이었다면…….’

천 근 같은 발을 끌어 황태자를 거처로 안내하면서 영주는 공작을 떠올렸다. 공작은 뇌물이 통하는 인물이었다. 일이 들키더라도 상납금이 늘어날지언정 부정으로 잡혀갈 염려는 없었다. 그러나 황태자는 다르다. 돈을 썼다간 외려 그만큼 더 화를 산다.

“필요하신 일이 있다면 언제든 주저 않고 불러주십시오, 전하.”

“고맙네. 그리할 테니 이만 가서 일을 보게.”

“아, 곁의 일행분께선…….”

“내 개인적인 수행원이니 신경 쓸 필요 없네.”

“알겠습니다. 그럼 물러가겠습니다.”

영주는 허리를 숙여 공손히 읍했다. 그리고 뒷걸음질을 통해 등을 보이지 않으며 방을 빠져나왔다. 황족을 대하는 기본적인 예의였다. 그는 복도로 나오자마자 손바닥의 땀을 옷자락에 문질러 닦았다.

'위험해.'

비밀이 드러나서는 안 된다. 그는 재판부로 끌려갈 생각은 추호도 없었다. 현재 저택 내에는 그의 부정을 밝혀줄 물적 증거가 두 가지나 보관되어 있었다. 허술하게 숨기지는 않았으나 만에 하나의 가능성이라도 간과할 수 없다. 영주의 표정이 어두워졌다. 갈등의 시간이었다.

'우리'의 신분을 밝히자고 한 주제에 유리엔은 후드를 벗지 않았다. 다만 카엘의 것만 홀랑 벗겼다. 생각해 보니 자기가 황태자의 정체 모를 수행원으로 비치는 편이 더 압박감을 주기 좋을 것 같다는 이유에서였다. 카엘은 황당했지만 굳이 반발하지는 않았다. 방 안에 둘만 남게 되자 유리엔이 얼굴을 드러냈다.

"영주 표정 봤어?"

"봤지."

"확실하네, 확실해."

황태자가 몸소 저택을 방문했다. 일반적인 하위 귀족이라면 쌍수를 들고 환영하는 걸로도 모자라 감격에 차 눈물을 흘릴 일이다. 한데 영주는 하얗게 굳어 그저 식은땀만 흘렸다.

"입가에 경련 일더라."

"나도 봤어."

"그러게 왜 그렇게들 죄를 짓고 사나 몰라?"

"인간들이 다 그렇지."

아무것도 없던 허공에서 키슬리키가 모습을 드러내며 말을 받았다.

그는 현재 예행연습 중이었다. 유리엔이 정말 공기인 줄만 알았다며 아주 잘하고 있다고 엄지손가락을 치켜세웠다.

"그런데 악마 주제에 웬 인간 욕? 나쁜 걸로 따지면 너희가 최고 아냐?"

"우리 별로 안 나빠!"

"언제는 소환자 보고 '악마도 감동하는' 악독함이라더니?"

"흥! 그건 그냥 인간들의 편협한 선입견에 장단을 맞춰준 거야!"

"말은."

유리엔이 픽 웃었다. 속이야 어떻든 열 살배기 아이의 모습으로 인간 인간거리니 겉보기엔 마냥 귀여웠다. 그녀는 계획의 성사까지 잘 부탁한다며 키슬리키의 어깨를 탁탁 두드려 준 뒤 젖혔던 후드를 도로 뒤집어썼다.

"카라멜, 따라와!"

"어딜?"

"저택 안을 좀 쏘다녀야지. 영주가 아주 바짝 쫄도록."

황태자가 뭔가를 찾아다니듯 행동해야 영주의 불안감이 훨씬 커질 것이다. 문고리를 잡아 열며 유리엔이 적극적으로 손짓했다. 이내 두 사람은 함께 방을 나섰다. 구경이라는 명목하에 저택을 여기도 뒤지고, 저기도 뒤졌다. 사용인이 뭐 하시는 거냐고 물어보면 카엘은 명확한 대답 대신 '별건 아닌데……'라며 의미심장하게 얼버무렸다. 그리고 그건 몹시 효과가 좋았다.

저택에는 지하실이 있었다. 물론 아무나 출입할 수 있는 건 아니었다. 영주 외에는 지하실의 존재조차도 알지 못했다. 완연한 밤. 영주는 작은 등 하나에 의지한 채로 어두운 계단을 내려갔다.

"설마 이곳이 드러날까 싶지만…… 아무래도 불안해서 안 되겠어."

그는 대대로 가주에게만 전해지는 비밀 통로를 개조해 지하실과 이어지는 입구를 만들었다. 영주 본인이 아니라면 결코 알 수 없는 공간이었다. 그걸 증명하듯 지금까지 단 한순간도 들키지 않고 대상을 보관해 왔다. 황태자만 아니었다면 앞으로도 쭉 건드리지 않았을 것이다.

"하는 수 없지. 나중에 다시 옮기더라도 일단은……."

중얼거리며 영주가 아래로 발을 디뎠다. 등 안쪽의 불빛이 그림자를 만들며 일렁였다. 잠시 후 지하실에 도착한 영주는 몇 걸음 더 안쪽으로 들어가 어느 지점에다 대고 등을 비췄다. 위태롭게 흔들리는 등불 주위로 빛에 비친 사물들이 윤곽을 드러냈다. 얼마나 방치되어 있었는지 거미줄로 뒤덮인 탁자의 서랍, 그 위의 종이 뭉치들. 그리고 그 아래.

"오, 미친."

모습을 숨기고 뒤따르던 키슬리키가 저도 모르게 감탄사를 뱉었다.

"누구냐!"

영주가 화들짝 놀라 고개를 돌렸다. 등으로 사방을 비추었지만 사람의 형체는 보이지 않았다. 키슬리키는 투명화를 유지한 채로 몸을 움직였다.

"역시 인간이 제일 나쁘다니까!"

"누구…… 헉! 안 돼!"

목표물을 손에 넣었다. 즉시 키슬리키는 투명화를 풀고 몸을 날렸다. 영주가 꼼짝없이 굳어 있다가 곧 기겁해서 그 뒤를 쫓았다.

"거기 서! 안 돼!"

"참, 계약자 깨워야지."

깡충깡충 계단을 여러 개씩 타고 올라가며 키슬리키가 제 손바닥을 퍽 때렸다. 이 정도면 되나? 혹시 모르니 한 두어 대쯤 더 연달아 휘갈긴 키슬리키가 이내 표정을 찌푸렸다. 아 나, 이건 뭐 자해도 아니고.

"남한테 일을 시켜놓고 자긴 태평하게 퍼 자? 웃기는 인간이네!"

유리엔은 날이 어두워진 지 몇 시간 지나지 않아 편안하게 잠들었다. 이런 상황에서 정말로 잠을 잘까 싶었는데 진짜로 잤다. 떠올리니 키슬리키는 분통이 터졌다. 정작 잠을 자야 할 건 자신인데!

"아 씨! 어두워서 잘 안 보여!"

"정의의 괴도! 여기!"

밤눈이 어두운 키슬리키가 짜증을 내자마자 전방에서 외침이 들렸다. 막 홰에 불을 붙이려던 유리엔이었다. 그녀는 키슬리키가 손바닥으로 부르기 전부터 깨어 있었다. 이내 복도가 확 밝아졌다.

"잘 다녀왔어? 비밀 통로는 어디였어?"

"침대 아래! 그리고 저택의 지하실이랑 통해 있더라."

"그건 뭐야?"

"거기 있던 증거품."

"허억, 헉, 안 돼애!"

겨우 따라붙은 영주가 숨을 헐떡이며 소리쳤다. 절박한 목소리였다. 유리엔은 황당하게 키슬리키가 내미는 증거품을 받아 들었다. 이건…….

"백골?"

"엄청나지? 대박 아냐? 내가 말했잖아! 인간이 우리보다 더 나빠!"

"크윽……!"

뛰던 것을 멈춘 영주가 이를 악물었다. 대체 어떻게 된 건지는 모르겠지만 결코 들통나서는 안 될 것이 상대의 손에 넘어가고 말았다. 상상했던 사태 중 최악이었다. 유리엔과 카엘이 서로를 돌아보았다.

"이거 설마?"

"맞는 것 같은데."

둘은 낮에 저택을 헤집으며 뜻하지 않았던 정보를 입수했다. 영주는 본디 가문의 후계자가 아니었다. 그는 차남으로 태어났다. 그런 그가 후계자였던 형을 제치고 영주의 자리를 물려받을 수 있었던 것은 승계식 며칠 전 형이 갑자기 실종되었기 때문이었다.

"초상화에 그려져 있던 장남은 오른쪽 손목이 기형이었어."

"똑같네."

"내 말 맞지! 악마가 인간보다 더 착해!"

백골의 정체는 남작가의 진짜 후계자였다. 영주의 형이자 장남. 순리대로였다면 그 대신 영주가 되었어야 하는 인물. 이십 년 전 동생에 의해 살해당한 뒤 지금껏 지하실에 보관되어 있었던 것이다.

"카라멜."

"왜?"

"이건 얼마나 중죄야?"

"사형."

"와우."

엘프를 착취하고 그 결과물을 특산품이라며 판매한 것은, 말이 중죄지 처벌 자체는 그리 크지 않았다. 감옥에는 들어갔다 나오겠지만 재산도 반 정도만 몰수되고 지위 또한 그대로 유지한다. 귀족에게 유리하게 제정된 법률 때문이었다. 하나 그런 만큼 법은 귀족 살해에 대해서는 매우 엄격하게 다스렸다. 그것도 친족 간의 살인이라면 더더욱.

"무조건 사형이야. 다른 길 없어."

"크으윽!"

영주가 입술을 짓씹었다. 망했다. 더 이상 방법이 없었다. 그는 결국 제 거처로 뛰어 들어가 저택 내의 온 사병을 물러 모으는 긴급 줄을 당겼다. 이러나저러나 어차피 죽은 목숨이었다.

"어라? 앞에 쟤네 뭐야?"

"무장한 병사들."

"내 눈에만 그런 게 아니네."

곧 갑옷을 차려입고 검과 방패로 무장한 병사들이 카엘과 유리엔을 둘러싸며 모여들었다. 키슬리키도 둘과 함께 갇혀 심드렁하게 귀를 후볐다.

"그러니까, 네가 황태자인 걸 알면서도 우릴 치겠다?"

"이왕 죽을 거 발악이라도 하겠단 뜻인가 보지."

정답이었다. 영주는 살인 멸구를 마음먹었다. 만약 카엘이 번듯하게 차려입고 시종을 대동했더라면 아무리 급박해도 이런 행각까진 벌이지 못했을 것이다.

그러나 황태자는 처음 저택을 방문했을 때 평민이나 입을 법한 여행복 차림에 후드를 뒤집어쓰고 있었다. 그건 즉 타인에게 알리지 않고 몰래 이곳까지 찾아왔다는 뜻이고, 다시 말해 상대를 잘만 처리하면 일을 묻을 수 있다는 뜻이기도 했다. 독하게 결심한 영주가 소리쳤다.

"황태자! 당신에게 유감은 없지만 여기서 죽어줘야겠소!"

"야, 널 아늑한 지하실로 보내주겠다는데?"

"너도 마찬가지야."

분위기는 흉흉했으나 정작 그 사이에 놓인 카엘과 유리엔은 태평했다. 둘 중 누구에게서도 위기감이라곤 일절 찾아볼 수가 없었다. 키슬리키는 이제 아예 하품을 했다.

"누가 쓸어?"

"내가!"

키슬리키가 묻는 것에 유리엔이 당연하다는 듯 나섰다. 왼쪽 소매는 일찌감치 걷은 뒤였다. 카엘이 혀를 차며 그런 유리엔을 말렸다.

"아서라, 넌 뒤로 물러나 있어."

"뭐? 왜?"

"너 반지 쓸 거지? 그럼 영주 죽어."

"앗!"

맞다. 깨달은 그녀의 낯 위로 낭패라는 표정이 떠올랐다. 영주를 재판장에 세우려면 최소한 거동은 할 수 있는 상태로 살려서 데려가야 한다. 그런데 반지를 쓰면 영주가 꼴까닥이고, 그렇다고 육탄전으로 나서자니 무장한 병사를 이길 수는 없다. 이도 저도 못 하게 된 유리엔이 애꿎은 반지에게 성을 냈다.

"왜 이 반지는 강 약 중간 약이 안 되는 거야!"

"포기해."

"하지만 원래 이럴 땐 히로인이 활약해야 한단 말이야. 그게 정석이라고."

"또 모험 소설이냐? 대체 그거 뭐 하는 내용이야?"

"아!"

순간 검은 눈동자가 동그랗게 뜨였다. 뭔가가 떠오른 기색이었다. 이내 유리엔이 해맑게 웃으며 키슬리키를 돌아보았다.

"너 불길 가를 수 있지? 전에 갈랐잖아."

"네가 쓰는 마법?"

"그래!"

"있는데, 왜?"

"내가 마법을 발동시키면 그걸 반으로 좀 갈라줘."

"알겠어."

어려운 건 아니라며 키슬리키가 흔쾌히 고개를 끄덕였다. 유리엔은 신이 나 도로 폴짝폴짝 앞으로 나섰다. 카엘이 이번에는 말리지 않고 가만히 그것을 지켜만 보았다. 뭘 하려는 건지 대충 감이 잡혔다. 이내 영주와 대치한 유리엔이 씩씩하게 준비운동을 했다. 왼팔과 손목을 앞뒤로 여러 바퀴 돌렸다. 영주는 그런 상대를 황당한 눈으로 응시했다.

"뭘 하는 것이냐?"

영주는 유리엔의 정체를 모른다. 자연스럽게 하대가 나왔다. 유리엔은 영주의 하극상을 지적하는 대신 조금 전부터 궁금했던 것을 물었다.

"질문이 하나 있는데, 형을 죽이고도 어떻게 안 걸렸어?"

"별걸 다 묻는구나."

"숨기지 말고 얘기해 줘. 어차피 곧 죽을 목숨인데."

유리엔이 언급한 '죽을 목숨'은 당연히 영주였다. 그러나 영주는 반대로 해석했다. 포식자의 위치에 선 그가 곧 죽게 될 피식자를 향해 마지막 아량을 베푸는 것으로, 그렇게 저 좋을 대로 생각한 영주가 느긋하게 입을 열었다.

"좋다, 말해주지. 내가 놈을 죽인 것은 아버님께서 병상에 누우신 뒤였다."

남작가의 비밀 통로와 지하실은 대대로 가주와 그 후계자에게만 전해졌다. 비밀 통로는 위기 시 저택에서 도망치기 위한 용도로, 지하실은 가주의 죄나 과실을 은폐할 목적으로 만들어졌다. 영주는 그 둘을 합쳤지만 본래는 각기 입구가 따로 있었다.

영주는 차남의 신분이라 본래는 비밀 통로든 지하실이든 그 어느 것도 알 수가 없었다. 하나 장남이었던 형은 그런 동생을 불쌍히 여겨 몰래 지하실의 위치를 귀띔해 주었다.

"너는 내 동생이니 특별히 알려주도록 하마. 혹시 남의 눈에 띄지 않고 필히 숨겨야 할 것이 있다면 이 안에 보관하거라."

그리고 동생은 그날 밤 형을 죽여 지하실에 묻었다. 지하실의 위치를 아는 것은 죽은 장남과 영주를 제외하면 둘의 아버지였던 전대 남작뿐이었다. 하지만 남작은 당시 병상에 누워 있었고, 손가락 하나 제대로 까딱하지 못하는 상태였다. 시름시름 앓던 남작이 결국 사라진 후계 대신 영주에게 작위를 물려준 뒤 숨을 거두면서, 영주가 저지른 살인은 그대로 아무도 찾을 수 없는 깊은 어둠 속에 잠기게 되었다.

"놈은 애초 영주가 될 그릇이 아니었지. 나는 받아야 할 것을 받았을 뿐이다."

"봐! 인간이 나쁘잖아! 인간이 악마보다 훨씬 악해! 악마는 말이야, 어? 이름도 못 내밀어."

"너 아까부터 너무 신났다?"

키슬리키가 좋아서 방방 뛰었다. 인간의 악행이 드러나는 것이 못내 즐거운 모양이었다. 카엘은 이걸 한 대 쥐어박을까 말까 잠시 고민했다. 궁금증이 풀린 유리엔은 고개를 작게 끄덕거렸다. 잘 들었다는 뜻이었다.

"역시 개놈이었네. 너 엘프들도 착취했지? 몇 년 전에?"

"흥, 여기까지 와서 뭘 숨기겠느냐? 맞다."

"엘프들은 어떻게 됐어?"

"모조리 다 죽었다. 풀에서 독이 나오더구나. 쯧, 쓸모없는 것들."

"이거 완전 개새끼구먼!"

상대의 멍멍력에 혀를 내두른 유리엔이 이어 완전히 소매를 젖혔다. 왼손 네 번째 손가락에 끼워진 반지가 영롱하게 빛을 발했다. 자기 입으로 자백하는 것도 들었으니 이제 그만 따끔한 응징을 가해줄 차례였다. 뭔가를 하려는 낌새가 보이자 영주가 병사들에게 급히 손짓했다.

"인질로 잡아!"

켕기는 것이 많은 영주는 재산이 쌓이자마자 저택 내의 병력부터 증강했다. 그가 휘하에 둔 사병은 다른 하위 귀족들에 비해 그 수도 많고 질도 훨씬 높았다. 잘 훈련받은 병사들이 주인의 명령에 따라 일사불란하게 움직였다.

영주는 유리엔을 인질로 잡을 생각이었다. 처음에는 그냥 죽여 버리려 했으나 아무래도 황태자가 마음에 걸린 것이다. 고작 열여섯짜리 어린애라지만 그래도 검의 천재로 추앙받는다니 조심해서 나쁠 것은 없었다. 그는 인질을 잡아 황태자의 발을 묶으려 했다. 그때 유리엔이 높게 외쳤다.

"기도는 생략! 황비 전하, 다 아시죠?"

"잡아라!"

"천당…… 아니, 지옥으로!"

화르르륵!

불길이 솟았다. 동시에 여기저기서 비명이 터져 나왔다. 마법은 영주를 향해 쏘았으나 키슬리키가 반으로 갈라준 덕에 양옆 병사들만 집어삼켰다. 불로 이루어진 그물이 무장한 병졸 사이를 날뛰었다.

"저러라고 만든 반지가 아닐 텐데……."

구경하던 카엘의 감상이었다.

"하하하! 자애로운 정의의 맛이 어떠냐! 따뜻하지?"

"마, 마, 마법사!"

"악당은 당장 무릎을 꿇어라! 지옥으로!"

반지에 박힌 마나석은 주변의 기운을 끌어다 쓴다. 연속으로 무한히 발동시킬 수 있는 건 아니었지만 서너 번 정도는 문제없었다. 그리고 그것만으로도 병력의 절반 이상을 무력화하기엔 충분했다.

"마, 말도 안 돼……."

영주가 도저히 믿을 수 없다는 표정으로 제자리에서 입을 벌렸다. 막상 걱정했던 황태자는 나서지도 않았는데 이 꼴이었다. 쓰러진 병사들은 전투 불능이고, 남은 병사들은 겁을 먹어 서로 주춤거리느라 바빴다. 유리엔이 손을 탁탁 털며 영주에게 시선을 주자 그가 흠칫 놀라 반사적으로 고함을 질렀다.

"자, 잡아! 어서 덤벼! 덤비란 말이다!"

"너나 덤벼."

유리엔이 몸을 날렸다. 영주의 명을 받들어 공포를 무릅쓰고 그녀의 등을 노린 몇몇 병사는 카엘이 가볍게 휘두른 검에 즉시 허망하게 무기를 잃었다. 그러는 사이 유리엔의 구두가 영주의 정수리를 찍었다.

빠악!

저택 내에는 영주가 엘프들을 착취하고 죽음으로 몰아넣었다는 증거 또한 보관되어 있었다. 기적의 풀의 재배법과 엘프 한 명당 키워낼 수 있는 풀의 양, 그리고 죽은 엘프의 사인 등을 적어놓은 서류 뭉치였다. 그것들은 영주의 침실 벽에 걸려 있던 그림의 안쪽에서 나왔다.

산에 묶어두었던 노예 상인들은 항복한 병사들을 시켜 데리고 오게 했다. 그리고 한 명도 남김없이 몽땅 영지 내의 감옥으로 처넣었다. 곧 영지의 주인은 바뀔 테고, 새 영주는 카엘의 입김에 따라 공명정대한 귀족이 맡게 될 것이다. 노예 상인들은 이제 앞으로 평생 감옥에서 나올 수 없는 처지가 되었다. 악을 퇴치한 유리엔이 후련하게 기지개를 켰다.

"정의는 늘 승리한다!"

"너 알아?"

"뭘?"

"영주를 재판부로 넘기려면 황궁까지 올라가야 한다는 거."

"……."

"표정 보니까 알 것 같아서 미리 말하는데, 절대 나 혼자만 올라갈 생각 없고, 사람을 이쪽으로 부르더라도 어차피 너나 나나 둘 중 하나는 반드시 참고인으로 참석해야 돼."

"……."

"정의는 늘 승리한다고 했지? 영주 여기다가 그냥 묻어버리자고 하기만 해봐."

"젠장."

황궁으로 들어간다는 말의 의미는 간단했다. 여행이 끝난다는 소리다. 어차피 죽을 영주 여기서 슥 그어버리고 튀자고 제안하려다 사전에 차단당한 유리엔은 그저 발바닥으로 애꿎은 땅만 폭행했다. 일주일. 짧다면 짧고 길다면 긴 약혼 여행이 막을 내렸다.

2권에서 계속…